Martin R. Dean

MEINE VÄTER

Roman

Carl Hanser Verlag

1 2 3 4 5 07 06 05 04 03

ISBN 3-446-20266-8

Satz: Fotosatz Reinhard Amann, Aichstetten
Druck und Bindung: Kösel, Kempten
Printed in Germany

für Silvia und Mona

MIND THE GAP

BESENKAMMER IN TRINIDAD

Als ich in Basel auf das Flugzeug nach London wartete, las ich in der Zeitung von einem seltenen Verbrechen: Ein Junge hatte seinen Vater getötet. Nachdem er mit einer Eisenstange auf den Schlafenden eingedroschen und ihn dann mit einigen gezielten Messerstichen verwundet hatte, erstickte er ihn mit einem Kissen. Die Stiefmutter des Jungen kam hinzu und wurde Zeugin der Bluttat. Die ganze Wohnung, die Wände und auch das weisse Bettlaken, sagte sie aus, seien voller Blut gewesen, nachdem der Sohn endlich vom Vater gelassen habe. Der Sohn habe sofort ein Geständnis abgelegt.

In den meisten Fällen können Söhne ihre Väter nicht von Angesicht zu Angesicht angreifen. Kaum ein Mordversuch am Vater findet in der direkten Konfrontation statt. Da der Vater in der Nähe als unbezwingbar erscheint, erfolgt der Angriff meist im Schlaf, von hinten, aus der Ferne oder mit Gift.

Welche Strafe steht auf Vatermord?

Ich habe meinen Vater erst jetzt, im Alter von vierzig Jahren, gefunden. Ich wusste fast nichts von ihm. Vierzig Jahre lang war ich der Meinung gewesen, er sei eine Art Märchenprinz mit einem silbernen Stöcklein.

Vor einer Woche versicherte mir der in London ansässige Hochkommissar von Trinidad & Tobago am Telefon, dass mein Vater noch lebe, ja, dass er sogar mit ihm bekannt sei. Sofort buchte ich einen Flug von Basel nach London Stanstead.

»Ihr Vater Ray hat dreissig Jahre lang auf Ihren Anruf gewartet«, hatte der Hochkommissar gesagt. »Er stammt aus einer der angesehensten Familien Trinidads. Die Randeens gehören fast zu den indischen Gründerfamilien. Aber Sie sind spät dran.«

Sofort stellte ich mir einen einflussreichen alten Mann mit einem gegerbten Faltengesicht vor, der irgendwo in einem Seemannshaus an der Themse residiert und weltweit seine Geschäfte führt.

Ray?

In all den Jahren und Jahrzehnten habe ich ihn mir immer wieder anders vorgestellt. Mal hellhäutig, dann wieder eher dunkel, mal schmächtig – oder dann gross und überwältigend wie ein Baum. Mit europäisierten Zügen, was für einen Trinidader indischer Abkunft durchaus denkbar ist.

Ich bin auf dem Weg zum Hochkommissar von Trinidad & Tobago. Mein linkes Auge ist geschwollen und tränt. Und meine Nase so verstopft wie die Strassen von Belgrave, durch die sich der Cab-driver im Rhythmus von Stop and go voranbewegt. Seit vierzehn Tagen schon leide ich an Stirnhöhlenkatarrh. Deutlich sehe ich noch das Röntgenbild mit meinen gegen die Stirnhöhle sich verengenden Nasenlöchern, in denen mein Atem stockt und steckenbleibt. So dass ich zuweilen fast zu ersticken drohe. Keine Panik, pflegt mein Arzt in Basel zu sagen, no panic, it's the normal rush-hour, meint auch der Cab-driver.

Wenn ich krank werde, sagt mir meine Frau Leonie, was los ist. Meine Krankheiten sind unauffälliger Natur, sie unterscheiden sich nicht von denen meiner Freunde und

Bekannten. Mal eine Verzerrung des Nackenmuskels da, eine Magenverstimmungen dort oder ein Nierenstein. Hypochondrische Kapriolen. Vor allem aber Fieber, Fieber seit meinem achtzehnten Lebensjahr. Immer wieder schnellt meine Körpertemperatur nach oben und wirft mich ins Bett. Meine Zunge und mein Hals schwellen an, und meine Wahrnehmung wird trübe. Ich kann nicht mehr unter die Leute gehen und muss tagelang das Bett hüten. Leonie weiss dann sofort, dass ein neues Loch in mir aufgegangen ist. Eigentlich siehst du gesund aus, sagt sie, wenn man dich sieht, bemerkt man nicht, dass du so viele Löcher mit dir herumträgst. Vielleicht wärst du gesünder, wenn du deine Geschichte kennen würdest. Aber auch Leonie weiss nicht, wie mir zu helfen ist. Die Ärzte wissen es nicht. Wenn ich mit hohem Fieber im Bett liege, bin ich für die Umwelt nicht mehr erreichbar. Bin abgeschnitten von allem. Wie viele Verpflichtungen und Termine habe ich deswegen versäumt. Das halbe Leben habe ich verpasst. Aber meine eigentliche Krankheit ist in keinem Lehrbuch zu finden, sagt Leonie. Vielleicht nennen wir sie einfach »Vatermangel«. Mit dieser Krankheit »Vatermangel« wirst du in die medizinischen Lehrbücher aufgenommen und berühmt werden.

Am Belgrave Square weichen die schmucken Backsteinhäuser imposanten Prunkbauten in weissleuchtenden Farben mit teppichbelegten Entrees und goldbeschrifteten Lettern. Die ganze Zeit muss ich daran denken, dass dies meines Vaters Stadt ist. Die ganze Zeit sehe ich Ray mit einem Stöckchen durch die in goldenes Licht getauchten Strassen gehen. Auch der ärmste indische Schlucker, der heruntergekommenste Schwarze, der zerlumpteste Bettler darf hier spazierengehen. Der Fassadenprunk ist Teil des ehemaligen englischen Empires, dem auch mein Vater angehört. Die Namen, die Häuser und die auf Plätzen aufgestellten Monumente bilden einen grossen Echoraum der weltumspannenden Kolonialgeschichte, die die Geschichte Indiens wie auch Trinidads geprägt hat.

Wieviel weiss der Hochkommissar? Wird er mir verraten, was dieser Ray all die Jahre in London getrieben hat? Kennt er die Freunde, mit denen er verkehrt? Ist es denkbar, dass er Rays Leben in wenigen, klaren Sätzen umreisst, so, wie man an einer Statue das Tuch wegzieht, um sie in plastischer Deutlichkeit zu sehen?

Auf dem grossen Platz vor der Botschaft von Trinidad & Tobago stehend, überlege ich, wie viele Schiffe, Segelschiffe der englischen Flotte, beispielsweise der von Sir Francis Drake angeführten englischen Flotte, hier nebeneinander Platz hätten. Ich habe diese englische Flotte vor Augen, dazu das ans Kielholz schlagende Meer, als ich die Stufen der weissgetünchten Treppe hinaufsteige. Ein frischer Wind knattert in der grünroten, auf einer Zinne angebrachten Landesflagge, während ich den glänzenden Klingelknopf drücke. Eine schwarze Angestellte öffnet mir die Tür, und ich versichere ihr, dass ich eine Verabredung mit Hochkommissar Lennox habe. Sie schüttelt den Kopf, als wäre ich ein Schwindler, und weist mich in einen dunklen Raum, nicht grösser als eine Besenkammer. Eine Besenkammer in Trinidad, denn mit dem Überschreiten der Botschaftsschwelle habe ich London verlassen und befinde mich nun auf Rays Heimatboden. Auf dem Boden, den meine beiden Väter, Neil und Ray, verlassen haben.

Aber man lässt mich ziemlich lange in dieser stickigen Kammer auf einem folkloristischen Holzschemel warten;

eine halbe Stunde schon, in der der Hochkommissar der Inselrepublik seine Fingernägel säubert oder mit seiner Geliebten telefoniert oder seine Zimmerpflanzen giesst.

Schliesslich schleiche ich mich aus der Besenkammer und klopfe an die Türe, hinter der die schwarze Bedienstete verschwunden ist.

»Sie wünschen, Sir?« fragt mich eine Beamtin.

»Wo ist die Frau von vorhin? Sie wollte mich doch zu Mister Lennox bringen.«

»Die hat jetzt dienstfrei. Hat sie Sie etwa vergessen«, sagt sie, lacht und legt ihren Harry Potter zur Seite. »Kann ich etwas für Sie tun, Sir?«

»Wie gesagt, ich möchte zu Mister Lennox.«

»Mister Lennox ist für vier Tage nach Barbados geflogen. Worum geht's denn?«

»Ich suche meinen Vater –«

Nun greift sie kichernd zum Telefon und nuschelt mit rasender Geschwindigkeit in die Muschel.

In einem holzgetäfelten Zimmer eilt mir kurz darauf Lennox – als trinidadischer Regierungsbeamter wie üblich ein Schwarzer und kein Inder – mit ausgestreckten Armen entgegen, fast so, als wolle er mich an sich drücken. Im letzten Augenblick aber lässt er beide Arme sinken und gibt mir seine trockene Hand. Dann setzt er sich umständlich hinter einen magistralen Schreibtisch. Er streicht mit der Handinnenfläche über seine Bügelfalten, die gefährlich scharf sind.

»Sie sind also der Mann aus der Schweiz, der seinen karibischen Vater sucht. Wie sind Sie überhaupt auf mich gekommen?«

»Ich habe die trinidadischen Vertretungen in halb Europa angerufen.«

»Ich verstehe aber nicht, warum Sie erst jetzt kommen? Es ist doch eigentlich zu spät.«

»Am Telefon haben Sie gesagt, mein Vater sei am Leben und warte seit dreissig Jahren auf meinen Anruf.«

»Das war metaphorisch gesprochen. In Wirklichkeit glaube ich nicht, dass er das tut. Hat er sich überhaupt jemals bei Ihnen gemeldet?«

»Nicht dass ich wüsste«, sage ich, unangenehm überrascht. »Auf jeden Fall hat mir Neil, mein Stiefvater, nie etwas davon gesagt. Meine Familie hat leider nicht das beste Verhältnis zu diesem Ray Randeen, obwohl auch Neil ein Trinidader indischer Herkunft war.« – Ich rede offen mit Lennox, der sicherlich genug Erfahrung in solchen Dingen hat.

»Verstehe«, sagt Lennox und schnalzt mit der Zunge. »Ihr Stiefvater war auch indischer Abstammung und aus Trinidad. Kompliziert die Sache enorm. In diesem Fall weiss ich gar nicht, ob ich befugt bin, Ihnen Rays Adresse zu geben.«

Lennox bewegt sich hinter seinem Schreibtisch hervor und stellt sich schräg vor mir auf, so dass ich ihn nur noch aus den Augenwinkeln sehe. Ich bin verunsichert, schaue auf meine Jeans und überprüfe mein Jackett, bei dem einige Fäden heraushängen. Habe ich mich etwa zu nachlässig angezogen? Hätte ich Lennox zuliebe nicht doch besser eine Krawatte umbinden müssen? Meine Haare waschen oder meine Schuhe wienern?

»Mein Stiefvater ist gestorben, und es ist nicht länger die Sache meiner Familie, über mich zu entscheiden.«

Schweigen.

»Wir«, sagt Lennox und betont dieses Wir, »wir tun hier etwas Falsches, wenn wir Ihrer Familie einen Mann wie

Ray aufhalsen. Vergessen Sie's. Jetzt noch Ihren leiblichen Vater kennenzulernen bringt nur unnötige Probleme.«

Lennox stösst mich völlig vor den Kopf. Um welche Art von Problemen kann es sich denn handeln? Wie kann Ray, ein honorabler Geschäftsmann, der in einem alten Seemannshaus an der Themse Rassehunde züchtet und mit Curry handelt, überhaupt jemandem zum Problem werden? Oder ist er vielleicht gestrauchelt, sitzt im Gefängnis, ist gerade seinen guten Ruf losgeworden?

Lennox schaut auf die Uhr. Mit einem Blick auf mich springt er auf und weist mit ausgestrecktem Arm auf das Motto der an der Wand angebrachten Landesflagge. TOGETHER WE ASPIRE – TOGETHER WE ACHIEVE. Auf seine Fingernägel einredend, versucht er mir den Gemeinschaftsgeist der Insel näherzubringen.

Aber ich verliere die Geduld.

»Ich bin hier, um alles über meinen Vater zu erfahren. Ich bitte Sie um Auskunft. Und um seine Adresse«, sage ich knirschend. »Bevor ich Sie überhaupt anzurufen wagte, dachte ich jahrelang, mein Vater sei tot. Nun kommen Sie, der ihn kennt, und wollen ihn mir vorenthalten.«

Lennox macht eine versöhnliche Handbewegung.

»Es gibt Tausende von Kindern, die ihre karibischen Väter suchen. Kinder von weissen, skandinavischen Müttern. Mütter mit schneeweisser, sommersprossiger Haut aus dem Norden«, sagt Lennox und gibt dem Wort »sommersprossig« einen fremdartigen, bizarren Klang. »Kinder von schwarzen Gentlemen von den Inseln. Verlassene, desorientierte Kinder, Sprösslinge der globalen Völkerwanderung, die erst ihren Anfang genommen hat. In zehn bis fünfzehn Jahren wird es auf diesem Planeten keine Rassen mehr geben. Sie werden rotblonde, sommersprossige Afrikaner durch die Oxford Street spazieren sehen. Die Rassenmischung, die in Trinidad weit fortgeschritten ist, wird weltweit sein. Aber« – und hier stemmt Lennox sein ganzes Körpergewicht auf seine gespreizten, zerbrechlichen, auf den Schreibtisch gestützten Finger – »ich billige damit keinesfalls das Verhalten meiner schwarzen Brüder. Wenn sie eine dieser wunderbaren weissen Ladys verführt, ihnen den Kopf verdreht und sie geschwängert haben, suchen sie einfach das Weite. Mater certa, pater incerta est, sagt der Lateiner.«

Lennox reibt seine trockenen Handflächen aneinander. – »Trinidad ist eine grossartige Insel. Trinidad ist ein wirklicher Melting-Pot, und es gab bedeutende Anstrengungen gerade der Schwarzen, so etwas wie absolute Gleichberechtigung aller Rassen zu erlangen. Und auf dieser grossartigen Insel leben selbstverständlich aussergewöhnliche Menschen. Der echte Trinidader hat einen verqueren Humor, der nicht nur während des Karnevals blüht. Er ist bekannt für seinen überschäumenden Lebensmut wie für seine alerte Geschmeidigkeit. Wen wundert's, dass ihm weisse, skandinavische Frauen erliegen. Seine männliche Stärke, gepaart mit einer feinfühligen, tropischen Seele, macht ihn zu einer unnachahmlichen Mischung. Weder die Härte der Entwurzelung, der Versklavung noch der Einwanderung haben ihn knicken können. Diese Härte und dieser feurige Stolz sind es, was die Europäerinnen aus den traurigen Regenländern anzieht.«

Lennox zeigt mir seine Reserviertheit gegenüber Europa, markiert seine Distanz gegenüber den Werten der Weissen. Lennox ist nicht einfach ein Schwarzer, er verkörpert seine Nation, Trinidad & Tobago. Trinidad, wie ich es bei meinen zahlreichen Besuchen kennengelernt habe.

Übertriebene Gesten, grosse Geschmeidigkeit, Durchtriebenheit und Kindlichkeit, das sind typische Charakterzüge meiner Vaterinsel. Eigenschaften, die mich ebenso anziehen wie sie mich abstossen. Auch Lennox nervt mich als Verkörperung all dieser Eigenschaften, und ich frage mich, wie er mich einstuft. Bin ich für ihn ein skandinavischer respektive helvetischer Inder, ein Halbinder oder ein gar dem Melting-Pot entkrochener Trinidader?

»Dutzende von Jungs und Mädels haben auf Ihrem Stuhl geweint und gebettelt. Und gedroht, sich etwas anzutun, wenn ich ihnen nicht augenblicklich ihren Vater verschaffe. Dutzende von diesen Kindern aus einer vaterlosen Welt, in der das Scheitern der Väter immer offenbarer wird. Sie alle wollten ihren Vater kennenlernen, um herauszufinden, wer sie sind.«

Lennox legt den Kopf in den Nacken und sucht die Decke ab: »Wer bin ich? – Ich bin der Sohn eines einfachen Fischers und einer Gemüsefrau aus Couva, Mister Robert, und ich bin gleichzeitig Botschafter dieses Landes, das ich liebe.«

Bevor Mister Hochkommissar weiter abschweifen kann, betritt eine Sekretärin mit einem Tablett das Zimmer, auf dem ein Glas Leitungswasser steht. Lennox leert es in einem Zug. In Trinidad hat jeder zweite Beamte einen Hang zum Philosophieren. Tankstellenwärter, Angestellte des Zoologischen Gartens, Eisverkäufer – sie alle verlieren sich gerne in reflexiven Ausschweifungen. Dennoch macht es mich misstrauisch, dass er so ausführlich mit mir spricht.

»Über Jahre hinweg habe ich meinen Vater bekämpft – und gleichzeitig um ihn geworben, freilich ohne es zu ahnen. Obwohl er mir irgend einmal gestanden haben musste, dass er Analphabet war, habe ich ihm jeden Monat einen ausführlichen, gescheiten Brief geschrieben. Darin habe ich ihn meiner Wertschätzung und meiner Liebe versichert und habe, um ihn zu demütigen, lange Passsagen mit philosophischen Lebensweisheiten eingearbeitet. Jeder Brief, den er sich vom Nachbarn vorlesen lassen musste, hat ihn gedemütigt. Nach seinem Tod habe ich alle meine Briefe in einer Kiste gefunden. – Heute frage ich mich, ob man überhaupt Väter braucht.«

Ich könnte die Wände der Botschaft hochgehen, so wütend macht mich Lennox. Statt dessen putze ich mir die Nase und lege meine ganze Wut in einen lauten, ratschenden Schneuzer.

»Tausende von Söhnen und Töchtern glauben, dass man einen Vater haben muss«, sagt Lennox, nun traurig am Fenster stehend, seine sauber glänzenden Schuhe in einer Lache Sonnenlicht.

Seine Sekretärin stöckelt erneut ins Zimmer.

»Mister Hochkommissar, draussen wartet der Botschafter von Somalia.«

»Ich komme! – Entschuldigen Sie mich eine Minute.«

So eilt er davon und lässt mich, mit einer Höflichkeitsverbeugung, sitzen. So undurchsichtig, wie Leute aus Trinidad eben sind. Entwurzelte und Gauner, so schimpfe ich in mich hinein. Und trotzdem beschliesse ich, nicht ohne die Adresse meines Vater zu weichen.

Wieso, frage ich mich, sind mir die Gene plötzlich so wichtig? Existiert wirklich eine genetische Datenbank, die meinen Vater mit mir verbindet? Sind es Banalitäten wie ein schleppender Gang, ein hängendes Augenlid, die fehlende Behaarung auf dem Handrücken, die genetisch von einer Generation an die andere weitergegeben werden?

Und wenn ja, geschieht dies überkreuz, kreuzquer, unterüber, überquer, oder wie?

Oder sind es die Erzählungen, Fiktionen, Lügen und Legenden, die einen Vater »errichten«? Die in mir einen Schattenvater heranzüchteten? Einen Vater wie einen Turm, der mich lebenslänglich überragt. Einen Berg, den ich besteigen oder versetzen muss. Ein Gesetz, das ich brechen muss, will ich nicht selber gebrochen werden?

Warum glaube ich an das Prinzip »Vater«? Sind Väter nicht das Überflüssigste, wie Leonie behauptet? Werden Vaterfunktionen heute nicht auch von Frauen übernommen? – Es gibt Gesellschaften, sagte sie mir, in denen der Zusammenhang zwischen biologischer Zeugung und Vaterschaft unbekannt ist. Frauen kehren nach dem Bade in einem Wasserloch schwanger zurück und haben das Kind von einem Geist empfangen.

Wer nicht zurückkehrt, ist Lennox. Nach einer weiteren halben Stunde kommt nur wieder seine Sekretärin hereingetrippelt und überreicht mir einen Briefumschlag mit Rays Adresse: *Ray Randeen, Thomas More Asylum, Battersea. – Viel Glück! Ihr Lennox!*

IN MEINEN TRÄUMEN GLÄNZTE AN SEINEM STÖCKLEIN EIN SILBERNER KNAUF

Jetzt tränt mein Auge stärker, ich muss mitleiderregend aussehen. Heute morgen in der Früh, fünf Stunden vor dem Abflug, bin ich zu meiner vierjährigen Tochter Jennifer ans Bett gegangen, um ihr eine Geschichte vorzulesen.

Dabei hat sie sich so unglücklich zu mir gewendet, dass sie mir ihren Finger ins Auge gebohrt hat. Eine Stunde später sass ich auf der Notfallstation der Augenklinik, wo mir der rührige Assistenzarzt eine schwarze Augenbinde verpassen wollte. Er riet mir vom Flug ab. Schliesslich bin ich dann auf eigene Verantwortung und ohne Binde abgeflogen.

Alle Leute sehen mir an, dass ich das erste Mal auf dem Weg zu meinem leiblichen Vater bin. Ich kenne mich in London nicht aus. Es nieselt. Warum hockt mein Vater eigentlich in einem Asyl?

An der Victoria Station nehme ich die Underground, steige bei Vauxhall aus, nachdem ich zuerst bei Charing Cross in die falsche Richtung gefahren bin und dabei viel Zeit verloren habe. Dann suche ich einen Bus nach Battersea, wo sich das Thomas More Asylum befindet. Uralte Busse röcheln an mir vorbei, aber keiner fährt in Richtung Battersea. Ich wende mich an einen pakistanischen Blumenverkäufer: »Battersea?« – er rollt das Wort zigmal auf seiner Zunge, wobei es einen militärischen Klang erhält. Aber dann hat er doch keine Ahnung, wie man dahin gelangt. Mit schrägem Kopf sagt er zum Abschied noch einmal »Battersea«, und jetzt klingt es bereits wie eine schneebehangene Gegend im Hindukusch.

Ich irre weiter mit meinem geschwollenen Auge durch einen nach frischem Urin riechenden Fussgängertunnel, wetze einen Highway entlang, bis mich zuletzt ein Taxi nach Battersea bringt.

»Fahren Sie das nächste Mal über Sloane Square«, ruft mir der Taxifahrer laut durch das handbreit geöffnete Schiebefester in seinem Nacken zu. »Nehmen Sie den Bus

Nummer 129, fahren Sie die King's Road hinunter und steigen Sie dann bei Battersea High Street aus.«

Nichts einfacher als das, denke ich und bedanke mich, überrumpelt von seiner Freundlichkeit. Offenbar achtet er nicht auf meine ungewaschenen Haare.

»Kommen Sie aus Italien?« ruft er erneut, ohne seinen Kopf zu wenden.

»Nicht ganz«, erwidere ich, »aus dem Nachbarland, der Schweiz.« – Die Reise beginnt mir nun richtig Spass zu machen. London ist doch anders als erwartet. Offenbar gibt es hier nicht nur Rassisten, Hooligans und Bügelfaltenlords, die mit verächtlichem Blick auf alle Farbigen herabschauen, sondern auch nette Taxifahrer.

Durch einen Schleier aus Tränen – mein Auge schmerzt noch immer – blicke ich auf indische Passanten auf den Gehsteigen und buntgeschmückte westindische Läden. Hier, im Herzen des ehemaligen Kolonialreiches, erscheinen sie mir auf einmal in einem anderen Licht, werden zu »Stützpunkten«, »Umschlaglagern« von heimatlosen Immigranten. Trotz der winterlichen Kälte haben es einige nicht übers Herz gebracht, sich Schuhe anzuziehen, und schlurfen in offenen Sandalen über die King's Road. Und statt dickgefütterter Wintermäntel ziehen sie durchgescheuerte Vestons vor und kneifen beim Gehen buddhistisch die Lippen zusammen. Und natürlich ärgere ich mich wieder einmal darüber, dass ihre Hosenstösse von ungleicher Länge sind. Sorgfalt beginnt mit den Hosenstössen.

Dann sehe ich einen alten Inder, wie Ray einer sein muss. Er geht an einem Stock, ohne zu humpeln. Er schwingt das Stöcklein munter, und ich weiss, dass es einen silbernen Knauf hat.

Kurz vor der Ankunft bitte ich den Fahrer zu halten, damit ich die letzte Wegstrecke zu Fuss gehen kann. Im Laden eines Inders, in dem es betäubend nach Gewürzen riecht, kaufe ich eine Flasche Whiskey und lasse sie mir in braunes Packpapier einwickeln. Dann setze ich mich in ein dunkles Pub, bestelle ein grosses Bier und nehme mein Handy hervor, um Leonie anzurufen:

»Wo bist du?«

»Gerade in London angekommen.«

Kurzes Schweigen. Sie hat nicht geglaubt, dass ich es tue, dass es mir ernst ist.

»Robert, ich warte hier seit Stunden, habe schon zweimal in der Augenklinik angerufen, fürchtete schon, du seist irgendwo verunfallt, halbblind, ich komme fast um vor Sorgen, und du bist einfach ohne Nachricht nach London geflogen?«

»Ich will meinen Vater treffen, Leonie, ich will es, seit ich mit dem Hochkommissar am Telefon geredet habe. Ich weiss, dass du mich zurückgehalten hättest. Jennifers Hieb in mein Auge war für mich wie ein Wink des Schicksals, frag mich nicht warum. Ich musste fahren. Stell dir vor, gerade habe ich vom Hochkommissar seine Adresse erhalten.«

»Vielleicht könnte ich mir etwas vorstellen, wenn du mich vorher eingeweiht hättest. Aber jetzt bist du nicht nur auf einer Stippvisite, sondern auf einem Trip. Fünfunddreissig deiner vierzig Jahre hast du deinen richtigen Vater verdrängt. Durch nichts warst du zu bewegen, auch nur über seine Existenz nachzudenken. Dein Widerstand war so gross, dass du mir nicht einmal seinen Namen nennen konntest, als wir uns kennenlernten. Du hattest ihn vergessen, bis ich ihn auf deiner Geburtsurkunde entdeckt habe. Und jetzt schleichst du dich einfach davon, um diesen Mann zu treffen?«

»Es ist meine Sache, Leonie, ich muss da durch.«

»Jetzt hör bitte mal zu, bevor du dich in einen Schlamassel begibst –«

Leise schalte ich aus.

Wer immer dieser Mann sein mag, hatte mir Leonie schon zu Hause gesagt, nachdem ich den Hochkommissar am Telefon gesprochen und meinen Flug heimlich für heute gebucht hatte, dieser Mann habe sich nie um mich gekümmert. Er sei einfach davongerannt, von mir und meiner Mutter weggerannt. Sie habe kein Mitgefühl für solche Deserteure. Bei ihren Worten, muss ich zugeben, war meine bedingungslose Sympathie für Augenblicke wie weggewischt. Ich trüge, sagte ich ihr, in der Küche sitzend, wie weiland Hamlet auch einen Dolch in meinem Gewand, für alle Fälle. Ich würde mich gegen diesen Mann zu wehren wissen. Im Notfall würde ich mich verteidigen und das kleine Kind, das ich einmal gewesen bin, rächen. Meine Mutter rächen, erbarmungslos, hatte ich angefügt. Aber Leonie meinte, ich solle aufhören, irgendeine Theaterrolle aus dem letzten Jahrhundert zu geben. Es sei einfach kindisch, jetzt, wo ich vierzig und längst selber Vater sei, diesem Mann hinterherzujagen. Sie hatte ihre blonden Haare gebüschelt und war barfuss in ihren Jeans in der Küche auf und ab gelaufen. Obwohl ich damals den Drang hatte, sie sofort auf ihre trotzig aufgeworfenen Lippen zu küssen, hatte ich weitergeredet, bis wir im Streit waren. Ich werde ihn suchen, hatte ich gesagt, wenn nicht heute, dann morgen. Schliesslich könnte ich eines Tages tot vom Stuhl fallen, ohne zu wissen, wer ich wirklich gewesen bin. Sie hatte zurückgefragt, was sie denn mit einem

Mann solle, mit dem sie alles teile und der plötzlich, von einem Tag auf den anderen, erzähle, er wisse nicht mehr, wer er sei, bloss weil er seinen Vater aus Trinidad nicht kenne.

Tatsächlich hatte mich das Telefonat, das ich mit Lennox von der Schweiz aus geführt hatte, ziemlich verwirrt. Dieser Randeen, hatte er gesagt, stamme aus einer angesehenen Familie, einer Gründerdynastie, so hatte ich es verstanden. Und kaum war's bei mir angekommen, begann ich mich schon als Sohn eines einflussreichen Politikers zu sehen. Als Nachkomme eines begüterten Handelsmannes, dessen Firmensitz direkt an der Themse lag. Filius eines indisch-britischen Hundezüchters und Lebemannes, eines Pferdenarrs, der nach Ascott ans Rennen fuhr. Ich träumte davon, zu meinem Vater nach London zu ziehen, ihm nach Trinidad zu folgen und endlich – wie viele Jahre hatte ich davon gesprochen – meine trinidadische Seite mehr zum Zug kommen zu lassen. Mit Recht hatte sich etwas in Leonie gesperrt, spürte sie doch genau, dass mich etwas von ihr wegzog. Und wenn es auch nicht eine andere Frau war, so doch ein anderes Leben: die unberechenbare, verantwortungslose, extravertierte tropische Seite, um nicht zu sagen: das in mir wuchernde Vaterwesen. Der Vater, der, wie ich Leonie zugestehen musste, nichts anderes als ein verantwortungsloser Deserteur sein konnte. Ob ich es denn aushalten würde, hatte sie gefragt, wenn er unfreundlich zu mir wäre. Wenn er, was höchstwahrscheinlich der Fall sei, gar nichts von mir wissen wolle. Wieder musste ich zugeben, dass Leonie sich mehr Gedanken gemacht hatte als ich. Sie wolle mich davor warnen, mich kopflos in eine Sache hineinzustürzen, die für mich, für sie, für die ganze Familie unüberschaubare Folgen haben könnte. Obwohl sie mir beigestanden habe, als es um das Aufdecken der Familienlüge gegangen sei, die mich ein Leben lang verkrümmt habe, unter der ich stark gelitten habe, solle ich jetzt bitte nichts überstürzen. Aber ich dachte im Moment nur an die Möglichkeiten, die sich mir eröffneten. Ich würde ein solches Vermögen erben, dass wir uns alle eine Villa am Meer mit Hunden, Pavianen, Alligatoren und zehn Bediensteten leisten könnten, die uns zum Frühstück frischen Mangosaft in kristallenen Gläsern servieren würden. Worauf Leonie nur den Kopf geschüttelt hatte. Und mich darauf hinwies, dass ich nicht wochenlang allein unterwegs sein könne, ohne in Gefahr zu laufen, plötzlich wieder krank zu werden. Wie ich immer in Zeiten von höchster Anspannung in die Krankheit geflüchtet sei.

Ich stehe auf und gehe an die Bar, um ein Bier zu bestellen. Schliesslich notiere ich mir ins Notizbuch folgende Sätze: »Bald werde ich meinen Vater sehen. Wir werden uns von Angesicht zu Angesicht gegenüberstehen und uns nach Ähnlichkeiten absuchen. Ich werde ihm die Hand geben, und er wird mich begrüssen. Danach wird nichts mehr so sein wie bisher. Etwas Neues in meinem Leben wird anfangen …«

SPIEGELSCHERBE

Wie ein vergessener Wachposten steht er vor dem Portal des Thomas More Asyls. Er ist grösser und dunkler, als ich ihn mir vorgestellt habe. Als ich um die Ecke in den Innenhof biege, schlenkert er aufgeregt mit dem Stock.

Der eine Arm hängt steif in einer gelben Binde. Er erwartet mich, offenbar benachrichtigt durch einen Anruf des Hochkommissars.

Langsam gehe ich auf ihn zu. Dabei ist mir, als könnte ich nie bei ihm ankommen, als wäre mein Voranschreiten nur das trügerisch ortlose Dahingleiten in einem Traum. Hunderte Male bin ich schon auf ihn zugegangen. An allen möglichen und unmöglichen Orten sind wir uns begegnet; in Parks, in Restaurants oder Bahnhöfen.

Aber nie bin ich ihm so nahe gewesen wie jetzt.

Für einen Augenblick sehe ich den baumgrossen Mann fallen. Der Stock, auf den er sich stützt, gleitet aus und er stürzt zu Boden – aber nein, es ist nur eine Täuschung, hervorgerufen durch sein Schwanken. Oder durch mein tränendes Auge.

Sein Gesicht liegt im Halbdunkel des Eingangsportals. Flackernd sehe ich seine in weissen Büscheln hervorwuchernden Augenbrauen. Der Zipfel seines gelben Hemdes ragt aus einer Hose. Warum hat er diesen Zipfel nicht in seine Hosen stopfen können! Je näher ich ihm komme, desto heller wird seine Haut. Es ist die Haut eines Nordinders, olivbraun. Ich schaue auf die schmutzige Binde, und da wird mir schlagartig klar, dass ich einen Kranken, ja, einen Versehrten vor mir habe.

Als ich zwanzig war, stellte ich mir sein Gesicht so vor, wie meines mit vierzig sein würde. Immer ging ich von mir aus: mein Gesicht, aber mit Falten, mit eingefallenen Wangen, eingefasst von grauen Haaren.

Gespannt mustere ich meinen Erzeuger. Ähnlichkeit hat immer etwas Verblüffendes. Man wird von ihr überrascht wie beim Blick in eine Spiegelscherbe. Blitzartig holt einen das Déjà-vu ein.

Ich verspüre einen leichten Schock: das bin ich und bin ich doch nicht. Er lächelt und zieht seine buschigen Augenbrauen hoch, nein, er grinst, und ich erkenne das bübische Grinsen auf Anhieb als meine eigene Dreistigkeit. Im Gegensatz zu völliger Gleichheit ist Ähnlichkeit etwas Belebendes; in diesem Augenblick untersuchen wir uns beide nach Übereinstimmungen und Unterschieden in unserem Aussehen. Beide stehen wir, belustigt und betroffen, einander im Innenhof wie ein ringendes Paar gegenüber. Wie Schattenboxer. Mein linkes Auge sendet heisse Schmerzblitze in mein Kopfinneres, ich kann an nichts anderes als mein verletztes Auge denken und hoffe, dass dieser absurde und unwirkliche Augenblick schnell vorübergeht. Ich versuche, einen Witz zu machen, und zeige auf mein Auge. Zugleich wird mir bewusst, dass dies das erste Wort ist, das ich an ihn richte. Ich zeige auf seine Nase; haben wir beide nicht dieselbe gebogene, grosse Nase? Auch seine Augen besitzen eine unverkennbare Ähnlichkeit mit denen, die mir im Spiegel entgegenschauen. Seine Schädelform ist oval, seine Lippen dünn und straff; nichts an diesem Gesicht ist wirklich alt. Die Haut ist glatt wie die eines Steines, das linke Lid hängt allerdings schlaff herunter.

Bereits nach kurzer Zeit stellt sich eine untrügliche Vertrautheit zu seinem Gesicht ein. Es gibt Augenblicke, wo es sich selbst vergisst und – das ist merkwürdig – böse wird. Ein paarmal überrasche ich sein Gesicht dabei, dass es zu einem Ausdruck der Wut und des Zorns gerinnt, wie ich es als Kleinkind erlebt haben muss.

Ich formuliere einige zurechtgelegte Sätze, die er mit einem freundlichen Kopfnicken quittiert.

Noch immer steht er im Schatten. Es ist seltsam, dass er

sich nicht von der Stelle rührt. Sein langer Oberkörper schwankt, als würde er von Winden gerüttelt, aber er verharrt weiterhin wie ein Baum am Ort. Irgend etwas scheint nicht in Ordnung zu sein. Der Stock deutet darauf hin, dass er Probleme mit dem Gehen hat. Ein Blick auf seine Füsse und ich sehe, dass er statt in Schuhen in Filzpantoffeln steckt, noch dazu barfuss, aber das könnte eine Gepflogenheit dieses Heims sein.

Zitternd macht er einen Schritt vorwärts, da klatscht sein Stock zu Boden. Er streckt mir die Hand entgegen. Er nimmt sie und schüttelt sie, bis seine Verlegenheit, seine ihn stumm machende Verlegenheit wächst. Schwankend, so dass ich nun wirklich um sein Gleichgewicht fürchte, öffnet er seinen Mund, und ich sehe, dass er weint. Leise, undeutliche Rufe und Würgen dringen zu mir.

Ich bücke mich und reiche ihm den heruntergefallenen Stock. Nun habe ich ihm das erste Mal geholfen. In kleinen Schritten geht er vor mir in die Vorhalle des Asyls und führt mich in die Kantine, wo er erschöpft in einen Stuhl sinkt.

Wir sind allein in der Kantine, die anderen Heiminsassen halten sich in anderen Räumen auf. Ich fasse es noch immer nicht, meinem Vater in einem heruntergekommenen englischen Altersheim und nicht auf der efeuumrankten Veranda einer Villa in Trinidad gegenüberzusitzen. Oder in der klimatisierten Lounge eines Flughafens. Als Kind glaubte ich, er sei Pilot und besitze ein eigenes Flugzeug; ich sah ihn in einer dunkelblauen Uniform mit leuchtenden Knöpfen über die Flugpiste schreiten. Die Knöpfe glühten wie kleine Sonnen, Hitze schwelte über der Piste, er war mein Daddy.

Noch immer hat er kein Wort gesagt. Ist es der Zustand

dieses Mannes, den mir der Botschafter verschweigen wollte? Offenbar hat es ihm gefallen, mich im Irrtum zu belassen. Hat er geglaubt, ich würde meinen Vater nicht mehr sehen wollen, wenn ich wüsste, in welchem Zustand er ist?

Wieder greift Ray nach meiner Hand, schüttelt sie und lächelt. Eine indische Pflegerin kommt an unseren Tisch und stellt sich mir als Navira vor.

»Sie müssen Robert sein«, sagt sie. »Der Botschafter von Trinidad hat angerufen und Sie angekündigt. Er wollte nicht, dass Ray einen Schreck kriegt; er ist sehr allein und empfindlich. Seine werten Freunde« – die Pflegerin spricht das Wort mit Ironie aus – »besuchen ihn kaum mehr, seit es bei ihm nichts mehr zu holen gibt.«

»Aber was hat er denn?« frage ich. Ein Verdacht setzt sich in mir fest.

»Sie sehen, in welchem Zustand er ist«, sagt die Schwester nüchtern, als würde sie einen Satz von mir ergänzen.

Rays Blicke wechseln hoffnungsvoll zwischen ihr und mir. Wieso sagt er nie etwas?

»Ich bin eigentlich nicht befugt, Ihnen nähere Auskunft zu geben. Das ist Sache der Heimleitung.«

»Wieso sagt er nichts?« beharre ich.

Ray ist aufgestanden, stützt sich mit einer Hand auf den Stuhl und schlägt leise mit dem Stock auf den Boden. Nun erst sehe ich den grossen, nassen Fleck auf seiner Hose. Auch sein Blick wandert über seinen Bauch hinunter bis zum Fleck. Es ist ein Fleck, der nicht grösser und nicht kleiner wird. Rays Blick irrt weiter zwischen der Schwester und mir.

»Was hat das zu bedeuten?« frage ich. »Warum redet er nicht? Kann er kein Englisch?«

Verlegen schweigt die Pflegerin.

»Wollen Sie andeuten, dass er kein Wort mehr herausbringt?«

»Ich fürchte, ja«, sagt sie. »Er hat seine Sprache verloren.«

»Er kann überhaupt nicht mehr sprechen? Also auch nicht mehr mit mir reden?«

Kopfschütteln.

»Aber wie finde ich dann heraus, wer er überhaupt ist? Ich muss Ihnen meine Situation erklären. Ich habe diesen Mann noch nie gesehen, er ist mein Vater. Deswegen –«

»Ich weiss, das hat mir der Botschafter erklärt.« – Dann lächelt sie: »Seien Sie versichert, im Vergleich zu den anderen, die jeden Morgen wie tot im eigenen Urin liegen, wirkt Ihr Vater geradezu beängstigend lebendig. Er kann sehr lustig sein, ausgelassen und glücklich. Er ist sehr stark.«

Mit einem neuen Blick suche ich Rays Zimmer. Ich tröste mich mit dem Gedanken, dass Ray gut hierherpasst, dass es keinen Ort geben könnte, der für ihn geeigneter wäre. In diesem Thomas More Asyl sitzen die letzten Verlierer von Britanniens Kolonialgeschichte.

VERSCHLUCKTE GESCHICHTE

Ich beobachte, wie mein Vater ein Handtuch, das in seinem Zimmer auf dem Bett liegt, auf Geheiss der Pflegerin zusammenfaltet. Er ist sehr sorgfältig. Im Fernseher läuft ein Film über das Leben von Lady Di. Er steht mit offenem Mund da, verfolgt die strahlende Prinzessin und kriegt feuchte Augen. Ich studiere die Bewegung seiner Hände, seine langen Finger, die ein schwerer Ring ziert. Ein schmerzhafter Kontrast liegt zwischen dieser Eleganz seiner Hände und der Unbeholfenheit, mit der er sie bewegt. Aus allem versuche ich eine Bedeutung abzuleiten. Ich sage mir, er faltet gern Handtücher, er mag Lady Di, unentwegt sage ich mir solche Banalitäten, die mich nicht weiterbringen. Sobald das Gesicht von Lady Di auf der Mattscheibe erscheint, stösst er einen Seufzer aus: aber das machen wohl alle Alten hier, und es ist nicht besonders signifikant. Jedenfalls lauere ich auf alle seine Huster, auf sein Zwinkern oder sonst ein Zeichen, hinter dem sich eine Eigenart oder sonst etwas Aufschlussreiches verbergen könnte.

Nach dem Vieruhrtee führe ich ihn von der Kantine in sein Zimmer, halte dabei seinen gesunden rechten Arm, während er weiter mit dem Stock herumfuchtelt und ich mich dabei ertappe, wie ich mit ihm rede. Wie man mit einem Kind redet, ihm zuredet, mit dieser Sprache, die den angeredeten Körper um Handbreite verfehlt.

So sind unsere Rollen vertauscht. Er, der einmal das Kind, das ich gewesen bin, mit seiner Sprache beflüstert oder auch zurechtgewiesen hat, wird jetzt von mir bevormundet. »Nicht nach links«, sage ich, und: »Jetzt heben wir den Fuss, damit wir heil über die Schwelle kommen.«

Und schon stolpert er wieder und droht hinzufallen.

Wie hat er seine Sprache verloren? Bei welchem Ereignis? Die Heimleiterin wird mir Auskunft geben müssen.

Im Flur treffe ich auf einen geschrumpften, kolonialen Greis. Er trägt eine komplette Khakiuniform mit Tropenhelm, unter dem ein mit Stoppeln und Narben gezeichnetes Äffchengesicht hervorsticht. Beim Näherkommen reisst er seine Kinderaugen auf und fixiert mich neugierig. Eng an die Wand geschmiegt, kriecht er voran, wobei er sich an eine hervorstehende Leiste krallt. Auf gleicher Höhe mit mir lässt er die Leiste los, um ordnungsgemäss zu salutieren, verliert dabei das Gleichgewicht und muss erneut nach der Leiste greifen. In meinem Rücken ertönt ein haarnadelspitzer Schrei.

Mister Stanley zittert am ganzen Leib. Ich stosse eine andere Türe auf und erblicke sechzehn Greisinnen beim Vorabendprogramm von BBC. Weisshaarig, zerzaust und mit knochigen Vogelgesichtern sitzen sie zufrieden auf einem hufeisenförmigen Sofa, malmen, spucken und speicheln. Bevor ich einen Fuss in das Zimmer setze, füllt eine der Damen – sie geht gegen achtzig, und der Brei klebt an ihrem bärtigen Kinn – ihren Brustkasten mit Luft und entlässt diesen Schrei. Die Füsse in abgewetzten Filzpantoffeln, wasserrohrdünne, bleiche und nackte Beine, schreit sie, dass ihre Rippen vibrieren. So enthemmt, wie ich es einer alten Frau nie zutrauen würde.

Überraschend kommt mir ein Schwarzer im Rollstuhl entgegen, der von einem Pfleger geschoben wird. Mit der Miene eines Politikers von Rang streckt er mir feierlich die Pranke zur Begrüssung entgegen: eine flache, goldberingte Hand, leicht gegen aussen gedreht.

»Mister Lewis Nassbitt aus Barbados«, ruft mir ein Pfleger zu. Er heisst Norman, wie ich einem Schildchen entnehme, und unter seiner weissen Kutte glänzt ein Stück seiner nackten, unbehaarten Brust. Seine Haare riechen betäubend nach Pomade.

Mister Nassbitt macht auf sich aufmerksam.

»Er hat gefragt, wieviel Mann wir bei der Küsteninvasion verloren haben. Welche Verstümmelungen wir zu erwarten haben, wie viele Raketen noch zur Verfügung stehen, wer ihm die Handgranate in die Manteltasche gesteckt hat und von welcher Gefechtsstärke die Flotte im Augenblick ist. – Mister Nassbitt, Sir, ging längere Zeit zur See, und es entspricht seiner Gewohnheit, seine Untergebenen täglich nach dem Zustand seiner Flotte zu fragen, denn er möchte die Übersicht nicht verlieren.«

»Was war Mister Nassbitts Rang zur See?« frage ich vorsichtig, denn ich möchte niemanden verletzen.

»Mister Nassbitt war Admiral«, sagt Norman steif. »Oder lassen Sie es mich so sagen: Er war Schiffskoch und wurde bei uns in den Rang eines Admirals erhoben.«

»Ai, ai«, rufe ich, »alle Mann lebend zurück. Keine Verluste, Gefechtsstärke unverändert.« – Und Lewis' Gesicht erhellt sich, und er setzt zu einem schneidigen Gruss an.

Gott sei Dank muss ich bis zum »Headmaster« nicht das ganze Haus durchqueren, sondern stehe bald vor Miss Curtis' Türe. Eine rothaarige Frau Mitte Vierzig begrüsst mich und ist keineswegs erstaunt über mein Auftauchen. »Sie sind Mister Randeens Sohn«, sagt sie mit hochgezogenen Augenbrauen. Mein Auge tränt, ich schwitze, weil alle Zimmer überheizt sind. Meine zerfranste Jacke habe ich ausgezogen, um keinen ungünstigen Eindruck zu erwecken. Ich nehme meinen Notizblock hervor und will mich setzen, bemerke aber gleichzeitig, dass es nur einen Stuhl in diesem engen Zimmer gibt. Und auf den hat sich Miss Curtis gesetzt. Sie schlägt die Beine übereinander, öffnet die Akte und beginnt in einem Englisch zu reden, das ich beim besten Willen nicht verstehe.

Ich unterbreche Miss Curtis mit der Bitte, langsamer zu

reden, und verweise auf meine schlechten Englischkenntnisse.

»Ray ist erst vor einigen Monaten eingeliefert worden. Zuletzt hat er in einer Sozialsiedlung namens ›Worlds End‹ in einer Einzimmerwohnung gelebt, eine Kellerwohnung«, sagt Miss Curtis in einem Tonfall, bei dem ich mir ein Loch voll schmutziger Kleider, verklebter Fenster, klebrigem Geschirr und einen durchgewetzten Teppich vorstelle.

Miss Curtis hält den alten Aktenordner wie ein widerspenstiges Kleintier auf ihrem Schoss, wobei ihr immerzu einige vergilbte Blätter herausfallen, die sie dann mit Kopfschütteln hochhebt. Offenbar scheint sie nichts Brauchbares über Rays Krankengeschichte in dem Ordner zu finden. Ja, es ist nicht einmal sicher, dass der Ordner Rays Daten enthält.

»Genauer gesagt, man hat ihn auf der Strasse gefunden. Ohne Pass, ohne Wohnung. Er scheint sich nicht mehr gut erinnern zu können, auch nicht, durch welchen Vorfall er seine Sprache verloren hat. Offenbar muss es sich um einen Schock oder Schlag gehandelt haben, denn anders verliert man nicht einfach seine Sprache. Sein Gehirn scheint ansonsten intakt, soweit sich das beurteilen lässt.«

Der Tonfall, mit dem Miss Curtis die Botschaft verkündet, lässt darauf schliessen, dass sie in der Verwaltung menschlicher Defekte viel Erfahrung hat.

Ich würde gerne alles genau notieren. Aber in Miss Curtis' Unterlagen gibt es ausser Einlieferungsdaten und halbamtlichen Bedeutungslosigkeiten nichts, was ich über Ray erfahre. Es ist wie in einem Alptraum, in dem mein Wunsch, endlich mehr über ihn zu wissen, ins Leere läuft. Über Miss Curtis befindet sich eine Ablage mit weiteren

Ordnern, die keineswegs vertrauenerweckender aussehen. Offenbar werden die Papiere hier bloss zu Alibizwecken gesammelt. Man scheint mehr an der Staatsrente der Insassen als an deren Heilung interessiert.

»Wann«, frage ich, »glauben Sie, ist es zu diesem Sprachverlust gekommen? Hat mein Vater einen gefährlichen Beruf ausgeübt?«

»Sorry, Robert, leider kann ich Ihnen nicht sagen, welchen Beruf er ausgeübt hat«, entgegnet Miss Curtis.

»Aber es muss doch irgendein Dokument geben, auf dem seine Tätigkeit angegeben ist. Etwas, wo man nachlesen kann, ob er irgendwelche Verwandte oder eine Familie hat?«

Ungerührt schüttelt Miss Curtis den Kopf. Dass man ihn ohne irgendwelche Papiere aufgefunden hat, scheint angesichts von Tausenden gestrandeter Obdachloser in dieser Stadt keine grosse Sensation.

Die Pflegerin Navira ist hinzugekommen und verfolgt aufmerksam unsere Unterhaltung. Weiss sie mehr über Ray?

»Das Ereignis, wenn wir mal so sagen wollen, kann einige Monate, aber auch Jahre oder Jahrzehnte zurückliegen. Einiges deutet darauf hin, dass Ihr Vater seit längerer Zeit mit diesem Sprachverlust lebt. Vielleicht hat er deswegen auch seine Arbeit verloren und ist auf der Strasse gelandet. Wenn man wüsste, um was für einen Schock es sich handelt, könnte man eine gezielte Therapie beginnen.«

Navira lächelt: »Aber Ray existiert ja noch, wie Sie sehen. Er ist noch nicht in jenem wunderbaren Zustand zwischen Himmel und Hölle, wo er einen Nachttopf mit einer Frühstückstasse verwechselt. Er hat Sie erkannt, er freut sich, dass es Sie gibt und dass Sie da sind, nicht wahr? Und ich mache jeden Tag Bewegungstherapie mit ihm.«

»Yes«, sagt Miss Curtis erleichtert.

»Was kann ich denn für ihn tun?« frage ich die Pflegerin Navira niedergeschlagen.

»Nichts«, sagt sie, »seien Sie einfach sein Sohn. Kommen Sie ihn ab und zu besuchen. Seien Sie einfach da.«

BRÄUTIGAM

Als Kind wollte ich einen Zauberer als Vater. Er musste einen grossen Kopf haben, dazu einen langen Bart und einen Mantel wie ein Zelt. Ich stellte mir vor, dass unter so einem Mantel all das Platz hat, was ich mir wünschte. Autos, Flugzeuge, Teddybären oder Spielzeug. Und ein Zauberstab, mit dem man ins Land der Drachen, Feen und Zwerge fliegen kann.

Wir sitzen im Garten, Ray in eine dicke Wolldecke gehüllt. Der Garten besteht aus einem viereckigen Stück Rasen mit niedrigen hölzernen Sitzbänken, eingefasst von einer Backsteinmauer. Man sieht nur den Rasen und die Backsteinmauer, dazu ein Viereck vom Himmel, an dem im Zweiminutentakt Flugzeuge nach Heathrow vorbeidröhnen. Flugzeuge der Indian Airline nach Bombay, der American nach New York und der British Westindian nach Trinidad. Ich habe nichts zu tun, Ray hat nichts zu tun, also entziffere ich die Schriften und Flaggen auf den Flugzeugbäuchen, bis mein Genick schmerzt. Das Dröhnen der Maschinen erfüllt das Gartenviereck, aber dafür scheint die Sonne. Ich hülle mich in meinen beigen Regenmantel und beginne mich zu entspannen. Für den Augenblick bin ich einfach glücklich, meinen Vater gefunden zu haben. Glücklich, neben ihm sitzen zu können, ihn atmen zu hören.

Ray trägt ein weisses Hemd, wie ein Bräutigam, der auf seine Braut wartet. Es rührt mich, dass er das Hemd wegen mir angezogen hat. Auf dem Gartentisch steht ein blaues Maschinchen, das uns Navira hingestellt hat. Es sieht aus wie eine amputierte Schreibmaschine, und wenn man Buchstaben eintippt, erscheinen sie gut leserlich wie kleine Leuchtreklamen auf einem Display.

»Wie heisst dein Vater, wie deine Mutter?« frage ich Ray. »Und wie alt bist du?«

Ray beugt sich schniefend über die Kindertastatur und tippt langsam einige Buchstaben ein, die leider kein Wort ergeben. Er setzt neu an. Nach etlichen Minuten dann steht ein Wort da: »MAD«.

»Wer ist verrückt, Ray? – Navira, oder meinst du etwa dich selber?«

Ray zeigt mit dem Finger auf mich und beginnt heftig zu lachen. Aus seinen Ohren quellen kräftige Haarbüschel, sein Nacken ist gespannt und muskulös. Vor seiner Lähmung muss er ein furchteinflössender Kerl gewesen sein, so bullig wie der alte Sikh auf der Toilette des Flughafens. Der trug einen kompliziert geschlungenen roten Turban, seine Hände waren lang und knochig, und umständlich zog er sein Glied aus den flatternden Tüchern. Wie ein jahrhundertealter Baumpatriarch stand er neben mir und liess endlos lange sein Wasser. Ungekämmt fielen seine Barthaare auf die Brust, sein Gesicht glich einem umgegrabenen Acker voller Furchen und Narben und sein Blick bohrte sich, starr und unbeirrbar, geradewegs in die

Kachelwand, als könnte er durch das Loch bis nach Bombay, Jayalapur oder in verwucherte Urwälder schauen.

Als er die Toilette verliess, bemerkte ich seine nackten, braunen Füsse, die wie knorrige Wurzeln aus den Hosen staken.

Ich lösche das Wort »MAD« auf dem Display und frage Ray noch einmal, wie seine Eltern hiessen.

Während er mit einem Finger zu tippen beginnt, schürzt er seine Lippen und macht ein verwundertes Gesicht. Schnurrbart und Augenbrauen sind stärker gebleicht als seine Haare. Er strengt sich an und versucht mir zu helfen.

BOUXNDREHHSINQQANAN.

»Heissen deine Eltern wirklich so?« frage ich enttäuscht.

Ich lösche das Wort, und Ray tippt von neuem ein.

»Wo hast du meine Mutter kennengelernt? Warum seid ihr auseinandergegangen?« –

BONDREE N OLIVE, lese ich nun im Maschinchen. »Boundree und Olive«, wiederhole ich, um sicherzugehen, dass er nicht irgendwelche Namen, sondern die meiner Grosseltern aufgeschrieben hat.

Er nickt und seine Augen leuchten.

»Woher stammen Olive und Boundree, Ray?«

Wieder beugt er sich über das blaue Maschinchen, aber nun haben die Batterien den Geist aufgegeben. Die Schrift verblasst, ähnlich wie Erinnerungen im Gedächtnis erlöschen, wenn sie nicht immer wieder abgerufen werden. Ray, völlig erschöpft, hat einen Hustenanfall, so dass wir in die Kantine zurückkehren.

Ein helles Glockenläuten erklingt, und ich sehe die Heiminsassen aus den verschiedenen Räumen heraushumpeln. Einige kommen barfuss in den Einheitspantoffeln, andere sind von Kopf bis Fuss ordentlich gekleidet, während wieder andere in Morgenmänteln und Pyjamas auftauchen, als kämen sie frisch aus den Betten geweht. In der Esshalle, einer Mischung aus Gefängnis, Schulkantine und Armenküche, treffen kleine Grüppchen aufeinander und setzen sich ohne Absprache an verschiedene Tische, während das Bedienungspersonal mit den Suppenschüsseln aus der Küche kommt.

Plötzlich habe ich Halsschmerzen. Benommen schaue ich zu, wie die Insassen vorsichtig die Pellkartoffeln auf ihren künstlichen Gebissen verkauen. Die Stimmung ist friedlich und entspannt. Ich schiebe den nach Pappkarton schmeckenden Fisch beiseite und lutsche eine Halspastille.

Ray hat einen Bleistift zur Hand genommen und kritzelt auf die Papierserviette. Es kostet ihn grosse Anstrengung, den Bleistift zu führen. »Uttar Par Dash«, lese ich.

»Kommen Boundree und Olive aus Uttar Pradesh?«

Ray schüttelt bejahend den Kopf.

»Stammt Boundree von dort? Nein? Also Olive? Stammt Olive aus Uttar Pradesh, Ray?«

Nun nickt er, und ich sause in meiner Vorstellung in dieses ferne Land. Ich sehe Schneegipfel, Felsen und grossgewachsene Leute. Eine fahle, nebulöse Unendlichkeit, mehr als nur Nebel, etwas Schneebewölktes, aus dem meine Grossmutter Olive auftaucht. Aber wie hat sie ausgesehen?

Am Abend rufe ich Leonie an, in der Hoffnung, den Streit mit ihr beenden und ihr von Ray erzählen zu können.

»Und wie ist er?« fragt sie, nur knapp ihre Aufregung verbergend.

»Stumm«, sage ich.

»Du meinst, er redet nicht ununterbrochen wie du?«

»Er hat seine Sprache verloren, durch was für einen Vorfall auch immer.«

Ich höre Leonie schlucken.

»Sechs Monate früher vielleicht und ich hätte mit ihm durch die Strassen von London ziehen, ihn in Diskussionen verwickeln können. Wir hätten uns gegenseitig unser Leben erzählt. Jetzt kann er nicht einmal mehr gehen und reden. Wir sitzen uns wie in einem Stummfilm gegenüber und machen Faxen, die man ziemlich vielfältig auslegen kann. Daraus lässt sich nie eine Geschichte rekonstruieren. Ich erfahre nie, wer dieser Mann ist.«

»Aber es gibt doch auch andere Möglichkeiten, jemanden kennenzulernen. Setz dich mit ihm in einen Park und beobachte ihn. Lies ihm etwas vor und studiere sein Gesicht.«

»Ich fürchte, sein Schweigen ist stärker.«

»Wann kommst du zurück? Vergiss nicht, dass auch du ein Vater bist.«

»Ich komme nicht zurück, bis ich weiss, wer er ist. Ich kann doch nicht einfach diesen stummen Vatermund anschauen und dann wieder heimreisen! Ich muss irgend etwas aus ihm herausholen. Du weisst doch, was das Sprechen für mich bedeutet! Den ganzen Tag tu ich doch nichts anderes, als den Leuten, den Schauspielern, beim Reden zuzuhören. In Gegenwart von schweigenden Menschen fühle ich mich wie verschattet. Ohne Sprache höre ich selber auf zu existieren.«

»Du übertreibst schon wieder. Vielleicht ist es ja gut, dass er dir nicht alles erzählen kann. So bleibt dir einiges erspart.«

»Du gibst dir wirklich keine grosse Mühe, mich zu verstehen.«

»Doch, aber ich kann nicht am Telefon mit dir darüber reden. Bestimmt bist du verzweifelt, Robert. Wie lange willst du denn noch in London bleiben?«

»Bis ich alles weiss.«

»Ruf mich doch an, wenn du zurückzukommen gedenkst, bitte.«

In der Nacht träume ich, mit Ray in einer grossen, sonnendurchfluteten Wohnung zu sein. Er trägt einen Massanzug und hantiert mit wertvollen Gegenständen – ich sehe undeutlich goldene Aschenbecher oder Schüsseln oder Tröge wie Sonnen. Er zieht mich zum Spülstein, wo er den linken Ärmel seines Anzugs zurückkrempelt, bis ein Armstummel ohne Hand zum Vorschein kommt. Ich helfe ihm, den Armstummel unters kalte Wasser zu halten, um ihn zu reinigen. Ein Fetzen Haut löst sich vom Stummel und bleibt im Spültrog kleben. Trotz dieses Anblicks bin ich guter Dinge, da wir nun endlich über seinen Armstummel würden reden können. Da ich weiss, dass unser Thema die fehlende Hand sein wird, schiebe ich das Gespräch hinaus, bis wir mit der Waschung zu Ende sind. Als er dann endlich zum Reden ansetzt, erwache ich.

Am nächsten Tag sitzt ein untersetzter Inder an unserem Tisch, der seinen Kopf echsenhaft nach vorne reckt. Erwartungsvoll schaut er mich an, als hätte er mich lange erwartet.

»Wie heissen Sie?« frage ich ihn.

»Alphonso Gomez«, sagt er und macht eine Bewegung, als müsste er noch einmal in den marineblauen Veston, der ihm viel zu gross ist, hineinschlüpfen. Am Ellbogen kleben eingetrocknete Speisereste, die Knöpfe sind abgerissen und seinen Kragen hat er hochgeschlagen, als herrsche hier drinnen arktische Kälte.

»Gomez ist kein typisch indischer Name«, sage ich. »Woher kommen Sie?« Ich schenke mir etwas von der braunen Brühe ein, die man uns hingestellt hat.

»Ich bin aus Goa«, sagt er brav. Dabei leuchten seine Augen, mit der Hand macht er nervöse Bewegungen, als müsse er einen Schwarm Fliegen vor seiner Nase verscheuchen. »Ich bin gestern hier angekommen. Wie Sie.« Und mit einem Blick auf mein Auge, das wieder zu tränen begonnen hat: »Kriegsverletzung, nicht wahr?«

Ich muss lachen und presse das Taschentuch aufs Auge. Abwechselnd habe ich Halsweh, ein tränendes Auge oder Durchfall.

Alphonso spielt mit dem Teelöffel, als warte er schon geraume Zeit auf eine wichtige Mitteilung meinerseits. Er tippt mit dem Finger in die Löffelkuhle, so dass der Löffel in die Luft springt und scheppernd auf die Tischplatte zurückfällt.

Ray hebt vorwurfsvoll seine Tasse. Dann lässt er sie auf den Tisch purzeln. Als ich ihm den Kaffee neu einschenke, hebt er die Tasse zitternd an die Lippen und verschüttet nervös einen Teil der Flüssigkeit auf sein Hemd.

Ich springe auf und reiche ihm eine Papierserviette, wische den Tisch sauber.

Jetzt fliegt der Löffel von Gomez erneut in die Luft, scheppert metallen auf dem Holzboden, während er sich wie ein Kleinkind die Ohren zuhält.

»Seid ihr Freunde?« frage ich und zeige mit dem Finger abwechselnd auf Ray und auf Gomez. Ray nickt, und Gomez bemächtigt sich des zweiten Löffels, Rays Teelöffel, und spickt ihn in die Luft.

»Ja, wir sind sehr alte Freunde, Sir. Gutes altes Holz, Urwaldholz, auf Lastwagen Tausende von Kilometern transportiert und einbalsamiert«, sagt er und schiebt energisch seinen Kopf vor. »Nur muss ich leider heute noch dieses Hochzeitsbankett verlassen und zurück.«

»Wohin gehen Sie, Mister Gomez?«

»Nach Goa, Sir«, sagt er, während Ray unruhig mit seinem Stock unter dem Tisch scharrt.

»Verstehe, Sie wollen weg von hier, weg von England und zurück in Ihre Heimat.«

Ray macht eine Geste, die ich als Wunsch nach einer Zigarette verstehe. Dazu zieht er geräuschvoll Luft zwischen seinen Zähnen ein. Die Zähne, habe ich einmal gelesen, gehören zu den sehr alten Teilen des menschlichen Körpers. Ray hat auffällige, braungelbe Zähne, wie ein alter Tiger. Er muss ein starker Raucher gewesen sein. Ich reiche ihm mein Paket. Auch Alphonso zieht sich eine Zigarette, und zu zweit hüllen sie sich wie Indianer in den Qualm.

»Wie lange werde ich zu Fuss bis Goa brauchen, Sir?« erkundigt sich Gomez. Er sitzt aufrecht wie ein Soldat, ein

Befehlsempfänger, und drückt den nassen Teebeutel über dem Tischtuch aus.

Ray hat sich am Rauch verschluckt und hustet drauflos. Hinter uns haben sich einige alte, kichernde Damen eingefunden. It's teatime.

»Ich muss heute noch nach Goa, damit ich vor dem Eindunkeln wieder zu Hause bin. Ich habe keine Laterne, sondern nur diese Socken«, sagt er und zeigt mir seine nackten Füsse, die in den bekannten Hauspantoffeln stecken.

Entschlossen erhebt sich Ray und schlägt mit dem Stock auf den Boden. Ein alter Hirte, der die Herde versammelt, ein Herrscher, der diesen Gomezschen Unsinn nicht länger erträgt.

Eine Alte in einem aus Patchworkstoffen gewirkten Morgenmantel kommt herangepirscht und legt mit einer verstohlenen Gebärde eine Zeitung auf Rays Stuhl.

»Die Post, Sir«, erklärt Gomez und setzt sich auf die Zeitung. »Was gibt's Neues im Reich? Engländer im Dschungel von Schlange erdrosselt. Die Queen hat eine Seife verschuckt und jetzt müssen wir das British Commonwealth auflösen. Shirleys Zeitungen sind sehr wertvoll, Sir.«

Ich fische mir eine Zeitung und beginne zu lesen. Es ist eine alte »Times«.

Wir gehen alle drei auf das Zimmer von Gomez. Auf einem der Fotos an der Wand sehe ich ein junges, wettergegerbtes indisches Gesicht unter einer steifen englischen Offiziersmütze. Gomez diente offensichtlich in der englischen Marine: Gomez fünfundzwanzig und strahlend naiv, Gomez dreissig und ungebrochen, Gomez stattlich um die Fünfzig. Kraftstrotzend und selbstsicher.

Aber sein Gedächtnis weist erhebliche Lücken auf. Er

wiederholt das Wort »Marineoffizier« und schüttelt den Kopf, als würde er es zum ersten Mal hören. Wie der ehemalige amerikanische Präsident, der jeden Morgen dasselbe Laub aus seinem leeren Swimmingpool kehrt, das ihm seine Leibwächter am Abend zuvor hineingeworfen haben.

Ich setze mich auf Gomez' Bett. Ray bleibt lauernd an der Türe stehen. Plötzlich spüre ich etwas Hartes unter dem Kissen. Meine Hand gleitet vorsichtig unters Laken und fährt erschrocken zurück. Etwas Feuchtes, Nacktes und Kaltes liegt unter dem Kissen. Totes Fleisch, wenn ich nicht irre: Ich zerre die Decke weg.

Ein Huhn! Ein nacktes, pfannenfertiges englisches Huhn, das einen frischen Geruch verströmt.

Gomez geht verlegen im Zimmer auf und ab.

Jetzt brauche ich einen Schluck Whiskey. Ich kehre mit beiden in die Kantine zurück und packe die Flasche aus, die ich eigentlich für Ray gekauft habe. Was hätte ich ihm anderes schenken können? Was schenkt man jemandem, den man nicht kennt? Süssigkeiten, ein Buch oder eine Krawatte?

Zu dritt tippen wir Wörter ins Maschinchen.

»HAIDJAGFEST. – Was heisst das?« frage ich.

»Eine Ortschaft in Goa«, sagt Gomez.

»JOJDGERT?«

»Ein Fluss in Goa.«

DASGELKRTE. HÜGDBARTEFETUSGEKDTER.

Rays Augen leuchten. Er mag das Spiel.

Ich schenke uns die Gläser halbvoll. Von nun an werde ich dieses Spiel jeden Tag spielen. Werde eine neue Flasche Whiskey besorgen, damit wir unseren Spass haben.

»Wollen Sie Ihren Vater umbringen?«

Hoch aufgerichtet und wütend steht Navira hinter mir.

Vater ... umbringen! – Wie ein Echo hallen die beiden Wörter in meinem Kopf. Warum sollte ich meinen Vater umbringen wollen? Für den Bruchteil einer Sekunde bleibe ich an dieser Frage hängen. Will ich ihn nicht doch umbringen? Käme es nicht einer Erlösung gleich?

Navira wickelt die Whiskeyflasche wieder ins braune Papier und reicht sie mir.

»Sie bringen Ihren Vater um, wenn Sie ihm solch hochprozentigen Alkohol geben, er leidet doch an Hypertonie.«

Ich sinke schuldbewusst in mich zusammen. Ungerührt sitzt Ray da und reagiert mit keiner Miene auf die Szene. Sein Gesicht ist so unbeteiligt, als würde er mit offenen Augen schlafen.

Ich reiche Navira stumm das Gomezsche Huhn.

»Er stiehlt die Hühner aus der Küche«, sagt sie. »Nur gut, dass Sie es so schnell gefunden haben.« Naviras Wut ist gleich verraucht: »Was machen wir mit den halbvollen Gläsern?« fragt sie.

»Wir stossen miteinander an«, sage ich und reiche ihr ein Glas, das sie mit der linken Hand fasst.

»Zum Wohl, ich heisse Navira«, sagt sie, und in ihren Augen blitzt eine kurze, durchdringende Lebenslust auf. Dann packt sie die Gläser und das nackte Huhn und geht weg.

»Robert«, murmle ich ihr nach. Wie gerne hätte ich meinen Namen nur einmal aus Rays Mund gehört. Mit welcher Intonation, frage ich mich, würde er ihn aussprechen?

Ich gehe mit Ray in sein Zimmer. Während sein Fernseher ununterbrochen läuft, blättere ich einen alten Stapel

Zeitschriften durch, der neben seinem Bett liegt. Eine Ausgabe über Hunderennen, über Lauren Bacall, Rita Hayworth und Bleirückstände in britischem Fisch.

Zeugnisse seines Lebens?

Ich schaue mich um: leere Regale, keine versteckten Tagebücher, keine aufschlussreichen Briefe, keine Karten voller Seufzer und keine Hinweise auf verschwenderische und lasterhafte Hobbys. Natürlich: keine Handbibliothek, aber auch kein Feuerzeug, kein Adressbuch. Ich bin ratlos.

Gerne hätte ich ihn gefragt, ob er lieber Fish & Chips oder Curry mit Huhn und Calalloo mag. Oder ob er Marschmusik dem Calypso vorzieht. Warum er Rita Hayworth und nicht beispielsweise eine indische Schauspielerin aus einem indischen Film verehrt.

Wie überhaupt, frage ich mich jetzt, hängt ein Mensch mit den Dingen, die ihn umgeben, zusammen? Gehört ihm das Bild an der Wand, die Tasse, der Aschenbecher? Gehört ihm der Fernseher, das Bett, der Schrank? Wo sind all die Dinge, die ihn immer begleitet haben?

Es gibt einen Schrank voll alter Uniformen. Die Knöpfe abgerissen, die Tressen und Abzeichen entfernt – aber immerhin Uniformen. Ich vermute, dass es Uniformen der britischen Armee sind.

Und es gibt eine kleine Armada von Modellflugzeugen, die auf seinem Nachttischbord stehen. Sieben aus Plastikteilen zusammengesetzte Modellflieger der Royal Air Force, aus verschiedenen Jahrzehnten. Nostalgische Fetische und Bubenträume.

»Fliegst du gerne?«

Ray verschliesst seinen Mund und dreht den Kopf von mir weg. Er scheint von meinem Herumstöbern peinlich berührt. Er humpelt stocklos zum Nachttisch und entnimmt dessen Schublade eine Tonkassette mit indischer Sitarmusik, die ich abspielen soll.

Ist es das, was mein Sohn sucht? scheint er sich zu fragen. Will er diese alte Geschichte vom indischen Vater, sich verlocken und verführen lassen durch Exotik? Glaubst du, diese feingliedrige, vergeistigte, knöchelchengenau phrasierte Musik sei deines unbekannten Vaters Lieblingsmusik?

Schweigend steht er da, zuckt mit den Schultern und hat das Lächeln einer Sphinx. Ich fasse ihn an der Hand, streichle einen Augenblick über seine braune Haut. Ein merkwürdiges Gefühl der Wärme strömt in mich. Ich möchte ihn weiterstreicheln, ohne Unterlass. So süchtig, als hätte ich noch nie Haut gestreichelt. Braune Haut.

Mögen wir uns eigentlich? Wir sind dabei, uns aneinander zu gewöhnen. Wir umkreisen einander, verbergen unser Misstrauen, vertagen unsere Erwartungen. Wahrscheinlich haben wir beide grosse Hoffnungen gehabt. Mit Sicherheit erwartet Ray, dass ich ihm aus diesem Sumpf heraushelfe, während ich die Hoffnung nicht aufgebe, von ihm ein Stück meiner Kindheitsgeschichte zu erhalten. Wie steht es um sein Gedächtnis? Auch wenn er motorisch behindert ist, muss er ja nicht alles vergessen haben.

Aber während mein Blick an seinen buschigen Augenbrauen hängenbleibt, bildet sich in mir die Gewissheit, dass er zu denjenigen gehört, die sich gar nicht mit dem Leben als etwas Zusammenhängendem beschäftigen.

Kann er sich gar nicht mehr an meine Mutter und mich erinnern?

Irgendwo habe ich über eine Person gelesen, sie hätte sich ungeschichtlich gemacht. Ray hat sich ungeschichtlich gemacht, das ist fast eine Untertreibung.

SOLDAT

Nachdem ich am nächsten Morgen von meinem Hotel aus zuerst einen Spaziergang absolviert habe, erwartet mich die indische Pflegerin Navira im Heim. Sie zieht mich in ein Bürozimmer.

»Ich habe etwas in Rays Wäsche gefunden, es lag zwischen seinen Hemden.«

Sie reicht mir zwei Zeitungsausschnitte der »London Weekly Times« vom Freitag, dem 12. Februar 1993:

Rassismus vertreibt alten Soldaten

Ein Ex-Soldat will nach Trinidad zurückkehren, nachdem er über dreissig Jahre in England gelebt hat. Er sagt, Rassisten würden sein Leben hier unerträglich machen. Mister Randeen wurde in Trinidad geboren und kam 1957 nach England, wo er in der R.A.F. Dienst machte. Wie bekannt wurde, war er in Chelseas »Worlds End Estate« verschiedentlich das Ziel rassistischer Übergriffe.

Diese Attacken, die sowohl in verbalen wie physischen Angriffen gipfelten, liessen ihn nicht nur in einem verängstigten und depressiven Zustand zurück, sondern verursachten auch seinen hohen Blutdruck. Mister Ray weigert sich, darüber zu reden. Es scheint, als hätten ihm die Abscheulichkeiten die Sprache geraubt.

In den Text gesetzt ist ein Foto von Ray: ein breitschultriger, grossgewachsener Mann, der seine Arme verschränkt, als müsse er sich schützen. Sein fragendes Gesicht der Kamera zugewandt. Darunter die Legende: *Mister Randeen, ein weiteres Opfer von sich häufenden Strassenüberfällen.*

»Dein Vater hat offenbar schlimme Dinge durchgemacht«, sagt Navira. »In dieser Zeit organisierte die National Front solche rassistischen Übergriffe. London hat damals viel von seinem Charme verloren. Der Rassismus kam mit der Rezession hoch. Immerhin hat die Regierung ihm für diese Übergriffe Schmerzensgeld bezahlt.«

»Ob es das war, was ihm die Sprache verschlagen hat?«

Wir neigen uns beide wie zwei Detektive über den gelben Zeitungsausschnitt.

»Mir scheint eher, er hat schon damals seinen Wohnort auf die Strasse verlegt und seine geistige Verwirrung ist schon früher dagewesen.«

Navira schaut mich prüfend an. Ich bemerke zum ersten Mal ihre geschwungenen, kirschroten Lippen. Indische Frauen haben andere Lippen als weisse. Durch die braune Haut wirkt das Rot tiefer und geheimnisvoller. Auch ihre Augen leuchten heller aus dem Gesicht, ihre Handknöchel sind schmal, während die Schulter runder ist als bei den Europäerinnen. Anders als bei Leonie. Ich schaue sie an und frage mich, wie es wäre, wenn ich mich in die indische Navira verlieben würde. Keine laute, direkte Selbstfrage, sondern eher ein versteckt aus einem Winkel des Gehirns auftauchender Gedanke. Gleichzeitig frage ich mich, ob ich für sie auch indisch aussehe. Ist meine Haut dunkler oder heller als ihre? Aus Erfahrung weiss ich, dass Rassenzugehörigkeiten sehr verschieden gelesen werden können. Wie oft war ich schon Türke, dann wieder stand ich als sephardischer Jude da. Aber immer war ich neben der blonden Leonie der Dunkle.

»Bist du aus Indien?« frage ich.

»Nein, aus Helsinki«, lacht sie. – »Falls du glaubst, alle Inder, die dir hier begegnen, hätten ihre Füsse im Schlamm des Ganges gebadet, irrst du dich. Leider bin ich nicht aus Indien, war da nicht einmal zu Besuch. Indien ist mein grosses, unbekanntes Traumland. – Bist du etwa aus der Tschechei?«

»Ich bin ein Sennenbub aus der Schweiz.«

»Wollen wir eine Zigarette rauchen?«

Zusammen gehen wir zum Ausgang des Hauses und stellen uns wie Wachposten vor das Portal, wobei Navira auf dem Weg hinaus ihren weissen Pflegerinnenschurz ablegt.

»Ich mag's nicht, wenn mich die Leute in meiner Berufsverkleidung sehen«, sagt sie und steht in einem senfgelben Minirock und roter Bluse neben mir.

»Was machst du?«

»Ich bin Dramaturg. Bearbeite sozusagen die Konversationen von anderen. Und du?«

»Ich jobbe hier, um mir das Studium zu verdienen. Aber frag mich nicht, in welche Richtung ich gehe, ich weiss es nicht und möchte mich auch noch nicht festlegen.«

Ich bin auf alle möglichen Enthüllungen gefasst. Eine Spannung baut sich zwischen uns auf, so dass ich den Wunsch verspüre, sie zu berühren, all die Worte, Sätze, Versicherungen und Annäherungen zu überspringen, um ganz einfach über ihre Haut zu fahren. Statt dessen grüble ich weiter.

»Du wirkst etwas düster«, stellt Navira fest.

»Immer von neuem muss ich mich mit dem Gedanken

vertraut machen, dass dieser Mann nun mein leiblicher Vater ist. Er ist mir nah und fremd zugleich, wie ein ferner Verwandter. Gibt es denn niemanden, der mir weiterhelfen könnte?«

»Was willst du wissen?«

»Ich möchte mehr über seine Vergangenheit erfahren, herausfinden, was es mit dem Sprachverlust auf sich hat.«

»Und deine Mutter?«

»Hüllt sich in Schweigen.«

»Du scheinst völlig angefressen von dieser Sache. Genügt es dir nicht, deinen Vater vor dir zu sehen? Ihn anzufassen? Warum verzehrst du dich so nach seiner Geschichte?«

»Ich kann's dir nicht erklären. Ich bin mit meinem Stiefvater Neil aufgewachsen. Alles was mit Ray zusammenhing, war völlig tabuisiert.«

Navira schweigt und guckt in den grauen Himmel. Es ist schön, denke ich, wenn man auf diese anmutige Art in den Himmel gucken kann. Mir kommt es vor, als würde ich sie schon sehr lange kennen. Als sie weiterschweigt, sage ich ohne zu überlegen: »Ich stellte mir gerade vor, wie es wäre, dich anzufassen.«

»Würd ich an deiner Stelle nicht tun, es sei denn, du willst dir die indische Lepra holen.«

»Oder gar deine Lippen zu küssen.«

»Magst du Lippen?« lacht sie.

»Deine schon. Ich habe noch nie eine indische Frau geküsst.«

»Indische Frauen darf man nicht küssen, sonst verflüchtigen sie sich zu Geistern. Aber vielleicht denkst du dir ja, meine Küsse wären so heiss wie der Atem des indischen Dschungels. Oder so ähnlich, nicht wahr.«

Beide blasen wir unsere Rauchwölkchen in die feuchte Stadtluft. In einiger Entfernung braust der Stadtverkehr vorbei, linksseitig hängen sich die alten Cabs in die Kurve, bevor sie über die Battersea Bridge keuchen. Ich stehe mit Navira auf einer Insel, die genauso gross ist wie unsere vier Füsse.

»Das Stöcklein«, sagt Navira, »hast du das gesehen?«

»Ja, ich würde mir wünschen, ihn mit diesem Stöcklein durch die Strassen ziehen zu sehen.«

»Ist es dir wichtig, dass er aus einem begüterten Haus stammt? Willst du dich durch den silbernen Knauf am Stock deines Vaters selber adeln?« fragt sie.

»Ich fand Millionäre, Geldgeier und Hochadlige bis jetzt immer das Überflüssigste auf der Welt.«

»Aber du suchst deinen Traumvater, nicht wahr?«

»All die Jahrzehnte hatte ich's immer mit Vaterfiguren. Ich fuhr eine dämonische Rolle nach der anderen auf die Bühne, bis ich selber dahinterkam. Texte von vatertauglichen Männern habe ich hochgeschraubt, um sie noch dämonischer, abgründiger und imposanter zu machen. Den Nathan –«

»Wer ist das?«

»Ein Jude aus einem deutschen Theaterstück, den habe ich noch weiser und gewaltiger gemacht, und statt den Alten in Becketts ›Last Tape‹ dahinmümmeln zu lassen, habe ich ihn zum Obervater hochstilisiert. Hamlet den Zweifler habe ich nie gemocht und zum Schrecken jedes Regisseurs seine Rolle vermasselt. Mein letztes Stück war das eines Sechsundzwanzigjährigen; ein Kammerspiel in einer Gartenlandschaft mit einem Alten namens Brosamer und einem sträflich unerfahrenen jungen Mann namens Manuel. Während Manuel mich nicht im geringsten interessiert hat, so dass ich seine Rolle kürzte, habe ich diesen Brosamer zum Vaterersatz aufgeblasen. Schwul, glatzköpfig, allwissend, dämonisch – zum völligen Gegenteil von Ray, wie ich jetzt weiss.«

»Aber so Vorbilder hat doch jeder, findest du nicht?«

»Marlon Brando, Miles Davis, Che Guevara –«

»Mag ich auch.«

»– und Künstler und Schriftsteller und Schamanen und Gurus und und und. Aber aus der normalen Bewunderung wurde bei mir ein Tick. Irgendwie kam ich ohne diese Ersatzväter nicht aus.«

»Warum sagst du Tick? – Es ist doch mehr eine Sehnsucht. Bei mir ist Indien so eine Sehnsucht. Immer wünsche ich mir, dahin fahren zu können, aber dann tue ich's doch nicht. Bereits habe ich mich damit abgefunden, immer nur davon zu erzählen.«

Wir zünden uns gegenseitig, die Arme untereinander kreuzend, neue Zigaretten an.

»Ich muss jetzt leider zurück an die Arbeit.«

Navira zaubert Füller und Zettel aus ihrer Bluse.

»Dreh dich um, damit ich eine Schreibunterlage habe.«

Gebückt stehe ich da und schaue auf die wippenden Spitzen ihrer Schuhe hinter mir, während sie ihre Adresse auf den Zettel auf meinem Rücken kritzelt.

»Besuch mich morgen, dann gebe ich dir vielleicht einen Kuss, dear Robert. – Mach einen Spaziergang mit deinem Vater. – Du musst ihm einfach näherkommen, dann spürst du ihn besser. Und vielleicht trefft ihr jemanden auf der Strasse, der ihn kennt.«

Am nächsten Tag hilft mir Navira, Ray in einen Rollstuhl zu setzen. Rays linke Körperhälfte ist mehr oder weniger vollständig gelähmt und seinen Arm trägt er in einer Schlinge. Nach einer halben Stunde Vorbereitung verlassen wir endlich das Thomas More Asylum. Auf einmal stehe ich mitten in Battersea allein mit ihm. Allein mit einem Rollstuhlinsassen, mit dem ich erst mal die Tücken der Gehsteige kennenlerne. Denn die Londoner Gehsteige sind höher als die kontinentalen, so dass die schlecht gepumpten Reifen des Rollstuhls die Schläge beim Herunterrollen voll an Ray weitergeben. Stockend überqueren wir die Battersea Bridge und biegen dann in die belebte King's Road ein. An der Ecke King's Road und Beaufort Street kippt er mir fast aus dem Rollstuhl; während die hinteren Räder noch auf dem Absatz stehen, sitzen die Vorderräder blockiert im Rinnstein fest, und seine gelähmte Körperseite hängt gefährlich über die Armlehne hinaus. Da beginnt er plötzlich zu lachen. Er schüttelt sich vor Lachen. Ich kann nichts dagegen tun, scheint er zu sagen, ich kann über diese ganzen Mist nur lachen. Lachen über mein Leben, um das ich mich nie gekümmert habe, Junge. Nun hat's mich endgültig aus der Bahn geworfen. Das Leben ist ein Vabanquespiel, das man gewinnen oder verlieren kann; ich hab's verloren, weisst du, aber ich kann nichts dafür, denn ich bin ein Volltrottel, und jetzt ist es ohnehin zu spät, daran etwas ändern zu wollen.

Nachdem uns ein freundlicher Passant geholfen hat, gehen wir aufmerksam und heldenhaft weiter. Wir haben Glück mit dem Wetter, die Sonne blinzelt hinter Turnerwolken hervor. Ray möchte vor einer Apotheke die Auslage studieren, er dirigiert mich vor ein Schaufenster mit Spirituosen. Nun grüsst er jemandem auf der gegenüberliegenden Strassenseite. Also hat er doch Bekannte. Kein Wunder, wenn er das halbe Leben die King's Road hinauf- und hinuntergegangen ist. Er winkt einem Bettler, der mit seinem Hund am Boden sitzt und seinerseits die Hand zum Gruss erhebt. Wir überqueren die Strasse. »Wie geht's, alter Schuft«, ruft der Mann aus seinem Filzbart und streckt auch mir die Hand entgegen. Ein zweiter in ausgefranster Kleidung und Stoppelbart gesellt sich hinzu, auch wir schütteln einander die Hand. Ray strahlt übers ganze Gesicht. Mit der nach oben weisenden Handfläche zeigt er abwechselnd auf mich und auf die beiden Männer. »Ich bin Robert, Rays Sohn«, sage ich. Aber statt sich erstaunt zu zeigen, streckt mir der Stoppelbärtige nur bettelnd die Hand entgegen. Und der andere schiebt mir seinen Hut wie einen Nachttopf vor die Füsse. Wir flüchten, bis wir dem nächsten Penner in die Arme laufen. Er begrüsst Ray so, als hätte er ihn nur für zwei, drei Tage aus den Augen verloren. »Wie lange kennen Sie meinen Vater schon?« frage ich ihn ohne Umschweife. Er beschwört, dass er Ray schon vor zehn, ja, zwanzig Jahren in dieser Strasse getroffen habe. Dann fragt er mich, ob ich von der Sozialfürsorge sei. Er habe nämlich ein Problem, sagt er und schaut mich unterwürfig an. Ich merke, dass hinter seiner Unterwürfigkeit der Wahnsinn lauert. Und so geht es weiter: da ein Penner, der sich auf Ray stürzt, und dort ein Ausgesteuerter, der sich warmherzig seiner erinnert. Mit gemischten Gefühlen fahre ich meinen Vater, den König der Bettler, Spinner und Tagediebe, durch sein Reich. Und Ray ist begeistert, er zeigt mir seine Bekanntschaften, seine tägliche Heimat – und bemerkenswerterweise sind alle diese dubiosen Bekannten britischer Abkunft, unter ihnen kein einziger Inder.

Er dirigiert mich vor ein Schuhgeschäft und nimmt die ausgestellten Exemplare in Augenschein, während ich im Schaufenster dieses merkwürdige Vater-Sohn-Paar mustere. Für einen Augenblick denke ich mir eine andere Geschichte aus und bin mit meinem Vater zu Besuch in London. Natürlich müssen wir die berühmte King's Road gesehen haben, und mein Vater möchte ein Paar Schuhe mit nach Hause nehmen, obwohl er reich ist und so viele Schuhe besitzt, dass er gar nicht alle tragen kann. Nach dem Schuhkauf wird mein Vater ermattet sein, und wir werden uns mit einem Taxi ins Grandhotel begeben.

Schuhe?!

Ray will keinen der Schuhe, die ihm passen. Der Rist seines Fusses ist auffallend hoch, der Fuss für das britische Mass offenbar zu schmal. Er zeigt stur mit dem Stock auf ein Paar zweifarbige Schnürpumps, deren Absätze für einen Männerschuh fast zu hoch gearbeitet sind. Eine Sohle aus dünnem, hartem Leder, gewiss solide, aber keineswegs gleitfest. Verschiedenfarbige Seitenkappen, weisses Hirschleder mit einem spitz über den Rist zulaufenden Sattel aus braunem Leder.

»Überflüssig«, rufe ich. »Ein Dandyschuh.«

Aber Ray beharrt darauf.

Vielleicht hat er früher einmal solche Schuhe getragen. Ein hochgewachsener Inder, unterwegs in der King's Road, den rauhen, britischen Strassenwind mit kräftiger Schulter wegstemmend.

Rays Lippen sind dünn vor Wut. Er möchte nur diese und keine anderen Schuhe!

»Ich werde dir diese Schuhe nicht kaufen!«

Ray schliesst seine Augen, als hätte ich ihn geschlagen.

Der Verkäufer schaltet sich ein und erklärt mir, dass Ray ab und zu vor seinem Schaufenster verweilt und solche Schuhe anschaut. Aber bisher habe er noch nie gewagt, den Laden zu betreten.

Der Verkäufer kennt Ray also seit Jahren, wenn auch nur vom Sehen. Seit er im Rollstuhl sitze, sei er mehrmals mit einem anderen Mann vor dem Schaufenster aufgekreuzt. Wahrscheinlich einer der Sozialarbeiter. Sie hätten lange vor dem Laden gestikuliert. Ich sei der erste, der es geschafft habe, ihn hereinzulocken. Der Verkäufer bietet uns Kaffee an.

»Ich bin sein Sohn«, sage ich und sehe, wie sich Ray stolz aufrichtet.

Ray ist wieder besänftigt. Nun sitzt er da und jongliert den siedendheissen Pappbecher über seinem Schoss und verschüttet so viel Kaffee, dass seine Hosen dunkel werden vor Flecken.

Schliesslich kaufe ich die Schuhe, wir sind beide erschöpft, und ich schiebe ihn in ein Lokal, das sich French Café nennt und das er zu kennen scheint. Es ist ein Lokal, in dem sowohl Einheimische als auch Touristen sitzen. Die Blicke, die man uns zuwirft, sind nicht übertrieben freundlich. Ich komme mir vor, als hätte ich Lepra. Man starrt auf Rays Hose, von deren Zustand auch ich nicht begeistert bin, aber schliesslich sind die Flecken ja nur vom Kaffee.

Ich bestelle Bier, dann prosten wir uns zu, zwei Schiffbrüchige auf der Insel.

An den Wänden des Lokals hängen die üblichen Fotos von Paris, die millionenfach geknipste Stadt, der Eiffelturm, nasses Kopfsteinpflaster und sechsmal die Sacré-Cœur. Das

Interieur ist so, wie sich Briten ein französisches Lokal vorstellen.

»Paris ist meine Lieblingsstadt«, sage ich zu Ray, »da fühle ich mich am meisten zu Hause.«

Wir essen Galette avec du Sellerie, und ich frage ihn, ob er Paris kennt. – Er schüttelt den Kopf.

»Aber Brigitte Bardot wirst du kennen«, sage ich augenzwinkernd.

Erneutes Kopfschütteln.

»Rita Hayworth«, sage ich, »die ist auf jeden Fall einmal in Trinidad gewesen. Kennst du den Song ›Trinidad Lady‹? Oder ›I've been kissed before‹?«

Auf einmal funkeln seine Augen aufgeregt. Mühsam kauend neigt er sich über den Tisch, nimmt den Kugelschreiber, den ich ihm in die Vestontasche gesteckt habe, und kritzelt mit grosser Anstrengung: »... Gina ... actress ...«

»Wer ist Gina?« frage ich verblüfft.

Er lässt sein Kinn auf und ab sausen, in Erinnerung an Gina.

»Ist Gina eine Tante oder eine Prostituierte?« will ich wissen. »Eine Pariserin, die du mal besucht hast?«

Er zeigt mir den schweren Ring an seinem Finger.

»Ein Geschenk von Gina, nehme ich an?«

Er schlägt, was ich nicht erwarte, wütend mit der Hand auf den Tisch und schaut mich gleichzeitig lächelnd an.

»Warst du«, stocke ich, »mit dieser Frau verheiratet? Nach der Scheidung von meiner Mutter?«

Er nickt. Dann sackt er erschöpft in sich zusammen.

»Hattet ihr Kinder?«

Er nickt.

Ich bringe ihn so weit, dass er mir die Namen meiner

unbekannten Halbgeschwister auf die Serviette kritzelt: Yasmin und Clive. Yasmin, so hatte ich vorher in einer der Illustrierten in Rays Zimmer gelesen, hiess auch eines von Rita Hayworth' Kindern.

»Und wo ist Gina mit ihren Kindern jetzt?«

Wieder schweigt er. Ein gequältes Schweigen. Er beisst die Zähne zusammen, rutscht im Rollstuhl hin und her und deutet mit der Hand auf seinen Bauch.

Ich renne zum Kellner, der ihm eine Tüte unters Kinn klemmt. Dann plumpst ein Essensrest nach dem anderen aus seinem Mund in die Tüte. Ich möchte dem Kellner zu Hilfe eilen, schlage aber die verkehrte Richtung ein. Unter der Türe stehend, höre ich Rays Husten. Kein Mitleid rührt mich, sondern Ekel.

Ich warte, bis alles vorüber ist, dann verlassen wir das Lokal. Auf der Strasse beginnt es einzudunkeln. In den beleuchteten Schaufenstern verdoppeln sich unsere Köpfe. Zum ersten Mal hat sich mir ein Zipfelchen seines Lebens gezeigt. Wenn man das Unbekannte steigern könnte, würde er jetzt ein noch »Unbekannterer« sein. Ein Familienvater mit Dandyschuhen, der Kartoffeln schälte und das Geschirr spülte.

Ich schiebe den Rollstuhl rasch voran. An einer Gehsteigkante kippt Ray aus dem Sitz und fällt zu Boden. Er scheint sich nicht verletzt zu haben. Sein Gesicht ist eine Maske. Ich lasse ihn liegen und renne davon.

Plötzlich bricht's aus mir heraus: Ich hasse ihn! Ich will keinen Vater. Nicht diesen. Ich renne kopflos die King's Road hinunter und würge an meinem Hass. Ich hasse ihn dafür, dass er in diesem Lokal erbricht, als würde er auf meine Lieblingsstadt Paris kotzen.

Aber eigentlich bin ich wütend wegen meiner Geschwister. In all den Jahren wusste ich nicht mal von ihrer Existenz. Ich versuche sie mir vorzustellen, Yasmin und Clive, und Verzweiflung packt mich. Was hat Ray getan, dass ihn seine beiden Kinder im Stich gelassen haben? So dass sie ihn offensichtlich nicht mehr besuchen, ja, wahrscheinlich nicht einmal wissen, dass er im Rollstuhl in einem Altersheim vor sich hin vegetiert. Ich fühle mich um meine Geschwister betrogen. Vielleicht haben sie bereits eigene Kinder, die ich auch nicht kenne.

Nach einer halben Stunde eile ich zurück. Gott sei Dank liegt Ray nicht mehr am Boden. Ich sehe ihn im Café sitzen. Hilflos und stolz. In seiner Hand einen Zettel, den ihm jemand in die Hand gedrückt hat: »Lost man«.

Abends im Hotel führe ich ein langes Telefonat mit Leonie. Auf meine Erwähnung der beiden Halbgeschwister stellt sich längeres Schweigen zwischen uns ein, bei dem ich mir vorstelle, was Leonie alles durch den Kopf geht. Sie stellt sich vor, dass ich nun noch länger in London bleiben werde, um die beiden Halbgeschwister zu suchen. Oder meine Eröffnung macht sie ebenso traurig wie mich.

»Vielleicht lerne ich meine neuen Halbgeschwister ja bald kennen. Was hältst du davon, wenn ich sie mit in die Schweiz bringen würde?«

Leonie räuspert sich: »Es kann Wochen, ja Monate dauern, bis du eine Spur von ihnen hast. Ist es wirklich das, was du brauchst? Neue Geschwister, denen dein Auftauchen vielleicht nur unerwünscht ist?«

Ich schweige, kaue meine Enttäuschung auf ihre Reaktion runter.

»Grundsätzlich habe ich nichts dagegen, deine neuen

Verwandten kennenzulernen. Aber ich finde, du solltest wegen ihnen nicht alles liegenlassen. Am Tag vor deiner überstürzten Abreise, um es mal so zu sagen, hast du vom Theater Basel ein Angebot für ein Stück erhalten. Hast du geantwortet?«

»Das hat doch noch Zeit. Falls sie anrufen, sag ihnen, ich sei auf einer langen Reise.«

»Ich würde dich gern an den Schultern packen und wachrütteln, Robert. So geht's doch nicht. Du hast einfach den Verlust deiner Eltern und Geschwister im Wynental nicht verdaut, so dass du jetzt wie ein Waisenkind versuchst, sie durch neue Familienmitglieder zu ersetzen. Frag dich einmal, was Jennifer und ich mit solch wildfremden Leuten hier anstellen sollen.«

»Wildfremd nennst du meine neuen Geschwister! – Es sind doch meine Verwandten, Leonie. Sie sind mir ähnlich.«

»Dieses Phantom der Ähnlichkeit! Auch wenn sie dir wie aus dem Gesicht geschnitten sind, können sie dir in ihrer Art trotzdem sehr fremd sein.«

Wütend hänge ich auf. Mit Leonie ist nicht zu reden. Dabei hatte ich ihr von Navira erzählen wollen, um nicht ein falsches Geheimnis zwischen uns aufzubauen. Ihr erklären, dass meine Faszination für diese Frau vor allem von der dunklen Hautfarbe ausgeht. Dass ich von dieser Gleichheit zu mir nicht wegkomme. Dass Leonie blond ist, war nie ein Thema zwischen uns, warum sollte es auch. Zum Thema wird mir ihre Haar- und Hautfarbe erst jetzt, wo ich von einer dunklen Frau angezogen werde. Leonie, die helle, klare Architektin, wird mir nun zum Gegenpol der dunklen Welt des indischen Vaters und seiner Pflegerin. – In diesem Sinne hätte ich Leonie von

Navira beichten wollen. Und ihr klarmachen, dass Navira sie nirgends bedroht, dass sie ganz einfach eine neue Erfahrung für mich darstellt, die sie nicht weiter zu beunruhigen braucht.

BLAUER HIMMEL VOLLER STERNE

Wir spielen das Vater-Kind-Spiel. Ich wische mit einem Lappen sein bekleckertes Kinn ab und löffle Gemüsesuppe in seinen Mund. Hat er dasselbe auch mit mir gemacht, als ich ein Baby war?

Eine junge Schwarze, barfuss und in abgerissenen Jeans, füttert am Nebentisch ihre uralte Mutter und singt dazu. Ein leiser, erdiger Gesang, wie das Grummeln von Wind über einem Stoppelfeld. Ein trauriger Blues. Die Arme der jungen Frau sind voller Narben, auch das schwarze Gesicht. Aber ihr Gesang ist von einer tiefen, rauhen Sehnsucht erfüllt. Auch sie löffelt Gemüsesuppe in den Mund ihrer Mutter.

Am Fenster zum Garten steht Gomez mit seinem Koffer. Er trägt eine Krawatte, hat die Filzpantoffeln ordentlich auf den Koffer gelegt und wartet in den Socken, bis ihn ein Taxi nach Goa abholt.

Nach dem Essen gehe ich mit Ray am Aufenthaltsraum vorbei, in dem die Alten vor einem Riesenbildschirm sitzen. Ein Raum wie ein Geburtssaal. Einige sitzen mit dem Kinn auf der Brust da und dösen, andere kratzen sich an den nackten Beinen und starren auf den Bildschirm, in dem eine lustige Soap-opera läuft. Ich stelle mir vor, wie es wäre, wenn jemand vor laufender Soap-opera sterben würde.

Dann rufe ich Lennox an.

»Mein Vater kann nicht mehr reden. Warum haben Sie mir nichts davon gesagt? Was wissen Sie über seine Vergangenheit?«

Kurzes Schweigen am anderen Ende der Leitung. Dann räuspert sich Lennox und sagt, hörbar um Freundlichkeit bemüht: »Ich habe Ihren Vater immer mal wieder getroffen. Aber meistens ging es um organisatorische Angelegenheiten. Sie können sich denken, dass das Leben eines englischen Staatsbürgers mit trinidadischer Herkunft hier Probleme aufwirft. Ray ist einer von Tausenden, die ich in meiner Eigenschaft als Botschafter vertreten und beraten habe.«

»Wie haben Sie ihn kennengelernt?«

»In den frühen fünfziger Jahren im Tanzclub Astoria. Das war damals eine Anlaufstelle für unsere Jungs aus den Kolonien. Ray ging oft mit Freunden dahin. Es gab in diesem Lokal auch weisse Frauen, viele weisse Frauen. Ich nehme an, dass Ray da auch Ihre Mutter kennengelernt hat. Hat Ihnen Ihre Mutter nie etwas davon gesagt?«

»Sie schweigt sich aus.«

»In der Uniform der R.A.F. hatte Ray keine Probleme, das Lokal zu betreten.«

»Rassismus?«

Wieder macht Lennox eine Pause. Fährt erst nach einigen Minuten fort, wobei er meine Frage ausser acht lässt.

»Einige Jahre darauf traf ich ihn am Flughafen Heathrow an der Seite einer gutaussehenden blonden Frau. Er kam gerade aus der Schweiz, wenn ich nicht irre. Diese Frau trug einen auffälligen Babykorb bei sich. Das Baby in diesem Korb müssen Sie gewesen sein. Ich habe das Blau dieses Korbes nicht mehr vergessen. Ein leuchtendes

Blau mit gelben Sternen. Wie der Traum eines Tropenhimmels.«

Ich sehe einen wunderbaren blauen Himmel entstehen. Ein tiefes Blau über dem schlafenden Kind.

»Dann verlor ich ihn aus den Augen. Wir trafen uns noch einige Male in einem Club in der Dean Street, in dem Westinder verkehrten.«

»Wann war das?«

»Das ist sehr sehr lange her, Robert.«

»Und wann hat er seine Sprache verloren?«

Wieder legt Lennox eine Pause ein. Im Hintergrund höre ich Stimmen, jemand schimpft auf russisch, es könnte auch ein indisch gefärbtes Englisch sein. Dann knackt es in der Leitung, als seien wir unterbrochen worden.

»Verzeihen Sie, ich war gerade am anderen Telefon. – Leider kann ich Ihnen nicht sagen, wie und wann Ray seine Sprache verloren hat.«

»Wissen Sie, ob er jemals nach Trinidad zurückgekehrt ist?«

»Soviel ich weiss, ist Ihr Vater einige Male zurückgekehrt. Ob ferien- oder berufshalber, kann ich nicht sagen. Aber mit Sicherheit hatte er Heimweh nach seiner Insel. Kein Trinidader, wenn ich so sagen darf, kann diese wunderbare Insel unter dem Wind jemals vergessen.«

»Gibt es sonst noch etwas Wichtiges, was Sie mir sagen könnten, Mister Lennox? Wissen Sie, wo sich Rays zweite Frau mit den Kindern aufhält?«

»Solche Fragen werden mir immer wieder von Jungs und Mädels gestellt, die ihre Familie suchen. Aber sehen Sie, wir sind ja kein Familienzusammenführungsbüro. Wie viele Kinder er hat, kann ich Ihnen beim besten Willen nicht sagen.«

»Glauben Sie, dass ich in Trinidad mehr über meinen Vater erfahren könnte?«

»Auf keinen Fall würde ich Ihnen raten, dahin zu fliegen. Reine Zeitverschwendung. Ray hat die Insel 1958 verlassen und ist seitdem britischer Staatsangehöriger. Ich würde nicht in Trinidad nach toten Hunden suchen.«

Pause. Ich sehe Lennox buchstäblich auf seine Uhr schauen, bedanke mich und hänge ein. War er diesmal nicht unerhört zuvorkommend, geradezu nett? Ohne etwas zu sagen.

Ich kann mich nicht an den Sternenhimmel erinnern. Tagelang muss ich nichts als diesen gestirnten Himmel über mir gehabt haben, als wir auf Reisen waren. Hin und her zwischen der Neuen und der Alten Welt. Zwischen der Hitze der Tropen und dem eisigen Schnee Europas. Zwischen dem Karneval der Hautfarben und den grauen Gesichtern der Arbeiter und Beamten. Flackernde Sterne unter dem blauen Himmelsfirmament der Tropen.

Lennox hat diesen Himmel über mir aufgespannt. Vielleicht werde ich mich eines Tages auch noch an die Reisen erinnern, die ich mit Ray und meiner Mutter Helen gemacht habe. An die Melodie einer schwierigen, unmöglichen Liebe.

VOR SPIEGELN

Weder ihre vollen Lippen noch ihre leuchtenden Augen gehen mir aus dem Sinn. Meine Hand zog's zu ihr hin, ich wollte ihre Haut berühren, ihre Haare anfassen. Hatte Lust auf ihre Haut, wäre ihr sogar unter die Haut gekrochen. Und doch ist dieses leise Summen in meinen Knochen plötzlich da. Eine irrlichternde Möglichkeit, die ich Leonie verschweigen muss. Bin ich dabei, mich in Navira zu verlieben, weil sie Inderin ist?

Ich klammere mich an den Glauben, dass es nichts zu gestehen gibt, wo nichts vorgefallen ist. Wenn daraus eine Affäre entstehen sollte, wäre es kein Betrug an Leonie, sondern fast so etwas, das zwischen mir und mir stattfindet. Dennoch möchte ich Leonie bald anrufen und die Missstimmung zwischen uns beiden aus der Welt schaffen.

Auf dem Gehsteig vor meinem Hotel spielt eine karibische Steelbandgruppe, die mich wegträgt in Rays Land, meine zweite Heimat. Die süssen und zugleich harten, metallischen Klänge aus den Ölfässern rühren eine Sehnsucht in mir wach. Ich denke ans Begräbnis meines Stiefvaters Neil, bei dem Steelbandklänge den Toten ins Jenseits begleiteten.

Gegenüber dem Subwayeingang hüpft ein alter Engländer barfuss und in zerschlissenen Kleidern von einem Bein aufs andere. Er hat sich ein Damenhöschen über die Stirn gezogen und schwärmt von Hitler. Ich flüchte in die Subway.

»Mind the gap!«

Neben mir schimpft eine alte Frau mit einer Plastiktüte am Arm auf die Immigranten, Grossbritanniens EU-Beitritt und die hohen Steuern.

Plötzlich sehe ich Gomez auf dem gegenüberliegenden Bahnsteig warten. Er trägt einen Anzug und hat den Koffer neben sich. Seine nackten Füsse stecken in den Heimpantoffeln. Hastig betritt er die Circle Line, so dass ich ihn aus den Augen verliere.

Heute habe ich stärkeres Halsweh, meine linke Halsdrüse ist geschwollen. Ich muss achtgeben, dass ich nicht die nächsten Tage mit Fieber auf dem Hotelzimmer verbringe. Mit der Underground fahre ich nun aus London hinaus. Nach einer halben Stunde tauchen satte, grüne Wiesen mit bleichen Kühen auf. Ich glaube mich in der Schweiz, wie erwacht aus einem langen Traum, unterwegs in die Ferien in den Alpen.

Nach kurzem Schlummer erwache ich – mein Halsweh ist beinahe verschwunden – und steige fröhlich an der verlassenen Station Elms Park aus. Dann nehme ich ein Taxi.

Die Unordnung in Naviras Küche ist beeindruckend. Sie sitzt hagestolz und schön auf einem Holzschemel, umgeben von einer Batterie von leeren Bierflaschen, die hierzulande als Zimmerschmuck gelten. Vor ihr der geöffnete Laptop. Es ist früher Nachmittag, auf dem Kachelboden herrscht arktische Kälte, und als ich mich auf dem zweiten Schemel niederlasse, spüre ich ein Zwicken in meiner Blase.

Naviras Augen blitzen fröhlich, sie freut sich, dass ich gekommen bin. Sie hat ihre langen schwarzen Haare hochgesteckt, trägt einen gesprenkelten Rock und eine indigofarbene Seidenbluse.

»Ich bin gerade auf meinem Indientrip«, lacht sie und zeigt auf den Laptop. »Ich surfe durch Indien.«

»Und was ist das?« frage ich und zeige auf ihren Joint.

»Eine Beihilfe, wenn ich auf dem Web nicht weiterkomme. Möchtest du auch einen Zug?«

Ich nehme nur einen leichten Zug, wohlwissend, dass ich einmal beim Ausprobieren von Ghanja auf der Stelle eingeschlafen bin.

»Warum kümmerst du dich so um deinen Vater?«

»Wärst du nicht auch neugierig?«

»Nein, vielleicht würde ich lieber gar nicht wissen, wer mein Vater ist. Das würde mich freier machen.«

Navira lacht, und in ihrem Gesicht geschieht eine Verwandlung, wie ich sie im Gesicht einer weissen Frau noch nie erlebt habe. Die Augen werden zu Schlitzen wie bei der indischen Göttin Kali, die Haut wird hell wie die Farbe der Oliven und der Mund, den ich gerne geküsst hätte, öffnet sich verführerisch. Aber mein Wissen über indische Göttinnen ist zu beschränkt, als dass ich Navira beikommen könnte.

»Lass mich raten: Du bist hinter der Geschichte deines Vaters her, weil du irgendein phantastisches Vermögen vermutest. Geld oder Land, das in Trinidad auf dich wartet?«

»Vielleicht hat mir all die Jahre über einfach etwas gefehlt.«

»Du findest die Adresse deines Vaters heraus und reist nach London. In deinem Kopf wimmelt es von Bildern und Vorstellungen, die du dir von ihm machst. Wer ist er, wer bin ich? Als du ihm dann begegnest –«

Ich schüttle energisch den Kopf.

»Alles völlig falsch. In Wahrheit bin ich hier, um meinen Vater umzubringen. Nach jahrelanger Suche habe ich ihn endlich gefunden, und nun habe ich die Möglichkeit, mich an ihm zu rächen. Dafür, dass er mich und meine Mutter hat sitzen lassen. Dass er sie geschlagen hat –«

»Gewohnheitsrecht indischer Männer«, lacht Navira.

»Und dafür, dass er sich ein Leben lang nie um mich gekümmert hat. Deswegen trage ich einen Dolch in meinem Gewand.«

»Wie gut du reden kannst, Robert. Und trotzdem glaube

ich dir nicht. Zwischen euch ist nicht nur Hass. Zumindest weiss ich, dass Ray dich mag. Ja, er möchte, dass du bei ihm bleibst. Oder dass du ihn mitnimmst und ihn pflegst. Für deinen Vater verkörperst du die letzte Hoffnung, dass er noch einmal ein neues Leben anfangen könnte. Und du jagst einer Obession nach, ich kenne das.«

Noch immer nuckelt sie an ihrem Joint.

»Als ich ihn getroffen habe, bin ich erschrocken. Nicht nur, weil er seine Sprache verloren hat, sondern über seinen unvorteilhaften Zustand insgesamt.«

»Ihr ähnelt euch auf verblüffende Weise.«

»Möchtest du einem Vater, der so heruntergekommen ist und alles verloren hat, wirklich ähnlich sein?«

»Ich mag deinen Vater. Er ist lustig und leicht paranoid, weisst du. Dauernd fürchtet er, dass man ihm etwas stehlen könnte, obwohl er eigentlich gar nichts mehr besitzt.«

»Warum hat er keinen Pass mehr?«

»Bevor er auf die Strasse ging, hatte er ja kurze Zeit noch ein One-room-flat in ›Worlds End‹. Als wir ihn da abgeholt haben, war ein Mädchen bei ihm. Germaine oder so, eine seiner zahlreichen Freundinnen, die er bezahlte. Sie war nett, aber etwas mager. Er hat ihr den Zehnpfundschein sofort in den BH gesteckt. Ich nehme an, dass eine dieser Bekanntschaften seinen Pass hat mitgehen lassen.«

Ich bitte Navira, mir diese Wohnung in »Worlds End« genauer zu beschreiben.

»Es sah ungefähr wie in einem ungeputzten Affenkäfig aus. – Aber du solltest deinen Vater nicht bemitleiden.«

»Das sagst du, weil du im Altersheim arbeitest und dich an einiges gewöhnt hast.«

»Es tut mir gut, gebraucht zu werden. Leute wie ich leiden schnell an der eigenen Sinnlosigkeit. Wie ich dir bereits gesagt habe, stecke ich in einer Umbruchphase. Ich meine, im Asyl ist der Tod immer anwesend, da wird einer nach dem andern weggebissen. Du pflegst jemanden über Jahre, machst Therapie mit ihm und wechselst ihm die Hosen – und am nächsten Tag beisst ihn dir der Tod weg.«

Ich rutsche auf dem Schemel hin und her und denke über dieses Wort nach: »wegbeissen« – death bites him off. Warum braucht sie so ein Wort?

»Weisst du sonst nichts mehr über meinen Vater? – Hatte er denn in all der Zeit nie von jemandem Besuch?«

»Natürlich waren da immer wieder Leute von der Sozialfürsorge, die ihn besucht haben. Einige Male war ein älterer Mann da –«

»Wer war das?«

»Ich habe seinen Namen vergessen.«

»Kannst du ihn mir beschreiben?«

»Er hatte das Alter von Ray, rotblonde Haare, Laubflecken im Gesicht und an den Armen. Auffällig war, dass er Ray immer lange gegenübersass, ohne etwas zu sagen. Er schaute ihn an, sie schauten sich gegenseitig an, und nur ab und zu sagte er ein Wort. Ich kam nicht dahinter, was die beiden verband.«

»Kannst du herausfinden, wer das war?«

»Ich kann nachschauen, ob er in einem der Aktenordner von Miss Curtis vermerkt ist.«

Auf einmal spüre ich ihre Hand auf meinem Arm. Sie nimmt meine Hand und führt sie an ihre Brust. Durch die dünne Seidenbluse hindurch spüre ich ihre Brustwarze und ein leichtes Gewicht. Es ist ein Ball, der in meine hohle Hand hüpft, so leicht und rund, dass ich ihn in den Himmel werfen könnte. Ich knöpfe ihr die Bluse auf, während sich ihr schöner Mund auf meine Lippen legt. Ich schliesse meine Augen, und meine Hand tastet sich weiter vor. Ein überwältigendes Gefühl trägt mich weg, augenlos, wie ein Summen tief in mir. Ich möchte nur diesen Ball in meiner Hand spüren, seine Rundung, seine Spitze, und gleichzeitig Naviras Zungenspitze in meinem Mund, während sie sich über mich beugt und sich auf mein Knie setzt. Warum erscheint mir ihre Zunge spitzer und wendiger als die anderer Frauen? Warum kommt es mir vor, als vollziehe sie in meinem Gaumen einen indischen Tanz, einen erotischen Tempeltanz?

Langsam fahre ich mit meiner Hand unter ihren Rock, die Schenkel hoch, und als ich meine Finger in ihre Vagina stecke, steht sie entschlossen auf und befiehlt mir mitzukommen. Wir gehen in ein helles Zimmer, in dem eine Matratze neben einem Spiegel liegt. Sie zieht sich hastig aus und kniet vor mir nieder. Ich dringe von hinten in sie ein, beobachte dabei die Schlangenbahn ihres Rückgrats im Spiegel, bis sie mit meinem Unterkörper verwächst. Ich küsse diesen schlanken, gebogenen Rücken, fahre mit meiner Zunge ihren Nacken hoch und rieche den Honiggeschmack ihrer braunen Haut. Ich streichle diese Haut und fasse nach ihren Schenkeln, ich bin wie betäubt von dieser hellbraunen, sanften Haut. Meine Haut sticht nicht von der ihren ab, sie geht in ihre über. Ein Gefühl der Unwirklichkeit entsteht. Ist es wegen des Spiegels, der uns zu einem Doppelwesen verschmilzt? Ihre Brüste glänzen wie kleine Monde mit dunklem Hof. Sie spürt mein Zögern, spreizt ihre Beine und lässt mich tiefer eindringen.

Und da überkommt mich der Schwindel, als würde ich auf einen Nichtkörper stürzen. Ich rieche ihre Haut, aber sie entgleitet meinen Händen. Sie dreht sich um, sie spreizt ihre Beine, und ich sehe ihr schwarzes, zur Vagina fliessendes Haar. Ihr Lächeln entfernt sie, macht sie souverän. Ihre Lust ist wie ein Wasserspiegel, der sie trägt. Aber ihre Souveränität schliesst sie vor mir ab. Ich merke, dass ich nur der bin, der ihre Lust entfacht, aber sie nicht mit ihr teilt. Sie gibt nichts davon an mich ab. Statt mich auf meine Sinne, den Geruch ihrer Haut oder die Weichheit ihrer Lippen einzulassen, wirbeln mir Gedanken durch den Kopf.

»Was hast du?« – Ihr Gesicht zeigt einen Ausdruck von Verletztheit. »Ist es wegen meines Fingers?«

In diesem Augenblick legt sie die Hand zwischen die Beine, und ich sehe, dass die Hand vor ihrer Scham nur vier Finger hat.

»Ich habe nur vier Finger an meiner rechten Hand, Robert! Niemand ist vollständig.« Sie lacht verlegen.

Ich bin sprachlos. Der fehlende Finger, der Zeigefinger, lenkt mich so ab, dass ich nicht mehr mit ihr schlafen kann. Während mich ihre Hautfarbe irritiert, fasziniert mich der fehlende Finger.

Navira ist keineswegs beleidigt, sie streichelt sich weiter, schliesst die Augen und geniesst meine Blicke. Nachdem sie ihren Orgasmus gehabt hat, setzt sie sich auf, streckt ihre Hand mit dem fehlenden Finger in die Höhe.

»Es ist nur ein ganz kleiner Finger, und doch spielt er in meinem Leben eine grosse Rolle. Ich habe ihn verloren, als ich sehr klein war.«

»Es hat ja gar nichts mit dem Finger zu tun, dass ich nicht mit dir schlafen kann. Ich bin völlig benommen. Ich berühre deine Haut und habe das Gefühl, mich selber anzufassen!«

»Mein Finger schmerzt«, sagt sie belustigt und verzieht

ihr Gesicht. »Immer wieder bin ich zu den Ärzten gerannt. Sie konnten mir nicht helfen. Es ist ein Phantomschmerz. Man nennt das eine funktionelle Reorganisation des Nervensystems. Zuweilen erscheint der Finger plötzlich vor meinen Augen, ich sehe ihn ganz deutlich. Ich habe viel darüber gelesen. Offenbar hat jeder in seinem Kopf eine Art Karte, auf der sein ganzer Körper abgebildet ist. Diese Karte erstreckt sich über beide Gehirnhälften. Bei Menschen, denen ein Glied fehlt, verschiebt sich diese Karte unentwegt. Sie wächst in einer bestimmten Richtung fort, schrumpft in der anderen weg.«

»Dann hängen also durch diese Karte alle Körperteile, die wirklichen und die fehlenden, miteinander zusammen?«

»Es gibt Fussamputierte, die beim Sex sofort Phantomschmerzen haben.«

»Wie kommt das?«

»Diese falschen Empfindungen sind durch die Reorganisation der Karte erklärbar. Das Areal des Gesichtes liegt neben dem der Hand, das der Sexualorgane neben dem des Fusses. Frauen, die ihre Brust haben amputieren lassen müssen, spüren den Phantomschmerz oft als juckende Brustwarze. All das ist die Folge einer falschen Körperkarte im Kopf.«

»Auch ich habe wohl eine falsche Karte im Kopf«, sage ich. »Auch Gomez hat eine falsche Karte im Kopf, wie viele haben das. Vielleicht gibt es auch eine Karte, auf der unsere Eltern, unsere Geschwister, ja selbst unsere Freunde und Geliebten eingebrannt sind? Und an einem bestimmten, unveränderbaren und von Geburt an bestimmten Ort befindet sich auch der Vater. Was ist, wenn der Vater fehlt? – Ich dachte immer an meinen Vater, meinen richtigen Vater. Ich nannte ihn den Schattenvater. Es gab diesen Schatten in mir drin, den ich all die Jahre in meiner Vorstellung am Leben erhalten habe. Ein mächtiges, unauslöschliches Bild. Aber die Lücke zwischen dem Schattenvater und dem wirklichen Ray, der kein Wort mehr hervorbringt, wird jetzt von Tag zu Tag grösser.«

Navira betrachtet ihre Hand mit dem fehlenden Finger.

»Wie bin ich zu meinem Schattenvater gekommen? Hat er sich aus dem Schweigen oder den immer wieder wechselnden und widersprüchlichen Geschichten meiner Mutter zusammengesetzt? Oder ist er einfach wie ein Sehnsuchtskraut Jahr um Jahr in mir hochgewuchert? Auf jeden Fall hat der Mann, bei dem ich aufgewachsen bin, mein Stiefvater Neil, kaum diesem inneren Bild meines Schattenvaters entsprochen. Neil war nie dominant, nie mächtig und nicht grossgewachsen – und schon gar nicht furchterregend. Was wäre passiert, wenn ich mir keinen Schattenvater aufgebaut hätte?«

»Dann hättest du vielleicht nie Phantomschmerzen gehabt?«

Navira erzählt mir danach die Geschichte eines Mannes, der an der Maschine beide Hände verloren hatte. Man gab ihm Prothesen, an die er sich aber nie recht gewöhnte. Immerzu träumte er weiter von richtigen, lebendigen Händen. Er war ein zärtlicher Mann. Bis ihm eines Tages eine Witwe die Hände ihres verstorbenen Mannes antrug. Er liess sich diese Hände anoperieren. Aber die fremden Hände versöhnten sich nicht mit dem Körper. Die Abstossung der einander fremden Gewebe verursachte ihm so starke Schmerzen, dass er Medikamente einnehmen musste. Von Jahr zu Jahr wurde der Schmerz stärker, er musste die Dosis der Mittel erhöhen. Bis er eines Tages, nachdem er zum letzten Mal seine Frau gestreichelt hatte, in den Keller ging, um sich beide Hände unter einer Art selbstkonstruierter Guillotine abzuhacken.

Auf dem Rückweg kaufe ich mir in einem Geschäft in der Old Brompton Road einen Stock mit einem einfachen Elfenbeinknauf. Ich habe keine Ahnung, wie man mit einem Stock geht und wie man ihn schwingt. Aber instinktiv beginne ich leicht zu hinken. Sobald ich hinke, passt sich der Stock meinem Gang an und es ist, als wäre ich immer mit ihm ausgegangen. Vor Schaufenstern mit Spiegeln mache ich halt, um mein neues Aussehen zu kontrollieren. Ich ziehe meine Haare mit der Hand glatt nach hinten, wie Ray es in den fünfziger Jahren gemacht haben muss, und stelle den Stock vor meine gekreuzten Beine. Ich sehe einen Mann in den Vierzigern in steifer Haltung, die so gar nicht zu seinem abgetragenen Regenmantel und dem zerknitterten Veston passt.

TOTER HUND

Am nächsten Morgen ruft mich Navira im Hotel an und gibt mir die Adresse von Rays zweiter Frau Gina Ramirez. Beim Durchstöbern eines alten Ordners in Miss Curtis' Büro sei sie auf die Angaben über Gina gestossen.

Sofort mache ich mich auf den Weg nach Shepard's Bush.

»Melde dich nicht vorher an«, hatte Navira noch gesagt, »damit die Dame nicht vor dir flüchten kann. Es könnte nämlich sein, dass die gar nichts von dir wissen will.«

Bald stehe ich im grauen Februarlicht in der Bentham Road in Shepard's Bush. Schlendere an den Vororthäusern entlang, Gärtlein reiht sich an Gärtlein. Je länger ich gehe und nach der Hausnummer spähe, desto grösser wird meine Erwartung. Ich bin sicher, dass mir Gina Ramirez alles über Ray wird sagen können. Wie er die mir unbekannten Jahre verbracht hat, was seine Tätigkeit bei der R.A.F. gewesen ist, was er für ein Mensch ist. Gina Ramirez könnte mein Schlüssel zu Rays Leben sein.

Gina Ramirez wird mir sagen, wer meine beiden Halbgeschwister sind und wo ich sie finden kann. Mein Gott, warum bin ich denn nicht früher auf diese Fährte gestossen! Warum musste erst Navira kommen, um mich auf diesen Weg zu bringen? Mein Herz flattert wie ein aufgescheuchter Vogel.

Plötzlich bricht die Bentham Road ab. Ich stehe vor Bahngleisen, auf denen Vorortzüge durchrauschen. Ich haste die Bentham Road zurück und finde eine Unterführung der Gleise. Auf der anderen Seite aber ist eine Autobahn; auf dem Pannenstreifen laufe ich wieder zurück auf die Höhe der Bentham Road, in der Hoffnung, dass sie hier weitergeht.

Nach etlichen Irrläufen stehe ich vor einem kleinen, windschiefen Häuschen. Das muss die Nummer 102 sein, obwohl ich nirgendwo eine Numerierung entdecken kann.

Rauchen, warten. Was ist, wenn Gina gerade beim Einkaufen ist? Oder wenn sie in Spanien am Strand sitzt? Nicht mal einen Blumenstrauss habe ich dabei.

Zögernd drücke ich die Klingel – und nichts passiert. Ich klingle noch einmal und höre schliesslich ein Geräusch hinter der Türe.

Die Türe geht auf, und eine rothaarige Frau streckt den Kopf heraus.

»Misses Ramirez?« frage ich.

»Wer bitte? – Was wollen Sie?«

»Ich suche eine Frau namens Gina Ramirez.«

»Die wohnte mal hier. Aber das war vor Jahren!«

In einer kellerartigen Kneipe, in der sich die Leute unentwegt anschreien, tröste ich mich später mit einigen Pint Bier. Über dem Tresen hängt ein Fernseher, in dem ein Fussballspiel läuft. Celtic gegen Dundee United. Wie immer spielen die Inselbewohner mit vollem Körpereinsatz. Während die Jungs neben mir aus heiseren Kehlen schreien und die Schuhe gegen den Tresen rammen, schlagen die Spieler einander auf dem Bildschirm kräftig die Ellbogen in die Flanke. Kraftstrotzende Kerle, denke ich und wünschte mir einen Zehntel ihrer Energie.

Kurz nach Einbruch der Dunkelheit mache ich mich auf den Weg nach Hause. Mein Hotel liegt in einem kalten, abgestorbenen Viertel; zwischen aufgerissenen Wolken leuchtet der Vollmond hervor. Bei einem Pakistani esse ich ein Sandwich, als plötzlich ein merkwürdig gekleideter Mann an mir vorbeigeht. Er trägt eine Weste, dazu einen altmodischen Zylinder wie ein englischer Lord. Seine Gestalt ist auffallend mager. Ohne Grund laufe ich ihm nach. Er verschwindet bei Barbican in der Tube, und ich renne ihm weiter hinterher. Bei Embankement wechselt er die Linie und fährt bis Elephant & Castle.

Kein einziges Mal dreht er sich nach mir um, obwohl er meine Blicke bemerkt haben muss. Als er in die Tube einstieg, war ich von seinem Äusseren beeindruckt. Jetzt, im fahlen Licht der verlassenen Neonröhren bei Elephant & Castle, fällt mir auf, dass seiner Weste die Knöpfe fehlen.

Schliesslich bin ich entsetzt, als ich sehe, dass er ohne Socken durch die Strasse eilt. Ich haste ihm die halbe Kennington Park Road hinterher, er schlenkert einen Lederkoffer, dessen Schäbigkeit zum Himmel schreit, und biegt dann in die Kennington Cooks Road ein, die noch heruntergekommener ist. Dann betritt er ein düsteres Herrschaftshaus und lässt die Türe hinter sich offenstehen.

Nach einigem Zögern folge ich ihm ins Haus und gelange in einen mit dicken Teppichen ausgestatteten Korridor. Der Lord ist verschwunden. Ich stosse eine der Türen auf, aus denen Musik und kirres Gelächter dringt, und sehe Paare auf einer Matratze kopulieren. Eine dunkle Frau liegt mit gespreizten Beinen unter zwei Männern, ein dritter Mann stösst seinen Penis in den Hintern einer anderen Frau.

Mein Lord muss die Treppe hochgeflüchtet sein. Ich steige ebenfalls die Stiegen hoch, weiche einem Jungen mit verfilzten Haaren aus, der mit einer Spritze herumfuchtelt. Schliesslich gehe ich einen langen Gang entlang, stosse wieder eine Türe auf und stehe in einem hellen Salon voller feudaler Möbelstücke. Die Wände sind mit gelber und blassrosa Seide ausgeschlagen und mit alten Ölbildern behängt. Der schäbige Lord steht in einer Ecke und lächelt, als hätte er mich erwartet. Wie auf ein Zeichen meinerseits öffnet er seinen Koffer und streckt mir den Inhalt entgegen: Ein bis auf die Rippen verfaulter Hund fällt mir entgegen.

Der Lederkoffer, von dem ich geträumt habe, liegt auf dem Schrank in Rays Zimmer. Ich durchwühle die Schubladen seines Nachttischs. Neben Dokumenten, Gebrauchsanweisungen, Pornoheften, Zigaretten und Schokolade gibt es auch Briefe von Regierungsbeamten, von Amtsstellen, von unauffindbar gewordenen Freunden und verblassten Freundinnen und Geliebten. Während er mir verwundert zuschaut, versuche ich Ordnung in die Schubladen zu bringen. Am Ende des Nachmittags aber sitze ich noch immer verzweifelt vor diesem chaotischen Haufen Papier. Da ist nichts Brauchbares, das mich weiterbringen könnte: Es sind genau drei Schubladen Müll, was von seinem ganzen Leben übriggeblieben ist.

Mister B. Wright macht darauf aufmerksam, dass die Telefonrechnung nicht bezahlt ist. Misses Draper von der städtischen Fürsorge verspricht, demnächst einmal vorbeizuschauen. Eine Misses Luna Sinanan wünscht ihm alles Gute – Luna, ein schöner Name.

Es ist, als würde ich die Habseligkeiten eines Strafgefangenen durchwühlen. Ray sitzt hier den Rest seines Lebens ab. Als Strafe für seine Unterlassungen, Lügen und Irrtümer. Man braucht ihn nicht in Ketten zu legen. Ausser Navira kümmert sich niemand richtig um ihn. Sie lassen ihn stundenlang in der verpissten Hose sitzen, sie lüften sein Zimmer nicht, sie vergessen seine Tabletten absichtlich oder auch nicht, so dass er Magenschmerzen bekommt. Solange die Rente des englischen Staates pünktlich eintrifft, wird er am Leben bleiben.

Wir begeben uns in den Gemeinschaftsraum mit dem grossen Fernsehbildschirm. Die Alten sitzen im Kreis.

Mit ihren gichtigen Knochenhänden umklammern sie die Stuhllehnen. Sie wollen nicht loslassen, um keinen Preis.

Als ich gehe, schenkt mir Ray eine Krawatte. Er hat sie aus seinem Schrank genommen, wo sie zusammen mit anderen Krawatten in einer Tüte lag. Eine speckig glänzende, breite und schrille Krawatte. Ich trage nie Krawatten, ausser bei Begräbnissen. Der Stoff ist rostrot und hat grünblaue Flecken, wie von Suppenresten. Auf der Rückseite ist die Naht aufgerissen, das gelbe Futter hängt wie eine höhnende Zunge heraus. »Huddersfield« ist der Name der Krawatte, die etwas Zerfetztes und Windzerrissenes hat.

Er drückt mir das Stoffstück in die Hand und weint. Er weint oft. Er weint, als würde er sagen: »Es ist nichts zu machen, es ist nun mal alles so, wie es ist.« Mit seiner gesunden Hand drückt er meinen Arm. Noch immer hat er den Nacken eines Stiers. Und will und will meinen Arm nicht loslassen.

Eines Morgens, stelle ich mir vor, büxen wir heimlich aus dem Thomas More Asylum aus, ohne jemandem adieu zu sagen. Pfeifend hüpfen wir über das Trottoir, während mich Ray am Ärmel zupft: Er will mir London, sein London, zeigen. Wir hüpfen, springen, trotten und tänzeln unter buschigen Wolken der Themse entlang. Überqueren eine Brücke und werfen Kieselsteine auf die vorbeischwimmenden Frachter. Wir schauen uns auch die am Ufer gebauten Häuser an, wobei ich darüber nachdenke, wie schön es wäre, mit Ray in einem dieser Häuser zu leben. Wir würden uns an langen Herbstabenden gegenübersitzen, während draussen der Nebel vom Wasser hochkriecht. Eine warme Decke auf den Knien, einen kräftigen

Whiskey auf dem Tischchen, würden wir über die möglichen und unmöglichen Dinge plaudern, bis der Geruch der Nacht unsere Knochen schläfrig machte. ›Nun bist du endlich am anderen Ende von Indien angekommen‹, würde ich Ray sagen. »Denn London ist doch das andere Ende von Indien. Einst gehörte Indien zu London, während es heute umgekehrt ist. Denn es hat so viele Inder in London, dass London zu einem Teil Indiens geworden ist.«

Ray hat Hunger. Er trommelt auf seinen Bauch, und wir betreten ein feines indisches Restaurant. Dort nehmen uns entzückende indische Kellnerinnen die Mäntel ab und weisen uns an einen mit Duftstäbchen und Kerzen geschmückten Tisch. Der Bauch der indischen Kellnerinnen leuchtet wie eine glatte, polierte Metallfläche. In ihren Näbeln hängen kandierte Früchte. Ray zeigt mir, wie man die Süssigkeiten aus den Näbeln herauspickt, ohne die Finger zu Hilfe zu nehmen und damit die Kellnerinnen aus dem Gleichgewicht zu bringen. Mit geschickten Lippen schnappt er sich drei, vier Früchte, und die Kellnerinnen haben ein kreischendes Vergnügen daran, sich von ihm entbeeren zu lassen. Dann setzen wir uns zu Tisch, schneuzen in die Servietten und reden drauflos.

»Wie kommst du dazu, erst jetzt bei mir aufzukreuzen?« ist natürlich Rays erste Frage. »Wo hast du all die Jahre gesteckt, mein Sohn? Hast du nie an mich gedacht? Gibt es nicht auch, selbst in Zeiten, wo es einem gutgeht, eine Pflicht, ab und zu an seinen Vater zu denken? Hast du dieses Gebot nicht arg verletzt?«

Ray lehnt sich zufrieden zurück, bricht sich ein Stück vom Fladenbrot ab, tunkt es in die scharfen Chutneysaucen und führt es gekonnt, ohne einen Tropfen zu vergiessen, zum Mund.

»Aber richtig böse sein kann ich dir deswegen nicht. Es kommt mir eher so vor, als seist du verloren gewesen und nun wie durch ein Wunder wiedergefunden. Ginge es nach alter Sitte, müsste ich dir nun ein Kalb schlachten, dir in der Carnaby Street neue Klamotten kaufen und einen Ring an den Finger stecken.«

»Ich wusste ja auch nicht, wo du dich all die Jahre herumgetrieben hast«, wende ich ein und zerbeisse eine Walnuss zwischen den Zähnen. »Es gab Gerüchte, wonach du in Trinidad wärst, aber auch, dass du gestorben seist und auf dem Friedhof irgendeiner kleinen englischen Gemeinde liegen würdest. Eine Zeitlang dachte ich daran, dich in Trinidad zu besuchen, mit dir in der Bucht von Maracas oder Blanchisseuse schwimmen zu gehen, mich von dir auf der Insel einführen zu lassen. Ich wollte, dass du mir mehr über die Flora und Fauna der Insel erzählen würdest, was für mich, der ich aus der Schweiz komme, sicher überaus interessant gewesen wäre.«

Die Kellnerin bringt Reis und ein scharfes Huhn mit Gemüse.

»Oder wir hätten mit dem Schiff zusammen nach Trinidad fahren können«, sage ich. »So, wie ich es als kleiner Junge schon einmal gemacht habe. Kannst du dich erinnern?«

»Ich war nicht dabei«, sagt Ray energisch, auch wenn er sein Lächeln beibehält. Er wirft seine Gabel in den Teller und schneuzt ins Tischtuch.

»Das letzte Hemd hat keine Taschen«, lacht er dann und pickt einer Kellnerin flink eine Zuckerfrucht aus dem Bauchnabel.

Ich habe Abschiede nie gemocht. Diese Augenblicke, in denen man entzweigerissen wird und sich weder ganz auf die Zukunft noch auf die Vergangenheit einlassen kann. Bald werde ich mich von Navira trennen müssen.

Sie geht neben mir, hat die eine Hand in ihre Manteltasche gesteckt, mit der anderen raucht sie. Unter dem Mantel trägt sie bunte Strümpfe und ihren gelben Minirock. Gelb gibt ihrer Haut einen besonderen Glanz. Bei Navira, die immer bunt angezogen ist, beginne ich auf die Farben zu achten. Wenn man eine braune Haut hat, verändern die Farben ihre Wirkung. Ich selber trage am liebsten Blau und Schwarz. Das sind Farben, die meine Hautfarbe neutralisieren. Navira dagegen spielt mit der Wirkung, die grelle Farben auf ihre Haut haben. Gelb, Rot, Wüstenbraun – das sind Farben, die man oft an indischen Frauen sieht. Sie intensivieren die Dunkeltöne der Haut.

Aber Navira benimmt sich nicht wie eine traditionelle indische Frau. Sie raucht, und seit wir unterwegs sind, sind wir bestimmt schon dreimal eingekehrt und haben viel Bier getrunken. Nun sind wir auf dem Weg in die neue Tate Gallery, die direkt am Themseufer liegt.

»Wie benimmt sich eine indische Frau, Robert?«

»Sie trägt einen Sari, trippelt barfuss auf Lehmböden. Sie raucht nicht, trinkt nicht, isst kein Fleisch und geht nicht in die Tate. Sie ist des Mannes Eigentum mit Haut und Haar –«

»Woher hast du das?« lacht sie.

»Von meiner indischen Grossmutter in Trinidad, der Mutter meines Stiefvaters Neil.«

»Bleib mir bloss mit traditionellen indischen Frauen

vom Leib. Ich mag Whiskey, ich mag Indie Pop, ich nehme Drogen und bin verrückt nach Sex.«

Beim Wort Sex fällt mir wieder ihr fehlender Finger ein. Navira zündet sich eine Zigarette an. Wie gebannt starre ich auf ihre vier Finger. Ein Streichholz mit einer Hand mit nur vier Fingern zu entzünden, erscheint mir wie ein kleines Kunststück.

»Es gibt Tage, an denen ich wie kopflos rauche, dann rühre ich wieder zwei Wochen keine Zigarette an.«

»Hast du noch Verwandte in Indien?«

»Zwei Millionen«, lacht sie heraus. »Im Ernst, alle mir bekannten Familienmitglieder sind in England. Meine Eltern betreiben einen kleinen Gemüseladen im East End. Wer in Indien alles mit mir verwandt ist, werde ich nie herausfinden können.«

»Möchtest du es?«

»Nein, ich könnte mich nie über Verwandte definieren. Aber Indien, der Kontinent, der interessiert mich schon. Ich träume oft, dass ich in Indien bin. In einer gelben Lehmlandschaft, die abends von der untergehenden Sonne leuchtet. Menschen gibt es da nicht.«

Sie geht einen halben Meter vor mir, wie absichtlich, so dass ich nur ihre hochhackigen Pumps sehe. Ich habe das Bedürfnis, mich bei ihr einzuhaken. Wir sind jetzt fast am Ziel, der Tate Modern, die von zwei Basler Architekten umgebaut worden ist. Hinter den Dächern sehe ich bereits den Industriebau aufragen. Immer mehr Leute begleiten uns in diese Richtung. Wie ein Liebespaar gehen wir eng aneinandergeschmiegt. Ein indisches Liebespaar? Wie indisch sehen wir aus?

In der Schweiz würden wir unentwegt angeglotzt. Hier fallen wir niemandem auf. Wir lösen an der Kasse den

Eintritt und steigen die Treppen hoch. Wir bestaunen die Architektur, den rohen Holzboden, ohne selber bestaunt zu werden. Wir gehen an Giacomettis fadendünnem »Man Pointing« vorbei und an den geheimnisvollen Farbflächen Mark Rothkos, vor denen Naviras Rock zu flackern beginnt. Ich verweile vor dem Triptychon von Francis Bacon, dessen krasse Körperfragmente ich immer bewundert habe. Bacons Rot, das den Hintergund der merkwürdigen Körperbündel bildet, schreit wie Blut. Blut, das einen hodenähnlichen Sack, dem ein langer Hals mit einem Kopf mit bleckendem Gebiss entwächst, einrahmt.

Plötzlich ist Navira weg. Ich renne an den Bildern vorbei, suche das obere Stockwerk auf und halte nach hochhackigen Pumps und gelbem Rock Ausschau. Erschöpft stehe ich danach am Fenster und lasse die Themse unten vorbeiströmen.

Plötzlich fühle ich mich durch ihren Verlust wie entzweigerissen. Zerrissen wie eine dieser Baconschen Figuren.

Da leuchtet mir plötzlich in den Augenwinkeln ein gelber Fleck auf. Navira sitzt am Flussufer und weint. Ich laufe hinunter.

»Habe ich etwas Unangenehmes gesagt?«

Sie schüttelt den Kopf.

»Ist sonst etwas vorgefallen?«

Wieder schweigt sie, schneuzt die Nase und zieht an der Zigarette.

»Ich ertrage diese Bilder von Bacon nicht. Ich muss dabei immer an meine Verstümmelung denken. Ich weiss, es ist lächerlich, wegen eines fehlenden Fingers zu heulen. Ich komme mir vor wie ein Schulkind, das wegen einer Zahnlücke heult. – Aber ich habe Angst, noch mehr zu verlieren. Nicht nur Gliedmassen, auch andere Dinge. Ich kann nichts mehr wegwerfen, keine leeren Flaschen, keine Briefe, sogar beim Müll kriege ich Krämpfe. Ich fürchte, je weniger Finger man hat, desto mehr krallt man sich an allem fest. Wie ich jetzt an dir. Morgen oder übermorgen wirst du abreisen, nicht wahr?«

»Was willst du jetzt tun?«

»Ich werde zurückkehren zum Bild von Bacon.«

Dann kehrt sie tatsächlich um und stellt sich noch einmal vor Bacons Bild. Sie schaut das verrückte Bild so lange an, bis das Zittern aufhört. Eine halbe Stunde rührt sie sich nicht vom Fleck.

Nimmt sie so von mir Abschied?

LUNA

Warum hat Ray keine Ahnung, wo sich seine Kinder befinden? Man kann doch Kinder nicht einfach verlieren, wie man Gegenstände verliert. Kinder können sich doch nicht ohne Grund von einem Vater abwenden. Und selbst wenn das Schlimmste passiert, wird ein Sohn oder eine Tochter irgendeinmal den Vater suchen. Erneut frage ich mich, was vorgefallen ist, dass Ray seine beiden Kinder verloren hat. Liegt da auch der Grund für seinen Sprachverlust?

Noch einmal wühle ich alle Briefe und Notizzettel in seiner Schublade durch. Und probiere am Abend vom Hotel aus alle Nummern, die ich gefunden habe. Auch die Nummer einer Luna; wahrscheinlich eines der Mädchen, mit denen er verkehrte.

Zu meiner Überraschung meldet sich die müde, misstrauische Stimme einer alten Frau. Während ich ihr erkläre, dass ich Rays Sohn sei, sehe ich eine mürrische neunzigjährige Greisin in einer stickigen Stube sitzen. Wahrscheinlich ist sie schwerhörig, so dass sie in die Muschel schreit. Rays Sohn?! Sie will mit keinem Sohn von Ray reden. Sie will nur in Ruhe gelassen werden, in ihrem von dickroten Tapeten und ausgefransten Teppichen schalltot gemachten Grab zu Ende leben. Sie will nur ihre zwei fetten Pinscher kraulen. »Ray«, ruft sie erneut, »ich dachte, der sei schon längst gestorben! – Was, Sie sind sein Sohn? Dann sind Sie ja mit mir verwandt, Junge. Ich bin Rays Tante.«

Sonntag morgen, strahlender Sonnenschein bei bissig kaltem Wind. Ich sitze im Vorortzug und fahre durch aufgeräumte, vorstädtische Siedlungen in Richtung Wembley. Vor Aufregung, nun endlich eine Blutsverwandte zu treffen, hämmert mir das Herz in der Brust.

Am Bahnhof von Sorrey aber ist keine Seele. Gelangweilt schaue ich mir die leeren Rabatten auf einer Verkehrsinsel an. Bleiches sonntägliches Licht wandert über den Asphalt und bleibt klebrig am Fenster eines Restaurants hängen, in dem einige Leute beim Bier zusammenhocken. Sonst ist der Dorfplatz leer und windig. Nach einer halben Stunde beschliesse ich, den Zug zurück in die City zu nehmen, da fährt plötzlich ein Auto vor, aus dem mir eine indische Frau mittleren Alters mit einer schlappen Handbewegung zuwinkt.

»Sind Sie Luna Sinanan?« frage ich verdutzt.

»Ich bin Sita Sinanan, steigen Sie ein. Haben Sie gestern bei uns angerufen?«

»Ja, ich bin Robert.« Ich fröstle vor Kälte.

»Ich hoffe, Sie möchten nichts Bestimmtes von uns, Mister Robert. Meine Mutter ist achtundachtzig und verträgt keine Aufregung.«

Wir fahren durch ein mit letzter Gründlichkeit gepflegtes und aufgeräumtes Vorortdorf. Wäre es nicht Februar, sondern Juni, gäbe es auf den grossen Rasenplätzen schwitzende Tennisspieler zu bewundern und die Luft würde in Regenbogenfarben über den Blumenrabatten flimmern.

Abrupt hält die Frau vor einem backsteingebauten Haus, das an einen weiten Garten angrenzt. Sita Sinanan schubst mich vorwärts ins Innere der Verwandtschaftshöhle.

Dort empfängt mich zuerst eine kleine Galerie aufgehängter Fotos. Sofort untersuche ich jedes der Gesichter nach einer Ähnlichkeit mit mir. Die Form der Nase, der Schwung der Lippen, die Augen. Nach einer Viertelstunde, die ich wartend zubringe, gelange ich zur Überzeugung, allen Gesichtern irgendwie ähnlich zu sehen.

Ein Mann kommt herein, der sich als Merlin vorstellt und mir misstrauisch die Hand reicht. Er ist um die Sechzig, wirkt stämmig in seinem Traineroberteil und hat schwarze Locken wie ein Fussballspieler. Finster mustert er mich.

Am liebsten würde ich jetzt wieder gehen.

»Lebt Ihr Vater noch?« fragt er mich trocken.

Draussen bellen seine langhaarigen Hunde, reiben die Schnauzen an der Verandascheibe. Eine andere Frau namens Tara setzt sich mir gegenüber und betrachtet mein Gesicht lange und mit einer Gründlichkeit, als gelte es, in mir einen gesuchten Verbrecher zu identifizieren. Wenn sie etwas sieht, denke ich mir, dann sieht sie Ray in mir.

Und Ray löst bei diesen drei Verwandten keine Euphorie aus.

»Nicht mehr reden kann er«, sagt Merlin und zieht mit einem furchterregenden Geräusch Luft durch die Nase.

»Der Arme«, sagt Tara.

»Wie, sagten Sie, ist Ihr Name?« fragt Merlin.

»Robert«, sage ich.

»Ich wusste gar nicht, dass der noch einen Sohn hat«, schnarrt Merlin.

»Der Mann hat vielleicht noch einen ganzen Rattenschwanz anderer Kinder in die Welt gesetzt, denkst du nicht?« überlegt Sita.

»Wo, sagten Sie, lebt Ihr Vater jetzt?« fragt Tara.

»Im Thomas More Asyl, Battersea. Aber wo ist Luna?« frage ich.

»Hier bin ich!«

Mich umdrehend, sehe ich eine alte Frau unter der Türe stehen, die mich mit angestrengtem Gesichtsausdruck anschaut. Eine alte Lady von verblüffender Schönheit. Lunas Augen funkeln lebendig und hinter den Falten scheint noch immer ein Frauengesicht von grosser Ebenmässigkeit auf. Sie kommt mit unsicheren Schritten auf mich zu und umarmt mich überraschend herzlich.

»Das ist er«, sagt sie und wendet sich den anderen zu. »Das ist Olives Enkel, seht ihr das nicht? Unzweifelhaft trägt er Olives Gesichtszüge.«

Als wäre ein böser Bann gebrochen, stürzen sich nun alle auf mich, klopfen mir auf die Schulter, verpassen mir freundschaftliche Stösse und nötigen mich zum Essen.

»Er muss ja ausgehungert sein, tagelang neben einem Vater, der kaum mehr essen kann«, sagt Sita.

»Wann hast du das letzte Mal gegessen?« ruft Tara.

Schon bald schaufle ich indisches Curryhuhn, Fladenbrot, Kichererbsenbrei und Gemüse in mich hinein. Sita, Tara, der wunderliche Merlin und die uralte Luna stehen um mich herum. Und auch die Enkelin Lunas, die Tochter von Sita, die siebzehnjährige Wendy ist aufgetaucht, um das Gespenst eines unbekannten neuen Sinanan zu begutachten.

Essen ist das erste, was man einem Fremden anbietet. Mit Essen verwandelt man einen Feind in einen Freund. Kein Wort fällt mehr über Ray. Aber im Augenblick ist mir das auch egal. Denn wo andere langsam in eine Verwandtschaft hineinwachsen, muss ich nun alles auf der Stelle verdauen. Ich habe nur wenige Minuten Zeit, ein Sinanan zu werden. So greife ich mit blossen Händen in den Teller, wie es sich nach indischer Sitte gehört. Ich esse, obwohl ich von indischem Essen immer fürchterlich Bauchweh kriege. Obwohl mich das indische Essen für Tage aufs Klo zwingen wird. Denn für mich ist es die erlauchteste Tafelrunde, die ich mir vorstellen kann. Ich verschlucke mich, huste, und Luna sagt: »Hört, hört, er hustet wie seine Grossmutter. Könnt ihr euch noch erinnern, wie Olive mit ihrem Husten die Vorhänge zum Flattern brachte?«

»Weisst du«, sagt Merlin, »dass es hier gleich um die Ecke eine andere Tante von dir gibt? – Wollen wir sie nicht einladen?«

Luna setzt sich ans Telefon und redet mit Phyllis, einer der Schwestern meiner Grossmutter. Aber Phyllis hat schon von Ray nichts wissen wollen und lehnt meinen Besuch ab.

Tara ist zerknirscht, Merlin erbost. »Wo es eine Sippe gibt, gibt es auch Engstirnigkeit. Und solche, die aus der Sippe ausgeschlossen werden. Kümmere dich nicht drum.«

»Warst du schon bei Tante Hanna?« fragt Tara und schöpft mir den Teller erneut voll Kichererbsen.

»Wer ist Tante Hanna?«

»Also, die weiss ja von unserer Familie alles!« sagt Tara. »Hanna ist ein wanderndes Familienalbum.«

»Wo lebt sie denn?«

»In San Fernando, Trinidad«, sagt Sita.

»Hast du gewusst, dass sich letztes Jahr über hundert Sinanans in Trinidad zum Familientreffen zusammengefunden haben?«

»Wir sind eine Familie von Rechtsanwälten, Ärzten und Politikern –«

»– und schwarzen Schafen. Abtrünnigen, Säufern, Päderasten, Hochstaplern und solchen, die aus der Sippe ausgeschlossen wurden.«

»Das gibt es überall.«

»Du solltest dem Jungen nicht so einen Quatsch erzählen.«

Was heisst hier Sippe? Wer ist mit wem verwandt? Wer stammt von wem ab, wer hat heimlich wen geschwängert? Phyllis und Pearl, Ena und Sonny, Hanna und Ashford und Alexander schwirren als Namen durch den Raum.

Und wo bin ich? – Mit ziemlicher Sicherheit am Rande dieses Familienepos. Ausser in Gerüchten existierte ich bis jetzt nicht. Das ist Rays Verdienst.

Aber im Vergleich zur Eisscholle an Information, die mir Ray angeboten hat, taucht hier ein Kontinent auf. Verwandte in Kanada, Trinidad, Amerika, Schweden und Südafrika, die – es kann eigentlich gar nicht anders sein – Spuren von Ähnlichkeit mit mir aufweisen müssen. Eine ähnliche Nase? Denselben Ansatz zum Doppelkinn, dasselbe Husten? Eine mehr oder weniger imaginäre Gemeinschaft von Grossonkeln, Cousins und Couscousins, die mich mit ihrer gespenstischen Ähnlichkeit umstellen.

Wir reden über Gespenster.

»Ich habe mit deinem Vater in Trinidad Tennis gespielt«, sagt Sita. »Er war damals ein blutjunger Reporter und schrieb gerade über einen berühmten Filmstar, irgendeine Amerikanerin.«

»Und Phyllis«, bemerkt Luna, »hat deinem Grossvater Budri die Türe ins Gesicht geschlagen. Ich weiss nicht, warum Olive ausgerechnet diesen Idioten hat heiraten müssen. Sie hätte jeden anderen haben können. Sie war eine standesbewusste und sehr feinfühlige Frau. Und dann hat er sie sitzenlassen, dieses Schwein, und diese Evril geheiratet. War bockig bis ins hohe Alter.«

»Wer ist Evril?« frage ich.

»Die damalige Schönheitskönigin von Trinidad. Ein hübsches, dummes Kind. Aber Budri –«

»Lasst Budri aus dem Spiel«, ruft Merlin. Plötzlich senken sich die Blicke.

»Budri war ein ausgekochtes Scheusal, nach allem, was er mit Olive angestellt hat. Er hat seinen Sohn Ray gehasst und Olive geschlagen«, sagt Tara.

Nun blicken die anderen stumm auf Tara, die den Mund nicht halten kann. Wieder entsteht eine unheilvolle Pause. Ich wage es nicht, in diese Richtung weiterzufragen.

»Tja«, lenkt Luna ab, »deine Grossmutter Olive war eine elegante Dame, die nur in besseren Kreisen verkehrte. Lange schwarze Haare, ein wunderschönes Gesicht. Sie starb jung, nachdem sie wegen ihrer Diabetes fast erblindet war. Ich entsinne mich, wie sie auf dem Balkon ihre langen Haare richtete. Immer trug sie eine Sonnenbrille.«

Mir schwirrt der Kopf. Was wird mir hier die ganze Zeit

verschwiegen? Welches Ereignis nistet wie ein Krater in der Rede dieser Familie?

Und wer ist eigentlich wer? Ich bin von neuer Verwandtschaft durchlöchert. Bis jetzt ging ich wie ein Einzelkämpfer durchs Leben, jetzt trabe ich in einer genverwandten Horde. Wie ein Gespenst stehe ich an der Grenze zum Sinananland, winke, ohne zu wissen, wem genau ich zuwinke. Soviel Verwandtschaft, so viele Geschichten. Will ich dieses Land überhaupt betreten, stelle ich einen Aufnahmeantrag?

Will ich diesen tausendfach zersplitterten Spiegel zusammensetzen?

»Hanna wieviel?« frage ich.

»Hanna Boopsingh, die weiss mehr und hat auch Fotos«, sagt Merlin.

Hanna lebt in Trinidad.

Ich fahre zurück zu Ray und erzähle ihm alles. Nach einiger Zeit legt sich seine Nervosität und er hört mir ruhig zu. Als ich von Luna erzähle, lächelt er. Merlin scheint er allerdings nicht gerade in sein Herz geschlossen zu haben.

Er tippt den Namen »Luna« ins Maschinchen. Dann gleich noch einmal, als ob es etwas zu bedeuten hätte. Schmerzhaft verzieht er sein Gesicht und wartet. Eine lange Pause entsteht, in der sein herabhängender Zeigefinger wie ein Raubvogel über der Tastatur kreist. Er schaut mir ins Gesicht, er würde jetzt, könnte er etwas sagen, ein entschiedenes Wort an mich richten. Aber dann löst sich, wie eine Feder wegschnappt, die Müdigkeit in seinem Körper, und er sinkt in sich zusammen.

»Wo bist du gewesen? Ich glaubte schon, du seist ohne ein Wort abgereist.«

Auf Zehenspitzen ist Navira ins Zimmer getreten und hat sich auf den Stuhl gesetzt. Sie wirkt farblos, nervös und schaut mich kein einziges Mal an.

»Ich hatte einen unglaublichen Erfolg und habe auf einen Schlag ein halbes Dutzend Verwandte kennengelernt. Die Sinananfamilie, die mir von all den anderen Sinanans in Trinidad erzählt haben. Rays Mutter hiess nämlich Olive Sinanan und stammte aus einer angesehenen Familie. Das bedeutet zum ersten Mal Festland, Navira. Wirklichkeit, es gibt das alles auch wirklich.«

»Ich freue mich für dich«, sagt sie leise. »Auch ich habe etwas für dich gefunden, nachdem ich zig Stunden die Ordner durchwühlt habe. Im Büro von Miss Curtis herrscht das totale Chaos. Wie in einem lichtlosen Kellergeschoss bin ich gesessen und habe diese Blätter durchforstet, auf denen rein gar nichts Interessantes zu finden war. Ausser dem Visitenkärtchen von diesem laubfleckigen Mann, der einige Male bei deinem Vater gewesen ist. Was hältst du davon?«

»Selwin Baragan, Optician«, lese ich. Und darunter einige Geschäftsorte wie London, Florence, Port of Spain, Moscow, St. Moritz. Und die Telefonnummer seines Hauptsitzes.

»Wollen wir den Mann nicht jetzt gleich anrufen?« rufe ich.

Beim Namen Baragan ist Ray zusammengezuckt. Er schüttelt heftig seinen Kopf, was unzweideutig »no, no, no« bedeutet.

»Was hast du, Ray?« fragt Navira.

Aber ich bin schon aus dem Zimmer und lasse mich am Telefon mit dieser Nummer verbinden. Eine ungeheure Spannung hat mich erfasst. Eine gepflegte, einschüchternde Männerstimme meldet sich. Mister Selwin Baragan ist im Augenblick nur unter einer anderen Nummer zu erreichen. Ob es dringend sei? Ich blicke zu Navira und stelle ihr die Frage. Sie kommt zu mir, fasst mich am Arm und schüttelt den Kopf. »Nein, Robert, lass es sein.«

Ich bin so verwirrt, dass ich sage: »Doch, Leonie, natürlich muss ich diesen Mann sofort am Apparat haben. Er stellt doch eine Verbindung zu Rays früherem Leben dar.«

Navira grinst und gibt mir einen Puffer in den Bauch, während ich die neue Nummer einstelle.

»Selwin Baragan«, meldet sich eine Stimme.

Ich stelle mich kurz vor und erzähle von meinem Vater Ray. Betreten fragt Baragan, woher ich seine Handynummer habe.

Ich erkläre ihm alles und sage ihm, dass ich in London sei und ihn gerne kennenlernen würde. Und zwar so schnell wie möglich.

Knacken, Knirschen, Sausen im Telefonhörer. Ich vernehme fremde Stimmen und stelle mir Baragan vor: steif, englisch, laubfleckig und steinalt. Verlegen meldet er sich zurück.

»Ja, ich kenne Ray. Aber ich kenne Sie nicht. Sie behaupten, Sie seien sein Sohn. Ich dachte, Sie wären in Kuba und wollten nichts mehr von Ihrem Vater wissen. Warum sind Sie zurückgekehrt?«

Ich begreife nicht, warum ich in Kuba sein sollte. Bis mir einfällt, dass Baragan den anderen Sohn von Ray meinen könnte. Ich werfe Navira furchterregende Blicke zu, sie kaut nervös an ihrer Lippe.

»Ich bin Robert, der Sohn aus Rays erster Ehe. Mit der Schweizerin Helen. Und ich würde Sie gerne treffen. Ich bin hier in Battersea. Kann ich morgen zu Ihnen kommen? Wo sind Sie?«

Wieder lässt Baragans Schweigen die Leitung in allen möglichen Sprachen rauschen. Er hält mich für unhöflich, weil ich ihn bedränge. Aber ich habe keine Wahl, ich muss ihn treffen.

»Das ist nicht so einfach, Robert. Ich bin nicht in London.«

»Sind Sie in Moskau? – Dann komme ich nach Moskau.«

»Ich bin in St. Moritz. Wollen Sie dahin kommen?«

Ohne auch nur eine Sekunde zu überlegen und mich zu fragen, auf was ich mich einlasse, was ich ausgerechnet in der Schweiz und noch dazu in St. Moritz soll, rufe ich meine Zustimmung ins Telefon. Navira ist wie versteinert.

»Nun gut, ich habe nichts dagegen, wenn wir uns kennenlernen«, sagt Baragan in einem etwas freundlicheren Ton. »Ich habe in St. Moritz noch einige Geschäfte zu erledigen und muss danach weiter nach Moskau. Ich bin im Hotel Waldhaus in Sils-Maria abgestiegen, das werden Sie als Schweizer ja kennen. Wann wollen Sie kommen?«

»Übermorgen werde ich dasein«, rufe ich wie von Sinnen.

»Kommen Sie mit Ihrem Vater?«

»Selbstverständlich.«

»Also gut, am Donnerstag dieser Woche. Ich freue mich darauf, Sie kennenzulernen, und werde Ihnen ein Doppelzimmer reservieren.«

»Zwei Zimmer, bitte!« rufe ich, da mir im letzten Moment einfällt, ich könnte Navira fragen, ob sie mitkommt.

»In Ordnung, zwei Zimmer im Hotel Waldhaus. Bis bald.«

Nun stehe ich da und weiss nicht, wie ich mich in all das hineingeritten habe. »Wüsste Baragan nicht Wichtiges zu berichten«, sage ich, »dann hätte er mich sicher nicht ins Hotel Waldhaus bestellt.«

»Uns«, zischt Navira. »Ich habe keine Ahnung, wie ich das bezahlen soll. Noch dazu, wenn ich hier freinehme.«

Ich bin davon überzeugt, dass Geld hier nicht das Problem ist. Baragan, versuche ich Navira zu überzeugen, ist ein begüterter Optiker und wenn er uns zwei Zimmer reserviert, wird er sie auch bezahlen.

»Hat er gesagt, er würde uns einladen?«

»Er wird es sagen, glaub mir. Abgesehen davon, dass ich noch genügend Geld auf der Kreditkarte habe.«

»Wer sagt dir, dass ich mitkommen möchte?«

Ich weiss, dass nun sowieso alles krumm läuft und dass mein Bitten, da ich Navira vor ein Fait accompli stelle, sich schal ausnimmt. Im übrigen ist Ray das grössere Problem. Als er die Neuigkeit vernimmt, sitzt er wie vom Schlag getroffen auf der Bettkante. Er will unter keinen Umständen Selwin Baragan treffen. Trotzdem beginnen seine Augen zu leuchten, als ich ihm von der Reise in die Schweiz erzähle. So absurd es für mich ist, nun mit meinem Vater zurück in die Schweiz zu reisen, so willkommen wird diese Destination von den beiden aufgenommen. Ray schreibt trotzig ins Maschinchen: »Helen go Snow«.

»Aber natürlich, du warst ja schon mal in der Schweiz. – Meine Mutter hat mir erzählt, dass Ray ein halbes Jahr in der Schweiz gelebt hat. In der Zeit, als ich geboren wurde, stimmt's?«

Ray schüttelt nachdenklich seinen Kopf.

»Dafür war ich noch nie richtig im hohen Schnee«, sagt Navira. »Trotzdem weiss ich, was das Hotel Waldhaus ist.

Ich hab da mal einen Film gesehen, der in diesem Hotel spielte.«

Ich weiss nicht genau, was ich mir vom Treffen mit Baragan erhoffe. Immer wieder erscheint das Bild der beiden Männer vor meinen Augen, wie sie sich stumm gegenübersitzen. Wie sie sich anschauen. Wenn zwei sich so begegnen, müssen sie einiges zusammen erlebt haben, sage ich mir. Aus dem Telefonat geht hervor, dass dieser Optiker über den Zustand meines Vaters im Bild ist. Das alles lässt darauf schliessen, dass er noch mehr weiss.

Niemand kann meine auflodernden Hoffnungen ersticken. Auch Leonie nicht, der ich abends von meinem Hotel aus einige Lügen auftische, die mir unter anderen Umständen nie über die Lippen gekommen wären. Ich erzähle ihr, Ray und ich seien von Tante Sinanan zu einem Seeaufenthalt an der englischen Südküste eingeladen. Irgendwo in – Brighton, sage ich, weil mir nur gerade dieser Ort einfällt. Aber Leonie ist ungehalten. Sie habe, sagt sie, alles vorbereitet, um am Wochenende nach London zu fliegen. Gerade habe sie den Wettbewerb für den Entwurf eines privaten Schwimmbades gewonnen und habe Jennifer fürs Wochenende bei ihrer Grossmutter angemeldet. Sie würde gerne kommen, um meinen Vater kennenzulernen. Und den Auftrag fürs Schwimmbad könne man zusätzlich feiern.

Unmöglich, rufe ich verzweifelt. Ich könne den Tantenbesuch weder aufschieben noch abschlagen, sie solle doch später kommen.

Nun ist Leonie verständlicherweise beleidigt. Ob das mein letztes Wort sei, fragt sie. Dann hängt sie auf.

Und so bleibt dieser Zwist, dessen Ende ich schon lange herbeisehne und dessen Fortsetzung ich doch immer wieder selber betreibe, weiterhin bestehen. Ich nehme mir vor, Leonie vom Hotel Waldhaus aus anzurufen. Sicher hat sich bis dahin alles geklärt und sie wird sich beruhigt haben.

Am übernächsten Tag steht Gomez hinter der Glasscheibe des Thomas More Asyls, als Navira, Ray und ich in ein schwarzes Cab steigen. Gomez hat sich in seinen Sonntagsstaat geworfen, nur seine Schuhe hat er vergessen. Der braune Lederkoffer steht wie ein treuer Wachhund neben ihm. Er presst seine Hände und sein Gesicht gegen das Glas. Der Mund verkrümmt zum Fischmund, nimmt er von Ray Abschied. Dieser winkt aufgeregt, wendet immer wieder seinen Kopf zu seinem Freund und verliert beinahe das Gleichgewicht.

»Ab in den Schnee!« ruft Navira.

Mit Glück habe ich beim Einwohneramt im Somerset House in London Rays Eintrag gefunden und Ausreisepapiere für ihn ergattern können. Tatsächlich ist er britischer Staatsbürger und gleichzeitig Bürger der ehemaligen britischen Kronkolonie Trinidad & Tobago. Und ehemaliger Pilot der Royal Air Force, was die Phalanx seiner Spielzeugflugzeuge auf dem Nachttisch erklärt.

Natürlich geht alles viel langsamer und nimmt sich aufwendiger aus, als ich gedacht habe. Zuerst fahren wir zum Londoner City Airport und karren Ray durch die Korridore des Terminals. Dann packen ihn zwei kräftige Arme von Schweizer Flight-Attendants und tragen ihn die Treppe zum Flugzeug hoch. Sogleich verschwindet der schwerelos gewordene Körper meines Vaters im Bauch der Flugmaschine. Eine mit den Beinen baumelnde Puppe, meine Vaterpuppe. Ray begrüsst das Flugzeug mit ungehaltener Begeisterung. Die Armaturen, Anzeigen und Messgeräte, die er mit einem kurzen Blick ins Cockpit streift, sind ihm ein vertrauter Anblick.

»Glaubst du, dass er sich an etwas erinnern wird, wenn er Schnee sieht?« fragt Navira.

Auf der windigen Gangway zum Flugzeug wickelt sich Navira gegen den Wind in ihren dicken Fellmantel, den sie an der Portobello Road gekauft hat. Ein Mantel aus zusammengesetzten Flicken, aus Kaninchenfuchs und Marderkatzen, ein britischer Wolpertinger, sage ich zu ihr. Damit will sie den kontinentalen Schneestürmen trotzen.

In Zürich-Kloten angekommen, nehmen wir die Bahn bis Chur, so dass wir um vier Uhr den Glacierexpress nach St. Moritz besteigen können. Bald beginnt es zu schneien, und die Flocken tanzen am Zugfenster vorbei und hüllen die Landschaft in einen dichten, weissen Mantel.

REISE ZU DEN VÄTERN

Ringsum wachsen uns die Berge entgegen. Ihre karge Höhe weckt in Ray und Navira jene Bewunderung, die jeden der beiden auf seine Weise sprachlos macht. Ich sitze im Zug und merke, dass ihre Neugier auf die Schweiz zu gross ist, als dass ich mich ihr ganz entziehen könnte. Denn ein Teil der Fremdheit, die dieses Land für meine Reisebegleiter hat, geht auch auf mich über. Mit Staunen merke ich, dass die gelben Postautos tatsächlich wie im Kinderland die Bergstrassen hinaufkriechen, dass Dörfer mit einem bis zwei Dutzend Häusern in den Tälern wie in einer Matratzenkuhle eingebettet liegen. Dass die Strassen blank geputzt, die Fensterläden mit fröhlichem Grün bemalt sind, dass die Bergleute einander mit einem Lüften des Hutes oder der Mütze begrüssen. Ich kann mir keinen grösseren Kontrast vorstellen als den zwischen Ray und einem urchigen Bergbauern. Oder zwischen der schillernden, jeden Tag von neuen Überraschungen geprägten Welt Naviras und der einer Bauersfrau. Navira hat ihr Handy und ihren Walkman beiseite gelegt und starrt hinaus. Ob die Gebirgsschweiz etwas mit Gebirgsindien gemeinsam hat?

Immer wieder auf dieser langen Fahrt setze ich meinen Vater wie eine Spielfigur in die Schweizer Landschaft, um zu sehen, wie er sich dabei macht. Ich lasse ihn auf einen einsamen Bahnhof zuspazieren, versetze ihn in eine von Moorland umgebene Gastwirtschaft, wo er mit Einheimischen Karten spielt. Wie gut hat er gelernt, sich anzupassen? Oder hat er solche Situationen ängstlich gemieden und sich vom allzu typisch Schweizerischen ferngehalten?

Ray hat über ein halbes Jahr im Dorf meiner Mutter zugebracht. Was hat er von der Schweiz sonst noch gesehen? Wird er mir jetzt, da es ihn zufällig in die Schweiz zurück verschlagen hat, mehr mitteilen können?

Bei Thusis weist uns die Zugansage darauf hin, dass wir in wenigen Minuten einige Schlösser und den Eingang der Viamalaschlucht zu Gesicht bekommen werden. Auf »Europas höchstem Landwasserviadukt« donnern wir über einen Abgrund in die Tunnelfinsternis. Danach werden die Schneegipfel von der sinkenden Sonne eingefärbt. Aber als wir mitten auf der Strecke haltmachen, weil wir auf einen entgegenkommenden Zug warten müssen – »We are waiting for an uncoming train« –, bleibt Ray und Navira vor Staunen der Mund offen. Vor allem Ray neigt dazu, die englischen Durchsagen ganz auf sich zu beziehen und fühlt sich geschmeichelt. »We are about to arrive in Tiefencastel, you see the world's most elegant bridge construction.«

»Kann Robert zaubern?« fragt Navira und lehnt sich in einem Bahnhof weit aus dem Fenster. Eine Flocke setzt sich auf ihre langen Wimpern, eine grosse Taubenflocke küsst ihre Lippen. Mir ist, als würde ich von meiner Kindheit eingeholt. Mit meinem Kinderkopf rage ich auf dem Schulweg aus den Schneemassen und ziehe den Schlitten hinter mir nach. Ziehe ihn durch den Tannenwald und spüre das Brennen der Kälte in meinen Fingern. Am Himmel tanzen stetig die weissen Wimpern.

Der Abendhorizont verglimmt in kalter Pracht. Ray sitzt gefasst in seinem abgewetzten Kaschmirmantel und den dicken Handschuhen, die uns die Heimleitung mitgegeben hat. Drei verwegen indisch aussehende Exoten unterwegs in den Schnee. Man hält uns mit Sicherheit für Inder, obwohl wir eigentlich etwas ganz anderes sind: nämlich ein Trinidader, der nach England ausgewandert ist, eine Londonerin mit indischen Vorfahren und ein ebensolcher Schweizer. Ich rede nur Englisch. Den Bahnhofsvorstand, die Kioskfrau und den misstrauischen Schaffner mag ich mit meinem Schweizerdeutsch nicht verstören. Bereits dreimal haben wir den Fahrschein vorweisen müssen. Jetzt endlich lässt man uns in Ruhe.

Als Navira ihr Handy hervornimmt, um einige SMS nach London zu verschicken, krümmt mich eine schmerzliche Erinnerung. Längst hätte ich Leonie anrufen sollen. Seit dem letzten Telefonat sind mehr als drei Tage vergangen. Ich sehne mich nach ihrer Stimme und ihrem Körper. Ob ich mit der dunklen Navira andere Erfahrungen machen werde als mit der blonden Leonie? Auf jeden Fall sind Leonie und ich noch nie dreimal vom selben Schaffner kontrolliert worden. Und auch die Blicke, die man Navira und mir zuwirft, sind misstrauischer und ablehnender. Vielleicht ist Leonie so etwas wie mein Schutzengel, meine heimliche Einbürgerungsfee.

Aber Navira hilft mir, meine eigene Hautfarbe neu zu entdecken. Sie tut das anders als Ray. Ich beobachte ihre Haut in den wechselnden Farben des Tages. Im Wetteifer der Stoffe und Schnitte ihrer Kleider. Und ich spüre die Anziehung, die diese Haut auf mich hat. Mit ihr zusammen werde ich indischer.

All diese Überlegungen können mich nicht dazu bewegen, jetzt meine Leonie anzurufen. Obwohl ich ihr physisch immer näher komme, vergrössert sich die Unmöglichkeit, mich ihr zu erklären.

Inzwischen ist Navira dazu übergegangen, mit Ray Übungen zu machen. »Es gibt verschiedene Arten von Gedächtnis«, doziert sie. »Das semantische Gedächtnis, das die Fakten sammelt. Daneben das autobiographische Gedächtnis, die Hauptquelle für die Lebenserinnerungen, das ist für uns wichtiger. Denn ich vermute, dass Ray an einer zentral verursachten Sprachstörung leidet. Wahrscheinlich eine Aphasie, die aus einem Schädeltrauma hervorgegangen ist. Das heisst, die Erinnerung ist vorhanden, aber nicht zugänglich. Wie bei einem Schloss, bei dem der Zugang verschüttet ist.«

»Ich ... Schnee?«

»Wenn ich Schnee sehe, dann ...?«

»Bei weissem Schnee fällt mir ein, dass ich ...?«

»Schokolade«, schreibt Ray. »Hundezähne ... Babywindeln.« Absurditäten, als würde es unter seiner Würde sein, bei diesem Spiel mitzumachen. Mir kommt der Verdacht, dass er uns nur an der Nase herumführen will.

Langsam nähern wir uns unserem Ziel. Der Bus, auf den wir umgestiegen sind, tuckert dem Silvaplaner See entlang in Richtung Sils. Rechts erheben sich die Berge, links erstrecken sich die vereisten Seeflächen. In Sils-Baselgia herrscht reger Skibetrieb. Wollmützen tragen ihre Bretter durchs Dorf, Schneestiefel waten durch wadenhohe Mulden. Aus den Fenstern dringt sattes, gelbes Licht.

Ein Taxi fährt uns den Berg hoch. Schliesslich halten wir vor dem erleuchteten und mit Glühlampenschmuck verzierten Portal des Hotels Waldhaus. Ein doppelter Schriftzug in klassischer Nüchternheit.

»Endlich, das Waldhaus«, sagt Navira feierlich, während ich gespannt bin, ob uns der Optiker bereits erwartet.

Während die Portiers Ray ins Innere tragen, rauchen wir draussen eine Zigarette.

»Habe ich dir schon gesagt, dass ich von diesem Hotel geträumt habe? Es war ein Traum aus Schnee, Goldregen und tiefer Tanneneinsamkeit. Ein Ort, an dem die Zeit stillsteht. In meinem Traum war ich mit einer Frau hier. Ich war krank und musste mich von der Frau pflegen lassen. Sie hatte dunkle, durchdringende Augen und sanfte Bewegungen. Ich musste so lange mit ihr tanzen, bis ich geheilt war.«

»Und wer ist die Frau? Etwa ich? – Ich muss mich verwandeln«, fügt sie nach einer Pause an und schliesst die Augen, als wäre sie schon dabei, mir in sanftem Flug davonzuschweben.

»Man könnte meinen, dass dein Traum uns in dieses Luxusschiff geführt hat. Finanziell werde ich allerdings nach diesem Aufenthalt ruiniert sein, wenn der Optiker nicht für uns einspringt.«

»Warst nicht du es, der behauptet hat, wir wären eingeladen?«

»Ja, lass uns abwarten. Ich bin ja nicht nur auf Baragan gespannt, sondern auch darauf, ob Ray durch den Schneegeruch, die Farben der Berghänge und die in den Fingern brennende Kälte die verschütteten Gänge seines Gedächtnisses wird freilegen können.«

»Es wird einige Zeit brauchen, bis wir mit all unserem Gepäck hier ankommen«, sagt Navira.

»Wie meinst du das, unser Gepäck ist ja bereits auf den Zimmern?«

»Unsere Seelen, die benötigen länger als unsere Körper.«

In der Empfangshalle erwartet uns der Hotelier Diethelm. Mit seinem gepflegten Bart und einem modischen

Hemd mit Stehkragen erinnert er mich an eine Figur aus einem Buñuel-Film. Irritiert gleitet sein Blick über Ray, dann über mich hinweg, um erfreut bei Navira hängenzubleiben. Er bringt uns auf Zimmer 171 und 172 im dritten Stock. Unsere Zimmer sind über neunzig Jahre alt; wunderbare Art-déco-Lampen hängen von der Decke, blütenstaubgelbe Tapeten leuchten zwischen den Vorhängen und den Schränken, je ein grosses, nussbaumhölzernes Bett steht bereit. Eine Verbindungstüre führt zu Naviras Zimmer, das etwas kleiner ist.

Nachdem wir ausgepackt haben, gehe ich an die Rezeption, um nach Baragan zu fragen. Zu meiner Enttäuschung aber teilt man mir mit, dass er noch nicht angekommen ist.

Spätabends stelle ich mich auf den Balkon, der zu den Bergen und dem im Tal unten liegenden Silser See hinausgeht. Leicht ist der Schnee bei fallender Dämmerung. Leicht die vergehende Zeit in diesem tiefen Licht, leicht das Vergessen zwischen Zeit und Ewigkeit. Hinter mir höre ich Ray atmen, im Nebenzimmer hantiert Navira, einige hundert Kilometer von hier sitzt meine Mutter. Ist es nicht eigenartig, dass nun alle so nahe beieinander sind, ohne zueinanderzukommen? Ray und Helen, Navira und Leonie, Baragan und ich? Was ist es, das uns voneinander trennt? Sind es die Geschichten, die verschiedenen Wirklichkeiten, die Erinnerungen? Ist es die Einsamkeit, in der jeder in seiner Lebensgeschichte zappelt?

Es schneite auch damals vor fünf Jahren, als ich mit Leonie ins Heimatdorf fuhr, um meine Eltern mit der Wahrheit – oder sagen wir: mit meiner Version der Geschehnisse – zu konfrontieren. Noch hatte ich keine Ahnung, wer mein leiblicher Vater war. Langsam schritt ich mit der keuchenden Leonie bergauf; sie war im siebten Monat schwanger. Wir zogen an den dunklen, von hohen Bäumen verdeckten Gründerzeitvillen der Stumpenbarone vorbei, schwarze Tannenäste splitterten das Licht in den Fenstern auf; es war später Nachmittag und bereits hatte sich die Finsternis über das Tal gesenkt. Das klagende Geräusch einer Motorsäge möhnte an mein Ohr. Vom Stierenberg wehten Nebelschwaden herab. Je höher wir stiegen, desto stiller wurde es, im Schneegestöber vernahm ich nur noch Leonies schweren Atem und begann, den Mut zu verlieren. Ich setzte mich auf ein kaltes Mäuerchen und wurde von der gleichen Lähmung befallen, die ich ein Leben lang mit mir herumschleppte. Nein, es würde mir nicht leichtfallen, das Lügenpaket zu öffnen. Das Tabu zu brechen und vielleicht damit jemanden zu verletzen. Ich konnte nicht voraussehen, wie die Familie reagieren würde. Aber damals hatte mir Leonie noch geholfen. Unentwegt hatte sie mir Mut gemacht, das Tabu zu brechen und endlich über meinen Vater zu reden. Konnte ich ahnen, dass sich meine Eltern so vehement gegen meine Vatersuche stellen würden?

Die eine Hand auf Leonies dickem Bauch, mit der anderen ein schiefes Häuschen in den Schnee kratzend, überlegte ich mir die Ungeheuerlichkeit meiner Eröffnung. Das Kind, mit dem Leonie schwanger ist, hörte ich mich grummeln, ist nicht das Grosskind von Neil, Neil ist nicht mein Vater.

Einige Wochen zuvor hatten Leonie und ich den Arzt aufgesucht, um ein Ultraschallbild vom Fötus machen zu lassen. Die Oberschenkelknochen des Kindes, hatte der Arzt gesagt, deuten darauf hin, dass es lange Beine haben wird. Damit wurde uns auf auf einer anderen Ebene als der rationalen noch einmal eindringlich vor Augen geführt, dass unser Nachwuchs seine Beine nicht vom kleinwüchsigen Neil haben konnte. Leonies Reaktion kam prompt: Sie wollte nicht länger an der Lüge falscher Blutsverwandtschaften mitstricken.

»Wir sollten zu deiner Familie fahren, um ihnen klarzumachen, dass wir nicht länger an der Lüge des falschen Vaters festhalten wollen«, hatte sie gesagt. »Es ist unhaltbar, dass bis heute niemand ausser Helen und Neil etwas davon weiss, dass du einen anderen Vater hast. Und nun soll auch unserem Kind noch ein falscher Grossvater untergeschoben werden.«

»Mein Vater ist ja nur ein Gerücht«, hatte ich entgegnet. »Vielleicht hat er gar keine langen Beine. Meine Mutter hat zwar einmal behauptet, er sei sehr gross gewachsen. Dann aber hat sie wieder geschwiegen. Vielleicht ist er ein kleiner indischer Elefantentreiber mit abstehenden Ohren. Auf jeden Fall ist der Mann nichts weiter als eine fahle Legende. Lass uns diese Geschichte vergessen.«

Der Widerstand, den ich all die Jahrzehnte gegen die Tatsache aufgebaut hatte, Sohn eines Unbekannten zu sein, überkam mich wieder wie eine grosse Müdigkeit.

»Robert, man sollte kein Leben mit einer Lüge beginnen«, sagte Leonie.

»Haben wir nicht all die Jahre gegen die Welt der Väter gekämpft? Und jetzt soll das Gespenst meines Vaters plötzlich diese Wichtigkeit haben? – Wir reden doch hier von einem Grossvater. Für ein Kind ist der Grossvater doch eine Hintergrundfigur. Ein Märchenonkel, ein Zigarrenraucher, Freizeitangler, ein ferner Leuchturm an seinem Horizont.«

»Und wieder werden Leute behaupten, unser Kind sei

Neil wie aus dem Gesicht geschnitten. Diese Ähnlichkeitsbehauptungen haben mich schon auf die Palme gebracht, wenn du gemeint warst.«

»Ähnlichkeit ist etwas, das sich nicht nur übers Aussehen herstellen lässt. Denk dran, auch Herr und Hund werden sich im Laufe der Zeit ähnlich.«

»Robert, du schweifst ab.«

»Ich fürchte ganz einfach, dass meine Familie bei unserer Eröffnung nicht in Begeisterungsstürme ausbrechen wird. Meine Geschwister werden sich hinters Licht geführt fühlen. Seit sie auf der Welt sind, halten sie mich für ihren Bruder. Und mein jüngerer Bruder Sorin wird schockiert sein, mich in einen Halbbruder verwandelt zu sehen. Ganz zu schweigen von Helen und Neil. Die weben bis heute an der Legende des Scheusals Ray. Und danach werde ich mich nach meinem leiblichen Vater umsehen müssen. Wie soll ich den finden? In welchem Heuhaufen steckt diese Nadel?«

»Nun übertreib mal nicht, das würde ich mir nicht auch noch aufbürden.«

»Ich muss diesen Mann früher oder später suchen gehen, sonst werde ich keinen ruhigen Schlaf mehr haben. Ich muss wissen, wer er ist. Ob er wirklich so ein Nichtsnutz und Versager ist, wie meine Eltern immer behaupteten.«

Leonie hatte die Handgeste gemacht, mit der sie früher nach einer Zigarette in ihrer Manteltasche griff. Aber es hatte keine Zigaretten in der Manteltasche gegeben, wir hatten beide vorübergehend mit dem Rauchen aufgehört.

»Wie willst du einen Mann finden, von dem du nur den Namen kennst? Es kostet dich unendlich viel Zeit und

Energie, das lohnt sich kaum. Wichtig finde ich nur, dass du deiner Familie reinen Wein einschenkst.«

Während unseres kurzen Disputs waren meine Füsse zu Eisklumpen geworden. Wir bogen in die schmale Strasse ein, an deren Ende mein Elternhaus stand. Der wasserdunkle, mit Farbsprenkeln versehene Schiefer der Nordwand leuchtete im Schein einer Laterne. Verputzter Sichtbeton mit festlich hellen Fenstern, ein zweistöckiger, in den Grund gerammter Bau, im Erdgeschoss die Praxis meines Stiefvaters, darüber die Wohn- und Schlafräume. Das Anwesen lag im Schatten des angrenzenden Waldes und erhob sich wie eine Burg, hart und funktional, uneinnehmbar gegen aussen. Die betonfeste Stirnseite zeigte gegen das Dorf, die Rückseite war mit einbruchsicheren Rolläden versehen.

Wir hatten die holzverzierte Türe aufgestossen, da war uns mein Bruder Sorin entgegengeeilt. Sorin, dessen mageres Gesicht mich immer an Kafka erinnerte. Eingeschüchtert von Leonies Bauchumfang, hatte er ihr den schneebehangenen Mantel abgenommen und sich nach ihrem Befinden erkundigt.

In der Eingangshalle erwarteten uns die Bilder des einheimischen Malers Weber. Intensive Farben einer Blumenwiese mit schräg gewachsenem Kirschbäumchen. Eine Landschaft im oberen Wynental. Anders als die tannenschwarzen, in die Enge gedrückten Gründerzeitvillen mit ihrer depressiven Moränenschwermut – höchste Suizidrate im ganzen Kanton – malte Weber solche Landschaften, wie sie meinen Kindheitsträumen hätten entspringen können. Wälder, Felder und glühende Flächen, inwendig leuchtende Landschaften, also keineswegs die konventionellen und idyllischen Heimatverklärungen. Bei Weber liefen die Farben über die Formen hinaus und zerfaserten die Buchen, Birken und Haselnusssträucher, die Rosmarinbüsche und Malvengewächse, die dem Maler aus seinem föngetriebenen Kopf wucherten und wie unter einem südlichen Nizzahimmel wuchsen. Die Bilder, hatte ich Leonie erklärt, stehen für die südliche Seite unseres Familienwesens.

WILDNISSE

Beim Abendessen im festlich erleuchteten Speisesaal des Waldhauses am nächsten Abend nehmen uns die Gäste ins Visier. Man merkt ihrem steifen Gebaren und ihren stechenden Blicken an, dass das Beäugen und Bemessen anderer Leute zu ihrem Gewohnheitsrecht gehört. »Alle haben sie mehr Geld als anständig«, flüstere ich zu Ray und Navira. Neben uns sitzt ein alter Herr mit einer vierzig Jahre jüngeren Geliebten. Sie hat lange, frisch gewaschene Haare, niedliche Mundecken, und er hält ihr neckisch das butterbeschmierte Brötchen zum Anbeissen hin.

Trotz diesem anfänglichem Befremden fühlen wir uns hier bald wohl und werden von den Kellnern und Kellnerinnen richtiggehend umsorgt. Eine indische Angestellte jongliert wieselflink blitzblankes Geschirr durch die Tischreihen zu uns. Ein italienischer Kellner fährt Ray durch die Tischfluchten bis ans Buffet, wo er mit grosser Geduld einen Teller mit Hors d'œuvre zusammenstellt. Und vom Saalrand aus winkt Herr Diethelm mit diskreter Gebärde.

»Es ist wie in meinem Traum«, seufzt Navira, die in einem wüstengelben ägyptischen Rock und weissem Oberteil neben mir sitzt. Beide Farben lassen ihre Haut in tiefem Dunkel erscheinen.

»Wenn nur Baragan endlich kommt«, entgegne ich nüchtern.

»Wenn er nicht kommt, dann haben wir einfach schöne Ferien gehabt«, sagt Navira.

Wieder schüttelt Ray beim Namen Baragan heftig ablehnend seinen Kopf. Wir fragen ihn, ob er Angst vor dem Mann hat. Er verneint und weist mit dem Daumen erdwärts. Klar ist, dass er ihn nicht mag. Aber ich bin nicht sicher, dass Baragan kommt. Ich fürchte, etwas voreilig und ohne jede weitere Versicherung sein Angebot angenommen zu haben. Ohne zu wissen, was für ein Mensch Selwin Baragan ist. Denn vielleicht ist er ein Lügner, der uns auf eine falsche Fährte setzt. Oder ein Betrüger, der irgendeine windige Sache mit uns vorhat. Oder einfach jemand, dem nicht zu trauen ist und der, durch ein Telefonat, ein Fax, uns bald mitteilen wird, dass er nicht wird kommen können. Ich weiss nicht einmal, wieweit man Ray vertrauen konnte, als er noch gesund war. Gehörte nicht auch er zu den Spielern, deren Wort, am Morgen gegeben, schon am Abend nicht mehr gilt?

Draussen hat leiser Schneefall eingesetzt.

»Wie ein Wunder haben wir es von einer mausarmen Gesellschaft im Thomas More Asyl in die stinkfeine Gesellschaft des Waldhauses geschafft. Es ist die schlichte Umkehrung des Londoner Asyls«, sage ich zu Ray, »einfach ein Sanatorium für Reiche.«

Ray im weissen Hemd und neuer Krawatte wiegt ironisch seinen Kopf hin und her.

»Wie lange ist es her, seit Ray das letzte Mal so gepflegte Leute gesehen hat?«

»Hast du dem Portier bei der Ankunft ein Trinkgeld gegeben?« unterbreche ich Navira.

»Nein, du etwa? Macht man das hier?«

Wir beide wissen nicht genau, was man hier tun und was man lieber lassen sollte. So retten wir uns in ein Prinzengehabe, klappern laut mit dem Besteck und zünden uns mit exaltierten Gebärden die Zigaretten an.

»Dahinten am Tisch in der Ecke«, flüstere ich, »sitzt der Chef der Deutschen Bank und dort die Tagesschausprecherin.«

»Robert hat wieder seinen Redefluss«, sagt Navira zu Ray. Dann flirtet sie mit der indischen Kellnerin, die uns die Speisekarten bringt. Zum Entree gibt es Kraftbrühe mit Gemüseeinlage, dann ein auf Salamander gegartes Heilbuttschnitzel mit Erbsenpüree und kleinen Muscheln. Den Hauptgang bilden – »aus dem Land, wo die Limonennudeln blühn« – Kalbsschnitzel auf Basilikumstreifen sautiert. Dazu trinken wir einen kräfigen Veltliner.

»Habt ihr gesehen«, fahre ich fort, »wie verwirrt die Blicke sind, die man uns zuwirft? Wir sind schwer einzuschätzen. Wie teuer ist deine ägyptische Schleppe, Navira? Bist du, Ray, ein Kriegsversehrter, ein reicher Partisan, vielleicht sogar ein Terrorist von irgendeines Scheichs Gnaden?«

»Robert phantasiert wieder«, sagt Navira. »Aber ich finde es auch toll, dass wir hier nicht abschätzig behandelt werden. Man schaut nicht durch uns hindurch, als wären wir Luft. Niemand schiebt uns den Stuhl in den Weg, niemand dreht sich von uns weg. Und dieser Respekt wird uns deshalb bezeugt, weil man uns für reich hält.«

»Für stinkreich«, füge ich an.

Wir schlürfen genüsslich die Kraftbrühe und verschlingen den »auf Salamander gegarten Heilbutt«.

Die indische Kellnerin zündet uns die Tischkerzen an. Das Kerzenwachs sickert an den Kerzenhaltern hinab.

»Genau wie an jenem Abend«, sage ich, »da das Kerzenwachs aufs Tischtuch meiner Eltern floss. Leonie und ich waren angereist, um uns auszusprechen. Wir wollten die Lüge meines falschen Vaters aus dem Weg räumen. Die Butzenscheiben leuchteten im Laternenlicht, die mit knitterndem Leder beschlagenen Stuhllehnen reichten mir bis an den Hinterkopf. Die Weingläser standen auf zinnernen Untersätzen, meine Mutter hatte eine rubinrot funkelnde Weinkaraffe auf den Tisch gestellt, hinter uns stand das glattpolierte, dünnbeinige Insekt eines aufgeklappten Flügels. Ich griff nach dem Weinglas und wollte Leonie munter zuprosten, als ich den Schluckauf kriegte und sich der Wein aufs weisse Tischtuch ergoss. Melinda, meine zierliche rothaarige Schwester, schaute mich mitleidig an. Sorin grinste verschmitzt. Und Leonie war erschrocken, weil sie glaubte, ich wolle jetzt, beim Toast, mit unserer Eröffnung herausplatzen. ›Später‹, flüsterte sie mir zu.

Meine Mutter Helen trug die Schüsseln auf. Sorin eilte ihr zu Hilfe und brachte die in Handtücher gewickelten, dampfenden indischen Fladenbrote. Alles war so, wie es immer gewesen war. Es gab keinen Grund zur Panik. Ich streckte meine Beine unter dem Tisch aus und fühlte mich zu Hause.«

Rays malmende Kaugeräusche unterbrechen meinen Redefluss.

»Essen, immer nur essen«, flüstere ich. »Das Essen hat

auch unsere Familie zusammengehalten. Während Leonie gespannt auf den richtigen Augenblick unserer Eröffnung wartete, wurde ich immer mehr ein Teil des Familienmagens. Nach Jahren des Herumstreunens, der Flucht vor der Familie, der Ablehnung und der Revolten hatte man mich mit dem grossen Essen wieder heimgeholt. Dabei wär's besser gewesen, ich hätte mich gleich beim indischen Entree erhoben und hätte gesagt: ›Hört mir mal alle zu, ich möchte eine grosse Lüge aus der Welt schaffen. Ich möchte, dass das Kind eine ehrliche Grundlage hat, wenn es auf die Welt kommt. Ich möchte, dass sich niemand mehr krümmen muss, ich sage euch jetzt, dass mein Vater eigentlich mein Stiefvater –‹ Na ja, aber so kam's dann eben nicht.«

»Setz dich, Robert«, ruft mir Navira zu. »Du bist hier nicht auf der Bühne.«

»Na ja, statt dessen stopften wir wie eine Verschworenengemeinschaft – verschworen gegen die Wahrheit und den Rest der Welt – den Kichererbsenbrei mit den Hühnerflügeln und dem Fladenbrot in uns hinein. Als herrschte draussen die grösste Hungersnot. Es war eine Einverleibung, das Indische sollte uns wieder einmal gegen das Schweizerische stärken. Es war die Haltung einer Familie, die zur Hälfte fremd war und sich die magischen Abwehrkräfte aus den eigenen Töpfen schöpfen wollte. Es war eine kollektive Regression im Anblick von Leonies dickem Bauch, in dem sich der erste Nachkomme der Familie verbarg. Der erste und zugleich falsche Nachkomme. Aber mein Einwand erstickte an den Bechamelsaucen und dem nachgereichten Schokoladendessert.«

Ein Kellner verbeugt sich an unserem Tisch und sagt, es sei ein Fundgegenstand abgegeben worden, der möglicherweise zu uns gehöre. Er legt ein paar schwarzlederne Handschuhe auf den Tisch.

Ray starrt die Handschuhe an, als seien es gefährliche Insekten. Dann versucht er, sich einen der Handschuhe überzuziehen. Ich muss ihm dabei helfen. Schliesslich sitzt ihm der Handschuh wie angegossen.

»Das sind mit Sicherheit nicht deine Handschuhe«, sagt Navira beklommen, als sie Rays Gesichtsausdruck sieht. Er schüttelt mechanisch seinen Kopf und bricht dann in einen Weinkrampf aus.

»Was ist los?« rufe ich. Der Kellner beachtet mich nicht. Obwohl ich meine Frage wiederhole, tut er so, als wäre ich Luft. »Nehmen Sie die Handschuhe weg!« rufe ich, aber er reagiert nicht. Schliesslich geht er von dannen.

Erneut wird mir bewusst, wie Ray in seinem Körper eingesperrt ist. Wie ihm der Schrecken unter die Haut genäht ist. Erinnerungen, die noch immer schmerzen.

»Warum rennt der einfach weg? Und warum weint Ray?« fragt Navira. »Wo bleibt denn die Ursache für seine Bestürzung?« Sie seufzt und sagt, Ray komme ihr zuweilen vor wie der Mann, der das Gefühl hatte, sein fehlender Arm sei nach hinten gebogen und der deswegen nicht mehr auf dem Rücken schlafen konnte.

»Hast du gemerkt, wie mich der Kellner behandelt hat?« frage ich. »Der hat dieselbe dicke Statur, dieselbe teigige Visage wie mein Schwager Wilderer. Ihm verdanke ich den Rauswurf aus meiner Familie. Sobald ich jemanden mit einer ähnlichen Visage sehe – wie eine aus dem Wasser gezogene Milbe –, ergreift mich eine unsägliche Wut. Ich weiss nicht, wie sich meine Familie verhalten hätte, hätte sich dieser Wilderer nicht eingemischt.«

»Ich gehe mit Ray spazieren, bis er sich erholt hat«, sagt

Navira gelangweilt und steuert den Rollstuhl an den Gästen vorbei aus dem Speisesaal.

»Verlasst mich nicht«, rufe ich ihnen hinterher. »Ich will reden, ich muss mit jemandem reden können. Wohin soll ich sonst mit all den Sätzen, die wie Widerhaken in meinem Kopf stecken. Ich muss doch reden können, wenn ihr nur immerzu schweigt.«

Dann sitze ich allein mit Rays falschen Handschuhen und Luigis Eisbecher mit Haselnuss- und Zimteis und Zwetschgenkompott. Plötzlich steht mein Stiefvater Neil in seinem abgetragenen Regenmantel in der Türe. Er ist müde, kehrt gerade von einem Patienten in irgendeinem Tal zurück. Kleingewachsen, mit abstehenden Ohren und einem sympathischen Lächeln, wirkte er auf mich immer sehr vertrauenerweckend. Als er sich zu uns setzte und das Fladenbrot entzweibrach, es in die Mangochutney dippte, eine Löffelspitze von der scharfen Pfeffersauce draufträufelte, als Reste vom Huhn an seinen Fingern klebenblieben, da musste ich ihn mir als kleinen Jungen vorstellen, wie er in Trinidad bei seiner Mutter Noni in der Küche sass.

Wenn Leonie noch ein Glas Wein möchte, sagte er dann zu mir, hole ich eine neue Flasche. Aber sie sollte nicht zuviel trinken. Stets äusserte er sich in dieser indirekten Art. – Behandelt dich Robert gut? konnte er auch schon mal zu ihr sagen, aber die Frage war eigentlich mehr an mich als an sie gerichtet. Selten sprach er die Leute direkt an, und ging es um mich, verschlaufte sich seine Redeweise gleich nochmals um einige Wendungen.

Neils Verhältnis zu seinen Patienten war meist herzlich und nie allein von Routine geprägt. Er bedachte jeden einzelnen mit seiner ganzen Aufmerksamkeit. Er war bekannt dafür, dass er sich über Gebühr viel Zeit für seine Klientel nahm. Im Dorf war er deswegen rasch beliebt geworden. Er kannte alle Pathographien und wusste, wer wann welche Operation gehabt hatte und in welchen Verhältnissen er lebte. Wie auf dem Präsentiertablett offenbarten sich ihm die krankmachenden Ursachen der Schweizer Gesellschaft, die verschleppten Malheurs und Epilepsien im Dorfkosmos. Sein Ohr bildete die Mitte eines Zyklons von Krankheitsgeschichten, die oft nur dadurch, dass er sie hörte, einen günstigeren Verlauf nahmen.

Ich erinnere mich an die Geschichte von Meyerhofer, einen baumlangen Primarschullehrer von mildem Gemüt. Nachdem ihm Neil mitgeteilt hatte, dass er unheilbar an Krebs litt, verliess er die Schule und reiste mit seiner Frau um die Welt. Kurz nach Neujahr, an einem kalten Tag voll schmutziger Schneereste, kehrte er zu Neil zurück. Legte sich auf die Pritsche im Sprechzimmer und liess sich nochmals untersuchen. Gebückt lauschte Neil den kichernden und kullernden Lungengeräuschen. Plötzlich aber machte sich Meyerhofer ans Sterben. Er zappelte, seine Beine ragten über die Pritsche hinaus. Er setzte sich auf und bat Neil, ihm etwas ins Ohr flüstern zu dürfen. Eine leise, kaum mehr hörbare Botschaft. Gleichzeitig schlang er seine Arme um Neil und setzte sich langsam aus dem Leben ab. Seine Arme wurden härter und packten Neil entschlossen, zogen ihn mit eisernem Griff hinab. Rammten Neils Kinn auf die Brust, so dass dessen Brille wegrutschte. Dann erstarrte er, ohne seinen Arzt losgelassen zu haben. Nur noch die herbeigeeilte Praxisgehilfin vermochte diesen aus dem Würgegriff zu befreien.

Ich begebe mich an die Bar, in den gedämpften Lichtkreis des grossen, kupfernen Lampenrings. Bestelle bei einer Graubündner Barkeeperin einen Jack Daniels. Noch immer ist Selwin Baragan nicht eingetroffen. Wahrscheinlich ist er nichts als eine unzuverlässige Spiel- oder Wettfreundschaft von Ray.

Der dicke, rothaarige Kellner mit dem Wilderergesicht gibt jetzt den zweiten Barkeeper und knallt mir eine Schale Nüsschen hin. Ich proste der Batterie der Whiskeyflaschen zu und denke wieder an Wilderer, der damals mitten in den vertraulichen Familienkreis hereingebrochen war. Natürlich war er durch die Essensdüfte angelockt worden. Wenn ich da war, verliess er das Zimmer im Erdgeschoss, in dem er mit meiner Schwester Katarina zusammenlebte, nur zum Essen. Mit geröteten Augen und geöffneten Lippen liess er sich nun von Sorin den Teller füllen. Dann schaufelte er kurzatmig in sich hinein und verschwand wieder im Zimmer.

Seine eigene Familie hatte ihn vor die Türe gesetzt. Worauf er bei meiner Familie eingezogen war und sich langsam in der ganzen Betonburg breitgemacht hatte. Kettenrauchend, krisengeschüttelt und wehleidig hatte er nach dem Rauswurf aus seiner Familie einen Psychiater aufgesucht, der ihm eine tiefe Kränkung durch die Mutter attestiert hatte. Der Psychiater riet ihm, zur Überwindung seiner narzisstischen Störung eine Ersatzmutter zu suchen, Katarina und Helen, die ihm in seiner Fresswut zu Diensten sein sollten. Wilderer kroch ins Nest, kochte mit Leidenschaft und avancierte zum Spezialisten für dicke Rahmsaucen. Als ihn der Therapeut darauf hinwies, dass sein Kettenrauchen einem oralen Muttterersatz gleichkomme, brach er die Therapie entrüstet ab.

Wilderer schrieb Chroniken über verschiedene Aargauer

Dörfer. Er stürzte sich aufs Mittelalter, schwärmte von lukullischen Gaststätten und verteilte mit einer penetranten Gründlichkeit seine Akten und Bücher im ganzen Haus. Sein Mittelaltertick war mir zuwider, ich spürte darin seinen Wunsch, aus der Gegenwart in eine Traumwelt voller Fresstöpfe zu regredieren. Dabei hatten wir uns von Anfang an nicht gemocht. Sein Einschmeicheln bei allen Familienmitgliedern war mir schon früh auf den Nerv gegangen. Überall war er auf Zuneigung aus und schielte schon auf das Geld, das es in meiner Familie dereinst zu erben gab.

Er stahl mir meine Lieblingsschwester Katarina. Und als er sich anschickte, meinen jüngeren Bruder Sorin in seine Welt zu ziehen und dieser seinen Epikur, Heraklit und Plato gegen Ritterromane und nördliche Sigurdgeschichten vertauschte, war es bereits zu spät. Ich hätte ihn rauswerfen müssen, sage ich zur Whiskeybatterie hinter Glas, aber ich hatte nicht mehr die Macht dazu. Neil gab ihm immer mehr Raum in der Familienmitte, auch wenn Helen reserviert blieb. Die Aussprache an diesem Abend wäre anders verlaufen, wenn Wilderer nicht dabeigewesen wäre.

Torkelnd und getrieben von einem Schwarm Worte, mache ich mich auf den Weg in mein Zimmer. Bringe die Handschuhe an der Rezeption vorbei und frage wieder nach Baragan. Passiere dann das noch immer an der vorletzten Jahrhundertwende vor Anker liegende Gesellschaftsschiff der Lobby und folge der breiten Läuferstrasse treppaufwärts. Im Treppenhaus treffe ich an der Biegung auf eine leere Chaiselonge neben einem Blumenstock. Die Liege schaut blind zum Fenster der Hotelrückseite; weisse Häckchendecken zieren Fuss- und Kopfende. Ein verlassener, nie von einem Menschen berührter Ort, eine Art Wildnis in dieser hochzivilisierten Hotellandschaft. Niemand liegt hier, keiner macht Notizen, keiner redet sich seine Kindheit von der Seele. Keine Trauer, keine Gnade und keine Erlösung von der Vergangenheit ist hier vorrätig. Hier steht ganz einfach die Zeit still, in dieser Chaiselongeeinsamkeit gibt es keine Erinnerungen. Bläuliches Schneelicht fällt auf die weissen Decken. Leise lege ich mich hin, strecke meine Füsse aus und schlafe auf der Stelle ein.

UNVERRÜCKBARE STÜHLE

Die Höhenluft hat eine seltsame Wirkung: belebend auf die einen, einschläfernd auf die anderen. Die ersten zwei Tage hat Ray fast nur gedöst. Auf mich hingegen wirkt die Luft berauschend. Ich spüre das Blut in den Adern kribbeln, ich habe Schweissausbrüche, ich könnte ohne Unterlass essen und trinken und bin euphorisch gestimmt.

Wir sitzen beim Frühstück, als eine ältere Dame zu uns an den Tisch kommt und in gebrochenem Englisch sagt:

»Rührend, junger Mann, wie Sie und Ihre werte Schwester sich um den Herrn Papa kümmern. So etwas habe ich mir immer von meinen beiden Söhnen gewünscht. Gerade habe ich mich mit meiner Freundin über Sie unterhalten. Man merkt Ihnen an, dass Sie Übung im Umgang mit Versehrten haben.«

»Meine Schwester«, entgegne ich in geschliffenem Hochdeutsch, »ist tatsächlich bewandert im Umgang mit Kranken.«

Die Dame reicht mir ihre knochige Hand.

»Wie gut Sie Deutsch gelernt haben! – Gestatten, Gräfin Selma von Auersbach. Sagen Sie mir, wenn ich etwas für Sie tun kann. Vielleicht darf ich Ihren Herrn Papa gelegentlich auf eine Schlittenfahrt entführen. Das würde ihm bestimmt guttun. Ach, er schläft ja schon wieder.«

Bei diesen Worten streicht sie mit ihrer Hand über Rays Haare. Dieser mimt den Schlafenden.

»Er pennt, um sich vor mir zu verstecken«, knurre ich.

»Wie meinen Sie das?«

»Ich warte darauf, dass meinem Vater gewisse Erinnerungen einfallen. Dinge, die mit mir zu tun haben«, sage ich mürrisch.

Navira lächelt: »Er versucht zu schreiben, sich zu erinnern. Seit dem Vorfall mit den Handschuhen spüre ich seinen Willen, endlich voranzumachen. Vielleicht wird er eines Tages sogar ganze Sätze schreiben.«

Frau von Auersbach wendet sich nun direkt an Ray, der seine Augen zu einem Blinzeln öffnet.

»Würden Sie uns auf eine Schlittenfahrt ins Fextal begleiten? Hätten Sie Lust?«

Ohne eine Antwort von mir abzuwarten, nickt Ray begeistert.

»Also, bis am Nachmittag«, fügt sie an.

Navira hat ihre Haare hochgesteckt und trägt Leder. Enger Lederjupe, eine weisse Bluse und ein gerade geschnittenes Jackett. Sie hat ihre Nägel nachtschwarz gefärbt, die Augenhöhlen glänzen in tiefem Dunkelviolett.

»Hast du gechattet?«

Navira ist jeden Tag auf dem Netz. Dort verkehrt sie mit Newsgruppen oder lümmelt in irgendwelchen Chaträumen herum.

»Ja, heute nacht war ich als Mann unterwegs. Auf einem Motorrad kurvte ich als russischer Student mit einem Typen durch die Schweiz.«

»Wie?«

»Ich war in einem Chatraum, da ging's wieder einmal um nichts anderes als Sex. Bis ich mit einem Typen etwas näher ins Gespräch kam. Er hatte eine falschen Lunge. Statt nur die üblichen medizinischen Daten rüberzuschieben, hat der richtiggehend losphantasiert. Was es zum Beispiel bedeutet, mit dem Organ von jemand anderen zu atmen. Mitten in seinem Leib ein Stück fremder Körper eingepflanzt zu kriegen. Sich zu fragen, ob man noch sich selber ist, wenn wichtige Körperfunktionen von einem Fremdkörper abhängen. Ich habe ihm von meinem Finger geschrieben. Das hat ihn total fasziniert.«

»Und woher weisst du, dass es ein Mann ist?«

»Bist du eifersüchtig? – Aus irgendeinem Grund bin ich sicher, dass es ein Mann ist. Ich habe ihn gebeten, mir noch mehr zu diesem Thema zu schreiben. Ich möchte alles wissen, was es über fehlende oder falsche Körperteile zu wissen gibt. Vor allem möchte ich die Gefühle kennenlernen, die die Amputierten haben.«

Am Nachmittag erscheint Frau von Auersbach in Begleitung ihrer Freundin Selma Dünneisen und bittet, Ray auf eine Spazierfahrt entführen zu dürfen. Frau Dünneisen ist gross, stark und stammt aus Cuxhafen. Vor dem Eingangsportal wartet bereits der Schlitten mit den Pferden und einer dicken, gelben Felldecke, unter der unser indischer Patient bis zum Kragen verschwindet. »Graf von Auersberg fährt aus«, rufe ich Frau Dünneisen zu, die, mit einem wertvollen Pelz bekleidet, ebenso in die Kutsche kriecht.

»Ein schönes Trio«, sagt Navira und faltet die Decken. Dann sehen wir meinen Vater, leblos wie eine Mumie – mit einem sardonischen Lächeln – im Schneetreiben verschwinden.

»Und was tun wir?« frage ich. »Baragan ist noch immer nicht aufgetaucht. Allmählich verliere ich meinen Glauben an diesen Mann. Soll ich ihn nochmals anrufen?«

»Glaubst du immer noch an diesen Baragan? – Was tust du, wenn er nie kommt?«

Unter Baragans Anschluss meldet sich nur die Combox, auf die ich meine dringende Bitte um Rückruf spreche. Erneut beschleicht mich der Verdacht, dass wir hier am falschen Ort gelandet sind. Wenigstens würde ich gerne etwas Handfestes in Erfahrung bringen, bevor ich Leonie anrufe.

»Dann lass uns ins Hammam gehen«, schlägt Navira vor.

Hammam und Sauna sind am frühen Nachmittag beinahe leer, da die meisten Hotelgäste beim Skifahren oder Langlaufen sind.

Wir setzen uns nackt in die heisse Nebelwolke.

»Und wie ist es an jenem Abend bei deinen Eltern weitergegangen? Wie hat deine Familie auf dein Geständnis reagiert?« möchte Navira wissen.

»Es war gegen Mitternacht, als ich ohne jede Vorwarnung damit herausplatzte. Der Grossvater des Kindes, das in wenigen Monaten auf die Welt kommen würde, sei nicht Neil, sagte ich, sondern jemand anderer. Dieser andere sei mein unbekannter Vater. Ich bitte darum, dies nun zur Kenntnis zu nehmen. Ich verlange nicht mehr als das, fügte ich an. Es sei mir und Leonie wichtig, dass der Vaterschwindel ein Ende habe.

Aber was dann passierte, Navira, war so unverständlich und unglaublich, dass es mich bis heute beschäftigt. Zuerst entstand eine lange Pause. Dann platzte mein Bruder Sorin heraus: Warum er das erst jetzt erfahre, wandte er sich vorwurfsvoll an mich. Warum ich sein ganzes Leben mit dieser Geschichte hinter dem Berg gehalten und ihn angelogen hätte? Ich war wie vom Schlag getroffen. War es denn an mir gewesen, diese andere Vaterschaft aufzudecken? Hätte es nicht zuerst an meinen Eltern gelegen, mich von ihrem Schweigegebot – oder Redeverbot! – zu entbinden? Nie hatte man mich zur Preisgabe dieses Geheimnisses ermuntert. Nie hatte es für mich einen anderen Vater geben dürfen als Neil. Ray und die eigentliche Geschichte meiner Kindheit waren vollkommen verschluckt worden. Vom Familienkörper weggebissen, wie du sagen würdest. Deswegen empörte mich diese Schuldzuweisung über alle Massen, hatte ich doch das Gegenteil, nämlich Mitgefühl, wenn nicht gar Verständnis erwartet.«

»Wie alt war dein Bruder damals?«

»Anfang Zwanzig, er ist sechzehn Jahre jünger als ich, so jung, dass er fast mein eigenes Kind hätte sein können. Als er drei Jahre alt war und seine ersten Sätze formulierte, schloss ich meine Reifeprüfung ab. Als er den Kindergarten besuchte, feilte ich als Assistent eines Kleintheaters an meiner ersten Woyzeckaufführung. ›Natur, Natur‹, rief ich ihm entgegen, wenn ich nach Hause kam. Ich nahm ihn mit auf lange Spaziergänge, ging sommers mit ihm im See baden und teilte meine Welt mit ihm.«

»Vielleicht war er aus irgendeinem Grund neidisch auf dich. Ich jedenfalls war immer auf meinen grossen Bruder neidisch. Ich wollte so stark sein wie er, ich wollte den

Vorsprung, den er an Erfahrung hatte, einholen. Und ich hätte auf jede Lüge von ihm genauso heftig reagiert.«

»Aber worauf hätte er denn eifersüchtig sein sollen? Darauf, dass ich zwei Väter hatte und doch keinen richtig? Sorin war immer der Familienliebling gewesen. Verzärtelt von seinen Geschwistern und den Eltern. Hochbegabt und vielseitig, vielleicht zu vielseitig. Er spielte Klavier, las früh Philosophie, und wir redeten oft über die alten Griechen. Erst als er sich für die mittelalterlichen Dorfchroniken von Wilderer zu interessieren begann, verlor ich den Draht zu ihm. Zusehends geriet er unter den Einfluss von Wilderer. Mit Sicherheit hat dieser ihn schon lange vor dem Geständnis gegen mich aufgebracht. Hat mit gezielten Hinweisen seinen Neid auf mich angestachelt, hat meine Versuche, mich von der Familie unabhängig zu machen, als Verrat dargestellt. Der Sog der falschen Idylle verfehlte auch auf mich seine Wirkung nicht. Ich war ja im Grunde froh, wenn man mich nicht an meine Wunde erinnerte, wenn man mich mit meiner ›Andersartigkeit‹ in Ruhe liess. Ja, warum hätte ich dagegen sein sollen, wenn man behauptete, es gebe zwischen mir und meinen Geschwistern keinen Unterschied. Und einen falschen Vater zu haben war allemal besser als gar keinen.

Wilderer hat alle diese Unstimmigkeiten genau registriert. Er nutzte die kleinste Auseinandersetzung, um gegen mich Stimmung zu machen. Gleichzeitig machte er sich bei den anderen unentbehrlich, trieb da eine Schraube in die Wand, installierte dort ein Computerprogramm, machte den Garten und spielte das Mädchen für alles.«

»Dieser Wilderer verfolgt dich, Robert«, sagt Navira und trocknet sich die Wassertropfen vom Gesicht ab. »Sobald du eine Schranktüre öffnest, einen Teller umkehrst, hinter einer Hecke hervorspähst, glotzt dir das Gesicht von diesem Wilderer entgegen. Neben allen Bosheiten ist er doch auch eine fixe Idee von dir. Du hast dich in ihn verbissen, aus was für einem Grund auch immer. So habe ich dich kennengelernt. Als jemand, der verbissen etwas verfolgt, ohne nochmals von seinem Weg abzuweichen. Du bist ein Zweifler, sogar ein Zauderer, aber nur, solange du nicht weisst, was du willst. In deinem unbedingten Wollen übersiehst du zuweilen auch Seiten, die die Sache in einem anderen Licht darstellen könnten. Das Auffallendste aber ist, dass du dich selber durch deine Abneigungen und Fixierung festsetzt und dich unfrei machst.« – Sie krümmt sich, das Gesicht wie eine Büsserin der Erde zugewandt, und fährt fort: »Und weisst du, warum du soweit gehst? Weil du um deinen Stiefvater geworben hast. Ein anderer hätte in diesen Konflikten seine Chance gesehen, sich von der Familie zu lösen. Du aber willst, mitten im Sturm, in diese Familie hinein, und zwar in die Mitte, zu deinem Stiefvater. Da bewirbst du dich um die Stelle als geliebter Sohn, die du nie bekommen wirst.«

Navira reguliert hastig die Dampfdüsen und verschwindet dennoch bald wieder hinter einer Nebelwand.

»Mir war schlagartig klar, dass ich mit meiner Vatergeschichte in dieser Familie allein war. Allein, da es in der Familie keinen Platz für einen zweiten Vater gab. Ich wusste es, aber meine Gefühle ignorierten es. Ich empfand Sorins Wort gegen mich wie einen Fluch, mit dem der eine den anderen Bruder verstösst. Zuerst dachte ich, dass er die ganze Sache nicht richtig begriffen hatte, und wollte ihn von seinem Irrtum befreien. Ich sagte ihm, ich wollte ihm nicht seinen Vater wegnehmen, sondern nur einen anderen Vater, nämlich den meinen, endlich anerkannt wissen. Ich redete und redete, während Sorin mit seinem mageren, bleichen Gesicht mich immer feindseliger anschaute und mir schliesslich vorwarf, ich hätte diese ganze Aussprache nur anberaumt, um mich wieder mal in Szene setzen zu können.

Und Neil schwieg. Der Mann, der heimlich das Tabu über meine Geschichte und meinen Vater verhängt hatte, schwieg, als man mich beschuldigte. Seit meiner Kindheit durfte es meinen Vater neben Neil nicht geben, obwohl ich immer davon wusste. Nur war dieses Wissen abstrakt, mir fehlten die Bilder von diesem Mann. Neil war tief getroffen, dass ich den Namen meines Vaters genannt hatte. R-A-Y – diese drei Buchstaben hatte er mit aller Anstrengung aus seinem Leben verbannt, und nun ertönten sie mitten in seinem Haus wieder. Nun kehrte der Fluch wieder, der ihn von Anfang an in seiner Ehe mit Helen bedrängte. Neils Schweigen aber war so stark, dass sich niemand mehr zu Wort meldete. Ja, mit seinem Schweigen vereinte er die ganze Familie hinter sich. Die Familienmitglieder wurden angesichts meiner Vorhaltungen gläsern – meine Worte glitten durch sie hindurch und blieben in seinem Körper stecken. Ich redete gegen Neil.

Ray stand für alle Eigenschaften, die der Familie fehlten. Sein Name verband sich mit Weltoffenheit, aber auch mit dem Hochmut, der eine ganze Dynastie zu Fall gebracht hatte. Während es unserer Familie durch eigene Anstrengung gutging, war Rays Familie ein Beispiel für den selbstverschuldeten Untergang einer vermögenden, einflussreichen indischen Sippe. Selbstverschuldet deswegen, weil man den Pfad der Tugend und der Bescheidenheit verlassen hatte. Während unsere Familie nie ihre Demut vor einem Schicksal, das zusehends günstiger aussah, aufgab. Ja, Navira, ich würde heute sogar so weit gehen zu sagen, dass die Familie mit einem unterschwelligen Katastrophenbewusstsein lebte. Die Katastrophe, der Fall, konnte jederzeit eintreten, wenn man den Fehlern und Falschheiten, die Ray – und also auch ich – verkörperten, nachgab.«

»Ich muss raus, Robert! Mir ist ganz schwindlig, entschuldige«, höre ich plötzlich Naviras Stimme.

»Bleib bitte hier«, sage ich. »Meine Schwester Melinda sass ruhig in ihrem Sessel und zog an der Zigarette. Klein und rothaarig, vom Typus eher drahtig, war sie in allem immer das Gegenteil von mir gewesen: objektivierende Wissenschaftlerin, die die Dinge nur aus gebührender Distanz zur Kenntnis nahm. Die leidenschaftslos abwägte und sich selbst zurücknahm. Zu Neils Nachfolgerin auserkoren, studierte sie Medizin und war auch die einzige, die sich mit ihm gerade und schnörkellos unterhalten konnte.

Sie zeigte auch keinerlei Teilnahme, als sie plötzlich zu mir sagte: ›Ich habe diesen Ray vor Jahren kennengelernt. Er ist ein Nichtsnutz, ein Prahlhans, es lohnt sich nicht, dass du ihn kennenlernst.‹

Es war nicht einmal Melindas arrogante Mitteilung, sondern der herablassende Ton, mit dem sie über jenen Mann sprach, der mir durch seine Abwesenheit der wichtigste geworden war. Mit ihren Worten schob sie ihn gleich nochmals von mir weg. Nicht allein der Umstand, dass sie Ray kennengelernt hatte, also wusste, wie er aussah, wie er die Tasse hob, wie und was er redete, sondern auch, dass sie es nicht für wert genug befunden hatte, mir dies mitzuteilen, empörte mich zutiefst. Aber Melinda wäre nicht die klare, nüchterne und strebsame Melinda gewesen, hätte sie nicht durch den Wust gegenseitiger Vorwürfe und Projektionen mit einer einzigen Frage zum Kern unseres Problems zurückgefunden: ›Was willst du denn von Neil?‹ fragte sie.

Selbstverständlich wollte ich nichts von Neil. Ich wollte nur, dass er aufhörte, sich als mein Vater auszugeben.

In Anbetracht der lebenslangen Feindschaft zwischen beiden Männern war das aber zuviel verlangt. Mein Wunsch, man möge Ray anerkennen, lief geradewegs auf die Nichtanerkennung von Neil hinaus. So sah es Melinda, so sah es offenbar auch der Rest der Familie, meine verstummte Mutter, Sorin und Katarina.

In diesem Moment meldete sich Leonie zu Wort. Sie besass einen grösseren Kredit, denn sie sprach nicht in eigener Sache. Sie versuchte, die ineinander verworrenen Vorwurfsfäden auseinanderzudröseln und legte dar, dass es um nicht weniger und nicht mehr als die Klarstellung der Vaterschaftsfrage ging. Und sie fügte hinzu, dass diese Klarheit auch in ihrem Sinne wäre.

Aber es gab nichts, das Rays Ansehen und Ehre hätte retten können. Gerade Melinda, der man weder einen herrschsüchtigen Charakter noch fehlende Ausgewogenheit nachsagen konnte, gerade sie stellte gelassen ihr Weinglas hin und bekräftigte Leonie, dass wir eine riesige Dummheit begehen würden, wenn wir diesen Schmarotzer Ray in unsere eigene Familie eindringen lassen würden. Und gerade mir würde der Einfluss dieses dahergelaufenen Tagediebs zur grössten Gefahr werden. Da merkte ich, dass mich Melinda mit allen schlechten Eigenschaften von Ray identifizierte.

Nun war Mitternacht vorbei, und gerade als Katarina, meine Lieblingsschwester, sich zu Wort melden wollte –

und heute bin ich sicher, dass sie zwischen mir und Neil zu vermitteln versucht hätte –, kam Wilderer erneut aus dem Untergeschoss gekrochen. Mit devoter Miene ging er in die Küche, lud sich ein Sahnetortenstück auf den Teller und setzte sich, ungefragt und kauend, in unsere Runde. Ohne ein Wort zu sagen, allein durch seine massive körperliche Präsenz gelang es ihm, die Anwesenden gegen mich zu beeinflussen.

Auch Katarina hatte schliesslich für mein und Leonies Anliegen kein Verständnis mehr. Gerade sie, deren Welt wie meine reich war an Lektüren. Lesesüchtig teilten wir uns die Bücher und tauschten uns über unsere Erfahrungen aus. Wurde ein Stück gespielt, das ich bearbeitet hatte, sass die rundliche, lockenköpfige Katarina im schwarzen Kleid im Publikum und war hinterher meine schärfste Kritikerin. Zu ihrem achtzehnten Geburtstag schenkte ich ihr Kafkas Briefe an Ottla. Mein Leben war ohne Katarina nicht denkbar, und trotzdem hatte ich sie an jenem Abend bereits verloren.

Weiter flogen die Vorwürfe wie scharfe Messer zwischen uns hin und her. Man schimpfte mich ›egoistisch‹ und ›hinterhältig‹, ›skrupellos‹ und ›unzuverlässig‹, ›arrogant‹ und ›verletzend‹. Geeint um den schweigenden Neil, verwandelte mich die Familie immer mehr in einen Bösewicht. Als Sohn wurde ich entlassen, als Bruder verabschiedet. Am Ende des langen Abends sass ich wie ein Fremdkörper in der Runde. Katarina weinte, Leonie schwieg, und Helens Miene war schon längst versteinert.

Wie ein Mistkäfer, ein Gregor Samsa, hatte ich um Verständnis gebettelt. Ich wollte nur Gerechtigkeit – und hatte die Familie zerstört. Aber je länger sich Neil aus dem Streit heraushielt, desto reiner wurde seine Lichtgestalt.

Leonie und ich verkrochen uns in eine Ecke des Hauses, und versuchten zu begreifen. Ich war auf eine bösartige Weise nun doch zu Rays Sohn geworden. Ich war der Sündenbock und der Rivale von Neil. Vielleicht schon immer gewesen. Denn der letzte und einzige Satz, den mir Neil entgegengeschleudert hatte, liess keine andere Deutung zu. Dieser Satz war mir – trotz Neils buchstäblicher Friedfertigkeit – wie der berüchtigte Apfel in Gregors Chitinpanzer steckengeblieben und hatte mir den Garaus gemacht. ›Zuerst dieses Unglück mit dem alten Ray‹, hatte Neil gesagt, ›und nun dasselbe mit seinem Sohn.‹

Nie mehr habe ich seither eine Nacht in der Betonburg verbracht. Mein Platz hat Wilderer eingenommen.

Immer hatte ich mir eine heile Welt gewünscht. Der einzige, der dank seines Berufes Heilung versprach und mir auch hätte gewähren können, war Neil. Neils Heilsversprechen sicherte unserer Familie auch mitten in einem eher feindseligen Dorf Einkommen und Stellung. Die Arztpraxis am Hügel trotzte auch der in den achtziger und neunziger Jahren immer mehr sich ausbreitenden Fremdenfeindlichkeit. Denn trotz der xenophoben Parolen der mit Wortgetöse ins Tal einziehenden Rechtspartei waren der Arzt und seine Gemeinde, die Heilsuchenden und der Heiler, aufeinander angewiesen. Die Intimität zwischen dem fremden Arzt und dem einheimischen Patienten überging alle politischen und ideologischen Schranken. Ja, die Fremdenfeindlichkeit verhalf uns immer zu einer grossen Familieneinigkeit.

Aber der Preis der Familieneinigkeit lag im Verschweigen meiner Geschichte. Dass man meinen Vater und mich überging, dass meine Geschichte nie erwähnt wurde, dass meine Anfänge verschwiegen wurden, hat mich beinahe vernichtet. Dadurch, dass man mich und meine wahre Geschichte verleugnete, begann ich, mich selbst zu verleugnen.«

Als ich später mit frisch gebügeltem Hemd und geläuterter Seele in die Hotellobby gehe, treffe ich Ray mit den zwei Damen an. Mein Vater sitzt aufrecht neben Frau von Auersbach und Selma Dünneisen und lässt sich mit gespreiztem Lächeln umgarnen. Galant schaukelt er seine Teetasse zum Mund, ohne sein weisses Hemd zu bekleckern. Seine Haare sind mit Gel nach hinten gekämmt, was ihn um zwanzig Jahre verjüngt. Und an den Füssen trägt er zu meinem Erstaunen neue, weissbraune Lederstiefeletten. Tanzschuhe im hohen Schnee?

»Ihr Papa ist ein reizender Mann«, schwärmt Frau von Auersbach, »selbst in seiner Stummheit hat er uns auf das allernetteste unterhalten.«

Ray krümmt seinen Rücken wie ein Galeerensklave, ergreift Frau von Auersbachs Hand und küsst sie elegant.

»Ganz britischer Gentleman«, sagt Frau Dünneisen beeindruckt. »Schade, dass Deutschland nie richtige Kolonien hatte.«

Woher mein Vater diese Schuhe habe, frage ich.

»Er hatte plötzlich genug von der Schnee-Einsamkeit. Da sind wir in ein Taxi gestiegen und nach St. Moritz gefahren. Dort haben wir diese Schuhe entdeckt und konnten nicht widerstehen.«

»Finden Sie nicht, dass ihm ein weisses Hemd besonders gut ins Gesicht steht?« fragt Frau Dünneisen.

Sie streicht mit dem Finger über die Manschetten. Dann zaubert sie eine dicke Wildlederjacke hervor und hält sie ihm an die Brust. Ich stelle mir Ray in diesen Klamotten vor, er, der ausser einigen verwetzten Pornoheften und Briefumschlägen nichts mehr besitzt. In Stiefeletten und Lederjacke, wie ein herzinfarktgefährdeter Immobilienmakler, ein gutbetuchter Hundezüchter, dessen Porsche Cabriolet draussen im Hof des Waldhauses steht. Ein privatisierender Endsechziger, der sich gut gehalten hat und mit seinem öligen, geckenhaften Getue eine grössere Damenrunde verrückt macht.

Ein Kellner entkorkt eine Flasche Moët & Chandon.

Wir stossen an, und Ray entfaltet hemmungslos seine charmanten Seiten. Seine schönen, schlanken Hände sind den Damen nicht entgangen, was ihn zu einer immer waghalsigeren Zeichensprache anspornt. Für Momente erlebe ich ihn, wie er vor seiner Lähmung gewesen sein muss. Ironisch, weltgewandt und keineswegs Mitleid, sondern eher Bewunderung herausfordernd. In kurzer Zeit ist es ihm gelungen, sich mit beiden Frauen anzufreunden. In diesen Augenblicken, wo sie sich, durch welche Handzeichen auch immer, über die verflossenen Ehemänner unterhalten, wo Ray Zeichnungen von Flugzeugen auf einen Block macht, ist er das erste Mal von mir abgelöst. Er scheint mich auch kaum mehr zu beachten, ja, er ist offenbar so beflügelt, dass er mich am liebsten los wäre. Und als aus dem Salon Musik herüberklingt, sehe ich ihn aufstehen und Frau Dünneisen um einen Tanz bitten. Ich sehe den Tänzer in seinen dünnen Stiefeletten über das Parkett gleiten, in seinen Armen die zerbrechliche Helen.

Plötzlich aber zeigt er auf seinen Hosenbund, wo sich ein dunkler Fleck vergrössert. Rasch werfe ich ihm eine Serviette über. Sein Versagen ist mir peinlich. Als hätte ich mir selber vor dieser Gesellschaft in die Hosen gemacht.

Zusammen mit Frau von Auersbach bringe ich ihn ins

Zimmer und lege ihn, mit Hilfe von Navira, in die Badewanne. Sein steifer Körper gleitet ins warme Wasser, ohne gelenkiger zu werden. Sein geschrumpftes Glied schwimmt an der Wasseroberfläche. Ich bücke mich zu ihm hinab und muss mich überwinden, ihm die intimen Zonen zu waschen. Mit dem Waschlappen über seine runden, noch immer kräftigen Schultern zu fahren fällt mir leichter. Um die Hüften ist er stark abgemagert, so dass man meinen könnte, einen Knabenkörper vor sich zu haben. Auch seine langen Beine sind vom Muskelschwund angegriffen. Es sind nicht mehr die kräftigen Beine des Gehers und Stadtstreuners.

Ich seife ihm den Rücken ein, während sein Blick den geschäftigen Händen von Navira folgt, die ihm die Beine schrubbt. Am Fenster wirbeln Schneeflocken vorbei, die Szene ist fast familiär. Vereinzelte Kindheitsflocken auf der dunklen Leinwand meines Familienfilms.

»Pass auf, du tust ihm weh, wenn du immer an derselben Stelle schrubbst«, ruft Navira leise.

Gegen Mitternacht nehme ich mir vor, endlich Leonie anzurufen. Ich suche mit meinem Handy die leere Bibliothek auf. Auf den Lesetischen sind noch Ringe von abgestellten Tassen oder Gläsern zu sehen. Gelesene Zeitungen hängen am Haken, unentschieden, ob ihre Nachrichten auch am nächsten Tag noch Gültigkeit haben. Mich aber ziehen die leeren Stühle an. Einen Augenblick besetze ich sie mit meinen Familienmitgliedern, setze Katarina im schwarzen Kleid neben Leonie, Helen würdevoll neben Melinda und Sorin ans Eckfenster. Nun haben alle einen anderen Text als den, den sie an jenem Abend gesprochen haben. Sorin steht auf und kommt zu mir, um mir zu gratulieren. Melinda weint erschüttert. Und Neil redet begeistert von Ray. Und als Ray den Raum betritt, lächelt meine Mutter versonnen. Ray schüttelt Neil respektvoll die Hand und setzt sich neben Katarina. Katarina rutscht auf ihrem Stuhl neben mich und tuschelt über Ray. Wie gross er ist, sagt sie, wie imponierend seine Umgangsformen. Was ist er von Beruf? Wo hat er überall gelebt? – Er ist in den grossen Städten dieser Welt zu Hause, flüstere ich. Ich setze mich in die Mitte eines Kreises aus Stühlen. Ringsum die Familienmitglieder und Ray. Als Wilderer hereinkommt, muss er feststellen, dass alle Stühle besetzt sind. Ich klatsche und scheuche Wilderer aus dem Raum und sage, dass wir uns jetzt ja bewegen können. Abwechselnd setze ich mich selber von einem Stuhl auf den anderen. Manchmal ist ein leises Ächzen des Polsters unter meinem Körpergewicht zu vernehmen. Zwischendurch verschmilzt Neils Schatten mit demjenigen von Ray. Ich höre meine Mutter lachen. Es wird gesungen, zitiert, gescherzt, und das Glück will kein Ende nehmen.

Draussen ist es still, der Schnee rieselt vor den halbdunklen Fenstern, die Stühle sind unverrückbar. Ich werde Leonie erst morgen anrufen, auch wenn ich mich sehr nach ihr sehne.

Morgen muss Baragan kommen.

Als ich den Flur entlanggehe, öffnet sich plötzlich eine Türe. Navira steht da und fragt mich, ob ich nicht zu ihr kommen wolle. Ich schaue sie an und trete ein. Der Rest der Nacht gehört ihr, der Erkundung ihrer Haut, der Erforschung eines neuen Kontinents. Ich umarme sie in ihren Lederkleidern, unter denen sie nichts mehr trägt. Ich küsse sie erregt. Sie hält sich eine Weile mit gestreckten Armen am Türrahmen fest, während sie aus den Kleidern schlüpft und ich von hinten in sie eindringe. Ihre vollen Brüste in meinen Händen. Dann klappt sie kurz vor ihrem Höhepunkt wie eine Schere zusammen und verengt ihre Vagina, so dass ich dem Orgasmus zurase. Mein Blick fällt auf ihre rechte Hand mit den vier Fingern, und ich spüre den Stachel. Ich trage sie ins Bett und wir lieben uns die schneesturmtiefe Nacht weiter. Ich lege ihre Hand mit den vier Fingern auf meine Brust und dann auf mein Glied.

Bei Ray gelingt es mir nicht, die fehlende Sprache in etwas Erregendes umzuwandeln. Ray bleibt allein mit seinem Mangel. Ray ist eine leergeräumte Schublade, ein Hemd ohne Taschen, ein Mund ohne Zunge. Sein Leiden ist abschreckend. Meine Empathie findet keinen Zugang zu seinem opaken Körper, opak auch für meine Sympathie.

Er liegt im Nebenzimmer und atmet regelmässig. Ich weiss nicht, ob er uns hört, ob er mit offenen Augen unser Spiel mitverfolgt. Als ich Naviras Bauch mit meinen Armen umfange, als sie sich umdreht und ich ihren Bauchnabel küsse, kommt mir in den Sinn, mit wie vielen Frauen Ray geschlafen haben muss. Und dass seine Sehnsucht nach Frauen wahrscheinlich noch nicht erloschen ist.

Sicher hat er immer weisse Frauen bevorzugt. In der Hierarchie der Rassen in Trinidad standen sie zuoberst. Mit ihnen zu schlafen bedeutete die Eroberung von etwas Verbotenem, den Gewinn von Macht über die Rasse der Unterdrücker.

Das alles spielt bei Leonie und mir keine Rolle mehr. Oder höchstens noch spurenweise in den verborgenen Falten des Unwissens, das wir uns bewahrt haben.

Noch immer ist Baragan nicht gekommen. Ray hält auf seinem Zimmer einen Mittagsschlaf, während es draussen zu stürmen begonnen hat. Der Wind peitscht harte Schneeflocken an die hohen Fenster, am Nachmittag sind bereits die Lüster angezündet. Untergangsstimmung. Navira steht neben mir an der Bar und sucht mit einem seltsamen Entsetzen in ihren Augen meinen Blick. Am Morgen, nachdem ich gegangen bin, war sie nochmals auf dem Netz und hat mit ihrem Versehrtenfreund gechattet.

»Es ist eine Sucht, weisst du. Gestern habe ich den ganzen Tag darauf gewartet, endlich aufs Netz gehen zu können. Heute morgen warf ich den Computer an und ging in den Chatraum. Tatsächlich war er schon da und hat auf mich gewartet –«

»Von wem redest du?«

»Er nennt sich ›Die Brosche‹, warum, weiss ich auch nicht. Er hat mir einen langen Text über amputierte Körperglieder reingehängt. Ich merkte, dass mich irgend etwas zu ihm hinzog. Es war, als würde ich mit einem alten Freund sprechen. Jedes Wort, das wir schrieben, öffnete beim anderen einen Resonanzraum – und weisst du, er konnte meine Gefühle des Unvollständigseins, der eigenen Mangelhaftigkeit, so wunderbar ausdrücken.«

Navira starrt auf ihre Hände und schöpft dann mit einem runden Armschwung Luft, einen schwungvollen Kreis zeichnend, wie es meiner Meinung nach nur indische Frauen können. Als sie weitererzählt, verschwindet ihr Blick unter den niedergeschlagenen Wimpern.

»Warum um Himmels willen nennt er sich ›Die Brosche‹?« frage ich.

»Er nennt sich jedesmal anders. Heute morgen hiess er ›Die Brosche‹. Auch ich fragte mich, warum er sich so nannte. Aber mit der Zeit konnte ich mir die Frage selber beantworten. Er stach mir ins Herz und hinterliess eine schöne, schmerzende Wunde.«

»Navira!«

»Bitte nicht eifersüchtig sein, ich kenne ihn ja gar nicht. Und hör mich weiter an.«

Navira schneuzt sich die Nase, und ich umarme sie kurz und heftig.

»Heute mittag dann hiess er anders. Er nannte sich ›Der General‹.«

»Und wenn das nun jemand anderer war?«

»Robert, ich spüre doch genau, dass sich hinter all diesen Namen ein einziger Mensch verbirgt. Ein Mann. Er hat mich angesprochen, ich kann mich doch nicht täuschen. Seine Worte haben mich sofort süchtig gemacht.«

»Du bist eine Wahnsinnige, dich so mit Haut und Haar einem Unbekannten auszuliefern.«

»Tu ich ja auch nur, weil ich genau weiss, dass ich ihn nie treffen werde. – Heute mittag dann hat er ganz unverfroren begonnen, mit mir Liebe zu machen.«

»Ach Gott«, entfährt es mir. Ich bestelle, für diese Tageszeit viel zu früh, einen Whiskey on the rocks.

»Der General beschrieb mir verschiedene Situationen, und ich musste ihm Antwort geben. Ich merkte bald, was es mit dem General auf sich hatte: Er war jetzt der Befehlende, ich musste ihm gehorchen. Nun ja, gehorchen ist nicht meine Stärke, aber ich war viel zu neugierig, um nicht mitzuspielen. Und irgendwie war es ja auch sehr lustvoll, und er kam immer wieder auf meinen fehlenden

Finger zu sprechen und was man alles mit so einer vierfingrigen Hand machen könne.«

Hinter uns haben sich Gäste auf die Barhocker gesetzt, und ich bitte meine indische Fee, leiser zu sprechen. Ihr Blick geht wütend und betroffen zugleich ins Leere.

»Ich bitte dich, Robert, lach mich nicht aus, wenn ich das jetzt erzähle. Hilf mir, über diesen Schock hinwegzukommen. Ich weiss, dass du mich idiotisch finden wirst. – Er wechselte noch einmal den Namen, ich musste mich neu einloggen, dann wollte er auch meine E-Mail-Adresse. Schliesslich haben wir uns aus dem Chat verabschiedet. Er befahl mir, die Vorhänge zu schliessen und mich nackt auszuziehen. Dann sollte ich meine Mailbox öffnen. Also tat ich, was er wollte, sass nackt an meinem Computer, was schon ein merkwürdiges Gefühl ist. Aber was dann auf meinem Bildschirm erschien, lässt sich nicht mehr beschreiben. Er hatte mir eine Bildergalerie geladen. Vierundzwanzig Bilder, die man anklicken konnte.«

»Und was war auf den Bildern – Pornos? Er selber?«

»Es waren verstümmelte Körperteile. Ein abgeschnittener Arm, ein aufgerissener Schädel, zwei abgeschnittene Brüste. Und dann kam das Schlimmste, was ich in meinem Leben je gesehen habe: verstümmelte Kinder. Ein Junge ohne Ohren und Augen. Ein Mädchen, dem man einen Haken durch den Leib getrieben hatte –«

Navira schluchzt so laut, dass ich sie selbst in meinen Armen nicht mehr beruhigen kann.

»Es waren Kinder aus der Dritten Welt. Man konnte die Fotos anklicken und dann erschien eine Legende: Mädchenbein, Kalkutta 1999; Babybein, Djenin 2002, und unter einem Berg aufgeschichteter weiblicher Brüste stand

Srebrenica 1995. – Jedes Bild war mit einem Befehl zur Masturbation versehen.«

»Bitte hör auf! Hast du all das gelöscht?«

»Natürlich, aber der Kerl hat meine E-Mail-Adresse. Er wird immer wieder dasein, sobald ich den Computer öffne. Ich kann ihm den Zutritt nicht versperren.«

»Du kannst deine Adresse ändern.«

»Aber das dauert – und ich muss allen meinen Freunden Bescheid geben. Und dazu muss ich die Mailbox nochmals öffnen.«

»Wir werden eine Lösung finden. Lass mich das nächste Mal deine Box öffnen. Aber zuerst werden wir uns eine wunderbare, glückverheissende Website mit Palmenstränden und Kokosnüssen suchen, damit du diesen Trash vergisst.«

»Das werd ich nie mehr vergessen.«

»Can I offer you a drink!« – Neben uns steht ein älterer, hagerer Mann, der uns in makellosem Oxfordenglisch anspricht.

»Mein Name ist Selwin Baragan. Schön, dass Sie gekommen sind. Ich habe Ihre Konversation über das Internet verfolgt und bin sehr mit Ihnen einverstanden. Palmenstrände, Kokosnüsse – wir können uns das alles ins Haus holen, ohne uns auch nur einen Zentimeter vom Fleck zu rühren. Und alles so prompt und genau, wie es keine Imagination kann. Das Web ist ja die einzige Transzendentalität unserer Zeit. Was man etwas flach mit Cyberraum und Hypertext und Virtualität beschreibt, sind neue Formen der Transzendentalität, einer weltumspannenden Religion, die wie der Hinduismus auf die Überwindung des Körpers abzielt. Nur sind wir leider noch nicht soweit. Gerade die Körperlosigkeit dieses Mediums zieht auf einer niederen Ebene Körperliches geradezu an. Kein Wunder, dass zwei Bereiche körperlicher Exzesse am meisten im Web anzutreffen sind: Pornographie und rechtsradikale Gewaltphantasien.«

Baragan trägt einen eigenwillig geschnittenen, gepflegten Manchesteranzug brauner Farbe, an dessen Revers samtene Umschläge mit goldenen Knöpfen zu sehen sind. Sein Gesicht ist voller Falten und Laubflecken. Die Adlernase und das gelblichweisse, zurückgekämmte Haar evozieren den Eindruck leichter Arroganz.

»Darf ich Ihnen Navira vorstellen, meine Begleiterin.«

Baragan lächelt erfreut.

»Deswegen das zweite Zimmer! – Sie sind Inderin? Ich pflege vielfältige Beziehungen zu Indien, habe in Bombay eine Filiale, die recht gut geht. Ich bin Optiker und führe weltweit ein halbes Dutzend Geschäfte.«

Vorsichtig schaut sich Baragan um, offensichtlich hält er Ausschau nach Ray.

»Unter anderem in St. Moritz, Moskau, London – und Port of Spain.«

»Wir sind froh, dass Sie gekommen sind. Offen gesagt, habe ich zuletzt nicht mehr an Sie geglaubt.«

»Ich kann es Ihnen auch nicht verdenken. Auch ich war von Ihrem Anruf überrumpelt. Wie kommt es, dass Sie sich erst jetzt bei mir melden?«

»Ich habe meinen Vater erst vor kurzem kennengelernt. Erst nach dem Tod meines Stiefvaters konnte ich ihn suchen gehen. Und als ich ihn in London traf, konnte er nicht mehr sprechen. Er hat seine und wohl auch einen Teil meiner Geschichte für immer verschluckt. Auf der Suche nach Spuren seiner Vergangenheit haben wir dann Ihre Visitenkarte entdeckt.«

Baragans Blick geht in die Tiefe des Raumes, gleitet über die leeren Stühle und Tische und bleibt schliesslich an der Batterie der Flaschen hinter dem Tresen hängen.

»Wo ist Ihr Vater?«

»Er schläft, erschöpft von der Höhenluft.«

»Wie geht es ihm? – Als ich ihn das letzte Mal besuchte, hatte er ja deutlich Fortschritte gemacht. Mit Hilfe seines Stöckleins konnte er sich fast frei bewegen.«

Baragans Haltung hat etwas Lauerndes. Sein Blick weicht mir aus, gleitet unentwegt über das Mobiliar und kann sich auf nichts fixieren.

»Er kann noch immer nicht sprechen«, mischt sich Navira ein, die sich wieder etwas erholt hat. »Aber mit viel Übung werden wir's sicher so weit bringen, dass er einige Sätze sprechen kann.«

»Ach ja? Sind Sie Logopädin?«

»Ich bin seine Pflegerin, und –«

»Da hat er aber Glück gehabt, der alte Junge«, unterbricht Baragan. »Es ist tragisch, dass er kein Wort mehr herausbringt.« Zu mir gewandt, sagt er mit einer seltsamen Erleichterung: »Dann geht es Ihnen also wie mir. Ich verlor Ray für lange Jahre aus den Augen, und als ich durch Zufall wieder auf ihn stiess – irgend jemand aus dem Thomas More Asylum rief mich an –, konnte er nicht mehr reden. So habe ich nicht mehr erfahren können, was Ihr Vater die ganze Zeit getrieben hat.«

»Aber Sie wissen einiges über sein Leben!«

»Da muss ich Sie enttäuschen. Wahrscheinlich haben Sie das meiste schon in Erfahrung gebracht. Rays Leben ist ja auch nicht einfach auf einer Karte eingezeichnet. Es gibt da viele Sprünge, Ungereimtheiten, und wahrscheinlich müssen Sie davon ausgehen, dass ganze Zeitabschnitte nicht mehr zu rekonstruieren sind. Es gibt Sackgassen, amputierte Jahrzehnte, Irrgänge. Sehr viel weiterhelfen kann ich Ihnen da auch nicht, und leider habe ich nicht viel Zeit. – Aber es ist schön, Sie kennenzulernen.«

Baragan hat sich einen Tee bestellt. Vordergründig wirkt er gefasst, sein Auftreten ist selbstsicher, seine Neugierde auf mich verhalten, nur sein Blick ist haltlos.

»Soll ich Ray wecken, damit Sie ihn begrüssen können?« fragt Navira.

»Ja, hätten Sie nicht Lust auf einen Spaziergang? Der Sturm hat sich gelegt, wir könnten zur Insel Chasté hinaus, um dem grossen Philosophen zu huldigen.«

»Eine gute Idee«, entgegne ich und schaue besorgt Navira hinterher, in der Hoffnung, dass sie ihren Computer nicht anrührt. Auch Baragan sendet ihr einen seltsam unruhigen Blick nach. Wahrscheinlich ist es ihm lieber, wenn er mich nicht anschauen muss.

»Wo haben Sie meinen Vater kennengelernt?« frage ich.

»In Trinidad!« sagt Selwin Baragan. »Ich war längere Zeit in Port of Spain, in den späten sechziger, dann wieder in den achtziger Jahren. Beide Male war die Wirtschaft auf Talfahrt. Die schwarze Regierung hat alles gemacht, um die Insel auszupressen. Es war ein Fehler, dass die Engländer die Insel anno 63 den Schwarzen, also Eric Williams, und nicht den Indern übergeben haben. Die Inder gehören zu uns, sie sind unsere bessere Seite. Jetzt soll, wie ich höre, erstmals ein indischer Premier an der Regierung sein.«

»Basdeo Pandee«, sage ich.

»Ich glaube, der geisterte bereits in den achtziger Jahren als Oppositionsführer herum. Aber er wird hart von der PNM bedrängt, nicht wahr. – Sie wissen, was PNM bedeutet, ›People National Movement‹, Trinidads grösste und von Schwarzen dominierte Partei«, fügt Baragan an.

»Ich kenne mich etwas in Trinidads Geschichte aus«, sage ich.

»Und ich war für kurze Zeit so etwas Ähnliches wie ein Regierungsberater«, fährt Baragan mit einem Anflug von Stolz fort und mustert nun doch mit Neugier mein Gesicht, wohl auf der Suche nach der Spiegelscherbe Ähnlichkeit. Er lächelt, wie er meinem Vater zugelächelt haben muss.

»Ihr Vater hatte immer ein ausdrucksvolles Gesicht. Schon als ich ihn kennenlernte, dachte ich, er könnte einer der alten Inder sein, einer der Stammesfürsten, mit denen ich in Indien zusammengearbeitet habe. Wir waren früher sehr enge Freunde.«

Es gibt irgend etwas Süssliches an diesem Optiker. Hinter seinem routinierten Auftreten wird ein Zug ins Verschlagene sichtbar, tut sich ein Hintergrund auf, der für mich nicht lesbar wird. Ich könnte mir vorstellen, dass dieser Selwin Baragan viele Gesichter hat. Seine Herkunft scheint mir diffus und kompliziert. Seine laubfleckige Haut und seine Körperhaltung, sein akzentfreies Englisch, das alles wirkt sehr britisch. Aber der Name könnte armenisch oder auch eine Verballhornung aus dem Türkisch-Zypriotischen oder schliesslich aus dem Persischen sein. Sicher scheint mir nur, dass er Geld hat. Aber wahrscheinlich bilde ich mir das alles nur ein, weil ich soviel in diese Begegnung gesetzt habe.

»Sie wollen also die Geschichte Ihres Vaters erforschen?« fragt er mit einem Anflug von Sarkasmus, den er sich leisten kann, da ich es bin, der etwas von ihm will.

»Warum interessiert Sie allein die Geschichte dieses

Mannes? Vorausgesetzt, ich würde Ihnen jetzt eröffnen können, dass es ein grosses Vermögen gibt, das in Trinidad auf Sie wartet. Ein Grundstück, dessen Wert in die Hunderttausende von Pfund geht. Wie würden Sie dann reagieren? Nur an der Geschichte eines Mannes interessiert, der offensichtlich zu den Gescheiterten gehört?«

Baragan dreht sich fast schroff von mir ab, um mit hochgezogener Schulter einen Schluck Tee zu sich zu nehmen. Seine Körperhaltung strahlt plötzlich etwas Kaltes, ja Kaltschnäuziges aus. Er scheint zu warten, er dehnt die Sekunden zu Minuten. Ich suche nach einer Antwort, aber er kommt mir zuvor, indem er sich mit einem fast tänzerischen Schwung wieder zu mir dreht und dabei ein wirklich gewinnendes und offenes Lächeln hat.

»No answer, Sir! Das ehrt Sie.«

»Aber erzählen Sie mir doch bitte, wie mein Vater war, als Sie ihn kennenlernten. Warum wurde er Ihr Freund?«

»Mein Gott, das ist eine lange Geschichte, für die wir eine Nacht brauchen würden. Aber ich finde es trotzdem interessant, dass es allein symbolische Werte sind, die Ihre Neugier am Vater begründet.«

»Möchten Sie denn nicht wissen, wer Ihr Erzeuger ist? Kann es eine spannendere Begegnung mit einem Menschen geben – mal abgesehen von einer Frau –, als die mit dem leiblichen Vater?«

»Aber was steckt zuletzt hinter diesem Interesse? Man ist ja nie mit letzter Entschlossenheit hinter etwas her, wenn es einen nicht auch an einer ganz vitalen Stelle berührt.«

Das Wort »berührt« aus seinem Mund irritiert mich. Noch immer suche ich nach einem Riss in seiner Erscheinung, einer Unstimmigkeit, die mir etwas über ihn verraten könnte. Einen Augenblick lang erscheint mir sogar seine Kleidung – der Manchesteranzug mit den Goldknöpfen und das weisse Hemd, seine soliden, englischen Lederschuhe – wie eine geschickte Verkleidung, eine närrische Tarnung. Ich beschliesse, mit dem Whiskeytrinken aufzuhören, und bestelle ein Mineralwasser.

»Aber was ist dieses Vitale«, fährt er fort. »Ist es nicht die Ähnlichkeit – und die Vatersuche ein Teil einer unermüdlichen Selbstsuche, die ja unsere abendländische Kultur auszeichnet?«

»Ich empfinde das Verhältnis von Sohn und Vater heute als etwas Mystisches«, sage ich. »Ich kann es drehen und wenden, wie ich will. Einerseits ist mir dieser Ray nicht mehr als ein ferner Verwandter, wie mir übrigens auch mein Stiefvater Neil immer als solcher erschienen ist. Andrerseits spüre ich, dass ich nicht an ihn denken kann, ohne dass meine Gedanken durch das Geheimnis – oder den Zufall – der eigenen Geburt hindurchgehen. Ich bin gefangen in diesem Verhältnis, das ich ja immer selber herstellen musste. Nichts ist selbstverständlicher, als einen Vater an seiner Seite zu haben. Fehlt er aber, so wird seine Erfindung zu einer lebenslangen Beschäftigung.« – Ich schaue Baragan ins Gesicht.

»In der Tat«, sagt er. »Und den Vater erfinden kann man auf tausenderlei Arten. Was sind Sie denn von Beruf?«

»Dramaturg.«

»Und ich bin Optiker. Ohne Frage, ich wollte nie etwas anderes werden. Die Brillen, die Sehschärfen der Menschen haben mich immer interessiert. Wissen Sie übrigens, wer der berühmteste Vaterlose ist?«

»Es wimmelt von vaterlosen Söhnen, wenn man erst einmal seinen Blick dafür schärft.«

»Jesus! Denn Josef war ja ausdrücklich nicht sein Erzeuger; der schwebte als Heiliger Geist irgendwo im Himmel. Erst mit der Taufe, vor allem aber mit der nachträglichen vierzigtägigen Versuchung in der Wüste, als ihm der Teufel erscheint, wird Jesus eigentlich zum Sohn. Ein Sohn ohne greifbaren Vater. Vor die Notwendigkeit gestellt, seine leiblichen Brüder und Schwestern anzuerkennen, weicht Jesus in eine etwas peinliche Rhetorik aus. Er nennt – Markus 3,34 – alle, die an ihn glauben, seine Mutter und seine Brüder. Das ist natürlich ein Trick. Genaugenommen haben nämlich seine leiblichen Brüder und Schwestern sich nicht sehr vorteilhaft über ihn geäussert. ›Er ist von Sinnen‹, sagen sie bei Markus 3,20. Das muss wohl heissen, dass Jesus bereits am Predigen ist, aber bei seinen Brüdern und Schwestern keinen Anklang findet. Er hat nicht die Position dazu. Was aber hat ihm zu diesem Reden wie von Sinnen, zum Predigen verholfen?«

Baragan hält inne und späht in den Raum. Aber sein Blick hat eine Härte, die nicht zu dieser Bibelstunde passt. Ausgestattet mit der Verschlagenheit, die gerade solchen Menschen eignet, die in einem eigenen, gegen aussen kaum spürbaren System denken und fühlen. Die zu allem eine bestimmte Meinung haben, die sich zu einem stimmigen System fügt. Selwin Baragan zitiert und paraphrasiert Bibelstellen mit einer solchen Genauigkeit, wie es nur ein Mann kann, der die Bibel beinahe auswendig kennt. Immerhin: seine weltlichen Geschäfte scheinen auch ganz gut zu gehen.

»Es war die Stunde der Versuchung, die mystische Einsicht in sein Dasein als Sohn, die Jesus zum Predigen befähigt hat. Der Teufel nämlich fragt ihn, ob er Gottes Sohn sei. Bezeichnend Jesu Antwort. Der Mensch lebe nicht vom Brot allein, sondern von einem jeden Wort, das aus dem Mund Gottes geht. Durch Gott, den Vater, wird Jesus erst des Predigens mächtig. Sein Vater macht ihn zum Überzeuger. Jeder Vater gibt die Wortmöglichkeit, die Wortmächtigkeit an seinen Sohn weiter. Damit aber auch das Mass der Worte, die Logik. Wo der Vater fehlt, kann es zu genialen Fehlleistungen wie bei Nietzsche kommen oder eben zum kreativen Umgang mit Wörtern wie bei Jesus. Als Theatermensch sind Ihnen solche Vater-Sohn-Geschichten natürlich geläufig.«

Auch Baragan hat ein gewisses rednerisches Talent. Ich verzichte darauf, ihn nach seinem Vater zu fragen. Leonie, denke ich, würde gegen diese zutiefst patriarchale Theorie protestieren. Sie würde sich eine Zigarette anzünden und in ihrer leisen, aber scharfen Art etwa folgenden Satz formulieren: Wie steht's dann mit den Müttern und den Töchtern, Herr Baragan? Was geben die weiter? Nur unlogisches Babygebrabbel, lautmalerisches Gestammel? – Aber es ist nicht die richtige Zeit, jetzt Leonie ins Spiel zu bringen. Baragan hat einige Dinge gesagt, die zweifellos auch auf mich zutreffen.

»Glauben Sie an Gott?« fragt er plötzlich. Ein mildes, versöhnliches Lächeln erscheint in seinem Gesicht. Diskret richtet er seinen Blick auf mich, nicht durchdringend und fordernd, sondern fragend. Es muss eine Frage sein, die er schon mehr als einmal gestellt hat. Die er allen möglichen Leuten stellt. Er wird wissen, wann genau der Zeitpunkt da ist, diese Gretchenfrage zu stellen. Offenbar hänge ich schon so weit an seiner Angel, dass er mich nun an Land ziehen will.

»Welchen Gott meinen Sie? Etwa den christlichen? Haben Sie mit Ray über Gott gesprochen? Welcher Religion gehört mein Vater an? Ist er Presbyterianer oder gar Atheist?«

»Sie stellen mir die Frage hier, in Sils-Maria. An der Wirkungsstätte des furchtbaren Philosophen, der erstmals Gottes Tod verkündete. Lassen Sie mich eine gebührende Antwort geben: Tatsächlich ist Ray Atheist. Denn der Atheismus ist nichts anderes als eine entschlossene, verzweifelte Vaterrevolte. Ray hat offenbar so unter seinem Vater, dem mächtigen Budri, gelitten, dass er später niemanden mehr in der übergeordneten Position ertragen hat. Mein Freund Ray ist in der Tat ein Rebell, der auch der Sünde nicht aus dem Weg gegangen ist.«

Wieder frage ich mich, was Baragan für ein Spiel spielt. Statt meine Fragen zu beantworten, weicht er in religiöses Geschwätz aus. Weiss er nichts oder will er mir nichts verraten? Warum hat er sich dann die Mühe genommen, mich hier zu treffen? Oder ist sein Denken dermassen verschroben, dass er nur noch seine biblischen Reden führen kann? Wie aber konnte mein Vater einem solchen Sektenbruder in die Fänge laufen?

»Was war mein Grossvater Budri denn für ein Mann? Wie stand er zu seinem Sohn?«

In diesem Augenblick erscheint Navira mit Ray. Ray sitzt im Rollstuhl und trägt seinen Kaschmirmantel und eine Mütze.

»Lassen Sie uns heut abend weiterreden.«

Baragan verlässt in Windeseile die Bar und eilt auf Ray zu. Betont herzlich neigt er sich ihm zu und schüttelt seine Hand.

»Wer hätte gedacht, dass wir uns so wiedertreffen, Junge. Mit deinem prächtigen Sohn und in Begleitung einer hübschen Londonerin.«

Ray lächelt kühl, ja geradezu ablehnend. Baragan tut so, als bemerke er nichts, und fährt fort: »Du siehst noch immer gut aus, Junge. Was hast du all die Jahre getrieben?«

Ray lächelt gequält.

»Natürlich, du kannst nichts mehr sagen, my dear.«

Plötzlich beginnt Ray zu heulen, ob aus Trauer oder aus Wut, ist nicht entscheidbar.

Selwin Baragan macht erschrocken einen Schritt zurück. Dann packt er den Rollstuhl an seinen Griffen und fährt zum Ausgang. Navira wirft mir einen fragenden Blick zu. Ich nehme meinen Mantel, und wir eilen den beiden nach. Baragan schiebt den Rollstuhl so rasant über die Schwelle, dass Rays Kopf einen Schlag erhält. Dann verschwinden die beiden auf dem Vorplatz, wo die Schlitten stehen.

Der völlig reglose Vater wird auf einen grossen Holzschlitten gepackt, und wir brechen auf zur Halbinsel Chasté. Als wir den See erreichen, liegen die Berge wie gemalt vor uns, die ganze Kulisse ist von kaum erträglicher Postkartenpracht. Navira hat sich einen Rodelschlitten ausgeliehen, mit dem sie mehrmals den Hügel hinuntersaust. In ausgelassener Schneebegeisterung winkt sie den vorbeischnürenden Langläufern zu, die ihr zurückwinken. Wortlos zieht Baragan einige Meter vor uns den Schlitten mit Ray. Er scheint nicht allzuschnell zu ermüden. Wie ein grosser Junge sitzt Ray auf dem Schlitten und lässt sich durch den Schnee kurven.

»Es ist wie die wenigen Male, als er in London zu Besuch kam«, sagt Navira. »Baragan redet kaum mit ihm. Und wenn, dann hebt Ray den Kopf wie ein Vogel, hört folgsam zu und lässt sich alles gefallen. Hast du gesehen, wie wütend er war? Und jetzt ist er unterwürfig wie ein Kind. Es scheint ein Einverständnis zwischen den beiden zu geben, das aus früheren Tagen rührt. Zumindest aus jener Zeit, als Ray noch reden konnte. Was hat dir Baragan erzählt?«

»Viel und doch so gut wie nichts.«

Plötzlich sehen wir, wie Baragan auf Ray losschimpft und dabei seine Hand erhebt. Ray duckt sich, hebt seinen gesunden Arm und will sich schützen. Darauf fuchtelt er mit dem Krückstock gegen Baragan, ohne ihn zu treffen. Als ich zu Ray eile, sitzt er wuterfüllt auf dem Schlitten, während Baragan vorausgegangen ist. Sofort macht Ray wieder eine harmlose Miene.

»Was ist los? Was hat dir Baragan gesagt?«

Aber bevor mein Vater irgendeines seiner vieldeutigen Zeichen geben kann, ist Baragan wieder zurückgeeilt und droht uns beiden mit einem Schneeball. Lachend stapft er zu Ray, gibt ihm einen herzhaften Stupser.

»Mein Bruder trägt sein Schicksal mit bewundernswertem Gleichmut. Ich sage ›mein Bruder‹, denn Ray war mir immer mehr als nur ein Freund. Aber heute ist er mir eigentlich noch näher, in diesem Zustand ist er mir fast wie ein eigenes Kind. Sie müssen wissen, Robert, dass Gott meine beiden Kinder zu sich befohlen hat.«

Da läutet Baragans Handy. Er zaubert es unter seinem Lodenmantel aus irgendeiner Tasche seines Manchesteranzugs und eilt in den Schnee hinaus. Täusche ich mich, oder redet er jetzt Armenisch? Und flucht er nicht auch noch? Schimpft wie ein Henker?

Während wir Ray kurz auf seinem Schlitten abstellen, steigen wir zu dritt zum Nietzschefelsen hoch. »Hier sass ich, wartend, wartend – doch auf nichts, jenseits von Gut und Böse –«, ruft Baragan gutgelaunt, bevor wir am Felsen oben anlangen.

»Auch der heftigste Widersacher des Christentums hatte eigentlich keinen Vater. Jesus und er sind vaterlose – eigentlich Muttersöhne, wenn man so will.«

»Doch alle Lust will Ewigkeit, will tiefe, tiefe Ewigkeit«, liest Navira die Inschrift vor und lässt sich das von Baragan übersetzen. »Lust, das eben ist das Erbe des Christentums«, meint Baragan. »Darin irrte Nietzsche. Niemand empfindet grössere Lust als der Christ. Einmal wenn er eine Sünde begeht, weil sie verboten ist. Und dann nochmals, wenn er sie beichtet.«

Bei einfallender Dämmerung machen wir uns auf den Heimweg. Es hat zu schneien begonnen, und ich ziehe den Schlitten mit Ray, während Baragan und Navira vorausmarschieren. Wegen des Schneetreibens weiche ich bald in den Wald aus. Die Flocken tanzen wie Asche vor meinem Gesicht, so dass ich fast nichts mehr sehe und Navira und den Optiker aus dem Blick verliere. Mit Ray bleibe ich durch das Schlittenseil verbunden. Je mehr es schneit, desto schwerer wird es, ihn vorwärts zu ziehen.

Auf einmal scheint mir, dass ich Gewicht verloren habe. Ich drehe mich um, aber vermag den Schlitten im dichten Schneetreiben nicht mehr zu sichten. Habe ich Ray verloren, ist er vom Schlitten gefallen? Eine Sekunde lang spüre ich bei diesem Gedanken nur Erleichterung. Ich bin seine Last endlich los. Ich brauche mich um meinen Vater keine Gedanken mehr zu machen, ich kann zurückfahren zu Leonie und meiner Tochter und das Leben dort fortsetzen, wo ich es abgebrochen habe. Oder fast an derselben Stelle, denn immerhin liegt ein dreieinhalbwöchiger Vatertanz hinter mir, der seine Spuren hinterlassen hat. Ich kann also den Versuch, noch einmal alles in mir umzukrempeln, als Versuch stehenlassen und mir zugute schreiben, dass ich alles Denkbare getan habe, um meinen Vater für mich zu retten.

Ist mein Verhältnis zu Ray denn tatsächlich so schuldbeladen? Warum empfinde ich Rays Zustand, sein Gebrechen, als Ursache einer Schuld, die ich auf mich zu nehmen habe? Logisch wäre doch das Gegenteil: Ich, sein Sohn, bin schuldlos an seinem Zustand. Er, der Vater, steht in meiner Schuld. Warum habe ich unterschwellig das Gefühl, ich sei ausgezogen, meinen Vater zu töten, wo ich ihn doch nur kennen und retten will?

Aber Ray ist keineswegs vom Schlitten gefallen und erfroren. Sein Schlitten ist an einer Wurzel hängengeblieben und das Seil hat sich gelöst. Nun versucht er gerade aus eigener Kraft, sich mit seinen Krücken zu befreien. Dann hebt er den Stock und macht mit den Fingern das Zeichen für Sieg. Zum ersten Mal bin ich glücklich, dass er noch lebt.

Navira und Baragan, die uns gesucht haben, kehren zurück. Die Schneeflocken tanzen nun wie Sternstaub vor meinem Blick, es wird Abend.

»Lassen Sie mich meinen Bruder nach Hause bringen«, sagt Baragan. »Ich werde ihn wohl nicht verlieren.«

Ein Eisstrahl fährt mir bei seinen Worten in den Rükken. Ich sage Navira, dass ich Ray nicht aus den Augen lassen möchte. Vielleicht ist Baragan hier, um meinen Vater umzubringen. Ich will Ray wie meinen Augapfel hüten.

Auf dem Rückweg wird Navira von einem Redeschwall heimgesucht. Sie habe über Rays Gehirn nachgedacht. Es sei wie eine Black box. Wenn wir es erforschen wollten, könnten wir es nur mit dem eigenen Gehirn tun, was methodisch nicht zulässig sei. Wie auch immer: längst habe man herausgefunden, dass der Mensch bei der Herstellung von Erinnerungen zwischen seiner linken und seiner rechten Hirnhälfte wechsle. In die linke Hemisphäre gehörten die Logik, die Sprache und die Zahlen, in die rechte Farben, Rhythmen und die Kreativität. Dabei sei das alles sehr vereinfacht dargestellt, denn das Gehirn stelle eine der komplexesten Strukturen im Universum dar. Wenn man alle Sterne der Milchstrasse auf die Grösse eines Tennisballs zusammenquetschen würde, käme man auf die »Sterndichte« von rund einhundert Milliarden. So viele Neuronen oder Nervenzellen existierten im Gehirn. Irgendwo in der Galaxis von Rays Gehirn, sagt Navira und beginnt vor Kälte zu hüpfen, sei die Geschichte mit meiner Mutter gespeichert. Nichts sei verloren. Wenn Ray Schnee sehe, das sei ja unsere Hoffnung gewesen, bestehe die Chance, dass diese Eindrücke in Form von Myriaden von Nervenimpulsen, über Knotenpunkte und Relaisstationen, in seinen Cortex geleitet würden. Dort träfen sie auf andere Neuronen, die – wie ein Schwarm Vögel – überallhin wegflatterten. Wenn die neuen Nervenimpulse auf die Neuronen treffen würden, würden diese mit einem Schlag »zum Leben« erweckt.

»Right«, sagt sie und schnippt mit dem Finger der vollständigen Hand. Sie tippe darauf, dass bei ihm der Hippocampus verletzt sei, in dem das Langzeitgedächtnis stecke.

»Und trotzdem«, entgegne ich, »haben all die Schnee-Eindrücke in ihm keine nennenswerten Erinnerungsschübe ausgelöst. Sind wir nicht auf einer falschen Spur? Sind wir nicht am falschen Ort, im falschen Land?«

»Und Baragan?«

»Ich treffe ihn heut abend an der Bar. Er ist meine letzte Hoffnung.«

In der grossen Hotelhalle haben sich nach dem Eindunkeln die Gäste eingefunden. Sie sitzen an kleinen, kreisrunden Holztischen und trinken Tee oder Likör. Aus dem Parkettboden ziehen sich Marmorsäulen zur Stuckdecke, die Art-déco-Lampen werfen ein warmes, träumerisches Licht, während hinter den hohen, dunkel gerahmten Fenstern die Tannenäste im bläulichen Nachtlicht leuchten. Eine Dreimannkapelle entführt die Gästeschaft mit Wiener Walzern in die frivole Untergangsstimmung der Jahrhundertwende.

Gerade will ich auf mein Zimmer verschwinden, um Leonie anzurufen, als mir Baragan entgegeneilt: »Kommen Sie mit. In fünf Minuten wird von einem Einheimischen ein Vortrag über ›Nietzsche und das Engadin‹ gehalten. Im ›Sunny Corner‹, ich gehe schon mit Ray vor.«

Also sitze ich kurz darauf mit meinem Vater und dem Optiker im Vortragssaal, eingezwängt zwischen honorigen Kurgästen, einheimischen Spezialisten und einer älteren Dame, die einem grossen weissen Hund unentwegt den nassen Kiefer krault. Vor dem erstaunlich dichtgedrängten Publikum steht ein Doktor Pregunt aus Ftan, der sich als Privatgelehrter auf Nietzsche und das Engadin spezialisiert hat. Ab und zu lässt sich Baragan, der erstaunlich gut Deutsch versteht, einen Satz von mir übersetzen.

Mit atemdünner, fisteliger Stimme erzählt der Doktor von Nietzsches unentwegtem Kopfweh und gelegentlichem Erbrechen. Pregunt schwärmt, wovon schon der Philosoph unentwegt geschwärmt hat: von der »Gipfeleinsamkeit«. Immer wieder berichte Nietzsche seiner Mutter von der reinen und starken Luft, die ihn gesund mache. Er fühle eine tiefe Seelenverwandtschaft, so Pregunt. Gipfelstürmerei und Gipfeleinsamkeit hätten den Deutschen hingerissen. An seine Schwester schreibe er, die Landschaft habe sich ihm mit einem Schlag enthüllt. Und bitte im nächsten Brief seine Mutter um etwas Wurst und Socken. – Aber, räumt Doktor Pregunt ein, man dürfe die Gipfeltour lediglich symbolisch verstehen, denn der getriebene Geistesgigant habe, bei einer Dioptrie zwischen 13 und 20, an starker Sehschwäche, ja partieller Blindheit gelitten, sodass ihm nur flache Spaziergänge vergönnt gewesen seien. Und auch da habe er oft über Kopfweh, Übelkeit und Erbrechen geklagt.

Es erstaunt mich nicht, dass auch der »vaterlose« Nietzsche dauernd gekränkelt hat. »Das kenne ich«, gestehe ich nach dem Vortrag Baragan. »Abwesende Väter machen die Söhne krank.«

Ray schüttelt energisch seinen Kopf.

Aber Baragan hat plötzlich keine Zeit mehr. Er müsse, ruft er und entfernt sich bereits auf den Zehenspitzen, einige wichtige Telefonate erledigen. Er treffe mich gegen zehn Uhr an der Bar.

Dann macht er einen Schritt auf Ray zu und sagt: »Dich werd ich heute wahrscheinlich nicht mehr sehen, alter Junge. Schlaf gut.«

Und Ray hebt weder seine Hand zum Gruss noch reckt er sein Kinn vor. Schroff wendet er seinen Kopf von Baragan ab und schaut zur Decke.

»Störrischer Sohn!« ruft dieser. Doch dann glättet sich sein hageres, laubfleckiges Gesicht wieder zur Milde: »Schlaf gut, Ray. Schlaf!«

Auf dem Weg in den Speisesaal stossen wir auf Frau von Auersbach und Frau Dünneisen, die darauf bestehen, nach dem Diner mit uns ein Gläschen zu trinken. Also finden wir uns nach dem Mahl in einem Raum neben der Bar ein, wo die beiden Damen auf einer alten Jukebox Schallplatten aus den fünfziger Jahren spielen lassen. Andächtig, ein stummer Pfau im weissen Hemd mit Papiergirlanden um den Hals, lauscht Ray den Liedern Eddie Cochrans, Shirley Basseys und Eartha Kitts. Müde, aber mit gelassenem Stolz versinkt er in jene Jugendjahre, in der diese Musik seine stete Begleitung war. Doch als Frau von Auersbach zufällig Rita Hayworth' Song »I've been kissed before« spielt, bricht er unvermittelt in Tränen aus. Ein Schluchzen, das sich zu einem Heulen steigert. Und in diesem plötzlichen Strudel aus Tränen und Rotz, bei heftigem Beben seines Oberkörpers, scheint er sich an Helen zu erinnern. Tanzt mit der Zwanzigjährigen auf einem Ball in tropischer Nacht. Saugt die Hitze der Lieder in sein Herz. Ist wieder der beste Tänzer auf der Insel.

Leise fällt der Schnee in den hohen Fenstern. Die Nacht färbt die Tannen blau.

Ein Kellner öffnet das Fenster, und kalte Schneeluft strömt herein. »Put the Blame on Mame«, singt Rita.

KARNEVAL

Nachdem ich Ray in seinem Zimmer schlafen gelegt habe, bleibe ich allein zurück. Navira hat der Versuchung des Computers widerstanden und ist mit Frau von Auersbach und Frau Dünneisen zu einer nächtlichen Schlittenfahrt aufgebrochen.

Ich hebe den Hörer des Telefons ab und will endlich Leonie anrufen. Aber was soll ich ihr sagen? Sie wird von meinem Ausflug in die Schweiz kaum begeistert sein. Ebensowenig, dass ich nicht nur mit Ray, sondern auch noch in Begleitung von Navira hier bin. Wie immer ich es drehe und wende, sie wird mein Unternehmen nur missbilligen. Für sie war es damals allein um die Aufdeckung der Lüge gegangen. Und was soll ich ihr von Bruder Baragan berichten? Bis jetzt weiss ich noch gar nichts.

Aber anstelle von Leonie nimmt unser Babysitter das Telefon ab. Sie sagt mir, dass Jennifer schläft, dass Leonie wegen der Besprechung des Schwimmbadprojekts ausser Haus ist, und weiter ist sie nicht eingeweiht in unsere Situation. Erleichtert und dennoch enttäuscht hänge ich auf.

Im Nebenzimmer schreit ein Kind. Der Stimme nach zu urteilen, muss es ein Junge von vier oder fünf Jahren sein. In einer Mischung aus Wut und Verzweiflung will es seine Eltern heranschreien. Seine Stimme wird lauter und lauter, bis sie schliesslich aus Erschöpfung in ein leises und gequältes Stöhnen zurücksinkt. Aber in meinem Kopf schreit und wimmert es weiter. Neben mir liegt Ray und atmet schwer im Schlaf. Plötzlich bin ich es, der als Dreijähriger schreit. Der verlassen von seiner Mutter irgendwo wartet. Der darauf wartet, dass seine Eltern endlich nach Hause kommen.

Es wird dunkler und enger im Zimmer, obwohl der Schein der Nachttischlampe sich hell im Schneeflockenfenster spiegelt. Ich keuche und kriege erst wieder Luft, als der Junge hinter der Wand seinerseits erneut losheult.

Schliesslich rette ich mich an die Bar, wo Selwin Baragan bereits auf mich wartet. Er nippt an einem Glas Balvenie Double Wood.

»Ausgezeichnete Bar«, sagt er, und ich bestelle ebenfalls einen Whiskey. Dann stelle ich, um nicht weiter Zeit zu verlieren, meine Frage, nämlich woher er meinen Vater kennt.

»Trinidad, Port of Spain 1970. Ich musste einen Inder aus Sangre Grande treffen, der Verbindungen zur Handels- und Gewerbeabteilung der Regierung hatte. Ich plante damals, meine erste Filiale ausserhalb von London zu eröffnen. Aber ich geriet in den unglaublichsten Karneval, den die Welt je gesehen hat.«

Ich hoffe, dass sich Baragan nun nicht in den endlosen Schilderungen des Karnevals verliert.

»Februar 1970, zwei Jahre nach achtundsechzig. Give peace a chance«, sagt Baragan locker.

»1966 gewinnt Doc Williams mit seiner PNM nochmals die Wahlen aufgrund von unhaltbaren Versprechen. Er will das Rentensystem einführen, den Armen helfen und vieles mehr. Aber die schwarzen Arbeitslosen lungern auf der Strasse herum und machen jeden Schattenfleck gefährlich. Ausländische Investoren kommen nur ins Land, wenn Williams die Gewerkschaften am Zügel führt. Das gelingt ihm mit Hilfe seines Freundes, dem indischen Gewerkschaftsführer Bhadase Maharaj. Bhadase gibt vor, die indischen Zuckerrohrarbeiter zu vertreten, arbeitet aber in Wahrheit nur für Williams, der diese an die Kandarre nehmen will. Bhadase spaltet die Inder und hindert sie so an der Machtübernahme.«

In der Ecke des Barraums machen sich die drei ungarischen Hotelmusiker an ihre Instrumente. Bis sie alles aus den Futteralen gepackt und warmgeblasen haben, dauert es seine Zeit. Gespielt wird bis zwei Uhr.

»Diskriminiert wurden ja nicht nur die Schwarzen, sondern auch die Inder. Die ausländischen Banken stellten keine Farbigen ein. Aber das sollte sich mit dem Karneval 1970 ändern.«

Plötzlich habe ich Rays Schlucken im Ohr. Zwar liegt er murmeltiermüde in den Daunenfedern, trotzdem vernehme ich durch alle Dielen und Decken des Waldhauses sein Schlucken. Als ob er jetzt gerade Kaffee trinken oder Suppe schlürfen würde. Ein schwappendes Geräusch. Kein Wort, keine Silbe von Bedeutung, nur dieses Schlukken und Verschlucken, das mir im Ohr steckengeblieben ist.

»Am Rosenmontag lauten die Karnevalmotti ›Die Wahrheit über die Schwarzen‹ oder ›Der Zuckerkönig und die 1001 weissen Teufel‹. Ich stehe mit meinem Rumglas mit einem Schuss Angostura auf dem Balkon des Hilton, sehe die grimmigen Karnevalszüge aus den Shantytowns heranmarschieren und ahne, dass die Regierung bald ihren letzten Atemzug gemacht haben wird. Tausende von aufgebrachten Schwarzen sind auf der Strasse; Lenin wäre von der gestauten revolutionären Energie entzückt gewesen und hätte seine farblose Theorie um einige Fussnoten beleben können. Dann kündet Mackandal Daaga, der Führer des ›National Joint Action Committee‹, kurz NJAC genannt, einen Marsch auf Port of Spain an. Williams kriegt es mit der Angst und steigert seine Rhetorik. Zweihundert schwarze Teufel demonstrieren vor dem kanadischen Hochkommissariat, ziehen dann weiter zur Bank of Canada, stürmen die Catholic Cathedral am Independent Square und behängen ringsum alle Statuen mit schwarzen Tüchern. Eine eindrückliche Symbolik.«

Baragans Redefluss ist einlullend. Er weiss, wovon er redet. Und es macht nicht den Anschein, als wollte er auch nur eine meiner Fragen direkt und ohne Umschweife beantworten. Wir bestellen eine weitere Runde. Wie zwei Geschäftsmänner im Feierabendtalk. Da fällt mir ein, dass ich den Optiker noch nicht gefragt habe, wie es mit der Bezahlung unserer Zimmer aussieht. Aber die Frage wäre jetzt deplaziert.

»In Trinidad bricht die Revolution aus!« fährt Baragan leise fort. »Die Führer der Black-Power-Bewegung verteilen sich in der ganzen Stadt und halten brillante Reden. Gute alte britische Tradition. Sie verlangen lokale Kontrolle über die Finanzen und mehr Respekt vor der afrikanischen Kultur. Williams verabschiedet in einer Notstandssitzung des Kabinetts schnell einige repressive Gesetze und lässt die Anführer hinter Gitter setzen. Wie immer stärkt er damit nur die Opposition und den Black Power – ein falscher Entscheid. Er hat schlechte Berater. Nun wälzen sich Zehntausende über den Woodford Square, der flugs zum ›Parliament of the People‹ umbenannt wird. Die Schwarzen wittern Morgenluft, sie wollen die Insel im Handstreich nehmen. Von Trinidad aus soll die halbe Welt ›black‹ werden. Ich stehe oben auf meinem Balkon, höre die ›Power! Power!‹-Rufe, wiege mein Rumglas in der Hand und denke, nun kommt es zum Unvorstellbaren, zum Bruderkampf, zum Bürgerkrieg, zum Kampf von Schwarz gegen Schwarz. In dieser Phase macht die Regierung Williams erneut einen entscheidenden Fehler: Die Ordnungshüter erschiessen einen jungen Aktivisten. Basil David, Mitglied der Black-Power-Bewegung. Von da an ist die Revolution nicht mehr aufzuhalten. Geddis Granger, der mächtige Führer der Stahlgewerkschaft, sagt: ›Wir werden Feuer mit Feuer bekämpfen!‹ – Nun steht fast die ganze schwarze Inselbevölkerung hinter der Black Power. Am 21. April, dem Tag der Entscheidung, treten auch die indischen Zuckerrohrarbeiter unter der Führung des charismatischen Georges Weekes in den Generalstreik. Williams verhängt den Ausnahmezustand und lässt alle Führer der NJAC verhaften, Lieutenant Shah und Lassalle meutern in Teteron und setzen sich in Richtung Hauptstadt in Bewegung. Gleichermassen die indischen Arbeiter aus dem Süden.«

»Sie sagten, Sie seien längere Zeit Regierungsberater in Trinidad gewesen«, unterbreche ich.

»Ja, Williams Beraterstab war sehr gross und wechselte von Monat zu Monat. Auch Ihr Grossvater Budri sass zuweilen an der Präsidententafel, ebenso sein Freund Bhadase Maraj. Ausgerechnet 1970 aber wurde ich von Williams nicht eingeladen.«

»Sie kannten also meinen Grossvater näher?«

»Nein, nur flüchtig«, sagt Baragan und starrt in sein Glas. »Ich weiss leider nichts Genaueres über ihn. Das alles liegt so lange zurück, dass ich mich auch gar nicht mehr daran erinnern kann.«

»Wann und unter welchen Umständen haben Sie eigentlich meinen Vater kennengelernt?« hake ich immer misstrauischer werdend nach.

»Nachdem die Revolution am 22. April von williamstreuen Truppen beendet worden war, ging das Bild eines Mannes durch alle Zeitungen, der sein Gedächtnis verloren hatte. Ich erinnere mich deswegen so genau an das Datum, weil es ein historischer Tag war. Niemand in Trinidad, der diesen Tag erlebt hat, wird ihn jemals wieder vergessen. Es war der Tag, an dem das Schicksal des Landes entschieden wurde.«

»Aber jetzt wollten Sie mir doch von Ray berichten!«

»Seien Sie bitte nicht allzu ungeduldig. Ich komme zur Sache. Ihr Vater gehörte der indischen Gemeinde in Trinidad an. Folglich müssen Sie wissen, wie es damals, nach der Niederschlagung der Revolution, um die Inder bestellt war. Ich erinnere mich in diesem Zusammenhang an diesen Mann in der Zeitung. Zwar wusste er noch, wo er wohnte und wer er war, er konnte hervorragend Auto fahren, Büchsen öffnen, aber er hatte keine Ahnung mehr, was sich die letzten Wochen während der Revolution abgespielt hatte. Der Mann war das Tagesgespräch. Er wurde zum Symbol des Vergessens, das die Regierung Williams über das Geschehen der letzten zwei Monate verhängte. Braune, gelbe und schwarze Bürger hatten den Geruch der Freiheit, Gleichheit und Brüderlichkeit gerochen – und nun sollten sie alles wieder vergessen. Der Mann war eine Art Volksheld, bis man dann auch ihn vergass.«

Baragan bestellt noch einen Drink. Offenbar ist das, was er mir erzählen will, unangenehm. Vielleicht sollte ich ihn bitten, hier abzubrechen. Leonie hat mich gewarnt. Aber Baragan redet weiter:

»Ich sehe die Frontseite des ›Trinidad Guardian‹ noch genau vor mir: es war ein grossgewachsener Inder, der beide Hände erhoben hatte, als würde er beten oder um etwas bitten. Eindrücklich. Sein Gesichtsausdruck war verwirrt. Es war, als spiegle sich in diesem Gesicht all die Verwirrung, die die indische Gemeinde befallen hatte. Wer waren sie denn neben diesen Schwarzen, die die alleinige Macht für sich gefordert hatten? Konnten sie weiter gemeinsam mit diesen Schwarzen auf der Insel leben? – Ich hatte dieses Bild vor mir und wusste, dass ich mich um diesen Mann kümmern musste. Ich hatte keine Wahl mehr. Es war mein erster Schritt zu Gott.«

Vor meinem Blick beginnt sich plötzlich alles zu verschleiern. Ich rutsche vom Hocker, aber unter meinen Füssen ist der Boden pappeweich. Selwin Baragan redet weiter von Gott, als würde es mich nicht geben.

»Ist Ihnen nicht gut?« fragt er mich. »Erlauben Sie mir die Bemerkung, dass Sie ziemlich bleich sind. Vielleicht sollten Sie einen Tee bestellen.«

Trotzig leere ich mein Whiskeyglas in einem Zug und bestelle noch eines. »Es muss etwas Bestimmtes passiert sein, das ihm die Sprache – ja den Verstand – geraubt hat.«

»Ray hat mir unsäglich leid getan«, sagt Baragan unsicher, indem er mich nicht aus den Augen lässt. »Wir lebten einige Zeit zusammen, bis sich sein Zustand so weit verbessert hatte, dass er nach London zurückkehren konnte. Da hat er kurz darauf diese spanische Filmschauspielerin geheiratet und weitere Kinder gehabt. Aber sein Zustand war seit jenem Tag der Katastrophe instabil. Später wurde er wieder von seinem Trauma eingeholt und verschwand für Wochen in der psychiatrischen Klinik. Die Frau hat sich dann von ihm losgesagt.«

»Und wie haben Sie's geschafft, dass sich sein Zustand wieder verbessert hat?« frage ich zungenschwer. »Und was ist nun mit seinem Vater Budri, da wollten Sie doch noch was dazu sagen. Und all das Geld, das es in dieser Familie gab, wo kam das hin? Er war ja maus-, maus . . .«

»Sollen wir das alles nicht morgen besprechen, Robert?

Auf einem Spaziergang, nur wir zwei. Was halten Sie davon, wenn wir uns nun schlafen legen? Vergessen Sie nicht, dass einen die Höhenluft stark angreift. Und Sie sind ja erst seit vier oder fünf Tagen hier.«

Da fällt mir zuletzt wieder die Frage nach den Hotelkosten ein, und ich lehne mich vor, kriege aber kein verständliches Wort mehr über die Lippen.

»Hat Evril bekommen«, sagt er und senkt seinen glasigen Blick auf seine Schuhe. »Evril, eine bildschöne, äusserst verführerische Frau – sie war sozusagen die Nachfolgerin Ihrer Grossmutter Olive. Evril war Budris zweite Frau, Sie war –«, sagt er melancholisch.

Aber ich kann Baragans Gesicht nicht mehr richtig erkennen und suche den Weg zur Toilette. Auf dem Weg dorthin stosse ich auf die Wildererimitation. Eine unsägliche Wut erfasst mich, und ich packe den Kerl irrtümlicherweise bei den Schultern. Sanft bugsiert er mich in die Toilette. Diese ist gross, hell erleuchtet und mit weissen, blankgeputzten Kacheln ausgestattet. Wie ein Ballsaal. Während ich mich erleichtere und erfrische, wirbeln mir Baragans Worte weiter durch den Kopf. Wie hat er Budri kennengelernt, warum redet er plötzlich von Evril, was spielt die überhaupt für eine Rolle? Wie kam er dazu, sich Rays anzunehmen? Und vor allem: Was ist damals in jenem April mit Ray geschehen? Warum war er nicht in London, sondern in Port of Spain?

Als ich einigermassen nüchtern mit meinen Fragen zur Bar zurückkehre, ist Baragan verschwunden. Ich lasse auf seinem Zimmer anrufen, aber da meldet sich niemand. Dagegen erinnert sich der Mann an der Rezeption, gesehen zu haben, wie er mit Hut und Mantel draussen im Schneegestöber verschwunden sei. – Ich gehe an die Bar und trinke noch ein paar Tassen Tee, bis Navira zurückkehrt.

Zusammen gehen wir auf ihr Zimmer, wo sie ohne Umschweife den Computer anwirft. Sie setzt sich von mir abgewandt ans Fenster, von wo aus sie den Schneefall im Auge hat. In der Zwischenzeit muss ich ihre E-Mail-Box öffnen. Neben den üblichen Werbesendungen ist da auch eine Meldung von einem, der sich »Öse« nennt. Öse wie Böse oder Haken – offenbar hat's der Kerl mit Nutzgegenständen. Ich öffne die Nachricht, und eine rechtsradikale Seite springt mir entgegen. Ich lese Navira zwei, drei Sätze daraus vor, dann lösche ich die Post.

»Ich hab's gewusst«, sagt sie entsetzt. »Er wird jetzt weiter in meinem Postkasten herumwüten.«

Ich nehme sie in die Arme und atme den wüstenzimtbraunen Geruch ihres Körpers.

»Du hast viel getrunken, nicht wahr, Robert? Dein Körper fühlt sich schwer an. Hat Baragan ausgepackt?«

Ich nicke.

»Hast du deine Frau angerufen?«

»Nein, die Leitung war besetzt.«

»Wann wirst du sie anrufen? Morgen? – Ruf sie bitte nicht an, solange ich noch bei dir bin.«

»Willst du weg?«

»Ja, ich sehe jetzt ein, dass es ein Irrtum war, mit dem Computer aus der Welt zu flüchten. Lange habe ich geglaubt, ich könnte mich im Netz vervielfältigen und mich von meiner Orientierungslosigkeit ablenken. Ich könnte einen fehlenden Finger zu einem Symbol aufladen und dann darüber das Rätsel meines Leben lösen. Jetzt weiss ich, dass es darauf ankommt, wo ich bin. Ich meine, es ist wichtig, dass nicht nur mein Geist irgendwohin reist, sondern dass der Körper dabei ist. Ich will mittendrin sein – komm, küss mich, gib mir deine Zunge, Robert.«

Und sie küsst mich lange und intensiv, als wäre es das letzte Mal. Lässt mich nicht los, während wir weiterreden.

»Du hast Recht, obwohl es mit der Frage der Realität nicht so einfach ist. Deine Gefühle, deine Wünsche, deine Sucht beim Chatten waren ja echt.«

»Echt und trotzdem falsch. Es waren meine Wünsche, die mich meinen Körper vergessen liessen. Ich bin frei, so frei, dass ich mir im Augenblick alles vorstellen kann. – Komm, küss mir meine Schenkel, ich habe Lust auf dich. Ich bin dir gefolgt in dieses Märchenhotel, diese Kulisse meiner Wünsche, weil ich etwas herausfinden wollte. – Ja, zieh mir den Pullover aus, küsse meine Haut, wo immer du willst, Robert. Denn ich muss weg, das Waldhaus hilft mir nicht.«

»Aber du kannst mich doch nicht jetzt allein lassen, mit Ray und Baragan.«

»Hast du erfahren, was du wissen wolltest?«

»Die Spur führt zurück zu den Geschehnissen 1970 auf Trinidad. Ray war da während eines Aufstandes der Black Power. Aber Baragan hat mir erst einige wenige Steine zu diesem Puzzle gegeben. Wäre ich nicht plötzlich so nervös gewesen und hätte soviel gesoffen, Navira, sässe ich jetzt noch immer bei ihm und könnte ihm zuhören. Aber morgen werde ich ihn wieder sprechen.«

Sie streicht mit ihren Brüsten über meinen Bauch, so dass mir schwindlig wird.

»Ray macht nicht wirklich Fortschritte. Ich bin mit meinem Latein am Ende.«

»Was ist denn eigentlich mit deiner Mutter, Robert? Die sitzt doch nur einige Stunden von hier in ihrem Haus.

Gibt es einen Grund, dass wir nicht mit Ray dahin fahren? Es wäre die letzte Möglichkeit.«

»Ich bin sicher, dass meine Mutter Ray nicht empfangen wird, geschweige denn, ihr Schweigen bricht.« Aber Navira insistiert.

»Also gut«, sage ich ohne Überzeugung, »lass uns morgen zu meiner Mutter fahren, nachdem ich beim Frühstück mit Baragan geredet habe. Es wird mit Sicherheit in einem Desaster enden. Aber du hast recht, was können wir sonst noch tun, um Ray näher an seine Vergangenheit zu bringen.«

»Aber jetzt küss mich lange, Robert, so dass ich dich nie vergessen werde. Stell dir vor, wir befinden uns in einem indischen Tempel mitten im Dschungel an einem blauen Wasserbecken im vierzehnten Jahrhundert, ich bin deine nackte Dienerin und komme zu dir –«

»Warum Indien? Warum das vierzehnte Jahrhundert?« frage ich.

BETONHAUS

Am nächsten Morgen liegt von Selwin Baragan ein Briefchen an der Rezeption, in dem er sich für seine vorzeitige Abreise entschuldigt. Er habe dringende Geschäfte. Leider könne er mir auch nicht weiterhelfen. Gott, schreibt er, habe so entschieden. Wer an Gott zweifle, den schlage er mit Wahnsinn. Gott solle mich und meinen Vater schützen. Er werde sich melden, wenn er zurück in London sei.

Die Rechnung für unsere zwei Hotelzimmer hat er beglichen!

Wir setzen auf unsere letzte Karte, mieten einen Nissan und kurven nach dem Frühstück über den Julierpass. Schneehaufen, doppelt so hoch wie unser Auto, säumen die Strassenränder, von den Dächern tropft Schmelzwasser.

»Helen und du, wurdet ihr in der Schweiz geschieden?« frage Navira.

Ray schweigt.

»Hast du mich im Wynental aufgesucht, hast du überhaupt je nach mir gesucht?« frage ich.

Kopfschütteln. Er knirscht mit den Zähnen.

»Findet ihr diese heroische Schneelandschaft nicht einmalig«, lenke ich ab, denn ich werde ja möglicherweise vielleicht bald mehr erfahren.

Auf der Raststätte hinter Chur übergebe ich das Steuer an Navira. Rückwärts prescht sie aus der Parklücke und stösst mit einen alten Toyota zusammen. Fäustefuchtelnd entsteigen diesem vier Tamilen, die in gebrochenem Schweizerdeutsch Navira anschreien, die ihrerseits – streitlustig – auf englisch zurückgibt. Ray schlägt solidarisch mit dem Krückstock gegen's Wagenfenster, so dass wir uns im Nu auf einer südindischen Strassenkreuzung befinden, umringt von Eseln, Affen und Händlern, die Füsse tief im Kuhdung.

Als die ersten Einheimischen mit Plastiktaschen vorbeischauen, endet der Streit abrupt. Die Tamilen begnügen sich mit Reparaturgeld, und schon fahren wir weiter, setzen eine Stunden später in waghalsigen Schlaufen über den Hirzel.

»Hat es viele von unseren Brüdern in der Schweiz?« fragt Navira.

»Viel zu viele!« sage ich lachend.

»Ist die Schweiz denn ein Einwanderungsland, hattet ihr Kolonien?«

»Nicht offiziell. Aber die ersten Einwanderer kamen – oder wurden Anfang der sechziger Jahre ins Land gerufen. Italiener, die auf dem Bau arbeiteten. Als ich ein Bub war, sah ich die ersten fremdländisch aussehenden Männer in Unterleibchen auf den Baustellen arbeiten. Immer standen sie vor aufgerissenen Löchern und immer schwitzten sie, bis die Löcher noch grösser waren. Wenn ich mit meiner Mutter einkaufen ging, sassen sie im Vereinslokal hinter beschlagenen Fensterscheiben, rauchten und assen Spaghetti. Die Schweizer waren davon überzeugt, dass sie nicht nur Pasta, sondern auch die Singvögel von den Bäumen assen und jedes einheimische Mädchen rumkriegen wollten. Man nannte sie ›Bananenbeuger‹ und ›Tschingge‹.«

Ray zieht mit den Fingern seine Augen zu einem Schlitz.

»Richtig, die ersten Ausländer, die du wahrscheinlich schon in den fünfziger Jahren getroffen hast, müssen Tibeter gewesen sein.«

Ray zeigt auf seine Hände.

»Hast du mit den Händen gearbeitet?«

Er »zerschneidet« mit der einen Hand die andere.

»Die Hände in der Fabrik aufgeschnitten, ja?«

Er nickt und lacht.

»Wann war das?«

»1810«, schreibt er auf den Block.

»Ich halte dieses Durcheinander in seinem Kopf nicht mehr aus«, stöhne ich. »Seine Erinnerungsfetzen ergeben keinen Sinn. In seinem Kopf sind nur Ruinen, Abbruchstellen, Löcher und zerbrochene Synapsen.«

Ray ist beleidigt und schlägt mich mit dem Stock.

»Der Weg zum Schloss«, doziert Navira, »liegt voller

Trümmer. – Aber ich kann mir gut vorstellen, wie er an seinem Stöcklein karibisch durchs Dorf tanzte. Sicher ist er noch um einiges mehr aufgefallen als die Italiener.«

Die Italiener, erinnere ich mich, wurden schnell unauffällig. Sie waren auch selten allein anzutreffen, sondern klebten immer gemütlich in familienähnlichen Verbänden zusammen. Samstags rührten sie in den Polentatöpfen und reinigten ihre Fahrräder, als wären's Zahnprothesen.

»Im Grunde genommen«, sage ich, »waren die ersten Immigranten doch wie aus dem Schaum einer eidgenössischen Wunschvorstellung geboren; sie waren sauber, sparsam und vermischten sich nicht. Nur begingen sie das Verbrechen, dass sie jeden sauer verdienten Franken ihren Verwandten in Italien schickten.«

»Italien war also doch eine Art Kolonie der Schweiz?«

Ich muss lachen. Naviras Frage rückt die Schweiz und ihre Geschichte weit weg. In Naviras Weltvorstellung gibt es nur Kolonien. Das alte Indien, das Commonwealth und natürlich das Zentrum, die ehemalige Weltmacht England.

»Im Vergleich zu den hartgesottenen Kriegsflüchtlingen aus dem ehemaligen Jugoslawien erscheinen mir heute die Italiener wie Mustereidgenossen. Seltsamerweise«, sage ich und halte mich am Türgriff fest, da Navira rasant in die Kurve geht und dann auf der falschen Strassenseite weiterfährt, »haben die Schweizer ihre Identitätssuche stets mit der Ausländerfrage verknüpft.«

Auf Naviras Bemerkung, auch die Engländer hätten die Einwanderer aus den ehemaligen Kolonien nicht verdaut, fällt mir der Zeitungsausschnitt über Ray ein. Auch in der Schweiz gab es genügend rassistische Attacken. Vor allem aber wird man mit Blicken verfolgt, die sich einem wie Fragezeichen an den Rücken heften.

»Ein Nationalrat Schwarzenbach hat bereits in den siebziger Jahren Überfremdungsinitiativen lanciert, in denen gegen alles Fremde gehetzt wurde. Vor der Volksabstimmungen wurde der Rassismus regelrecht erzeugt, ich spürte das am eigenen Leib.«

Bei Rotkreuz nehmen wir die Ausfahrt und biegen auf eine Landstrasse ab. Hier liegt der Schnee teilweise noch auf der Fahrbahn, ist zu Pflotsch geschmolzen.

»Pflotsch«, sage ich auf Schweizerdeutsch.

»Was sagst du, ist dir übel?« fragt Navira. Sie macht ein verbissenes Gesicht und kaut an ihrer Unterlippe. Das Fahren auf der rechten Strassenseite hat sie erschöpft, so dass wir bald auf den Parkplatz einer Landkneipe abbiegen. Wir helfen Ray beim Gehen und betreten das Restaurant zum Bären. An den Tischen sitzen Bauern beim Jass, rauchen und süffeln Kaffee mit Kräuterschnaps. Wir lassen uns inmitten des einheimischen Pulks nieder, geben der Kellnerin mehrmals ein Zeichen, aber werden geflissentlich übersehen. Drei falsche Inder, denke ich, ich hätte es wissen müssen. Feindseligkeit schlägt uns entgegen: Wenn man uns rauswerfen könnte, würde es auf der Stelle geschehen. Die Wand hinter uns ist mit einem grossformatigen SVP-Plakat dekoriert, auf dem zu lesen ist: »Wollt ihr fremd werden im eigenen Land?«

Ich gebe mir einen Ruck und stapfe zur Theke. Hinter mir fällt ein Glas zu Boden und zerspringt. Meiner Standfestigkeit ist es zu danken, dass ich ein Tablett mit drei Kaffees an den Tisch bringe. Wie in einem Western tänzle ich durch die Reihen der Bauern und spüre ihre Gewehrläufe im Rücken.

»Irgendwie ist es hier nicht sehr entspannt«, sagt Navira.

»Die ertragen höchstens einheimische Italiener, bestenfalls noch schnauzbärtige, assimilierte Türken«, flüstere ich, »aber nicht drei solch schräge Vögel, wie wir es sind. Immer ist das Boot voll«, fahre ich fort, da ich keineswegs vorhabe zu schweigen, »immer wird einem das Gefühl gegeben, es sei nicht genug Platz für einen da. Zuwenig Tische, zuwenig Arbeitsplätze, zuwenig Wohnungen. Eine der ersten Überfremdungsabstimmungen 1974 lief unter dem Motto, dass man die Heimat vor den Ausländern schützen müsse. Mein Gott, Navira, wie kann man die Heimat schützen, da sie doch jedermann gehört. Jeder hat eine Heimat für sich, die kann man ihm doch nicht wegnehmen. Aber die Bauwirtschaft verhinderte, dass man die Einwanderung zahlenmässig einschränkte. Wenn der Schweizer vom Ausländer profitiert, dann ist er willkommen. Wie Neil, der gute Schamane im Sechstausendseelendorf. Solange er gute Diagnosen stellte, war er willkommen. Sogar seine Einbürgerung ging dank einflussreichen Fürsprechern reibungslos vonstatten. Und ebenso verhält es sich im Gastgewerbe. Wenn's die jugoslawischen, italienischen, bosnischen Serviertöchter nicht gäbe, könnten solche Kneipen wie die hier sofort dichtmachen«, rufe ich, wie immer Englisch sprechend, so dass sich einige Bauern empört nach mir umsehen.

»Wenn du deinen Redefluss nicht eindämmst, my dear, werden wir hier noch Prügel kriegen. Wie in Brixton, Liverpool oder Manchester. Was regst du dich denn so auf!«

»Die Türken«, rufe ich provozierend in den verqualmten Raum, »die waren ja nie so lustig wie die Italos. Die Kopftücher der Frauen erinnerten die Eidgenossen an die in der

Armee gebrauchten Tarntücher für Panzerhaubitzen, die Schnurrbärte der Männer an Brüderchen Stalin. Wenn das keine Bedrohung der eigenen Kultur ist! Wie bringt man einer Türkin das Alphornblasen bei, wie einem kriegsversehrten Kosovo-Albaner den richtigen Umgang mit dem Kehrichtsack! Das hat ja schon meinen Stiefvater angegriffen. Da die SVP in den Feldern rings um die Betonburg xenophobe Plakate aufstellte, steckte er seinen Kopf immer mehr in den Sand und nahm die Bevölkerung nur noch als Patientenstamm wahr. Nie hat er sich gewehrt; hat man ihn angepöbelt, so lächelte er zurück, wie Gandhi.«

Ich stehe auf, greife kurz nach meinem Revolver im Halfter und bahne mir kaltblütig einen Weg zur Theke. Der Saloon ist nun vollbesetzt, man lauert auf eine falsche Bewegung von mir. Heimlich richten sie ihre Gewehrläufe auf mich. Schnarrend und gleichzeitig die Meute nicht aus den Augen lassend, bestelle ich am Tresen zwei Doppelte. »Du doppelte Whiskey wollen?« fragt der Kosovaner ungläubig. – »Doppelte Espressi und eine heisse Schokolade«, flüstere ich.

Als ich zurückkehre, hat sich Ray wieder in die Hosen gemacht. Wir schieben ihn im Kugelhagel der feindlichen Blicke zur Toilette. Ray, von seiner Unzulänglichkeit schwer gekränkt, hebt beide Arme zur Kapitulation.

»Frische Hosen«, sage ich, »dann geht's dir wieder besser.«

Auf dem Parkplatz erwartet uns eine Polizeistreife. Zwei Korporale begutachten unseren gemieteten Nissan. Einer reibt die Scheiben vom Eis frei und späht ins Wageninnere, um dort Drogen, Waffen und Bomben zu finden. Der andere klopft mit dem Handknöchel gegen das Chassis. Wir schauen ihnen gelassen zu. Sofort fordern sie mich auf, meine Wagenpapiere zu zeigen. Reden mich in gebrochenem Englisch an, was besonders Navira amüsiert. So umständlich wie möglich hole ich die Papiere aus dem Handschuhfach und überreiche sie den Beamten. Dabei rede ich weder Englisch noch Deutsch, sondern befleissige mich einer raren Mischung aus Urdu und Suaheli.

»Yurgüli menoz kumuratarive«, sage ich und forme mit meinen Händen eine griechische Vase, eine Urne, eine orientalische Kuppel.

Der kleinwüchsige Beamte wehrt lächelnd meine Figur ab.

»Frog sie mol, woheer si eigentli chöme«, sagt der längere Beamte. »Dije charre do eifach so im züüg ume, gottverdammi.«

»Die sieche chönne sicher gar niit fahre. Solli no a streife afordere?«

»Hergarati bumarang«, rufe ich erschrocken.

»Hesch gseh, der schiist jo et Hose for angscht. Het er e waffee, hesch emol gluegt gopferdammi hueresiech. Wenn de a waffe het, denn hämmers gschenk.«

Der eine der Beamten weist nun auf Navira, die sofort beide Arme hochreisst und ruft: »Dont shoot me, I'm innocent.«

»Wahet die Wachtle gmeint?« fragt er und weicht verunsichert zurück.

Nun reiche ich dem Beamten meinen Führerschein, der mit meiner Basler Wohnadresse versehen ist, und sage:

»Mer würde gärn wiiterfahre, s'isch nämli sauchalt.«

Und im Nu sitzen wir alle drei wieder im Wagen. Die Beamten winken uns nach, erfreut darüber, dass es einen Schweizer mehr auf der Welt gibt.

»Diese Sprache, als würden sie einem mit einem langen Fingernagel auf der Haut kratzen. Und wie die gestarrt haben. In England wird man wenigstens visuell in Ruhe gelassen.«

Das kenne ich. Schon als Kind bin ich in meinem Heimatdorf aufgefallen und angestarrt worden. Ich war die einzige Ausnahmenummer, wenn man von einem Jungen mit melonengrossem Wasserkopf absah. In dessen Kopf, davon war ich überzeugt, rumorten nur Zahlen, mit denen er wunderbar jonglieren konnte. Auch er hiess Robert, sass aber ungelenk und müde in seinem Rollstuhl und war kaum ansprechbar. Beide waren wir wie Tiere im Dorfgehege, die mit neugierigen Blicken wie mit Schoggistengeli eingedeckt wurden.

Mir aber rief man immer wieder hinter den Gartenzäunen »Negerchen, Negerchen« zu. Erst mit dem Auftauchen der Tamilen, der ersten farbigen Zuwanderer, wurde ich das »Negerchen« los. An die Stelle der neugierigen und aufdringlichen Blicke trat nun eine feindselige Gleichgültigkeit. Ich verlor von einem Jahr aufs andere meine Auffälligkeit, man verrenkte sich nicht mehr den Hals nach mir. Aber bald gingen die ersten Asylantenheime in Flammen auf, Tamilen wurden verprügelt, und einige kamen zu Tode. Die anderen verschwanden in den Küchen der Gourmetrestaurants.

»Zeitlebens«, nehme ich den gekappten Faden wieder auf, »habe ich den Ausländerdarsteller gegeben. War für die einen der Türke, für die anderen ein Spanier, ein Marokkaner oder sonstwas. Jede Schlagzeile in den Boulevardblättern, die die Stimmung anheizte, bekam ich als verstärkte Abneigung gegen mich zu spüren. 1993 wurde die ›Eidgenössische Volksabstimmung über das Antirassismusgesetz‹ angesetzt, Navira. Ich schrieb mir den Wortlaut der Vorlage ab und klebte ihn an die Klotüre: ›Wer sich der rassistischen Hetze oder Diskriminierung, der Leugnung oder Verharmlosung von Völkermord oder anderer Verbrechen gegen die Menschlichkeit schuldig macht, wird strafbar.‹ Nun ja, ich war der festen Überzeugung, das Gesetz würde mich von nun an schützen. Bisher hatten mich Rassisten beleidigt, ohne dafür belangt zu werden. Lehrer hatten mich schikaniert, ohne dass ich gegen sie etwas machen konnte. Nun würde, redete ich mir ein, das Gesetz das Schlimmste mildern und die Leute sensibilisieren. Das Gesetz würde vielleicht keine Straftat verhindern, aber es würde einen Übergriff als kriminellen Akt kenntlich machen. Glaubt mir, ich atmete auf und griff mir gleichzeitig an den Kopf: Zum ersten Mal war ich, ein alter Anarchist, innerlich auf der Seite des Gesetzes.«

»Ich wollte, es gäbe in England auch so ein Gesetz«, meint Navira. »Erinnerst du dich an den Zeitungsausschnitt über Ray? Genau in einem Fall wie diesem hätte es eines solchen Gesetzes bedurft.«

»Hört mir weiter zu: Die vaterländische Gruppe ›Trumpf Buur‹ schaltete Inserate in den Zeitungen, in denen bei Annahme des Gesetzes der Untergang der abendländischen Kultur suggeriert wurde. Es meldeten sich der Verein ›Schweizer Identität‹, die Gruppe ›Vaterländische Gesinnung‹, sogar ein ›Abendland-Komitee‹ und natürlich die ›Schweizer Demokraten‹ zu Wort. Dann kam der Tag der Abstimmung, ich sass mit Neil und Wilderer vor dem Fernseher und wartete auf die Resultate. Wilderer im ausgefransten Morgenmantel, der Ersatzsohn, der mit seinem Ersatzvater über Politik debattierte. Schliesslich wurden die Abstimmungsresultate bekanntgegeben: Wilderer rauchte nervös. Immer mehr Ja-Stimmen wurden gebucht, und ich freute mich, dass das Gesetz angenommen wurde. Meine Freude aber wurde von Wilderer nicht geteilt. Als er sich äusserte, zitterte seine Stimme, als breche etwas lange Gestautes aus ihm heraus. Dann konnte er sich nicht mehr halten und wetterte offen gegen das Gesetz. Schimpfte auf die Dreckjugoslawen und Scheisstürken. Seine Zigaretten verglommen eine neben der anderen im Aschenbecher. Ich traute meinen Ohren nicht. Neben dem zwei Meter grossen Wilderer im Morgenmantel ins Sofa sinkend, nickte Neil unentwegt. Und erhob zuletzt selber laut das Wort gegen das Antirassismusgesetz.

Das war der Augenblick, wo ich mir nicht länger in die Tasche lügen konnte. Ich begriff, dass ich durch den rassistischen Wilderer ersetzt worden war. Dass ich zum zweiten Mal meinen Vater verloren hatte.«

»Was ist mit Ray los!« unterbricht mich Navira plötzlich.

Röchelnd sitzt Ray im Fond und hat auf sein Hemd erbrochen.

»Warum regst du dich so auf? Weil Robert dauernd von Neil erzählt?«

Nachdem wir den Rücksitz gesäubert und Ray ein Medikament verabreicht haben, fahre ich weiter.

Nach Muri nehmen wir die Verzweigung über die Hügel in Richtung Seetal, vorbei an den imposanten, jetzt leerstehenden Stumpenfabriken.

»In der Villiger-Zigarrenfabrik hat mein Grossvater Eddi gearbeitet«, erkläre ich. »Hat für einen Hungerlohn ein Leben lang geschuftet.«

»Ist das das Dorf, in dem du aufgewachsen bist?« fragt Navira. Ich nicke und wecke Ray und frage ihn, ob er das

Dorf wiedererkenne. Ray schaut lange hinaus, aus weiten Traumfeldern in das bekannte, fremde Wynental zurückkehrend. Dann lächelt er.

»So glücklich hast du schon lange nicht mehr ausgesehen, alter Mann«, sage ich. Ich fahre den Wagen auf einen Parkplatz, von dem aus man das Betonhaus sehen kann. Die Westfassade mit den Fenstern und dem Eingang zur Arztpraxis. Ray beginnt mit dem Bleistift zu kritzeln. Einen Buchstaben, zwei Buchstaben, dann kehrt er zum ersten zurück und korrigiert mühevoll die Striche. Am Schluss hat er ein halbes Blatt vollgekritzelt. Nichts davon ist entzifferbar. Ich erschrecke über seine Schrift. Zusammenhängende Buchstaben, die sich unmerklich aus der Horizontalen lösen und dem rechten Seitenrand zuschweben. Er ist ein Optimist, denke ich zuerst. Doch dann fällt es mir wie Schuppen von den Augen: Das hier ist die Schrift eines Haltlosen, die Buchstaben fliehen den Boden und entgleiten nach oben ins Nichts.

»Warum fährst du nicht weiter?« fragt Navira.

Benommen starre ich auf das Betonhaus. Warum sind wir hier? – In meiner Vorstellung starte ich und fahre los. Wenige Dutzend Meter nur und lasse den Wagen neben der Haustüre ausrollen. Ich helfe Ray aus dem Sitz, reiche ihm die Krücken – und da tritt meine Mutter aus der Türe. Beide mustern sich und beginnen schliesslich miteinander zu reden. Das heisst, meine Mutter redet – und Ray fuchtelt.

Irgendwie bringe ich sie so in meiner Vorstellung zusammen. Damit sie sich endlich aussöhnen können. Damit meine Mutter das Gespenst, das Ray für sie gewesen ist, endlich vergessen und sich mit ihrer Vergangenheit aussöhnen kann. Und natürlich stehe ich in meiner Vorstellung daneben, wie das Kind von drei Jahren, das ich damals, als sie sich getrennt haben, gewesen bin. Das nicht nur ein zufälliger Gast, sondern das Kind zweier Eltern sein wollte. Das gerne eine Brücke, wenn man so will, ein Ton im Dreiklang, ein Echo in beider Gehör gewesen wäre.

Plötzlich wird mir bewusst, warum ich mich innerlich gegen diese Fahrt gesträubt habe: Diese Begegnung kann nur schiefgehen. Denn meine Mutter wird diesem Mann um keinen Preis der Welt die Hand schütteln. Sie wird kein Wort zu ihm sagen. Sie wird ihn so verfluchen, wie sie es immer getan hat.

Diese Begegnung gibt es nur in meinen Wünschen. Einzig dieser lebenslange, absurde und tief in mir steckende Wunsch hat uns hierherfahren lassen. Dieses kindliche Verlangen hat meine Vernunft völlig übertölpelt.

»Warum zögerst du, Robert? Hast du deine Mutter nicht angerufen? Sie wird uns doch erwarten?«

»Niemanden habe ich angerufen. Und ich werde auch niemanden anrufen. Das alles ist ein Irrtum, wir stecken in einer fürchterlichen Sackgasse.«

»Willst du etwa wegfahren, ohne dass wir an der Türe geklingelt haben?«

»Ja, genau das möchte ich.«

Gerade als ich den Wagen starte, um von hier abzuhauen, tritt meine Mutter aus dem Haus. Sie setzt sich in den senfgelben Saab und fährt in unsere Richtung los.

»Aufgepasst jetzt, Ray!« ruft Navira. »Robert, gib ihr ein Zeichen, damit sie stoppt.«

Aber ich sitze wie gelähmt da und schaue, wie meine Mutter an uns vorbeifährt. Konzentriert blickt sie auf die vereiste Strasse, ohne uns zu bemerken.

»Mein Gott, warum sitzt du einfach nur da, Robert!« seufzt Navira.

»Ich kann nicht. Hast du diesen harten, entschlossenen Zug in ihrem Gesicht gesehen? Dieser Mund wird sich nie öffnen, glaub mir.«

»Und Ray?« ruft Navira.

Ray sah das ihm entgegenfahrende gelbe Auto mit der darin sitzenden, um vierzig Jahre gealterten Frau und hat überhaupt nicht reagiert.

»Ray hat Helen nicht wiedererkannt!« sage ich zitternd. In mir drin tobt der jahrzehntelange Widerstand gegen die Lüge, meine alte Ohnmacht.

Navira umarmt mich, damit ich vor Enttäuschung nicht auseinanderfalle. Aber Ray kann ich nicht helfen. Er hat die Frau gesehen, ohne sie wiederzuerkennen. In seinem Kopf herrscht ein solches Durcheinander, dass er das Puzzle nicht hat zusammensetzen können.

»Er kann sich nicht vorstellen, wie Helen heute aussieht, und erwartet noch immer die junge Frau, die er damals in Trinidad gekannt hat. Dein Vater lebt wie in einer Zeitkapsel, Robert.«

Mein Vater wird mir immer rätselhafter. Nichts von dem, was ich bei ihm erwarte, trifft ein. Seine Aufmerksamkeit liegt nicht bei dem, was für mich wichtig wäre. Er kommt mir nicht näher. Ich begleite einen Mann, der sich weigert, mein Vater zu werden. Der nicht der Mann sein will und kann, dessen Erinnerungen ein Präludium meiner Geburt sind. Ich kann mit Ray nicht mehr teilen als die Gegenwart. Die Vergangenheit ist eine Nacht, in der er mir immer wieder entschwindet.

Im fahlen Licht des hereinbrechenden Abends fahren wir durch das Dorf, vorbei am sandsteinfarbenen Gebäude meiner Primarschule. Wir wollen nun direkt zum Flughafen, um dort zu übernachten und morgen den Flug zurück nach London nehmen. Zurück ins Thomas More Asylum, zurück zu den spuckenden Alten, zurück zu Gomez. Da tritt mir im Dämmerlicht der Turm der Kirche entgegen, der mir seit meiner Kindheit vertraut ist.

»Lass mich einen Augenblick aussteigen und eine Zigarette rauchen«, sage ich zu Navira. »Lass den Wagen laufen, damit ihr es warm habt.«

Dann stehe ich auf dem leeren Platz vor dem Eingang der Kirche, in der ich getauft wurde, als mich unerwartet das Begräbnis von Neil einholt. Als wäre es erst gestern und nicht vor vier Jahren gewesen, sehe ich das gerötete Gesicht des Gemeindevorstehers vor mir, den haarlosen Schädel des Schreibwarenhändlers, die verquollenen Augen der Bäckersgattin. Es war an einem Apriltag gewesen, als ich zusammen mit Leonie die Dorfkirche betreten hatte. Die auf dem Vorplatz versammelten Regenmäntel wirkten wie eine Persiflage aus einem französischen Studiofilm. Elf Uhr, die Kirchenglocken gaben das Signal für den Beginn der Zeremonie, und die vielköpfige Trauergemeinde suchte nach Taschentüchern.

In der Kirche leuchteten als einzige helle Quelle die farbigen Fenster. Während der Pfarrer seine Rede mit dem bekannten ersten Korinther »Glaube, Liebe, Hoffnung« ansetzte, studierte ich das Leuchten dieser farbigen Kirchenfenster. Ich kannte sie seit meiner Kindheit; ich war in dieser Kirche getauft worden. Das Licht der getönten und bemalten Scheiben strahlte auf mich wie ein Durchgang in eine andere Zeit. Die Strahlen trafen einen Knabenkörper, nicht älter als fünf, vielleicht sechs Jahre alt.

Ich versuchte mich auf die Gesichter der Dorfleute zu konzentrieren. Waren ihre Trauermienen ehrlich oder nur gespielt? Was verband sie mit dem Toten? Vermissten sie einfach nur ihren Arzt? Kannten sie auch seine Herkunft und seine Geschichte – gab es einen unter ihnen, der sich noch an Ray erinnerte?

»Wir alle fallen«, rezitierte der Pfarrer ein Rilkegedicht, »diese Hand da fällt. Und sieh dir die andre an: es ist in allen. Und doch ist einer, welcher dieses Fallen unendlich sanft in seinen Händen hält.«

Die Kälte kriecht mir unter die Kleider, es wird dunkler und unwirtlicher. Ich stecke mir noch eine Zigarette an. Damals trat die Sonne kurz hervor und die Kirchenfenster leuchteten heftiger, als käme ihr Licht direkt vom Himmel. Ich stellte mir vor, wie sich draussen das Gras unter der Frühjahrssonne aufrichtete und die grünspriessenden Hügel sich vor den schneeverhangenen Berghorizont schoben. Ich hatte das Gefühl, als ginge meine Jugend in diesem Moment zu Ende.

Zu meiner Linken in der vordersten Reihe Helens Schluchzen. Stoisch meine drei Geschwister, den Schmerz hinter Masken verbergend. Theatralisch grimassierend und aufschluchzend Wilderer jenseits des »Schützengrabens«, auf der anderen Seite des Kirchenschiffs. Und hinter uns die unzählbaren Reihen der Krankenschwestern, Elektriker, Landwirte, Maurer – Neils ganzer Patientenstamm. Ich musste mein linkes Bein aus der Erstarrung lösen.

Bevor der Pfarrer den Lebenslauf des Verstorbenen verlas, wurde überraschenderweise Steelbandmusik eingespielt. Ein Teppich von samtenen, hellklingenden Tönen, geschlagen auf Trinidads Ölfässern. Hintergrundmusik für eine exotische Biographie. Immerhin war es die Musik, die er über alles geliebt hatte, Musik von den Nachfahren schwarzer Sklaven, gegen den nüchternen Sandstein des protestantischen Gemäuers getrommelt. Ich erwartete, auf den Gesichtern der Dorfleute ein leichtes Befremden auftauchen zu sehen. Etwas musste sich in den Körpern zeigen, wenn sie von dieser hitzigen Tanzmusik, dieser tropischen Lebenslust bedrängt wurden. Würden sie nicht angesichts dieser heidnischen und ziemlich unschweizerischen Musik verstört sein?

Aber je länger die Steelband spielte, desto mehr Leute nahmen ihre Taschentücher hervor und schneuzten sich. Weinten, als würden sie in die Heimat des Verstorbenen geflogen, um dort noch einmal die ihnen bekannte Tropensehnsucht am Meer zu entfachen. Als wollten sie ermessen, welchen Weg die Seele des Toten nehmen musste, um in diese süsse, verspielte und verrückte Welt zurückzukehren.

Gleichzeitig war es, als löse sich die Seele des Verstorbenen wie ein eingemeisseltes Votivbild aus dem oberwynentalischen Sandstein und flatterte, eine reine Computersimulation, durch den Screen der Fenster davon.

Immer wieder war ich überrascht gewesen, mit welcher Entschiedenheit Neil von den Leuten verehrt wurde. Welche Distanz er auch immer zu den Dorfleuten hatte, sie akzeptierten seine Andersartigkeit und verwandelten das Fremde an ihm in etwas Verehrungswürdiges. Dass sein Schweizerdeutsch bis zuletzt einen hörbaren Akzent aufwies, störte niemanden, sondern erhöhte nur die magische Aura des Arztes. Es gab offenbar, inmitten der nebligen

Schollen- und Moränenlandschaft, ein lebendiges Bedürfnis nach einem Schamanen.

Und der äusserst zurückhaltende, demütige Arzt hatte nie jemandes Hoffnung enttäuscht, bis er zuletzt in den Träumen der Dorfbewohner zu einer Art fremdländischer Prinz geworden war, dem man einen gewissen Reichtum zugestand.

Mit welchen Augen aber hatte der Tote diese Hügel und ährensatten Felder gesehen, als er 1958 hier angekommen war? Hatte er nicht in diesem Licht erbärmlich gefroren? Es gab Fotos des Medizinstudenten im zerschlissenen Wintermantel im Schnee, schüchtern hinter zu grosser Brille, kurz bevor er sich in den Zug setzte, um in der Akkordfabrik sein Geld zu verdienen. Um wochenlang im Pfennigtakt stinkendes Leder zu schrubben. Wie geizig musste ihm damals dieses Dorf und diese Sandsteinkirche erschienen sein, im Vergleich zum lichtchenblinkenden Furor des Hindutempels in St. Joseph, Trinidad?

Doch allmählich verwandelte sich zu meiner grossen Überraschung die Kirche unter den Steelbandklängen in einen Hindu- oder Voodootempel, als wäre in meinem Rücken eine Schar rabenschwarzer Gläubiger versammelt, die in wortloser Trauer mit den Schuhen den Takt in den Boden stampften. Auch ich griff zum Taschentuch. Wie eine ersehnte Müdigkeit stieg die Trauer des Abschieds aus meinem Kindheitsschacht auf. Denn es war immer diese Musik gewesen, die mich mit dem Verstorbenen verbunden hatte: das gemeinsame Ausgesetztsein auf der Insel unter dem Wind. Bei Steelbandklängen hatten wir miteinander zu reden, ja gar zu plaudern begonnen, ohne Verstocktheit, ohne Wegschauen und wie alte Bekannte, die sich über ihre gemeinsame Herkunft unterhielten. Vielleicht erinnerte ich mich in diesem Augenblick anders an den Toten, dachte an ihn wie an einen Vater.

In diese Atmosphäre brach nun Neils Lebenslauf ein, den der Pfarrer vortrug. Als Sohn eingewanderter Inder hatte der Tote schon früh seinen Vater verloren, der in der Nähe von Port of Spain ein kleines Taxiunternehmen betrieb. Zusammen mit seiner Mutter musste er die Geschwister ernähren, stets eine gebende Hand, sagte der Pfarrer in leicht pomadigem Ton, der das Gesagte wie mit einer Gleitpatina überzog. So dass die Kindheit des Toten sich ausnahm wie irgendeine Kindheit in ärmlichen Verhältnissen; wie die Kindheit eines armen Schweizer Buben aus dem Emmental. Und die Mutter verkaufte Getränke und Kokosnusskekse an die Vorbeikommenden, sagte der Pfarrer, und ich war gerührt über dieses Wort, Kokosnusskekse, denn es lag, im Gegensatz zu all den anderen Sätzen, eine sinnliche Wirklichkeit in diesem Wort. Kokosnusskekse erinnerte an wirkliche Kokosnüsse. Erinnerte an »Coconut Woman« von Harry Belafonte und an den weissen Saft, den man mit Rum gemixt am Strand von Maracas oder Las Cuevas Bay im Schatten von Palmen in der Hitze von vierzig Grad trank und der einem die Beine weichmachte. Coconut klang wie aus rauher Negerkehle gerappt, auch wenn dem Wort Kekse eine kleinbürgerliche Verbiederung anhängte, die nicht schlecht zum Milieu passte, aus dem der Verstorbene kam. Coconut hatte ihn bei seiner Ankunft auf der Insel stets in einen trägen, faul die Tage verdämmernden Insulaner verwandelt. Mit Rum & Coconut wurde man nicht besoffen, sondern tippsie und tanzte sich die Schuhe von den Füssen. Coconut war der ärgste Fremdklang, der in diesem aargauischen

Nest zum Himmel fuhr und mich mit Dankbarkeit erfüllte. Dankbarkeit darüber, dass dieses Begräbnis, neben unzähligen Begräbnissen mit falschen Tönen und geheuchelten Gefühlen, einen echten Missklang aufwies. Coconut verbürgte mir, dass Verwechslungen ausgeschlossen waren.

Die Gemeinde nahm das Wort nachsichtig und trockenen Auges auf. Ich sah den Elektromonteur, der selbstvergessen mit einem Schraubenzieher in der Hand spielte.

Der Lebenslauf war von der Familie verfasst worden, während ich damit beschäftigt gewesen war, einen Text für die Todesanzeige zu suchen. Eine Nacht lang stöberte ich in den Werken Shakespeares nach einer passenden Sentenz. Immer wieder hatte der Verstorbene Shakespeare zitiert, dessen Werke er am College am Rande des heissen, trockenen Savannahparks von irischen Patres eingetrichtert bekommen hatte. Neil liebte Shakespeare als einzigen Schriftsteller, der so viel Universalität verströmte, dass er auch ein Trinidader hätte sein können. Stieg er aus dem Auto und wollte jemanden herzlich mit einem Scherz begrüssen, zitierte er nicht Naipaul, auch nicht Donne oder Harris, sondern den alten Engländer. Er zitierte ihn hühnerbrüstekauend und gelenkeknackend, von Patienten erzählend, und stets klang der Name karibisch. Denn die Insel Trinidad war mit britischer Muttermilch gesäugt und bei ihrer Unabhängigkeit aus dem britischen Paradies ausgestossen worden, ohne dass die britischen Vorbilder verblasst wären. Ohne dass die tiefe Sehnsucht nach Britanniens Grösse und seinem grössten, kleinwüchsigen Dichter verlorengegangen wäre. Diese übertriebene Treue zum Britischen irritierte mich nicht mehr, seit ich bemerkt hatte, dass auch Naipaul sich britischer als die Briten selbst gab.

Schlaftrunken war ich schliesslich im Morgengrauen auf einen Satz gestossen, der mir wie kein anderer auf Neil zuzutreffen schien: »We are such stuff as dreams are made on. And our little life is rounded with a sleep.«

Mit den frisch gedruckten Karten war ich zur Familie gefahren, um zu entdecken, dass Sorin bereits andere Karten mit einem anderen Satz hatte drucken lassen. Keinen Satz von Shakespeare, sondern einer von Keats. Ein gewundener, über drei Kommas geflochtener Wurmfortsatz, mit dem sich Sorin an mir rächen wollte. Gedruckt hatte ihn Wilderer.

Es gab also zwei Trauerkarten, und einige Adressaten, die mit beiden beliefert worden waren, wurden natürlich in Verwirrung versetzt. Keats oder Shakespeare? Warum nicht. Eigentlich hatte der Tote Anrecht auf so viele Karten wie die Familie Mitglieder zählte!

Ich gehe zurück zum Wagen und sehe, dass Ray eingenickt ist und Navira, vermummt in ihren Wolpertinger, auch eine Zigarette raucht. Unbemerkt schleiche ich zurück auf den Kirchplatz.

Orthodox hatte der Pfarrer den Lebenslauf weitergespult. Man vernahm, dass der Verstorbene ein begeisterter Fussballer gewesen war und dass sich seine Begabung zum Arzt schon früh gezeigt hatte. So soll er als Zehnjähriger bereits über eine bescheidene medizinische Ausrüstung verfügt haben, um Brüder und Schwestern zu verarzten. Als Student kaufte er sich mit dem ersten selbstersparten Geld einen Austin.

Ich erinnerte mich an das Foto, das den Verstorbenen als jungen Mann in einem grossen Anzug neben dem mausgrauen Austin zeigte. Korrekt, stolz und schüchtern. Auch später hatte er am liebsten unauffällige Anzüge getragen, und kein Rang, keine Einkommensklasse und kein Wagentyp vermochte seine Bescheidenheit ins Wanken zu bringen.

Der Pfarrer sprach vom Wunsch des jungen Neil, nach Europa zu fahren und Medizin zu studieren. Er vergass, von der lebenslangen Sehnsucht zu sprechen, die der Verstorbene nach seiner Insel hatte. Er unterschlug die Fremdheit und Feindseligkeit, mit der ihm die Schweiz immer wieder begegnet war. Er verkürzte den Lebenslauf auf eine innerfamiliäre Geschichte. Er schilderte die Begegnung des Studenten mit seiner zukünftigen Frau und setzte die Namen seiner drei Kinder in korrekter Reihenfolge. Und war schon bei den Enkelkindern, als ich wie aus einem Traum kippte und in die Lücke fiel.

Die Stelle im Lebenslauf des Toten, die wie eine Nussschale die Geschichte von mir und den zwei Vätern enthalten hätte, fehlte. Meine Geburt, ich selber, war verschwiegen worden. Es existierte ebensowenig ein Ray und ein rivalisierender Neil, der dessen Frau geheiratet und dessen Kind an sich genommen hatte. Meine Anfänge fielen in eine Lücke, die der Pfarrer mit einem klerikalen, rauhen Huster schloss. Die wilden drei Jahre in Trinidad, als Neil den Austin kaufte, sich in Rays Helen verliebte und sie ihm ausspannte, waren in einem Loch verschwunden. Statt dessen setzte das Idyll mit dem Bau der Betonburg und der Geburt meiner drei Geschwister ein.

Ich schaute mich um, aber niemand nahm Anstoss an der falschen Legende. Mir aber war, als hätte ich nie existiert. Mein Leben hing in der Luft, es hatte nie begonnen.

Einzelne Gemeindemitglieder räusperten sich hungrig. Man sang nun die Lieder, die aus der Gruft protestantischer Gesangbücher kamen und mich eine Jugend lang und als Konfirmand gequält und gelangweilt hatten. Es senkte sich, mit zunehmender Verdunklung der Kirchenfenster, der ganze Mief meiner protestantischen Jugend auf mich herab und liess meine Trauer grau werden.

Als wir die Kirche verliessen, regnete es. Die Urnenbestattung fand im Familienkreis, im Garten der Betonburg, also auf dem Grundstück des Toten statt. Nichts war passender, als einen Heimatverlorenen, dem man das Gastrecht nur um den Preis eines Heilungsversprechens für die Gemeinde gewährt hatte, an seinem eigenen Platz zu bestatten. Sein Reich war nie grösser als Haus und Garten gewesen. Seine Sicherheit war nie darüber hinaus gegangen.

Wilderer hatte sich eine gelbe Regenjacke über den Traueranzug gezogen und hob mit titanischem Schwung Erdschollen aus. Er keuchte schwer, aber niemand durfte ihm bei seiner Arbeit helfen. Sein breites Gesicht war tränen- oder regenüberströmt. Es war sein grosser Leidensauftritt. Er krümmte den Rücken, er schichtete die Erde auf den Haufen. Zischend erlosch eine Kerze im Regen. Dann stieg er ins Loch hinunter und stellte die Urne mit Neils Asche auf den Grund.

Hatte Neil nicht ein glückliches Leben gehabt? – Es war sein Wunsch gewesen, die Insel zu verlassen und irgendwo auf der Welt auf befriedigende Weise seiner Arbeit nachzugehen. Dem Schlendrian und der Unsorgfältigkeit eines Entwicklungslandes zu entgehen. Als Neil in Curepe zur Welt kam, waren die Briten, die ihm das Vorbild für Qualität, Lebensstil und Sorgfalt waren, gerade auf dem Rückzug. 1959 aber, vier Jahre vor Trinidads Unabhängigkeit, ersparte er sich die Demütigungen, die ihm ein kolonialistisches Mutterland bereithielt, und zog, statt nach London, mit Helen in die Schweiz. In die unschuldige, im Umgang mit Fremden unerfahrene Schweiz. Wo man die Fremden anstarrte, aber nicht schlug; wo man sie zu Partys einlud, um sich mit ihnen zu schmücken.

Warum hätte Neil unglücklich sein sollen? – Zuletzt besass er alles, was man sich nur wünschen konnte. Eine vielköpfige Familie, ein grosses Haus, ein Ansehen als Arzt. Niemand konnte daran zweifeln, dass er es aus dem Nichts, ohne Erbschaft und mit schlechtesten Startbedingungen, geschafft hatte. Es war ihm so viel geglückt, dass sich bereits wieder die Neider meldeten.

Aber er vergass seine Insel. Ungewiss, ob er je an den Tod dachte und fraglich, ob er in der Schweiz begraben werden wollte. Er vergass seine Insel, weil er mit der Erinnerung nicht mehr leben konnte. Er vergass seine Insel und starb in der Fremde.

Der Tod ereilte ihn an einem Montagmorgen. Er wurde im Krankenwagen auf jene Intensivstation gebracht, die er selber einmal vor Jahren mitaufgebaut hatte.

Ich hätte dem Sterbenden gerne etwas gesagt. Damals, als seine runde, aus dem Spitallaken ragende Schulter sich zu bewegen aufhörte, hätte ich ihm noch etwas sagen wollen. Doch der Tod hatte ihn mir weggebissen.

»Der Tod hat ihn mir weggebissen«, murmle ich, als ich zum Wagen mit Ray und Navira zurückkehre.

»Du hast viele Zigaretten geraucht, my dear«, sagt sie. »Weisst du, ich habe gerade darüber nachgedacht, was nun werden soll. Ich will nicht nach London zurück. Jetzt, wo ich schon mal fort bin, möchte ich meine Reise fortsetzen. Ich werde nach Indien fliegen. Nicht wegen den Menschen, nicht um meine Vorfahren zu suchen. Sondern wegen der Landschaft, den Farben. Wie oft habe ich mir die Türe vor diesem Wunsch zugeschlagen. Durch die Begegnung mit dir und deinem Vater erkenne ich klarer, was ich tun muss. Ich will weg von den Maschinen, noch einmal in ein anderes Zeitalter. Ich will eintauchen in die Farben. Ich fliege nach Bombay.«

Obwohl ich es die ganze Zeit hätte ahnen müssen, bin ich doch von Naviras Entschluss überrumpelt.

»Auch das noch?« knurre ich sie an. »Nicht genug, dass der Waldhausaufenthalt meine Erwartungen keineswegs erfüllt hat, dass Baragan im Schnee verschwindet und dass meine Mutter uns verfehlt – jetzt lässt du uns auch noch sitzen. Es war doch abgemacht, dass wir zusammen nach London zurückfliegen und dann Abschied nehmen.«

Navira schaut mich ruhig und durchdringend an.

»Im Augenblick bist du fast wie ich: Du kannst nicht loslassen, Robert.«

»Ich weiss«, entgegne ich, »es war mir schnell klar, dass es zwischen uns mehr als nur eine Ähnlichkeit gibt. – Im übrigen ist mir vorhin auf dem Kirchplatz, als mir die ganze Beerdigung meines Stiefvaters wieder in den Sinn kam, eingefallen, wohin ich eigentlich mit Ray gehen müsste.«

»Spann mich nicht auf die Folter.«

»Es gibt nur einen Ort, wo Rays Vergangenheit liegt: in Trinidad. Ich werde versuchen, in Zürich morgen oder übermorgen eine Maschine zu nehmen und mit ihm nach Port of Spain zu fliegen.«

»Ja, bring ihn dahin, suche da weiter. Besuche deine

Tante. Und auch wenn nichts dabei rauskommt, du hast einen Job, Robert. Bring deinen Vater nach Hause!«

»Und jetzt soll ich auch noch Leonie anrufen, stimmt's?«

»Stimmt. Küss mich und denk an sie, so wirst du schneller bei ihr ankommen.«

Ich rufe Leonie an. Erleichtert, aber auch wütend fragt sie mich, wo ich die ganze Zeit gewesen sei. Wie der Aufenthalt mit der Tante verlaufen sei, fragt sie ironisch, und da ahne ich, dass sie mich der Lüge verdächtigt. Sie habe im Hotel in London angerufen, und da habe man ihr gesagt, ich sei längst ausgecheckt. Und seltsam sei auch, dass mein Handy seit einer Woche nicht mehr funktioniere. – Natürlich, entgegne ich, da ich das Handy ja auch abgestellt habe. Und ich sei längst nicht mehr im Londoner Hotel, sondern im Hotel Waldhaus in Sils-Maria gewesen.

Leonie schweigt betroffen, so dass ich ihr, mitteilsam aus Not, von meiner Begegnung mit Baragan berichte. Von meinen Hoffnungen, meinem Ungeschick und der Enttäuschung, dass mich Baragan hat hängenlassen.

Aber Leonie besteht darauf, dass es für sie nichts Schlimmeres als Lügen gebe. Sie habe Lügen schon immer gehasst, sagt sie. Und sie sei auch die gewesen, die mich gezwungen habe, die Familienlüge aufzudecken. Und nun sei ich selber zum Lügner geworden.

Um das Mass vollzumachen, beichte ich ihr nun gleich auch noch, dass ich mit einer indischen Pflegerin im Hotel gewesen sei. Gottlob hängt sie nicht auf. Doch spüre ich, an der Färbung ihrer Sätze, wie sie ihre Wut und Eifersucht zu beherrschen sucht. Ob ich nun dabei sei, meines Vaters Hang zu Affären zu imitieren. Sie könne ja nicht in mich hineinschauen, aber zweifellos sei da einiges durcheinandergeraten. Die Vatersache mache mich so haltlos und konfus, dass ich ihr bald wie ein Fremder erscheine. Mein Verantwortungsgefühl sei wie weggeblasen. Ausgerechnet jetzt, wo ich mit all diesen Emotionen wegen meines neuentdeckten Vaters zu kämpfen habe, würde ich eine Affäre beginnen. Allein schon, dass ich kopflos hinter meiner Vatergeschichte herrenne, sei für sie schwierig. Und nun auch noch das, dass ich sie mit Lügen hinhalte. Ob ich wirklich so wie mein Vater werden wolle? Frauen, Rum und Gambling? Wahrscheinlich habe ich mir auch schon ein Stöcklein gekauft, ruft sie empört, aber Gott sei Dank nicht unversöhnlich. Was ich denn jetzt zu tun gedenke? Mit dieser Krankenschwester noch einige Wochen in Mallorca rumalbern? Ob ich vergessen habe, dass sie eigentlich schon nach London habe kommen wollen, um meinen Vater kennenzulernen! Sie wäre auch nach Sils gekommen, zusammen mit Jennifer, wenn ich sie angerufen hätte. Aber nein, da werde sie einfach hingehalten und dann versetzt.

Ich sage ihr, dass ich Sehnsucht nach ihr habe. Dass es mir leid tue. Dass die Geschichte mit Navira zu Ende sei. Aber dass ich jetzt nicht nach Hause kommen könne. Ich müsse jetzt einfach hart an der Sache bleiben, könne keine Kompromisse eingehen.

Schon den Ausdruck »hart an der Sache« bleiben, sagt sie, hätte ich früher nie gebraucht.

Ich würde jetzt mit Ray nach Trinidad fliegen, dem einzigen Ort auf der Welt, wo sein Geheimnis liege. Ob sie nicht Lust hätte mitzufahren, frage ich geradeheraus. Und füge an, dass es für uns beide wichtig wäre, wenn sie mich begleiten würde.

Leonie schnappt nach Luft. Ist sie am Nachdenken, oder hat es ihr schlicht die Sprache verschlagen? Dann sagt sie sehr ruhig, als ob sie gerade von einer Yogaübung komme, mit dem Vater nach Trinidad zu fahren, das sei nicht ihr Traum, das sei meiner. Den Vater heimzubringen – das müsse ich schon selber tun. Sie habe andere Pläne.

Das ist kein Traum, entgegne ich, das ist meine letzte Chance, in die Welt meines Vaters zu gelangen. Wie oft habe ich schon versucht, in Trinidad anzukommen.

Ich schweige, denn Leonie weiss um meine schwierige Beziehung zu dieser Insel. Immer wollte ich dahin, aber nie ist es mir gelungen, in die Gesellschaft einzudringen. Wann immer ich nach meinem Vater forschen wollte, hielten mich Skrupel, nein, fast körperliche Lähmungserscheinungen davon ab. Ich konnte das Familientabu nicht durchbrechen.

Im übrigen könnte Leonie auch dann nicht mitkommen, wenn sie wollte. Nicht allein wegen Jennifer, sondern auch wegen des Schwimmbadauftrags. Sie erzählt mir, dass es ein ganz besonderes Schwimmbad werden würde. Etwas noch nie Gesehenes, noch nie Gebautes, sagt sie, und ich spüre, dass das Schwimmbad kein Vorwand ist. Sie beschreibt mir den Stein, den das Wasser umgibt, die olivgrüne Farbe und das eingelegte Mosaik. Das Metallgeländer, die Treppe zwischen den Niveaus.

Und je länger sie mir dieses Schwimmbad beschreibt, desto grösser wird meine Sehnsucht nach ihr. Als glitte ihre Welt wieder in meine Nähe. Als sitze sie neben mir, zeichne aufs Papier, als könnte ich sie an der Schulter fassen, ihr die Haare aus dem Gesicht blasen, um ihre Augen zu sehen. Den ironischen Blick, mit dem sie mir begeistert etwas zeigt und zugleich fragt, ob ich ihre Begeisterung teilen könne.

»Ich habe deine Begeisterung immer teilen können,

Leonie«, sage ich und füge an, dass ich mich darauf freue, mit ihr das fertige Schwimmbad zu besichtigen.

»Komm zurück, Robert, wenn du alles herausgefunden hast, was du wissen willst. Aber bald, ja?«

Am Abend besteigt Navira eine Maschine nach Frankfurt, wo sie nach New Delhi und dann nach Bombay weiterfliegen wird. Als Ray und ich ihr durch die verglaste Türe der Passkontrolle zuwinken, beginnt sie zu weinen. Dann ist sie weg, unglaublich schnell aus meinem Leben verschwunden, sage ich mir und fühle, wie sich einen Augenblick lang alles in mir vor Schmerz zusammenzieht. Ich greife mit der einen Hand die andere, zähle alle Finger, als würde einer fehlen.

Erst danach bin ich imstande, Rays Freude zu sehen. Aufgeregt hebt er immer wieder seine Hände und grinst.

Morgen werden wir die Maschine der BWIA besteigen. Bald wird es aufhören zu schneien und Stunde um Stunde wärmer werden. Nach einer Nacht unter Sternen wird der Himmel rötlich über dem Karibischen Meer aufgehen. Der Funkturm des Flughafens Piarco wird uns willkommen heissen. Wir werden aussteigen und deine Heimaterde küssen, Ray. Hörst du die Musik des Karnevals, der Calypsosänger? – Bereits rieche ich die feuchtsalzige, meergesättigte Luft. Spüre die Hitze in den Strassen, sehe die Lichter von Port of Spain. Was wird uns erwarten, wenn Ray Randeen zurückkehrt?

Eine rauchige, verführerische Stimme aus dem All, ein Stern funkelnder Schönheit und atemberaubender Eleganz ist gestern auf dem Internationalen Flughafen von Piarco, Trinidad, angekommen. Um 6.30, als die Sonne mit seraphinen Strahlen unsere Insel entzündete, öffnete sich die Türe der Maschine der British Westindian Airlines, und eine zweite, heissere Sonne schien uns ins übernächtigte Gesicht. Flammendrote Haare, dazu ein schwarzes Kleid: Es konnte sich nur um »Gilda«, um Rita Hayworth handeln!

Miss Hayworth, gefolgt von Robert Mitchum und Jack Lemmon, verliess die Passkontrolle durch den VIP Exit, während der Rest der Columbia-Filmcrew mit Trinidads skrupellosen Grenzzöllnern Bekanntschaft machte.

Die drei Stars werden einige Wochen in Trinidad & Tobago verbringen, um hier den Film »Fire Down Below« zu drehen. Die britische Kronkolonie heisst Rita herzlich willkommen.

(Ray Randeen für den »Trinidad Chronicle«, 15. Februar 1956)

Gestern abend gaben Rita Hayworth und Bob Mitchum im Hotel Bel-Air einen Presseempfang. Wie aus gutinformierten Kreisen berichtet wurde, war Jack Lemmon gleich nach Tobago weitergereist. Rita Hayworth präsentierte sich in einem attraktiven knöchellangen und cremefarbenen Kleid. Im Vergleich zu 1951, als sie für die Dreharbeiten von »Affair in Trinidad« bei uns weilte, scheint sie einige Pfunde verloren zu haben. Aber die Strapazen der Scheidung von ihrem Ehemann Aly Kahn haben in ihrem Gesicht keinen Niederschlag gefunden. Auf die Frage, ob sie gerne nach Trinidad zurückkehre, antwortete die Diva: »Trinidad ist für mich fast wie ein Paradies. Ich habe meinem Produzenten Harry Cohn die Zustimmung zu den Dreharbeiten nur gegeben, weil ich auf diese Weise wieder nach Trinidad kommen kann. Ich liebe die Menschen und die Landschaft dieser Insel sehr.«

Was für ein Kompliment für Trinidad, aus dem Munde der Love Goddess. Erweisen wir uns ihrer würdig, gerade in der Karnevalszeit!

(Ray Randeen für den »Chronicle«, 20. Februar 1956)

Ray spürte die Hitze in sich, obwohl es am Abend merklich kühler geworden war. Umständlich versorgte er seinen neuen Notizblock und zündete sich eine Zigarette an. Eine Idee schwirrte in seinem Kopf herum. Er bestellte einen weiteren Drink und beschloss, jetzt nicht in sein Büro in der Stadt zurückzufahren, sondern die Gelegenheit für einen Coup zu nutzen. Seit zwei Wochen war er Reporter des »Trinidad Chronicle«, und jetzt konnte er beweisen, wie gut er war. Der Kellner brachte ihm einen doppelten Rum mit dem obligaten Schuss Angostura. Dank einer kleinen Bestechung hatte ihn der Inder in den Gesellschaftsraum des Bel-Air vorgelassen. Es gab in Trinidad noch immer einige *no going areas* für Farbige: gewisse Räume des Bel-Air und den Country Club, wo die Engländer gern unter sich waren.

Im hinteren Teil des Saales stocherte Mitchum mit seiner Billardqueue Löcher in den Filzbelag. Auf dem Boden stand eine Flasche Vat 69. Mitchum rauchte, als wäre ihm die Zigarette an den Lippen angewachsen. Ray wusste, dass Mitchum im Film den rohen, bärbeissigen Seemann geben musste. Dazu bedurfte es allerdings keiner grossen Anstrengungen: Mitchum war roh, weiss und arrogant und torkelte um den Billardtisch herum, als hätte er Bleiplatten am Gürtel. Der Kontrast zu Rita, die elfenhaft an die Türe zum Gesellschaftsraum lehnte, war eindrucksvoll. Dort der Rüpel, da der Engel im glitzernden Satinkleid, welcher ihn an Weihnachten, an die einzige weisse Weihnacht in seinem Leben erinnerte.

Entschlossen machte er einige Schritte auf die Hayworth zu. Die Hitze begann in seinem Kopf zu pochen. Nur noch unglaubliche drei Schritte, ein Katzensprung – und er konnte sie mit der blossen Hand berühren.

Aber die Hayworth machte einen eleganten Schritt von ihm weg und wandte sich einer jungen Schwarzen zu. Es war Julia Edwards, die kürzlich in St. James, dem Nobelviertel von Port of Spain, eine Tanzgruppe auf die Beine gestellt hatte. Die junge und unentwegt Energie versprühende Edwards war am letztjährigen Karneval zur »Miss Limbo« gekürt worden. Limbo, ein Sklaventanz, war gerade in Mode gekommen. Dabei bogen die Tänzerinnen ihre schweissglänzenden Gummikörper bei stampfendem Trommelwirbel nach hinten und schaukelten den Oberkörper unter einem tiefliegenden Stecken hindurch. Man roch die Erregung der schwarzen Frauen, wenn sie zu schwitzen begannen, es war ein Geruch, der ihn immer angezogen hatte.

»Glauben Sie, dass die Trinidader unsere Filmequipe beim Karneval zulassen werden?« fragte Rita Hayworth. »Man hat mir gesagt, dass da mehr oder weniger die Hölle los ist.«

Julia Edwards sah blendend aus. Sie trug ein dunkelrotes

und enganliegendes Kleid, das ihren trainierten Körper gut zur Geltung brachte. Sie wirkte überaus gesund und sprudelte in jugendlichem Enthusiasmus los.

Ray fragte sich, was der Unterschied zwischen einer schwarzen und einer weissen Schönheit war. Aus irgendeinem Grund fand er die weisse Schönheit anziehender; es gab mehr Blicke, die sich an sie hefteten. Und Rita war mehr als nur gutaussehend; sie besass einen Glanz, den nur bestimmte, ganz wenige weisse Frauen hatten. Undenkbar, so eine Frau zu besitzen. Sie gehörte niemanden oder allen. War Helen auch so?

Helen hatte ihn vor drei Monaten verlassen. Drei Monate, in denen er herumgelungert war, Fliegen geklatscht und Rum gesoffen hatte. Bis ihm sein Vater diese Stelle verschafft hatte.

»Erzählen Sie mir doch mehr über einheimische Speisen«, sagte die Hayworth. »Als ich das letzte Mal hier war, um ›Affair in Trinidad‹ zu drehen, hatten wir einen amerikanischen Koch dabei, der uns all die Köstlichkeiten dieser Insel vorenthielt.«

»Die kreolische Küche ist auf der Insel sehr verbreitet, Miss. Süsskartoffeln, Fisch, Yams; alles an viel Knoblauch. Neben dem Kreolischen, das unsere Sklavenvorfahren mitgebracht haben, gibt es aber auch noch Spuren der alten indianischen Ureinwohner. Die Kassava beispielsweise stammt von den Kariben. Aber auch Ortschaften und Strassen tragen indianische Namen. Kumaka –«

Ray hustete. Warum nur verschluckte sie das, womit rund die Hälfte aller Trinidader sich Tag für Tag verpflegten? Warum verschwieg sie die indische Küche, Roti und Dobbles, Curry und Calalloo?

Geduldig wartete Ray das Ende dieses idiotischen Gesprächs ab.

»Und die indische Küche?« fragte Rita.

Ein Augenblick verlegener Stille entstand, Miss Edwards schwieg. Rita leerte ihr Glas in einem Zug und starrte zu Mitchum.

Trank sie notorisch?

Nun war Rays Augenblick gekommen. Er war dreiundzwanzig, am Anfang seiner Karriere beim »Chronicle«, und er hatte eine geniale Idee. Er wollte ein Exklusivinterview. Er wollte ganz nahe an Rita Hayworth heran. Seit Helen ihn verlassen hatte, war er einer weissen Frau nie mehr so nahe gewesen. Er spürte die Gefahr, die von ihr ausging. Man konnte an ihr verbrennen. Es hätte ihm nichts ausgemacht, an ihr zu verbrennen.

Aber in dem Augenblick, als er auf Rita zutrat, umarmte sie Julia Edwards und gab ihr ein Küsschen. Unmöglich, sie anzusprechen.

So eilte Ray dicht an Rita Hayworth vorbei auf Robert Mitchum zu. Und Mitchum, ob es ihm gefiel oder nicht, lächelte ihm mit breitem Pferdegebiss entgegen.

»Normalerweise«, lallte er, »gebe ich um diese Zeit keine Autogramme, junger Mann. Aber ich kann mal 'ne Ausnahme ... 'ne Ausnahme mamachen ...«

Weiterlallend zückte er einen Kugelschreiber und schrieb seinen zerknitterten Namenszug auf Rays makellose Weste.

Ray gab ihm die Hand und wünschte ihm aus lauter Verlegenheit ein herzliches Willkommen. Im Namen von Trinidad und Tobago, des »Chronicle« und der gesamten Bevölkerung. Im Namen meiner Jacke, hätte er fast hinzugefügt.

Mit der Zigarette im Mundwinkel grinste Mitchum. Er ging in die Knie, setzte sich die Flasche Vat 69 auf die Stirn und balancierte wie ein Limbotänzer vor Ray.

Mit heissem Kopf eilte Ray davon. Erstaunt blickte ihm Rita Hayworth nach.

SINGVÖGEL

Kurz nach unserer Ankunft in Trinidad erwache ich aus einem seltsamen Traum. Ich habe lange geschlafen, und draussen fällt bereits das helle Tropenlicht durch die staubigen Jalousien. Es bildet weisse Rhomben an den Wänden und auf dem Fussboden. Weiss wie Schnee oder Kokosmilch.

Ich drehe mich zur Seite und krümme mich, um den flüchtigen Traum mit der Sichel meines Leibes einfangen zu können. Später erhebe ich mich und schlurfe in die Küche, setze mich an den Tisch und ziehe vor den herumhuschenden Kakerlaken meine Füsse hoch. Vor mir sehe ich eine aufgeschnittene Papaya und den Aschenbecher mit der brennenden Zigarette meines Onkels. Er ist im Garten und füttert seinen gelbblauen Lieblingsvogel. Jeden Morgen legt er eine reife Banane auf den toten Baumstrunk und wartet auf seinen bunten Liebling. Dieser flattert heran und pickt die halbe Banane auf. Danach sitzt er singend auf dem Baumstrunk, und sein klarer Gesang erfüllt die Luft.

Gestern nacht hat uns mein Onkel Basdeo am Piarco International Airport abgeholt. Er ist Neils Schwager, hegt aber gegenüber Ray keinerlei Groll. Wann immer ich in

Trinidad bin, kann ich bei ihm absteigen. Nun geht er gegen die Siebzig, was man ihm nicht ansieht. Er ist bullig, kerngesund und voller Tatendrang.

»Warum fütterst du den Vogel?« frage ich. Ich will herausfinden, ob es sich um eine der guten Taten handelt, die ein Hindu täglich zu vollbringen hat. Basdeo nimmt den glimmenden Zigarettenstengel aus dem Aschenbecher und zündet sich damit eine neue Zigarette an.

»Weil der Vogel nicht singen kann, wenn er Hunger hat«, sagt er. Er geht zum Kühlschrank, dessen Riesenbrust weit in die Küche ragt, öffnet die Türe und greift sich, an den ranzigen Milchtüten, Butterresten, angebissenen Ananasscheiben und dem Cola vorbei, ein Bier. Die Bierflasche an den Lippen, schreitet er zu seinem uralten Toyota, um den Motor warmlaufen zu lassen. Seit über zwanzig Jahren lebt mein Onkel mit demselben Morgenritual. Nur das Füttern seines Lieblingsvogels ist neu, seit seine Frau gestorben ist.

»Solltest du nicht allmählich nach deinem Alten Herrn schauen?« fragt er mich.

Ray liegt noch immer in seinem verdunkelten Zimmer und rührt sich nicht, als ich hereinkomme. Er hat die Augen geöffnet und lauscht dem Gesang der Vögel. Ich brauche ihn gar nicht zu fragen, wo er sich befindet. Er ist zurückgekehrt in die Zeit seiner Jugend, er geht durch die Strassen von Port of Spain, er rennt mit seinen Freunden dem Strand von Maracas entlang. Einen Augenblick lang beneide ich ihn um seine Erinnerungen, um diesen Reigen regenbogenfarbener Einfälle und Gefühle, die im Hohlraum seines Bewusstseins ein überwältigendes Kino entfalten müssen. Als er mich entdeckt, hebt er leise seine Hand und winkt. Sein Gesicht hat einen glücklichen Ausdruck.

»Ich stelle mir den jungen Ray vor. Seit ich hier bin, sehe ich ihn überall vor mir«, sage ich zu meinem Onkel.

»Er ist ja da, im Nebenzimmer. Deswegen habe ich dir übrigens diese Zeitungsartikel besorgt, die er über die Hayworth geschrieben hat. Ich weiss nicht, ob es sonst noch was von ihm gibt, wir werden es herausfinden müssen. Immerhin weiss ich, wie fanatisch du bist, wenn du dir mal etwas in den Kopf gesetzt hast.«

»Wo hast du die Artikel denn gefunden?«

»Bei einem Mann, der früher mit deinem Vater zusammengearbeitet hat. Er hat mir erzählt, was er über deinen Vater wusste. Von dessen Tätigkeit als Reporter beim ›Chronicle‹. Von dieser folgenschweren Begegnung im Bel-Air, von der ich dir gestern erzählte. Der Mann ist jetzt über siebzig, einer der profiliertesten Reporter des Landes, und arbeitet noch immer aushilfsweise beim ›Express‹. Er hat in seinen Unterlagen diese alten Artikel aus dem ›Chronicle‹ aufgestöbert. Da es den ›Chronicle‹ nicht mehr gibt, sollten wir uns mal in den Archiven des ›Guardian‹ umschauen, meint er. Der Mann heisst Maxi Coffee.«

»Fürchterlicher Name«, sage ich.

»Ja, er hat immer darunter leiden müssen, hat sich aber geweigert, den Namen zu wechseln. Er erinnert sich auf jeden Fall an deinen Vater. Mit Sicherheit weiss er auch etwas über Lovely Rita. Hast du sie mal singen gehört?«

»Natürlich.«

»Also dann auf nach Port of Spain, Junge. Lass deinen Vater ausruhen!«

Es ist bereits über dreissig Grad heiss und ich schwitze. Handgrosse Echsen huschen über die Hauswand. Streunende Hunde bellen, und die Luft riecht nach Meer und salziger Frische. Ich rauche auf der Veranda eine Zigarette und schaue zum Eckhaus auf der anderen Strassenseite, das jetzt unbewohnt ist.

»In diesem Haus hat dein Vater zuletzt mit deiner Mutter gewohnt«, sagt Basdeo.

»Wann war das?«

»Muss 1957 gewesen sein, wenn ich nicht irre.«

»Da war ich gerade zwei Jahre alt.«

Am liebsten würde ich sofort in dieses Haus eindringen, um nach Spuren zu suchen. Aber laut Basdeo haben seit jener Zeit Dutzende von Mietern darin gehaust. Also bleibt mir nichts anderes, als mit meinen Blicken die Fassade abzusuchen, Ziegelstein um Ziegelstein abzutragen, bis ich endlich eine Türe finde und aufstosse und dahinter Ray und Helen sitzen sehe. Sie unterhalten sich angeregt, wobei Ray lacht und mit grossen Gesten Eindruck zu machen versucht und Helen mit ironischem Gesichtsausdruck ihre Schuhspitze mustert. So jung, unerfahren und schuldlos, machen sie einen sehr glücklichen Eindruck.

I'VE BEEN KISSED BEFORE

Ray setzte sich in den blauen Plymouth, der geduldig vor dem Bel-Air auf ihn wartete. Seine Niederlage in Melancholie verwandelnd, summte er »I've been kissed before«, den Titelsong des Filmes »Affair in Trinidad«, den die Hayworth 1951 hier gedreht hatte. Er sang auf die noch immer in der Hitze schwelenden Grasfelder hinaus, um den irren Blicken entgegenkommender Schweinwerfer auszuweichen, sang »fasten your seatbelts« und »here is the Trinidad lady« und schnupperte nach dem Parfum, das dem weissen, knöchellangen Kleid entströmt war. Lange bevor er sein Herz der blonden Helen aus Europa schenkte, hatte er im Geist seine Unschuld an Rita verloren. »Many loves have I, you were just one more, but some day I've been kissed and maybe I'm in doubt that I've been kissed before ...« Wie alle anderen sang er aus dem Autofenster, aber keine Karnevalsongs, sondern nur den Hit seines Herzens, während am Strassenrand immer mehr Betrunkene mit Masken und Flaschen in der Hand an ihm vorbeizogen. Die Irren der Stadt waren entlaufen, in wenigen Tagen war Jouvée, der schamlos derbe Karnevalsmontag. »... on that day I'm kissed, I will even deny that I'm kissed before«. – Was waren das für zarte Küsse, die ein solches Vergessen verhiessen? Was war das für eine Hitze in ihrem Körper, ihrem Gesicht, dem selbst die aparte Julia Edwards nichts entgegenzuhalten hatte?

Die Filmpremiere im Kino Rex, anno 51 das grösste Kino in Port of Spain, war zu einem nationalen Ereignis geworden. Noch nicht einmal volljährig, war er nur dank hartnäckiger Intervention seiner Mutter, die mit dem Besitzer des Rex bekannt war, ins Kino gekommen. Zweimal hatte er dem Platzanweiser seinen Ausweis zeigen müssen, bevor er sich endlich Rita in »Fire Down Below« anschauen durfte. Rita spionierte verdeckt für die Amerikaner, während die Russen atomare Sprengköpfe auf Trinidad stationieren wollten, um von da aus die grossen amerikanischen Städte zu beschiessen. Mit letztem Einsatz ihrer weiblichen Waffen gelang es Rita, Amerika zu retten. – Obwohl er der Handlung nur mit Mühe hatte folgen können, hatte sich die weisse Lady seinem Gedächtnis eingebrannt. Neben

Tante Bernice aus Kanada kannte er überhaupt keine weissen Frauen.

Nicht zufällig hatte er für die Begegnung mit Rita dieselben Schuhe angezogen, in denen er auch Helen kennengelernt hatte. Seine dünnsohligen Ausgeh- und Tanzschuhe mit dem englischen Weissleder. Zusammen mit Vetter Ashford hatte er vor zwei Jahren zum ersten Mal die Insel verlassen, um Tante Luna in London zu besuchen. Abends hatten sie sich ins Lichtermeer von Downtown gestürzt, um im legendären Tanzclub Astoria das Tanzbein zu schwingen. Was für eine Welt! Big Ben, Trafalgar Square, Buckingham Palace, Soho, da blieb einem die Sprache weg. Zum ersten Mal waren alle um ihn herum weiss, und er starrte in den Spiegel und entdeckte, dass er braun war. Sohn des wohlhabenden Rechtsanwalts Budri Randeen und der aus bestem Hause stammenden Olive – aber fremd. Farbig wie Tante Lunas Tischdecken, farbig wie exotische Kandisfrüchte im weissen Sahnekuchen der Stadt. Und eines Abends lernte er Helen kennen; neunzehn Jahre alt, blond und ebenso distanziert wie schüchtern. Sie war als Au-pair-Mädchen nach London gekommen und trug ein leichtes, selbstgeschneidertes Kleid. Sie vollführte die Tanzschritte mit einer Eleganz, der er selbst mit seinem ungestümen Professionalismus nichts entgegenzusetzen hatte. Ja, er hatte Helen nichts entgegenzusetzen. In einer Mischung aus Bewunderung und zärtlicher Vorsicht hielt er ihren Körper in den Armen. Wenn sie zerbrach, war es seine Schuld. Und so hatten sie Abend für Abend getanzt, indem er sie wie Meissner Porzellan auf seinen Händen trug und ihr exotische Geschichten ins Ohr flüsterte, die ihre Sehnsucht entfachten.

Drei Monate später schrieb sie ihm, dass sie schwanger sei, und er machte sich auf in die Schweiz.

Eine fahl herumgeisternde Karnevalsgruppe stoppte seinen Wagen, indem sie mitten auf der Strasse den bekannten Kopulationstanz aufführte, bei dem ein schwarz eingefärbter Dämon im Takt von Calypso und Caisso einen in Lumpen gehüllten Engel begattete. Früher wäre er ausgestiegen und wäre mit ihnen herumgezogen. Jetzt reichte er der Teufelsmaske zwei Geldscheine, setzte einen obszönen Spruch dazu und fuhr, als man ihn unter Gelächter freigab, weiter in die Dunkelheit.

Helen kam aus der Schweiz, man hatte es nicht glauben können! Für die trinidadischen Trottel war die Schweiz soviel wie Schweden. Auch in Schweden gab es blonde Frauen.

Aber die Schweiz? Dieses merkwürdige, mit Kuhwiesen und hohen Bergen ausgestattete Land im Herzen Europas war das pure Gegenteil von Trinidad. Sauber statt schmutzig, reich und selbstbewusst statt arm und abhängig. Helen war eine waschechte Schweizerin, zumindest entdeckte er viele Eigenschaften dieses Landes an ihr. Sie war gewissenhaft, pünktlich und sauber.

Sechs Monate hatte er es mit Helen und dem Jungen in der Schweiz ausgehalten. In dem Geflüster, das er ihr Nacht für Nacht ins Ohr träufelte, wuchs allmählich das Baroudahaus seiner Eltern in all seiner Grösse. Papageien und Kolibris zierten die endlosen labyrinthischen Gänge, Livrierte trugen silberne Tabletts mit eiskalten Kokosnussrummischungen ans Himmelbett, die feuchte, aufreibende Brise des Meeres rieb morgens die Glieder wach, und in den grossen, von indischen Spiegeln ausgestellten Badezimmern mit den goldenenen Wasserhähnen rauschte unentwegt das Wasser. Ja, er erfand das Baroudahaus neu, indem er Stockwerke anbaute, Geländer vergoldete und die Möbel mit uralten, vedischen Sätzen abgelauschten Verzierungen versetzte. Es gab goldene Teetassen und in blankgeputzten Marmorwänden, Ebenholzschränken und Glasfournituren endlos untergehende Sonnen. Und es gab die tropischen Nächte, Helen!

Ray stoppte, um das Stechen im Kopf mit einigen Drinks an einem Rumshop zu besänftigen. Die Nacht hing wie ein schwüles Tuch über ihm. »A heart was broken«, schniefte er in den Fahrtwind. Als Helen mit dem Baby in Trinidad eingetroffen war, hatte man auch sie wie den sprichwörtlichen weissen Elefanten beäugt. Schwarze blieben auf der Strasse wie angewurzelt stehen und verrenkten sich den Hals. Die Inder hatten ihn um diese Trophäe beneidet. Man hielt Helen für etwas Kostbares, küsste ihr die Fingerspitzen, bis sie laut loslachte. Bot ihr zwei Stühle gleichzeitig an und kramte die letzten Kenntnisse über Schweden und Schnee hervor, um mit ihr zu konversieren. Im besten Fall hielt man Helen für eine Engländerin. Alle weissen Frauen hielt man für Engländerinnen, seitdem die Queen den Boden der Kronkolonie mit ihrer Schleppe geweiht hatte.

Wieder tanzten Helens Lippen vor seinem Blick. Ja, wohin er auch fuhr, immer fuhr er den Lippen dieser Frau nach. War er unterwegs nach Port of Spain oder nach San Fernando oder durch den Urwald – immer fuhr er der blonden Haarsträhne hinterher. Seit sie ihn vor einem Monat sitzengelassen hatte, seit sie beide aus dem Haus an der Ecke, der gemeinsamen Wohnstätte, Falle und Zuflucht ausgezogen waren, seit die Insel sie verschluckt hatte, war er immerzu auf der Suche nach ihr.

Er zweigte nach Curepe ab, dem einzigen Ort auf der Welt, wo sie mit Sicherheit nicht zu finden war. »Ein Lächeln echten Wohlbefindens aus einer Dose Nescafé« schien ihm entgegen. Das lächelnde Gesicht war zwar nicht mehr ganz weiss, seit der schwarze Dr. Eric Williams von der PNM die Regierungsmehrheit besass, es war bräunlich geröstet. Aber die Gesichtszüge im braunen Gesicht blieben die von einem Weissen. Kein Reklamegesicht war so richtig hässlich schwarz wie der Mann schwarz war, der gerade an Krücken vor ihm über die Strasse humpelte. Und bei keinem konnte man sich diesen wirklich umwerfenden Körpergeruch vorstellen, wie ihn sein Tankwart an der Ecke Frederik Street/Independent Square in Port of Spain ausschwitzte.

Auf Nebenstrassen zwängte er sich durch das Gewusel der Markthändler, Karnevalsspieler und Betrunkenen. In dunklen Ecken, hinter den hölzernen Rumshops an Wellblechwände gelehnt, warteten die Nutten. »Randeen, Randeen«, vernahm er eine Stimme. Eine schlanke, schwarze Gestalt löste sich aus dem Schatten und kam auf ihn zu:

»Vierzig?«

»Verschwinde!« entgegnete er hastig und duckte sich im Wagen. Früher, in der Zeit vor Helen, hätte er die Wagentüre zum Beifahrersitz demonstrativ langsam aufgestossen. Und seine Hand hätte die Beine, die sich neben ihm einrichteten, willkommen geheissen.

Er kaufte sich eine Flasche Black & White – »there is more power in black« – und tuckerte aufgeregt im Schritttempo die McDonald Street hinunter. Als Williams gegen den Widerstand der Engländer die Wahlen gewonnen hatte, begann man, den Schwarzen einen gewissen Respekt zu zollen. Allzu schamlose Diskriminierungen wurden abgeschafft, ohne dass den Schwarzen deswegen der Zutritt zu gewissen öffentlichen Gebäuden oder zu verantwortlichen Jobs ermöglicht worden wäre. Und für die Inder, deren Haut nur um Nuancen heller war, galt in der Regel dasselbe. Nur wenn sie reich waren, wie sein Vater Budri, konnten sie sich überall Zutritt verschaffen.

Von weitem leuchtete ihm das leere Eckhaus entgegen. Dreigieblig, mit einer langen Veranda, zwei Eingängen und einem trockenen kleinen Hintergarten, ganz die Imitation eines kolonialen Stils, verbarg es geschickt seine Baufälligkeit. Finster schauten die geschlossenen Fenster nach aussen.

Das Haus war die letzte Station ihres Zusammenlebens gewesen, nachdem Helen und er die schäbige Mückenredoute in San Fernando verlassen hatten. Eines Morgens war Helen mit dem Jungen ausgezogen, er wusste nicht warum. Er hatte einen Monat gewartet, dann hatte er das Haus ebenfalls verlassen und hatte sich ein Zimmer in Port of Spain genommen.

Aber was war in der Nacht vor Helens Auszug passiert?

Helens bleiche Hand erschien wieder vor seinen Augen. Sie schloss die Jalousien, als wäre sie dabei, das Haus weiter wohnlich einzurichten. Ein Haus für die Familie Randeen. Ein Blütenhaus, in dem das Kind gedeihen und aufwachsen konnte. Angezogen von Trinidads Pflanzen, war sie durch den Dschungel gefahren, naiv eine Schönheit nach der anderen pflückend, und hatte dabei das Gefährliche, Giftige und Unheilbringende übersehen. Dann kaufte sie eine Unmenge von Blumen auf dem Markt dazu und stellte alles im Haus auf; Blumen auf Stühlen, im Eingang, auf Schwellen und rund ums Bett. Niemand in Trinidad kaufte Schnittblumen fürs Schlafzimmer. Niemand holte sich den teuflischen Urwald ins Haus. Die Blumen stanken, aber Helen lebte und schwebte weiter in ihren europäischen Passionen. Sie bastelte an einem definitiven Zuhause, wie sie es wohl auch in der Schweiz getan hätte.

Kaum eingezogen, lud man befreundete Paare ein. Helen zog ihr bestes Kleid an, er wurde in einen schwarzen Anzug gesteckt und seine Haare mit Pomade traktiert, so dass er aussah wie Gregory Peck. Aber als die Gäste kamen, gingen die Frauen mit Helen in die Küche und fragten, wie sie es mit einem Mann wie Ray aushalten könne. Als sie keine Antwort gab, plauderten sie über Kochrezepte und Modezeitschriften und fanden den Weg ins blumenverstellte Wohnzimmer nicht mehr. Dort betranken sich die Männer mit Ray und wollten wissen, wie es war, eine Weisse zu vögeln.

Was wollte sie in diesem Land?

Was sprach dagegen, dass sich Mann und Frau im gleichen Raum aufhielten und sich zivilisiert unterhielten?

Sie gerieten sich in die Haare, und Helen begann die Möbel so umzustellen, dass er nicht mehr zu ihr vordringen konnte. Kam er nach Hause, standen ihm Blumen, Tische und Stühle im Weg. Er rannte wie bei einem Hindernislauf durchs eigene Haus. Sie sass hinter Blumenwällen, schrieb Briefe oder versorgte das Baby. Du bist betrunken, sagte sie, aber zunehmend leiser. Doch selbst nüchtern hätte er den Weg in sein Schlafzimmer nicht mehr gefunden.

Langsam lenkt Basdeo seinen alten Toyota im Zickzack durch die schlaglöcherdurchsetzten Strassen von Curepe. Tote Katzen und Hunde verwesen in den offenen Strassengräben, aus denen auch schon mal ein fetter Rattenkopf heraufschaut. Wir biegen in die Eastern Main Road ein, tanken den Wagen bei Randeens Autogarage, einer finsteren Höhle, aus der die Pin-ups der nackten Blonden wie kühler Stalagmit leuchten. Vorbei an der Kinderschule von St. Joseph, wo gerade die in blauweisse Uniformen gekleideten Kinder in die Pause strömen.

Beidseits des Highways brennen indische Arbeiter Zuckerrohrfelder ab. Ein schwarzer Rauchvorhang deckt den Horizont zu. Trinidad ist kein Land zum Vorzeigen. Trinidad ist düster, heiss und brutal wie die Hölle. Wo immer es Pflanzen hat, wachsen die Blätter zu furchterregender Grösse, Bäume überwuchern Hausdächer, und der Mittagsregen fällt in fingerdicken Tropfen.

In Port of Spain stellen wir den Wagen auf einen überwachten Parkplatz und gehen in ein Restaurant Bier trinken. Aber es ist kein richtiges Restaurant, es gibt weder Stühle noch rechte Tische; es ist nur ein dunkel ausgeschlagener Raum mit langen Bänken und Brettern, die zu eigenartigen Abteilen geordnet sind. In jedem der Abteile sitzt oder liegt ein Betrunkener auf dem rohen Holz, keift vor sich hin oder schläft, während an der Decke die Riesenflügel eines Ventilators die Glutofenluft umrühren. Kaum haben wir uns mit den Flaschen hingesetzt, als ein einbeiniger Schwarzer an Krücken auf mich zuhinkt, um mir die Flasche wegzuschnappen.

»Lass ihn«, sagt mein Onkel. »Ich hol dir ein neues.«

Ich trinke das zweite Bier in der notwendigen Eile und stehe eine Viertelstunde später angesäuselt in der Gluthitze; es ist zehn Uhr vormittags.

»Jetzt aber nichts wie weg zum ›Guardian‹«, ruft Basdeo und lenkt seinen Schritt zu einem Glasgebäude auf der gegenüberliegenden Seite.

»Wir möchten in die Archive«, sagt mein Onkel höflich zum bebrillten Inder, »und nachschauen, was der ›Guardian‹ in den Fünfzigern über Rita Hayworth gebracht hat.«

Wir füllen ein Formular aus, werden zum Warten in eine Ecke geschickt, nach einer halben Stunde in ein anderes Büro abgeholt, wo man uns mitteilt, dass es für den Besuch des Archivs eine schriftliche Anmeldung bräuchte, die mindestens eine Woche vorher einzureichen sei.

Mein Onkel lächelt, ich knirsche mit den Zähnen, wir treten den Rückzug an. Schleichen an den offenen Büros vorbei, in dem lauter Leute vor uralten Schreibmaschinen sitzen und sich wichtig machen. Da kreuzt ein Bekannter unseren Weg.

»Ins Archiv?« fragt er. »Folgt mir.«

Im Archiv bezahlen wir eine Unmenge Geld, um überhaupt an die vergilbten Zeitungsseiten heranzukommen. Und dann stellt sich heraus, dass alle Jahrgänge vor 1960 fehlen.

»1959 war ein grosser Brand, Sir. Erinnern Sie sich nicht? Da wurden alle Archive zerstört.«

Der alte Archivleiter wirkt verstört, mein Onkel spendet erneut Geld.

»Sie suchen nach einer Rita Hulderson; nie gehört, Sir.«

Wir trinken einige weitere Biere in der gefährlichen Kneipe.

Dann stehen wir in der eiskalten Halle des »Express« und warten. Ein korpulenter Schwarzer um die Siebzig, Halbglatze und graues Bärtchen, begrüsst bald darauf meinen Onkel und schüttelt mir die Hand.

»Ich kann mich an Ray Randeen erinnern«, sagt Maxi Coffee. »Natürlich kann ich mich an Ray erinnern. Wir waren blutjung damals. Und Ray das grösste Arschloch, das ich je gekannt habe. Wir haben damals beim ›Chronicle‹ eine Zeitlang zusammengearbeitet. Er war mein Assistent. Hat dir mein Onkel die Zeitungsartikel gegeben? Ja, weiss der Geier, das war eine verrückte Sache damals mit Ray und der Hayworth.« – Er haut sich so auf den Schenkel, dass man den Eindruck hat, dieser würde entzweibrechen. Mit einem Blick auf mich sagt er: »Im Ernst, der Kerl war schon in Ordnung, aber völlig in die Hayworth verknallt.«

Ich friere und leide an einem steifen Nacken.

»Wo ist er denn jetzt? Bei dir, Bas! Wieso fahren wir nicht zu dir, um ihn zu besuchen. Ich habe nächtelang mit ihm gequasselt.«

»Ray kann nicht mehr reden«, sage ich.

»O Gott, Junge, was hat er denn!«

»Erzähl ihm, was du weisst, Maxi! Sag dem Jungen alles«, ruft mein Onkel.

Maxi schaut auf die Uhr, seufzt und meint:

»Es ist zu früh für Feierabend. Aber wenn der Junge wirklich alles wissen will, dann gehn wir halt ein Bier trinken.«

Auf dem Weg durch das Labyrinth der Zeitung begegnen wir einer Reihe von Freunden meines Onkels. Ich werde jedem persönlich vorgestellt und muss erklären, dass ich Trinidad liebe und wegen des Karnevals hier bin. Diese Version hat mir mein Onkel abgetrotzt. Nur bei einem knochendürren Professor namens Shamsuu Dahan, seines Zeichens Genealoge, korrigiert mein Onkel unsere Version und sagt: »Shamsuu, dieser junge Europäer ist hier, um etwas über seine Vorfahren zu erfahren.«

»Sind Sie Italiener?« fragt Shamsuu Dahan. »Es gibt nur wenige Italiener auf Trinidad, da haben Sie Glück.«

Basdeo ist fassungslos:

»He is talking bullshit! Seit über einem Jahrhundert kenne ich diesen verblasenen Kerl. Solchen Stuss hat er schon im Kindergarten erzählt, stimmt's, Shamsuu.«

»Wie heissen Sie denn, junger Mann?«

Ich habe es allmählich satt, immer als junger Mann zu gelten, buchstabiere aber brav meinen Namen.

Shamsuu lächelt, was seinem Ziegengesicht einen Schuss Weisheit gibt. Er hat schöne, ebenmässige Zähne, die er jeden Tag mit Zuckerrohr reinigt.

»Nein«, ruft mein Onkel plötzlich dazwischen, »eigentlich ist er ein Sinanan.«

»Da habe ich aber etwas für Sie«, sagt Dahan nun, nachdem sein Lächeln verebbt ist. »Doch, doch, es wird Sie interessieren, rufen Sie mich an. Leider kann ich jetzt nicht länger hierbleiben, ich muss zum Premier. Kennen Sie unseren Premier Basdeo Panday? Ein hervorragender Mann.«

Und verschwindet. »Wichtigtuer!« zischt Basdeo.

Schliesslich landen wir zum dritten Mal an diesem Tag in der Kneipe, in der einem das Bier weggetrunken wird. Und ich höre stundenlang mit Erstaunen und Entzücken den Schilderungen Maxi Coffees zu. Maxi ist ein leidenschaftlicher Plauderer, der mindestens jeden zweiten Satz erfindet. Je mehr Bier wir trinken, desto mehr fällt ihm ein. Immerhin erzählt er von Ray, von den Filmen von Rita Hayworth, und gibt uns zuletzt die Telefonnummer von Julia Edwards, die zehn Minuten ausserhalb von Port of Spain wohnt.

»Nichts wie hin«, sage ich entschlossen.

FIRE DOWN BELOW

Wie hatte sich Ray beim Schreiben seiner beiden ersten Artikel Mühe gegeben! Vor der Pressekonferenz hatte er alles, was er über Rita Hayworth hatte auftreiben können, gelesen. Neuerdings brachten trinidadische Zeitungen immer häufiger amerikanische und englische Kolumnen und Comic strips. Neben Tips zur Verschönerung der Haut las er vor allem den Filmklatsch von Louella Parson, bei der Rita Seite an Seite mit Lauren Bacall auftauchte. Er hatte sich Wendungen, Metaphern und Vergleiche herausgeschrieben und sich ins eigene Knopfloch gesteckt. Als er nun das Büro des »Chronicle« betrat, lag bereits eine Ernte in Form eines halben Dutzend Leserbriefe auf dem Schreibtisch. Da fragte ein Mister Alexander McDume, ob und wie er bei den Dreharbeiten behilflich sein könne. Nats F. Solochon setzte majuskulöse Schwingen der Verehrung aufs Blütenpapier, und Francis F. Dante liess ihr, via Zeitung, »heisse Grüsse« zukommen.

»Das müssen wir drucken«, keuchte Rays erfahrener Kollege Maxi Coffee. »Diese Ejakulationen sind viel Geld wert, Mann.« – Maxi Coffee stand dicht neben Ray; er war beleibt, schwarz und schämte sich seines Namens nicht. Maximaler Kaffee zu heissen war in Trinidad keine einfache Sache. Auch der Dümmste fühlte sich zu einem faden Witzchen aufgerufen. Vielleicht trug Maxi deshalb auch bei grösster Hitze immer einen Nadelstreifenanzug und eine Krawatte auf geschlossenem Hemd.

»Die Trinis sind stillos«, sagte Ray, obwohl er auf die Reaktionen ungeheuer stolz war.

»Wir brauchen nicht stilvolle Leute, sondern Leser«, sagte Maxi. »Wenn du länger als Journalist arbeitest, wirst du merken, dass der Leser zwischen echter und gespielter Begeisterung des Journalisten genau unterscheiden kann. Was du schreibst, gefällt ihnen. Allerdings finde ich es schon komisch, dass du dich wegen eines weissen Flittchens so ins Zeug legst.«

»Ich erinnere mich an 1951«, sagte Ray kühn. »Wochenlang berichteten die Zeitungen über ›Affair in Trinidad‹. Freiwillige arbeiteten ohne Lohn am Film mit, ganz Trinidad erlag dem Hayworth-Fieber, das war echt toll. Gibt es einen besseren Stoff zum Träumen?«

»Du willst den Job, ich weiss. Und weil du ein Kuli und kein Nigger bist, denkst du, für die Intimberichterstattung einer Weissen besser geeignet zu sein.« – Maxi schnalzte mit der Zunge, grinste und glättete mit seinem Finger die Eselsohren auf dem Schreibpapier.

Die beiden Artikel über Rita waren Rays erste journalistische Versuche, abgesehen von einem belanglosen Bericht über ein belangloses Kricketspiel, das er Maxi hatte abliefern müssen. Vorher hatte er ein Semester Biologie studiert, hatte bei der britischen Ölgesellschaft einige Monate als Sekretär vertrödelt, hatte sich schliesslich in einem Jurastudium versucht, war aber, in den Fussstapfen seines Vaters, schnell zu Fall gekommen. Er verstand nicht nur nichts von Juristerei, er war geradezu ein Antitalent im Paragraphenlernen.

»Von mir aus kannst du die Hayworth machen, wenn der Chef einverstanden ist«, seufzte Maxi. »Deine Probezeit dauert so lange wie die Dreharbeiten von ›Fire Down Below‹.«

Als Maxi gegangen war, öffnete Ray eine Schublade seines Schreibtischs und nahm ein dunkelblaues Schulheft hervor. Seite für Seite hatte er Bildchen aus Zeitungen eingeklebt und handschriftliche Kommentare dazu verfasst. Er staunte, wie wenig sich seine Handschrift in all den Jahren verändert hatte. Noch immer herrschten die weitschweifigen, Flatterhaftigkeit und Zügellosigkeit verratenden Schlenker seiner Schulzeit vor.

Mit sechzehn hatte er auf Drängen seiner Mutter begonnen, diese Zeitungsausschnitte in Heften zu sammeln und zu kommentieren. Olive, die nichts von trinidadischen Schulen hielt, las die Kommentare mit strenger Miene. Am liebsten hätte sie ihn auf eine ausländische Schule geschickt, aber Budri war dagegen gewesen. Er hätte es gern gesehen, wenn der Junge sich schon früh für Jura entschieden hätte, um dann in die Politik zu gehen.

Mit der Zeit machte ihm das Schreiben sogar Spass. Je älter er wurde, desto überzeugender gelang ihm die Imitation eines journalistischen Stils. Bei Schulabgang forcierte er seine Anstrengungen nochmals. Beinahe perfekt gelang ihm die Nachahmung schnöder Sachlichkeit, überheblicher Besserwisserei oder redlicher Empörung. Vor der im Korbstuhl sitzenden Mutter übte er wie vor dem Parlament seine Reden.

Mit gezücktem Notizblock fuhr er zum Hafen und machte sich auf die Suche nach dem Filmteam. Mit gewichtiger Miene stoppte er Passanten, um sie nach Rita Hayworth' Verbleib auszufragen. Die Leute schüttelten den Kopf. Er durchquerte die gefährliche Dockside, wo ihn schwarze Squatter mit Blicken verfolgten, setzte über einen Stacheldrahtzaun und riss sich die Hose auf. Aber auch hinter diesen Zäunen und Abschrankungen war nichts von Rita zu sehen. In einer Kneipe am Independent Square kippte er grossmäulig einige Gläser Rum und wurde schnell melancholisch.

»Die warn gestern noch hier, Mann«, sagte der Barkeeper. »In der Pause standn die hier alle im Hercules Inn. Die Frau hat gesoffen wie 'n Loch. Tolles Weib. Und der Mitchm, o Mann, mit dem würd ich keinen Streit anfangen. Was willste von denen?«

»Ich bin vom ›Chronicle‹, sagte Ray aufschneiderisch. »Muss 'n Report über die Leute machen.«

»Aha! Da kommste zu spät, Mann, die sind alle nach Tobago heut morgen.«

Rita Hayworth säuft wie 'n Loch – war das eine gute Schlagzeile?

Its only that I do what I love

Seit Rita Hayworth' Film »Gilda« wissen wir, dass Liebe etwas Tödliches ist. In einigen Fällen ist sie gar eine von den Göttern verhängte Strafe. »Gilda« kam 1946 in die Kinos: Die Welt erwachte aus dem Krieg und wurde vom Glanz dieser Schauspielerin erschüttert. Nicht die Kameras brachten sie, sondern sie brachte die Kameras zum Zittern. Wenn Rita tanzte oder sang, dann zitterte die Erde, dann kamen auch unsere Vorstellungen von Gut und Böse ins Wanken.

Wie der »Chronicle« in Erfahrung bringen konnte, ist auch im neuen Film ein attraktiver Tanz von Rita Hayworth vorgesehen. Dazu ist eine trinidadische Tanzband aufgeboten, deren Name – wir verraten ihn hier unseren Lesern und Leserinnen – »Cats and Jammers« lautet. Erste Aufnahmen sollen im Miramar Nightclub gedreht worden sein.

Der Tanz (wie der Song dazu) gehören zu den eigentlichen Markenzeichen der Diva. Erinnern wir uns an ihren Tanz in »Affair in Trinidad«. Die sensationelle Eröffnung war damals zusammen mit der Choreographin Valerie Bettis einstudiert worden und enthielt Elemente von dem, was man in Europa »modern dance« nennt. Eine kesse Schulterbewegung, dann noch eine: etwas Kraftvolles, Erdverbundenes, wenn sie in die Lokalmitte tritt und singt. »It's only that I do what I love and love what I do«.

Aus diesem Text spricht ganz das natürliche und umwerfende Selbstvertrauen einer weissen Frau. Einer Frau, die weiss, was sie will – und letztlich keine Hindernisse gelten lässt. Wer wollte bei Ritas Tanz nicht von seinem Stuhl hochjucken und mittanzen? Warum, liebe Leserinnen, fehlt dieses Selbstvertrauen so vielen Trinidaderinnen, speziell den Inderinnen?

Und der Tanz selber? – Mit Erstaunen wie mit Faszination haben wir seine afrikanischen Elemente bemerkt. Rita tanzt ganz aus der Hüfte – und: sie tanzt barfuss. Zweifellos hatten wir es in diesem Tanz mit einem Tribut an das afrikanische Element in Trinidad zu tun. Warum können unsere Frauen, speziell die indischen Mitbürge-

rinnen, nicht so tanzen? Auf, ihr Trinidaderinnen, verschmelzt die ethnischen Elemente zu einem attraktiven und unwiderstehlichen Tanz – und der Beifall wird euch sicher sein.

(Ray Randeen für den »Trinidad Chronicle«, 26. Februar 1956)

DÄMMERHÖHLE

Während mein Onkel mich herumfährt, hat Ray sich auf der Veranda eingerichtet, von wo aus er auf das Eckhaus hinüberstarrt. Den Block, den ich ihm bereitgelegt habe, hat er bis jetzt kaum benutzt. Sein Blick bohrt sich stundenlang ins Holz des gegenüberliegenden Anwesens; er zählt die Auftritte der Gespenster, lauscht dem Gewirr geräuschloser Stimmen, seine Erinnerungen verdeutlichen und konturieren Helen, bis ein Atemzug, ein Schwächeanfall alles wieder verblassen lässt.

Aber er ist in guter Stimmung, wenn auch ernstlich geschwächt von der Reise. Spät in der Nacht, wenn die Moskitos aus dem Garten hereinschwirren, die schwarzen Prostituierten die Strasse herauf- und heruntertänzeln, sitzen wir zu dritt zusammen und trinken Carib-Bier. Ray lacht, Ray boxt mich in die Seite. Zuweilen erinnert er sich an London, einmal hat er den Namen »Navira« aufgeschrieben und mit einem Fragezeichen versehen. Dann werde ich wieder unsicher, wo sich sein Geist überhaupt befindet. Streunt er wieder durch London? Oder stolpert er durch den Schweizer Schnee? Wann immer ich ihn ausfrage, notiert er nur Unzusammenhängendes, hüpft von einer Begebenheit in London in eine Situation in Trinidad, als wollte er mich zwingen, die Lücken selber zu schliessen.

Fällt der Name Neil, reagiert er nur noch schwach. Sein Verhältnis zu dem, der vor ihm gestorben ist, hat sich entspannt. Fällt hingegen der Name seines Vaters, verhärtet sich sein Gesichtsausdruck, und sein Blick geht in die Weite.

Den Worten von Maxi Coffee ist nicht zu entnehmen gewesen, welche Hautfarbe und welches Alter Julia Edwards hat. Als ich läute, habe ich das Bild einer jungen, energischen Tänzerin von beeindruckender Schönheit vor Augen. Auch die Stimme am Telefon hat nicht mehr verraten.

Dann öffnet sich die Türe, und Basdeo und ich, geblendet vom hellen Strassenlicht, stolpern in eine dunkle Höhle. Wir fühlen einen weichen Teppich unter unseren Füssen und entdecken erst später, dass drei Teppichschichten übereinandergelegt sind. Julia Edwards' Stimme, eine Stimme ohne Gesicht, geleitet uns zu einer Polstergruppe, wo wir wie erschöpfte Blinde niedersinken.

»Miss Edwards«, sagt mein Onkel feinfühlig. »Hätten Sie etwas dagegen, den Fensterladen aufzumachen, wir können Sie nicht sehen.«

Gurrendes Gelächter. Ein Schatten huscht zum Fenster, es wird heller.

»Die Klimaanlage ist ausgestiegen, Junge. Deswegen muss ich die Fensterläden tagsüber geschlossen halten.«

Miss Edwards' Gesicht, noch immer straff und mit einem reizenden Lächeln, ist von grauen Kraushaaren eingerahmt. Sie trägt einen enganliegenden Hosenanzug. Klein und muskulös, stellt sie uns zwei Gläser hin, deren Inhalt wir in der Düsterkeit des Raumes nur erahnen können. An den Wänden ringsum hängen afrikanische Masken und auf Gestellen stehen Pokale.

»Ja, ›Fire Down Below‹ hiess der Film, ich kann mich noch gut erinnern. Rita war einfach süss. Immerzu wollte sie einheimische Kochrezepte von mir. Dabei musste sie auf ihre Linie achtgeben.«

»Können Sie sich an den Namen Randeen erinnern? Ray Randeen war damals Reporter und lungerte um Rita herum.«

Die Edwards lacht und entblösst ihre weissen, gesunden Zähne.

»Leider nein, es gab ja Hunderte von Reportern, die Miss Hayworth auflauerten. Randeen? – Natürlich kannte ich den Richter Randeen. Ein stattlicher, wirklich umwerfender Mann. Wehe der Frau, die ihm in die Hände fiel. Er fasste sie zwar mit Handschuhen an – aber es waren Lederhandschuhe.«

Julia lächelt versonnen.

»Immer trug er diese Lederhandschuhe. Auch zu Hause bei seiner Frau, sagt man. Ich erinnere mich an seine wunderbare Frau, Olive hiess sie. Auch sie hat natürlich unter ihm leiden müssen, obwohl sie aus dem besseren Haus stammte. Eine höhere Kaste war, wie die Inder sagen. Budri war eben ein Rauhbein. Mit einem Bein stand er in der Politik, war ein Freund von Bhadase, wenn Sie verstehen, was ich meine. Bis er dann über eine Geschichte stolperte.«

»Robert fragt nicht nach Budri, Ma'am, sondern nach seinem Sohn Ray.«

»Lass sie doch von meinem Grossvater erzählen«, wende ich ein.

»Budri trank zuviel, daran kann ich mich erinnern. Seinen Sohn kenne ich nicht. Trinkt der auch?«

»Was wissen Sie über Budri?«

»Du machst Miss Edwards mit deinen Fragen ja ganz konfus«, ruft Basdeo dazwischen.

»Also reden wir von Ray Randeen, der hinter der Hayworth her war.«

»Ich muss Ihnen sagen, die trank auch zuviel, es ging ihr, glaube ich, nicht sehr gut. Sie suchte Halt an mir. Wenn sie getrunken hatte, verlor sie schnell ihre Hemmungen und warf sich jedem gutaussehenden Mann an den Hals. Ich musste ihr Tanzstunden geben, sie besass ein unerhörtes Talent.«

»Sie tanzten in einer Gruppe?« fragt Basdeo.

»›Cats and Jammers‹, so hiessen wir. Ich war damals gerade zur Miss Limbo von Trinidad erkoren worden. Wenn Rita betrunken war, wollte sie Limbo machen, sie war verrückt danach, und wir mussten dauernd achtgeben, dass sie sich dabei nicht das Rückgrat brach.«

Plötzlich verschwindet Julia Edwards in der Dunkelheit ihrer Zimmerfluchten.

»Wo bist du, mein Neffe?« fragt Basdeo und streckt wie ein Blinder seine Hand nach mir aus. »Dein Grossvater war schon eine berüchtigte Nummer.«

»Was meinst du?« frage ich. Aber da streckt mir Julia einen Ausschnitt aus dem »Trinidad Guardian« entgegen, wo ein halbseitiges Inserat abgedruckt ist. »Hotel Normandie«, steht da, »Julia Edwards DANCE PRESENTATION, featuring: The human Limbo.«

Ich drehe und wende den Zeitungsfetzen ratlos in meinen Fingern. Freitag, den 8. März 1970. Auf der Vorderseite die Schlagzeile: BLACK POWER MARCH: MAN SHOT. – Aber es ist keine Zeit da, Miss Edwards nach ihrem Verhältnis zur Black-Power-Bewegung auszufragen. Ich bitte sie, uns von den Dreharbeiten zu erzählen.

»Da gibt's wenig zu erzählen«, sagt Julia Edwards und zieht erneut die Vorhänge energisch zu. Schlagartig sitzen wir wieder im Dunkeln. »Wir drehten einige wenige Szenen am Hafen unten. Dann in Tobago, weil wir da geschützter waren. Und den grossen Rest in den Studios in London.«

»Von Trinidad«, frage ich, »hat die Hayworth also nicht viel mitgekriegt?«

»Nein, aber ich kann Ihnen Fotos zeigen.«

Wir bewegen uns durchs Dämmerlicht, an den wie Warnlichtern aufgestellten Pokalen vorbei. Ich habe die Hoffnung auf mehr Information bereits begraben, als sie ein wirklich erstaunliches Foto vorlegt.

»Würd's Ihnen was ausmachen, die Vorhänge zurückzuziehen?« fragt Basdeo feinfühlig. »Wir können sonst nichts sehen.«

»Ach, meine Falten«, ruft Julia leicht hysterisch. »Dann sehen Sie ja jede einzelne Falte in meinem Schrumpfkopf.«

Es ist ein Gruppenbild im alten Hafen von Port of Spain. Auf der linken Bildseite, umgeben von lauter nacktbrüstigen schwarzen Tänzern, leuchtet uns die in eine weisse Bluse gekleidete Rita Hayworth entgegen. Auf Anhieb bin ich von ihr gefangen. Die Foto hebt Rita hervor, macht sie zum alleinigen Blickfang, obwohl gleich neben ihr, Schulter an Schulter, eine blühende Julia Edwards steht und auf der anderen Bildseite Ingrid Bergman und Yul Brynner.

»Wo haben Sie die entwickeln lassen?« fragt Onkel Basdeo. »Die Aufnahme ist verblüffend scharf. Es gab damals ja den Chinesen in der Frederik Street, der konnte so was.«

»Sie sieht wirklich atemberaubend gut aus«, sage ich. – Ich bin ganz aufgeregt, Rita Hayworth so nahe vor mir zu sehen.

»Na ja«, entgegnet Basdeo, »ich hätt's dann schon lieber mit dieser Dame hier getrieben.« – Er zeigt auf Julia, die spöttisch lacht.

»Ihr solltet euch den Film unbedingt ansehen, Jungs«, sagt Julia. »Ich glaube, ihr kriegt noch eine Kopie davon in einem Videoshop in der Westmall, St. James.«

Wir verabschieden uns überschwenglich von Miss Edwards und fahren durch das Elendsviertel Laventille in Richtung St. James. Halbnackte Kinder spielen vor Wellblechbaracken, ein Schwarzer überquert ostentativ langsam vor unserer Kühlerhaube die Strasse.

»Mach keine Faxen, Robert«, sagt mein Onkel ernst, »der Kerl springt uns sonst auf die Kühlerhaube, und dann hilft nur noch beten.«

In der klimatisierten Eishalle der Long Circular Mall sagt mein Onkel: »Hier ist das heimliche Paradies der Trinidader. Hier kriegst du das, was es überall auf der Welt zu kaufen gibt.«

Wir schleppen uns mit kaltem Schweiss an den Benetton-Kleiderauslagen, den Pizza- und Burgershops entlang. Ich setze mich auf einen Plastikstuhl unter eine Plastikpalme und trinke ein Bier, während sich Basdeo auf die Suche nach dem Video macht. Plötzlich spüre ich ein Zwicken und Zwacken in meinen Gedärmen. Das Bier gärt in meinem Magen auf dem Humus von Dobbles, eine

Art zermanschter Kichererbsenbrei, der in indisches Fladenbrot eingestrichen wird. Jetzt eile ich an Gucchi-Handtaschen, Burger Whopper, Samsonite-Koffern und Nivea Bodylotion vorbei in Richtung Toiletten. Die erste Türe ist verschlossen. Lieber Herrgott, fleht meine innere Stimme, lass die zweite Türe offen sein. Ich stosse sie auf und zucke zurück: Ein Irrer hat die weissgekachelten Klowände mit Kot markiert. Braune Kacheln, wie in einem Schokoladenhaus. Mit aussetzendem Atem werfe ich die Türe zu und dringe in die dritte und letzte Kabine. Hier leuchten mir die Kacheln rein und weiss entgegen. Ich lasse rasch meine Hosen fallen und hebe den Klodeckel, als ich, zuoberst in dem bis an den Rand schwappenden Wasser, vier riesige, dicke Kackwürste sehe. Ich taumle wieder hinaus, vorbei an Ferrero Küsschen, und verschiebe meinen Drang. In meinem Kopf erscheint die ganze Insel als riesenhafte, stinkende Kloake.

Von weitem winkt mir mein Onkel in den kurzen braunen Hosen.

»Hier, ich habe das Video. ›Affair in Trinidad‹. Und noch dazu der andere Film der Hayworth: ›Fire Down Below‹.« – Dann fahren wir zum nächsten Restaurant, wo ich mich erleichtern kann.

RAMONA

»Du schreibst wie ein Nigger«, herrschte ihn sein Vater Budri an, »schwärmst für eine weisse Nutte und machst mich vor meiner indischen Klientel lächerlich. Ich heisse Budri Randeen, führe eines der wichtigsten Rechtsanwaltbüros. Ich bin Distriktrichter von Chaguanas, und wenn der Name meines Sohnes in der Zeitung steht, möchte ich nicht mit heruntergelassenen Hosen dastehen.«

Budri schlug seine behaarten und in modischen Shorts steckenden Beine übereinander. In den letzten Jahren war sein Schädel quadratisch geworden. Im Augenblick heuchelte er wieder einmal. Wäre Rita vor ihm gestanden, er hätte sie keineswegs »Nutte« genannt, sondern unentwegt ihre Hand geküsst und ihr die Zigaretten angezündet. Ray hörte nicht mehr hin. Er war ins Baroudahaus gekommen, um das Klavier seiner Mutter zu sehen. Nun ging er am Foto seiner Grossmutter Martha Bardeo vorbei, die ihn mit finsterer Miene verfolgte, und hob vorsichtig den Deckel des Klaviers. Während sein Vater auf der bekannten Partitur der Wut-, Schimpf- und Vernichtungstiraden weiterorgelte, drangen leise Pianotöne an sein Ohr. Seine tote Mutter sitzt am Klavier, ihre langen schwarzen Haare glänzen im Licht einer matten Dämmerung. Er tritt auf sie zu und nimmt ihre Haare, streichelt und ordnet sie. Dann setzt er sich neben sie auf den Boden und lauscht den Klängen. Obwohl ihre Augen in der Dämmerung fast nichts mehr unterscheiden können, trifft sie jede Taste genau. Wenn die Tageshitze von der kühlen, meerluftgesättigten Brise verdrängt wird und die Seidenvorhänge – aus London importiert – sich bauschen, erzählt sie ihrem Jungen Geschichten oder spielt ihm auf dem Klavier vor. Sie legt Töne vor ihm aus, um ihn vor dem Hass des Vaters zu beschützen. Sie spielt, damit seine kindliche Trauer verfliegt und damit er nicht stirbt vor Angst.

»Ramona, when day is done I hear you call, Ramona, I'll meet you by the waterfall ...«

»Welcher Wasserfall, Mam?« fragt er. »Der bei Mount Basin oben? Ist Ramona da? Werde ich sie kennenlernen?«

»Mona, mona«, echot der Wind in den Vorhängen.

»Du wirst nach England gehen, mein Sohn, und dort deine Ramona kennenlernen«, sagt Olive. Sie sagt es wie eine nicht sehr glückliche Prophezeiung.

Sein Vater stolperte mit vorgeschobenem Schaumkinn aus dem Bad, wo er sich zum dritten Mal rasiert hatte. Ray roch das Parfum, mit dem er in wenigen Stunden eine andere Frau einzulullen versuchte. Ray sah seinen Vater diese andere Frau begatten, und die Vorstellung verursachte ihm Brechreiz.

»Ich möchte, dass du mit der Zeit auch über mich schreibst, verstehst du, Junge«, sagte er sanft und warf seine Handschuhe, die schwarzen Lederhandschuhe, lokker übers Sofa, wo sie wie Spinnen klebenblieben.

»Du weisst, wo Helen ist?« fragte Ray geradeheraus.

Budri wandte sich blitzschnell von ihm ab, ging zurück ins Bad, rasierte sich weiter: »Sie kann irgendwo sein, Junge. Mir ist nie eine Frau davongelaufen. Man muss schon so unerfahren sein wie du, damit einem die Frau davonläuft. Lass mich mit deinen Problemen in Ruhe. – Warum willst du keine Inderin, warum muss es denn unbedingt eine Weisse sein? Und warum solche Artikel, die . . .«

Rays Blick fiel auf einen schwarzen Seidenhandschuh, der leblos über dem Korbstuhl hing. Der zierliche Handschuh musste Evril gehören! Also fickte er Evril. Der alte Randeen hat ein Verhältnis mit der Schönheitskönigin Evril, so machte es die Runde in der Stadt. Sie gibt sich ihm hin; er wirft für sie sein Vermögen aus dem Fenster.

Wieder sitzt er als Fünfjähriger mit seiner Mutter am Tisch. Draussen zirpt die Mittagshitze. Die schwarze Köchin klappert mit dem Geschirr in der Küche.

»Mama, darf ich mehr Erdnussbutter haben?« Ray bettelt, und Olive reicht ihm seufzend das Butterglas. Auf der warmen Roti schmeckt die Erdnussbutter besonders lekker. Ray nimmt das Salzfass und streut Körnchen auf die dicke Butterschicht.

»Pfui«, macht Olive und streichelt zärtlich seine schwarzen Locken. »Man schmiert keine Butter auf die Roti«, sagt sie. »In England schmiert man Butter auf Toast, das ist was anderes.«

»Ich will nach England, Mam.«

»Wenn du alle Schulen gemacht hast, wirst du nach London gehen.«

»Mama, ich will mehr Erdnussbutter!«

»Dir wird übel werden, du bist ohnehin zu verwöhnt.«

Ray trommelt mit den Fäusten auf den Tisch. Er nimmt das Salzfass, wirft es zu Boden. Da das Salzfass weg ist, schlägt er nun auf Olive ein, die lächelt. In diesem Augenblick betritt Budri die Küche.

»Was will er? Warum schreit er wieder?« fragt er ohne Gruss.

»Er will mehr Butter«, sagt Olive und fügt leise hinzu: »Und etwas mehr Liebe von seinem Vater.«

Bud explodiert. Er stellt sich wie ein Baum neben dem Jungen auf und fragt: »Sag noch einmal, was du willst, Ray.«

Er schaut ihn nicht an, er lehnt sich einfach als Schatten über ihn. Er kann ihm nicht ins Gesicht schauen. Bud wächst als Bergwand, als Felsmassiv über ihn hinweg.

Ray schluckt und schaut zu Mama. Wird sie ihm helfen?

»Lass ihn, Bud«, sagt sie in jenem Tonfall, der ihn besänftigen soll. Er bindet sich seine Krawatte.

»Lass ihn doch, Bud«, singt er genervt. »Lass ihn doch, das sagst du immer. Warum sollte ich diesem Kretin alles durchlassen?«

»Er ist dein Sohn.«

»Wenn er mehr von meinen Eigenschaften hätte, würde er sich anders benehmen. Schau ihn dir an.« – Budri muss sich jetzt durchsetzen, als Fels schiebt er sich weiter über Ray vor.

»Du rührst ihn nicht an, Bud.«

Ray spürt das Zittern seines Vaters. Die Stuhllehne vibriert, der Teller tänzelt auf den Tischrand zu. Die letzten Sekunden vor dem Sturm. Bud strafft seine Handschuhe. Sein Körper ist der Fels, der alles zum Zittern bringt. Aus diesem Fels löst sich eine harte Hand und schlägt ihm ins Gesicht. Bud mag sein Gesicht nicht, nicht den Teil, der ihm unähnlich ist. Der kleine Ray ist seiner Sinananmutter wie aus dem Gesicht geschnitten. Bud mag keine Sinanans. Ray rennt zu Mama. Der Fels bewegt sich keuchend auf Olive zu.

»Nein, Bud, du wirst mich heute nicht schlagen. Du schlägst keine Sinanan, du räudiger Hund du.«

Bud zuckt zurück. Er weiss, warum sie ihn einen räudigen Hund nennt. Seine tiefe Kastenzugehörigkeit, seine dunkle Hautfarbe, seine beschissene Herkunft. Er ist ein Madrassi, keiner aus Uttar Pradesh. Er ist Rechtsanwalt mit einer gutgehenden Praxis, er ist Distriktrichter. Er hat Geld, Einfluss und beste Verbindungen – aber er ist kein Sinanan. Dafür nimmt er das Butterglas und schmeisst es an die Wand. Er kann das Gesicht seines Sohnes nicht mehr sehen.

Er hatte Helen angelogen. In der Schweiz hatte er ihr das Märchen vom Baroudahaus, dem Sinananschloss, der Nobelherberge der Uppadiahsippe vorgesungen. Lügen von der Grossherzigkeit seines Vaters und der dunkelroten Melancholie seiner Mutter. Aber als sie nach mehrwöchiger Schiffsreise mit dem fünf Monate alten Robert auf der Insel angekommen waren, hatte es kein Quartier mehr im Baroudahaus gegeben. Bud der Berg hatte seine kranke Frau ausquartiert. Bud der Berg brauchte mehr Platz für seine Mäuschen und Mätzchen. Und Olive war mit ihrer Dienerin Irene und dem Klavier in die kleine Moskitopension in San Fernando gezogen. Die Familie war vom Vaterdarsteller mit einem Schlag vernichtet worden.

»Warum bist du so lange weggewesen, mein Sohn?« fragte Olive, als er damals wieder einmal nach San Fernando zurückkehrte. »Hast du getrunken? Seit drei Tagen warten wir auf dich.«

Olive trug ein dünnes, schwarzes Kleid, als wäre sie Witwe geworden. Auf dem Balkon, im flackernden Schein einer mückenverklebten Petroleumlampe, wiegte die Gouvernante Irene das Kind.

»Wo ist Helen?« fragte er.

»Sie ist ausgegangen, ich weiss nicht wohin.«

»Wohin, Mama, wo tingelt sie die ganze Zeit ohne mich herum?«

»Wo bist *du* die ganze Zeit?« – In ihrer Frage steckte eine ganz andere, tiefere Traurigkeit, so dass ihm fast die Tränen kamen. Seit der Vaterdarsteller aus Madras das Baroudahaus ganz für sich erobert hatte und sie ausgezogen war, hatte ihre Blindheit erschreckend zugenommen.

»Hast du Budri getroffen?« fragte sie wie immer.

»Ja«, log er wie immer, »er fragt, wie es dir geht. Er arbeitet sehr viel, er hat einen schwierigen Fall übernommen.«

Ihr Gesicht blieb ohne Regung, flach und augenlos, wie das Gesicht einer Statue, das sich allein im Wechsel der Tageszeiten verändert.

»Wo ist Helen, verdammt noch mal?« schrie er plötzlich verzweifelt und schleuderte einen am Boden liegenden Schuh auf den Balkon. Irene flüchtete mit dem Jungen.

Er wartete die ganze Nacht, die in Wahrheit nur eine Stunde lang war, fiebrig, rasend und betrunken auf Helen. Olive war leise aus der Welt in den Schlaf geglitten, gebettet von Irene, die ihr den Rücken massiert hatte.

Dann stand Helen in einem grünbeigen Sommerkleid in der Türe. Sie hatte sich am Nachmittag am Geographical Institute um den Job als Kartenzeichnerin beworben und hatte den positiven Bescheid mit ihren Freunden gefeiert. Nebenbei war ihr auch noch die Stelle einer Air-hostess bei der British Westindian Airlines angeboten worden.

»Und was tut das Baby, wenn du nach New York oder London fliegst?« fragte Ray düster. Es gab in diesem Augenblick niemanden, der sich nutzloser und jämmerlicher vorkam als er. War er nicht genau der, als den ihn sein Vater immer wieder beschrieben hatte? Ein Versager mit einem Flennen in der Brust?

Sie habe sich bereits entschieden, eröffnete sie ihm, und werde wegen Robert die Stelle als Zeichnerin annehmen. Sie werde dort mit einer Gruppe von Indern, Chinesen, Schwarzen und Engländern arbeiten können.

Mit kraftlosen Beinen wankte er auf die Veranda hinaus, wo er im Geist schon die ganze gemischtrassige Gesellschaft zusammensitzen und palavern sah. Helen in der Mitte, umschwärmt wie die Lampe von den Moskitos. Er hatte ein brennendes Stechen im Kopf. Gehörte das alles zu ihrer Taktik? Wollte sie ihm zeigen, wie nutzlos er war? Hatte sie ihn nur deswegen geheiratet, um auf die Insel kommen zu können, wo sie sich dann einen anderen schnappte? Wie weit ging die Skrupellosigkeit weisser Frauen? – Du bist paranoid, hatte sie ihm gesagt. Was meinte sie damit?

Aus der Gartenfinsternis bellte ihm ein gesichtsloses Tier entgegen.

Als er nach langem Zögern, in der ihn der Tod von vier Mücken an der Petroleumlampe von der imaginären Gesellschaft von Helens Freunden befreit hatte, ins Zimmer trat, war er entschlossen, dieser Frau endlich Grenzen zu setzen. Sie sass am Tisch und las in irgendwelchen Papieren. Mit dem klaren Blick ihrer graugrünen Augen blickte sie hoch und fragte ihn, wie lange er noch in dieser Pension dahinzuvegetieren gedenke. Es setze ihr zunehmend der Atem aus in dieser Enge. Seine Mutter sitze nur da, tue nichts, ja, es täte ihr leid, solche Worte zu gebrauchen: Seine Mutter sei dabei, zu Staub zu verfallen. Alles überlasse sie Irene.

Wie konnte man seine Mutter zum Arbeiten zwingen? Im Baroudahaus hatte sie nie gearbeitet, dafür waren die Bediensteten dagewesen. Wie konnte man eine Uppadiah mit einem Staublappen hantieren sehen? In der Welt seiner Mutter gab es keine Arbeit, sondern nur das reine Sein. In diesem und in allen anderen Leben.

Danach zogen sie um ins Eckhaus und verliessen Olive.

Sich an diese Zeit des unentwegten Streits erinnernd, hackte er folgende Zeilen in seine Maschine:

Zum Reporter des »Chronicle« äusserte sich Rita Hayworth über ihre Scheidung von Aly Kahn. – »Aly zu verlassen«, sagte die Liebesgöttin zum Journalisten, »scheint ein grosses Ding zu sein. Aber es war's nicht. In sechs Monaten war eine Spannung zwischen uns aufgebaut worden. Wir mochten nicht dieselben Leute. Oft sagte ich zu Aly, warum nur hast du diese Hänger um dich herum. Die kommen doch nur, um dich auszunehmen.«- Rita Hayworth beteuerte, nie vom Prinzen misshandelt worden zu sein. »Sein Temperament«, sagte sie, »ist nie mit ihm durchgegangen. Sogar dann nicht, wenn mein spanisch-irisch-englisches Temperament mit mir durchging. Er war extrem grosszügig, kaufte mir wunderschöne Kleider und gab mir Juwelen. Er selber war nicht eigentlich reich. Er hing von dem ab, was ihm sein Vater gab.« –

Aus welchen Gründen hat sich Miss Hayworth von ihrem Ehemann scheiden lassen …?

Ray nahm den Finger von der Schreibmaschine und zündete sich eine Zigarette an. Dann lauschte er der Totenstille, lauschte bis zum Morgengrauen. Der Ventilator sirrte wie ein kleiner Helikopter über seinem Kopf. Zweiunddreissig Grad zeigte das Thermometer noch immer. Er hatte das Gefühl, als käme die Hitze aus seinem Kopf, als hätte er Fieber. Die Wände wurden weiss, und er schloss die Augen, stellte sich vor, er sitze in einem Helikopter und erhebe sich, flöge auf und davon, dem stechenden Schmerz davon. Für Augenblicke überrollte ihn das Gefühl grosser Freiheit. Sein Vater und Helen, diese bedrückende Insel und der schwierige Job – alles glitt von ihm weg. Dann schlief er ein.

Am nächsten Morgen, als sich die Redaktion zu bevölkern begann, zog er das Blatt aus der Maschine und legte es neben den Brief, den er soeben von Helen erhalten hatte. Sie schrieb tatsächlich, dass sie die Scheidung wolle. Falls er nicht einwillige, werde sie einen Rechtsanwalt nehmen und die Scheidung gegen seinen Willen durchführen.

Vielleicht nimmt sie meinen Vater als Rechtsanwalt, dachte er.

Nachmittags fuhr er los in Richtung Norden, nach Blanchisseuse, dem weissen, zärtlichen Sandstrand, Helens Lieblingsgegend. Er musste sie finden, bevor sie mit Robert die Insel verliess. Er musste ihr sagen, dass sie nicht gehen durfte, er wollte mit ihr reden. Er hatte doch in der Zwischenzeit, gerade durch die Recherchen über Rita, sein Wissen über weisse Frauen vertiefen können. Er wollte sie um Verzeihung bitten für jene Nacht im Eckhaus. Wenn er nur wüsste, was da geschehen war? Wenn nur seine Erinnerung wiederkäme!

Er legte den Kopf nach hinten, drückte aufs Gas und sauste durch den Urwald. Die feuchten, gerippten, gezackten und gefiederten Blätter klatschten hart wie Geisterhände an seine Windschutzscheibe. Feuchte Patschhände und greise Babyfäuste, die mit fächerartigen Flaumhänden abwechselten. Erneut kehrte das Stechen im Kopf zurück. Er hatte es, seit er fünf Jahre alt war. Olive war mit ihm beim Arzt gewesen, einem zynischen Alkoholiker, dessen Atem ihn betäubt hatte. Er gab ihm in Alkohol getränkte Wattebüschel, die er sich nachts in die Ohren stecken musste – aber das Kopfstechen hatte nicht aufgehört. Immer wieder bat er Olive, zum Arzt gehen zu dürfen. Er wollte sich den Kopf aufmachen lassen. Das Hirn rausschneiden, die Lappen aufschlitzen. Sausen, Pfeifen und Blitze. Die Strasse schwankte, aber er wollte das Tempo nicht drosseln.

Helen musste zurückkommen. Sobald sie seine Artikel im »Chronicle« las, würde sie keine andere Wahl mehr haben. Er war auf dem Weg, berühmt zu werden.

Er trank ein paar Bier und fuhr danach durch den Urwald. Wie immer, wenn er an der Lehmstatue des letzten indianischen Ureinwohners vorbeifuhr, fiel ihm die Verwirrung ein, die Kolumbus auf dieser Insel hinterlassen hatte. Als er 1498 auf seiner dritten Fahrt Trinidad entdeckte, wähnte er sich in Indien und taufte die Ureinwohner, die Kariben, Indianer. Und die Gegend wurde Westindien getauft. Im 19. Jahrhundert dann wurden richtige Ostinder aus Kaschmir, Uttar Pradesh und Bihar eingeschifft, um die freigekommenen Sklaven auf den Zuckerrohrfeldern zu ersetzen. Olive und Budri waren die Nachfahren dieser Einwanderer. Fuhr er durch den Urwald, fühlte er immer seine indischen Vorfahren in sich rumoren. Der Urwald roch nach Vanille, aus ihm krächzte und tschilpte eine unbekannte Vogelschar und im Schatten der Riesenbäume war es feucht und angenehm kühl. So stellte er sich Indien vor, als einen riesigen, kakophonischen, triebhaft wuchernden, feuchtdämmrigen Urwald.

Er fuhr einen Waldweg hinauf, wo eine Handvoll Rastafaris seit zwei Jahrhunderten friedlich am Wegrand dösten. Am Ende der Strasse lag ein verstecktes Anwesen, das Helen als Unterschlupf dienen konnte. Zwei an ihren Ketten zerrende Dobermänner empfingen ihn. Er rief mehrmals ins Haus hinein, aber erst nach einer ungemütlich langen Zeit quälte sich ein Schwarzer heraus. Ray fragte ihn, ob sich hier eine weisse Frau mit einem Baby aufhalte.

Der Mann spuckte seine tote Zigarette aus und verschwand ohne Antwort wieder im Haus.

Panik schnürte Ray die Gurgel zu. Hatte er wirklich geglaubt, Helen auf diese Weise finden zu können? Das Kopfstechen liess ihn keinen klaren Gedanken fassen. Warum fuhr er mit all seinen Hoffnungen an einen solchen Ort?

Wieder sieht er sich, wie er von einer seiner Sauftouren, drei Monate nach dem Auszug aus der Mückenredoute, ins neubezogene Eckhaus zurückkehrt. Zu später Stunde sind die Fenster noch hell erleuchtet.

Hast du Besuch, Helen? –

Er ist noch immer stockbetrunken, so dass er sie zuerst gar nicht dasitzen sieht. Sie sitzt in der Küche und hat den Kopf bis auf die Tischplatte gesenkt. Die blonden Haare bilden einen Fall mattgleissenden Lichts. Ihr Oberkörper wippt sanft hin und her, folgt dem Zug der Schrift von einer Seite auf die andere.

Wie eine Stechmücke umkreist er sie.

Schreibt sie einen Brief, oder macht sie Notizen für sich? Führt sie gar Tagebuch? Oder ist sie dabei, ihm den gefürchteten Abschiedsbrief zu schreiben?

Er stellt sich am Türpfosten auf, und sein Blick schwimmt durch die uferlosen Zimmerfluchten. Draussen kräht ein Hahn, viel zu früh. Sie schaut auf. Ihr Blick ist wie ein Stich ins Herz. Seine Fragen sind dünn wie Sägeblätter, die sie entzweischneiden.

Sie habe einen Brief an ihre Eltern geschrieben, sagt sie. An ihren Vater.

In seinem Gesicht waltet ein Dämon, der ihm die Züge verzerrt. Er macht Faxen. Er will nicht, dass sie ohne sein Wissen Briefe schreibt. Genausowenig wie sie ohne ihn Leute treffen sollte. Wer weiss, wie sie bei solchen Begegnungen ist, welche Seite sie hervorkehrt, was ihr alles zustossen kann. Ohne ihn. Er will nicht, dass sie ihren Wünschen hinterherrennt. In Trinidad ist das gefährlich. Da liegt das Paradies vor Augen, aber es ist die Hölle, jawohl. Ja, heute nacht muss er einfach philosophisch werden. Er muss sie warnen. Sie ist von Männern umschwärmt wie von Moskitos, so dass sie leicht auf etwas Dummes hereinfallen könnte.

Er sieht an ihrem Blick, dass sie weiss, was er denkt. Wie kann er sicher sein, dass sie nicht einem Kerl in der Schweiz geschrieben hat. Einem stämmigen, gutaussehenden Skifahrer, der sich den ganzen Winter über in den Bergen herumtreibt.

Sie fragt, warum sie nicht das Recht habe, ihrem Vater zu schreiben.

Was fragt sie solch überflüssige Dinge, wo sie sich doch entschieden hat, mit ihm zu leben. Warum ist sie so naiv zu glauben, sie könne ihn hinters Licht führen. Hält sie alle Westinder für Idioten? Hier herrschen andere Gesetze. Sie macht sich nur unglücklich, wenn sie weiter ihren europäischen Ideen nachhängt.

Ist nicht er das Thema ihres Briefes gewesen? Hat sie sich bei ihrem Vater über ihn beklagt?

Sie würde gerne wissen, wo er sich die letzten zwei Nächte herumgetrieben hat. Sie fragt mit einer Selbstverständlichkeit, die ihn überrascht. Ist es von Bedeutung, wo er gewesen ist? Jetzt ist er hier, unwiderruflich, und will sich nicht länger von ihr beleidigen lassen.

Er beugt sich zu ihr herab und will nach dem Brief greifen, den sie ihm echsenschnell entzieht.

So bleibt eine Hand frei, um sie zu schlagen.

HANNA BOOPSINGH

Ich sitze mit Ray auf der Veranda und schaue auf das Eckhaus, das in der Mittagshitze staubig vor sich hin dämmert. Keine Bewegung, nur ab und zu eine Echse, die die Hauswand hochkriecht und dann so lange dort bleibt, bis ich sie nicht mehr sehen kann. Unablässig starren wir hinüber, bis die Luft immer weisser wird und die Leere zu flimmern beginnt. Wenn das Holz erzählen könnte, wenn die Balken berichten würden.

»Wenn ich nur wüsste, was sich in seinem Kopf abspielt«, sage ich zu Onkel Basdeo.

»Und was spult in deinem Kopf ab?« fragt er zurück. »Bist du bereits auf die grosse Erleuchtung gestossen? Glaubst du wirklich, dass dich das, was du zusammenträgst, weiterbringt?«

»Spürst du nicht auch, dass es mitten in Rays Stummheit noch ein Verschweigen gibt?«

»Mann, du hörst die Flöhe husten«, sagt Basdeo und kratzt sich am Bauch. Geht hin und reisst den Rachen des Kühlschranks auf, um daraus ein eisgezacktes Bier zu entnehmen. Onkel Basdeo begegnet meiner Suche mit Skepsis. Als Inder schwört er auf alle Traditionen, solange sie ihn nicht behindern. Selbst hat er seinen Vater nie kennengelernt, scheint ihn aber auch nie vermisst zu haben.

»Schau mal den alten Herrn an«, sagt er und weist auf

Ray, der fröhlich an einer Flasche Carib nuckelt und sogar mit einer Zigarette herumfuchtelt. Onkel Basdeo, der niemandem seine Sympathie vorenthält, streichelt Rays langes Kinn:

»Ist es nicht gut, dass es ihn gibt«, sagt er und gibt Ray einen Stoss. »Ist es nicht wunderbar, dass dich dein Sohn gefunden hat?«

Und Ray grinst und weint gleichzeitig, während Basdeo vor den Fernseher eilt und von der Übertragung eines Kricketmatches ostentativ auf eine Vorkarnevalssendung umschaltet. Ray reagiert nervös darauf. Das Kricketmatch hat ihn offensichtlich mehr begeistert. Mit dem Stock zeigt er auf den Fernseher, während der Onkel seine Hüften zum Takt von Calypso schwingt.

»Mighty Sparrow, der grösste Sänger der Insel«, ruft Basdeo. »In zwei Wochen beginnt der Karneval!«

»Magst du den Karneval?« frage ich Ray ruhig. Meine Frage ist überflüssig, denn Ray schüttelt heftig seinen Kopf. Nicht einmal die Karnevalsmusik im Fernseher scheint er zu ertragen.

Rays heftige Abwehr und Basdeos tänzerisches Abwehrmanöver sind mir gleichermassen suspekt.

»Bas«, sage ich, »weisst du etwas über Ray, das du mir bis jetzt nicht gesagt hast?«

Ray blickt mit flackernden Augen zu Basdeo, der, die Zigarette im Mundwinkel, verneint.

Schliesslich stehe ich auf, gehe ans Telefon und stelle die Nummer ein, die ich in London von Luna erhalten habe.

»Hanna Boopsingh?«

Sie erwartet mich!

Eine Stunde später fahren wir zu dritt in den Süden, in

die Gegend, wo schwarzgebrannte Inder seit zwei Jahrhunderten Zuckerrohr schneiden.

»Deine Insel, Junge«, sagt mein Onkel und streckt wie ein Imperator seinen Arm aus dem offenen Fenster.

»Wieso meine Insel? Ich bin hier nur ein bleicher Tourist, Bas.«

»Du kannst das Land doch nicht so betrachten, als ob du ein Fremder wärst. Von dieser Erde haben sich deine Vorfahren ernährt, unter dieser Sonne geschwitzt und unter diesem Sternenhimmel von einem besseren Leben geträumt. Du bist kein Fremder hier. Nicht wahr, Ray?«

Ich nicke, um meinen Onkel zu besänftigen. Und Ray guckt aus dem Fenster, als wolle er sich alles einverleiben. Die Gräser, die bizarren Bäume, die markanten Gesichter und die windschiefen Häuser. Ist er dabei, sich zu erinnern, oder nimmt er Abschied?

Eine Landkarte auf den schweissfeuchten Knien, verliere ich bald einmal die Orientierung.

»Aus unerfindlichen Gründen«, sage ich, »wechseln hierzulande dauernd die Strassenbezeichnungen. Und die Ortschaftsnamen verwirren mich. Was sollen denn Namen wie Blanchisseuse, D'Abadie, Petis Valley, La Lune und Mon Repos?«

»Französische Besetzung.«

»Und woher kommen Cumaca, El Soccorro, Las Cuevas und Guayaguyra, ist das spanisch? – Und dann Tableland, Siparia, Fyazabad und Calcutta Settlement –«

»Die indischen Einwanderungen des letzten Jahrhunderts. Indische Kontraktarbeiter mit Zehnjahresverträgen, die ins gelobte Zuckerland kamen.«

»Aber woher kommt dann Oropouche und Cunupia?«

»Indianer. Die waren schon hier, bevor die Spanier 1498

kamen. Heute gibt es noch eine Handvoll in einem Dorf in Zentraltrinidad. Jede Rasse hat hier eine andere Geschichte«, fügt er an. »Jeder erzählt dir was anderes von seiner Herkunft und von der Wichtigkeit seiner Vorfahren. Trinidad ist ein Land mit zuviel Geschichte, man kann es nie ganz ausloten. In einer halben Stunde wirst du vielleicht die Geschichte deiner Vorfahren zu hören bekommen. Aber es wird nicht mehr sein als eine von vielen Versionen. Die Version von dieser Hanna, wie heisst sie noch?«

»Boopsingh«, sage ich. »Kennst du Hanna Boopsingh?« frage ich Ray.

Kurz vor San Fernando biegen wir in eine Vorortsiedlung ab, in der ein Haus sich ans nächste reiht. Unauffällige, langweilige Häuser, keine individuellen Abweichungen, Holzveranden, religiöse Flaggen im Vorhof, die indische Gemeinde unter sich. Aber in einem dieser Häuser lauert ein weiterer Informant, vielmehr eine Informantin, auf mich.

Was für ein Gesicht wird mir entgegenschauen? Haben die Gene einen Weg gefunden, uns einander ähnlich zu machen? Wird die Frau eine ähnliche Nase haben wie ich? Stehen ihr die beiden kleinen Finger ebenso gekrümmt ab wie mir?

Hanna Boopsingh, weisshaarig und um die Sechzig, hat harte, ja fast männliche Gesichtszüge. Ihr Mann sitzt in der Ecke in einem Polstersessel unter einem Ventilator und döst vor sich hin. Hanna hat keine Kinder, dafür eine Fotosammlung, die keinen Zentimeter ihrer Wohnzimmerwand freilässt. Sie begrüsst uns herzlich, sie umarmt Ray und möchte meinem Onkel sofort etwas zu essen geben, was dieser verweigert.

»Der Mann scheint nur Vogelfutter zu essen«, sagt sie und wendet sich enttäuscht von Basdeo ab.

Erkennt sie Ray nicht wieder?

»Das ist Ray, mein Vater«, sage ich.

»Na klar«, scherzt sie zu Ray. »Wir kennen uns doch zur Genüge, nicht wahr.« Sie umfasst seinen Arm und schiebt Ray langsam in eine Zimmerecke, wo ein Schaukelstuhl auf ihn wartet. Ray ist verlegen, aber er wehrt sich nicht.

»Du warst bei Luna?« fragt sie laut. »Und hat dir Luna von Ramhit erzählt?«

»Von Ramhit, meinem Urgrossvater, und von Martha. Aber was ich Sie fragen wollte, betrifft Ray und seinen Vater Budri –«

»Ach, lass uns von vorne beginnen, Junge. Dein Grossvater Budri war Oberrichter in Port of Spain, und deswegen hat ihn Ramhit – als einziger übrigens – als Ehemann seiner Tochter Olive akzeptiert. Aber die anderen Sinanans haben es nicht gern gesehen, dass Olive einen Mann aus einer viel tieferen Kaste geheiratet hat.«

Hanna schlurft in die Küche und bringt mir ein Glas mit klebrigem Sirup.

»Mary, Mary wurde von Ramhit geschwängert.«

»Warten Sie«, rufe ich, »ich möchte schnell mein Tonband installieren.«

Hanna zeigt sich geschmeichelt, als ich mein kleines Amateuraufnahmegerät vor sie hinstelle.

»Aufnahmeprobe!« sage ich.

»Mary, Mary wurde von Ramhit geschwängert.«

»Wer ist Mary? – Sie wollten mir doch von Budri Randeen erzählen.«

»Mary, Mary wurde von Ramhit geschwängert«, wiederholt die Stimme aus dem Aufnahmegerät.

»Also, Mary wurde von Ramhit geschwängert«, wiederholt Hanna, die mir in diesem Augenblick alt vorkommt, um nicht zu sagen verwirrt, aufgeregt und bereits etwas dement.

»Er war sehr reich, denn er hat es schnell zu etwas gebracht, und fuhr den ersten Plymouth auf der Insel.«

»Ramhit?«

»Dein Urgrossvater Ramhit, richtig. Also, Junge, jetzt merk dir das. Ramhit war der erste unserer Familie, der in die Politik ging. Er diente als Abgeordneter in einem Parlament, das die Engländer aus Alibigründen eingerichtet hatten. Aber Ina, sein erstes Kind, starb sehr früh.«

Ich habe Hanna etwas unterschätzt. Zielstrebig ist sie dabei, die ersten Äste am Stammbaum wachsen zu lassen.

»Er war dick und hatte einen cholerischen Zug, wurde schnell reich, sehr reich, Junge. Er war so gottlos reich, dass er den ersten Plymouth auf Trinidad fuhr. Und ein riesiges Haus bauen liess, das berühmte Baroudahaus.«

»Wo ist das Haus? Kann ich es besichtigen?«

»Leider steht heute dort ein Supermarkt der Johnson-Kette. Ramhit war so reich, dass man ihn im Volksmund nur ›Diamond Sinanan‹ nannte.«

»Und wo sind die Diamanten?«

Hanna seufzt: »Leider hat er auf zu grossem Fuss gelebt, unterhielt zwölf Bedienstete und schwängerte ...«

»Mary?«

»Mary, richtig, so dass er mit sechsundvierzig alles ins Grab nahm.«

»Woran ist er denn gestorben?«

»Ich würde sagen, an seiner Frau Martha. Martha Bardeo, wie sie hiess, hatte einen ausgesprochen miesen Charakter.«

Hanna eilt zum Schrank, holt sich eine dicke Zigarre und zündet sie fachmännisch an. Mit ihren gespreizten Beinen und dem harten Gesichtsausdruck ist sie irgendwie zwischen den Geschlechtern anzusiedeln.

»Rinya Bardeo arbeitete auf dem Zuckerrohrfeld in Plain Palais, als der Schotte über sie kam. Ein kleiner, krummgewachsener Mann mit laubfleckiger, rötlicher Haut, der nie richtig schwitzen konnte. Schweigsam hatte er sich neben Rinya aufgebaut, seine übliche Pose. Er hob seinen Stock und schlug einige Male kurz und trocken auf ihren Rücken. Die anderen Frauen senkten die Köpfe. Man wusste, was es zu bedeuten hatte, wenn der Schotte mit dem Stock aufkreuzte. Er war der Aufseher, er bestimmte den Lauf der Sonne, er verteilte das Wasser, die Pausen und die Hiebe. Er blieb als böser, verschrumpelter Geist neben ihr stehen, nestelte mit dem Stock in ihrem Kleid, grinste und schob seine Zunge obszön in seine Schneidezahnlücke. Dann ging er mit kurzen, kräftigen Schritten davon. Der gelbe Strohhut sass fest auf seinem Kopf. Leise summten und brummten die Männer und Frauen weiter ihre Lieder. Lieder wie Mückenschwärme, die sein Kommen ankündigten. Dann bückte man sich schneller und tiefer, schnitt kräftigere Garben. Aber niemand grüsste ihn, keiner wollte mit dem laubfleckigen Teufel im Bunde sein.

Als die Sonne kurz nach sechs Uhr untergegangen war, stellte sich Rinya Bardeo am Brunnen in die lange Reihe der Wartenden. Männer und Frauen mussten den gleichen Brunnen vor der Baracke benutzen. Die Männer waren in der Überzahl, es gab nur wenige Frauen, die die Überfahrt von Kalkutta überstanden hatten. Rinya wusch sich länger als sonst. Hinter ihr stand ihr Gatte Ramdal; er spannte ein Leinentuch um sie, als sie sich zum Waschen auszog. Danach setzte man sich vor die Baracke und ass ein einfaches Mahl. In den Baracken schliefen sie zu zwanzig und ohne eine Möglichkeit, sich zurückziehen zu können. Männer und Frauen lagen nebeneinander und durcheinander. Die Frauen gehörten vielen. Da es so wenige waren, herrschte in den Baracken der Kontraktarbeiter immer ein Mangel an Frauen. Die meisten von ihnen waren das, was man heute Prostituierte nennt.

In der Nacht kam der Schotte zurück. Bewegungslos wartete er in der Türe, bis das Rot in seinem Rücken schwarz wurde. Rinya sah ihn stehen, ebenso Ramdal. Der nahm ein Stück Holz, steckte es sich in den Mund und biss drauf. Das hatte er schon vor drei Jahren gemacht. Dann stiess er Rinya an.

Als sie aufgestanden war, machte der Schotte kehrt und ging ihr voraus. Sie schaute zum Himmel, um sich die Stellung des Mondes zu merken. Aus Erfahrung wusste sie, wie schwer es war, sich von nun an die Zeit zu merken. Was nun folgte, war ohne Zeit, ohne Ort, es würde wie eine grosse Betäubung in ihrem Körper steckenbleiben. Der Schotte stand mit seinem Stock im ebenerdigen Zimmer, in dem er wohnte. Er stand vor dem Bett und wartete. Als Rinya die Türe hinter sich geschlossen hatte, hob er seinen Stock.

Als Rinya bei Sonnenaufgang mit blutigen Striemen am ganzen Körper in ihre Baracke zurückkroch, war das Böse gezeugt worden. Es war vom alten Kontinent Europa in Gestalt des Schotten zu uns gebracht worden. Das Böse kam vom weissen Mann. Dem Unterdrücker, Schläger und Vergewaltiger. Der Schotte hatte sie in jener Nacht mehrmals genommen, und das Böse war aus ihm geflossen. Neun Monate später gebar Rinya eine Tochter namens Martha. Ein biblischer Name, den Ramdal dem Kind gegeben hatte, um so das Fremde zu bezwingen, das Böse zu bannen. Denn Ramdal war noch kein Katholik. Aber da er zu konvertieren beschlossen hatte, taufte er das Mädchen Martha. Sie wuchs im Laufe ihres Lebens in ihren Namen hinein; sie wurde das, was der Name bedeutete, eine Herrin. Martha Bardeo hatte einen Bruder, Albert Bardeo, weisshäutiger als sie und drei Jahre vor ihr gezeugt. Später hatte Rinya noch ein Kind von diesem Aufseher. Es wurde Mary getauft.«

Hanna Boopsingh schaut bedeutungsvoll an die Wand, als wäre dort ein Loch in die Vergangenheit.

»Martha, zur Hälfte weiss, hatte einen ausgeprägten Standesdünkel. Sie zog ins Baroudahaus ein und wollte nur in höchstem Luxus leben. Sie hetzte die Hunde auf spielende Kinder, wenn sie nicht vom selben Rang waren. Dabei entstammte sie selber ja keineswegs der Brahmanenkaste. Ihr Bruder Albert wurde in Kanada zwar Minister. Aber in unserer Familie wurde nie darüber gesprochen. Alles, was Marthas Abkunft betraf, war ›unspoken language‹. Ihrer Schwester Mary –«

»Die von Ramhit geschwängert wurde?«

»Richtig, der verweigerte sie das Essen. Das Böse war wie ein Serum, das von Martha in unser Familienblut gebracht wurde. Als Ramhit starb, heiratete Ena, eine der Töchter, den reichen Fitzpatrick und starb bei der Geburt des ersten Kindes. Dann zwang Martha Phyllis, die zweite Tochter, den reichen Fitzpatrick zu heiraten. Phyllis war sehr attraktiv und hätte gerne eine Handvoll Männer geheiratet, nur den einen, Fitzpatrick, wollte sie nicht. Heute lebt sie verbittert in der Nähe von London.«

»Phyllis war die, die mich nicht sehen wollte«, ergänze ich.

»Sie ist ganz ihre Mutter: hochfahrend, dünkelhaft, ein mieser Charakter. Ebenso ihre Schwester Molly, die habe ich angerufen, bevor du kamst, Junge. Aber sie will dich auch nicht sehen. Ich habe ihr gesagt, der Junge ist in Ordnung. Aber als ich ihr sagte, dass Randeen dein Vater ist, hat sie aufgehängt. So pflanzt sich das Böse von Martha, der Halbschottin, immer weiter fort. Esmond, der arme Esmond ...«

Hanna seufzt, zieht an der Zigarre und nimmt einen gewaltigen Schluck aus meinem Sirupglas.

»Was ist mit Esmond?« frage ich.

»Esmond war ja nicht gerade attraktiv. Er hatte ein Gesicht wie ein Maulesel. Stell dir vor, der hässliche Esmond heiratet eine zwanzig Jahre ältere Frau.«

Hanna klatscht in die Hände, als wollte sie eine Fliege totschlagen. »Und dann verschwindet er auf einmal. Ist über Jahre, Jahrzehnte wie vom Erdboden verschluckt. Keine Adresse, nicht mal eine Postkarte. Taucht dann plötzlich in Kanada wieder auf, als Holzfäller im Wald, wo ihm schliesslich ein Baum auf den Kopf fällt.«

Hanna schnippt befriedigt mit dem Finger.

»Das Böse«, wiederholt sie. »Auch Ashram, das vierte Kind von Martha, starb unglücklich. Aber da sind noch Vitra, die Frau von Alexander, dem vierten Sohn der Bardeo, und die Kinder von Ramdath, dem sechsten, Toolsie, die Zahnärztin, der Rechtsanwalt Andrew, Mitra Sinanan und Dixie, der Arzt Edward in Kanada und selbstverständlich deine Grossmutter Olive.«

Mir schwirrt der Kopf. In der nächsten Stunde fallen weitere fünf Dutzend Namen. Hanna sitzt nun weit aussen auf den Ästen und lässt weitere Zweiglein ausschiessen. Ashford, der eigentlich mein Cousin ist, Barry, den ich schleunigst besuchen gehen solle. Aber in der Hitze ihrer Ausführungen habe ich vergessen, die Tonbandkassette zu wechseln.

Im übrigen setzt mir der Sirup zu, draussen sind es über vierzig Grad im Schatten, und die Grillen und Frösche machen Lärm. Während Hanna den Baum immer weiter wachsen lässt, sammle ich mich ein, sammle Teil um Teil eines unermesslichen Erbgutes, um mich endlich zu vervollständigen. Und gleichzeitig verliere ich mich, rutsche, je mehr der Baum in die Höhe und Breite schiesst, weiter an die Peripherie.

»Was ist mit Budri Randeen?« frage ich.

Aber Hanna gähnt. Die Hitze macht sie müde. Sie schiebt den Aschenbecher mit der erloschenen Zigarre in die Tischmitte und sagt, bevor sie sich, schon halb schlafend, von mir verabschiedet: »Ruf Ashford an, er erwartet dich.«

Ray und Basdeo sind beide in der Ecke eingeschlafen. Ich wecke meinen Onkel, aber Ray schläft einfach weiter. Dürr flattert sein Haar im Wind des Ventilators, sein Körper ist eingefallen, seine langen Finger hängen leblos herab. Sanft schüttle ich seine Schulter, ohne dass er erwacht.

Erst als ich ihn mit Hilfe von Basdeo auf die Füsse zu stellen versuche, kommt er, wie aus der Weite eines grenzenlosen Vergessens, langsam zu sich. Einen Augenblick lang starrt er mich an, als hätte er mich noch nie gesehen. Schrecken zeichnet seine Gesichtszüge, so dass ich leise auf ihn einzureden beginne. Zitternd hebt er seinen Arm und legt seine Hand auf seinen Kopf. Dann verändert sich sein Gesichtsausdruck, er erkennt mich wieder und lächelt freundlich. Aber er ist nicht mehr ganz in die Gegenwart zurückgekehrt.

WER IST RITA HAYWORTH?

Eigentlich hiess sie Rita Cansino, war eine Spanierin und musste sich, um in Hollywood als Rita Hayworth Erfolg zu haben, völlig ummodeln lassen. Hollywood hat aus ihrem Latinotyp einen rothaarigen Vamp geschaffen. Als Winfield Sheehan von den FOX-Studios sie entdeckte, war sie ein schüchternes Girl mit langen, schwarzen und widerspenstigen Haaren. Er wollte sie als südlichen Frauentyp à la Dolores Hayes in ethnischen Rollen einsetzen. Aber in solchen Rollen, das wusste Rita, war Hollywood nicht zu erobern.

Rita war stets eine Frau zwischen vielen Männern. Sie liess sich immer zu stark beeinflussen. Eddie Judson heiratete sie, formte sie nach seiner Vorstellung und brachte sie zu Columbia, in deren »Besitz« sie bis heute ist. Als es darum ging, ihren Typus zu vernördlichen, wurde eine erfahrene Friseuse von Columbia auf sie angesetzt: Mittels Elektroden wurde ihr Haaransatz nach hinten verlegt, die Haare geglättet und tizianrot gefärbt. Harry Cohn schlug vor, sie solle den Namen ihrer Mutter, Hayworth, annehmen. – Nach dem Scheitern ihrer dritten Ehe mit Aly Kahn stellt sich allerdings die Frage, ob Miss Hayworth' Persönlichkeit nicht durch rassische Spannungen in ihrem Innern verunsichert wird.

Maxi schnaufte laut in seinem Rücken.

»Mir gefällt«, sagte er in dem betont gedehnten und unaufgeregten Slang, den nur Schwarze richtig beherrschen, »wie du die Sache mit Hollywood bringst. Nichts als Kunstgeschöpfe auf silbernen Krücken werden da produziert. Aber es handelt sich nicht um irgendeine Friseuse, sondern um die berühmte Helen Hunt. Und sie hat im übrigen auch nicht Elektroden angesetzt – o Graus –, sondern eine Elektrolyse gemacht.«

Maxi unterbrach sich, um weiterzuatmen. Ray fühlte die Nadel in seinem Fleisch.

»Du kannst meinetwegen die Sache mit der Elektrolyse bringen, aber das mit der Verunsicherung durch Spannungen ... wie nennst du das?«

»Rassische Spannungen.«

»... ist etwas zu dick. Und zudem schlecht formuliert.«

Etwas zu dick? – Es waren ihm doch einige perfekte Wendungen geglückt? Sein Kopf wurde heiss vor Verlegenheit. Er fühlte, wie ihm Maxi eine runde, randlose Brille aufsetzte. Klugscheisser nannte Maxi die jungen Inder, die mit solchen Brillen durch die Welt wetzten und immer alles besser wussten. Dabei hatte er Maxi doch nur zeigen wollen, dass er nichts gegen die Schwarzen hatte.

Wer ist Miss Hayworth? setzte Ray später nochmals an. Er fühlte sich unwohl. Er konnte sich doch Maxi nicht einfach so unterwerfen. Er war doch ein Randeen, gar ein Sinanan.

Miss Hayworth ist nicht nur eine Liebesgöttin, die Trinidad beehrt, sondern auch eine grossartige Verwandlungskünstlerin.

Diesen Satz strich er wieder durch. Aber der Gedanke, wie Rita aus sich jemand anderes hatte machen lassen, liess ihn nicht mehr los. Konnte man durch die Änderung seiner Haare und seines Gesichts auch die innere Identität ändern? In Trinidad waren alle irgendwie durchgedreht und änderten ihre Identität dauernd. Es wimmelte von Exzentrikern, selbsternannten Genies, gloriosen Erfindern und Propheten. Warum war er mit Helen zusammen immer so wütend, misstrauisch und hinterhältig gewesen? Und kaum war sie weg, dachte er voller Hingabe, Zärtlichkeit und Sehnsucht an sie. In welchem Zustand war er mehr er selber?

Er hätte sich gern in einen anderen verwandeln lassen. Am liebsten wäre er so stark und unnahbar gewesen wie ein Kinoheld. Ein Grossstädter, mit allen Wassern gewaschen. Deswegen konnte er mit den meisten Indern nichts anfangen, weil sie sich wie lausige Hinterwäldler der Welt verschlossen.

Er hätte in London bleiben sollen. Nach dem Krieg hatte man sich viele Geschichten von erfolgreichen Auswanderern erzählt. Männer, deren Scheitern auf der Insel vorhersehbar war, kamen im Dienste der R.A.F. zu Ehren. Sänger und Universitätsdoktoren machten sich im Ausland einen Namen. Trinidad war ein Sumpf, den man nur fliehen konnte.

Er wollte im Nadelstreifenanzug und einem Stöcklein durch Londons Strassen gehen. Er wollte sich bei einem Freund zum Vieruhrtee einfinden, sonntags die Pferderennen in Ascot besuchen, er wollte die Kniffe des Grossstadtlebens kennenlernen. Wie konnte er es anstellen, kein Inder mehr aus einem rückständigen, kolonialen Land sein zu müssen?

Entschlossen spannte er ein weisses Blatt in die Maschine:

Gestern hat Miss Hayworth zusammen mit dem Reporter des »Chronicle« die ersten Vorkarnevalsveranstaltungen besucht. In der Lobby des Hotels Queenspark verfolgten sie begeistert einen Calypsoabend mit den beiden Grossmeistern Mighty Sparrow und Lord Kitchener. Miss Hayworth bestätigte, dass im Film eine Tanzszene mitten im Trinidader Karneval vorkommen wird. Apropos Tanz: der Filmstar gewährte dem Reporter des »Chronicle« einen einzigen, aber unvergleichlichen Tanz. Der Reporter muss zugeben, dass alles, was über das Tanzgenie Hayworth erzählt wird, vom Schwung ihrer Hüften, von der Eleganz ihrer Beinarbeit bis zum erotischen Flair ihrer Ausstrahlung, nicht übertrieben ist! Trinidader, nehmt euch in acht ...!

(Ray Randeen für den »Trinidad Chronicle«, 3. März 1956)

Am nächsten Tag betrat Ray die blumengeschmückte Eingangshalle des von englischem Rasen geschmückten Country Clubs, wohin ihn sein Vater bestellt hatte. Engländer, Kanadier und andere Weisse lümmelten in tiefen Stühlen und unterhielten sich leise, wobei sie nur sparsame Gesten machten. Sie unterhielten sich so gedämpft, wie es Schwarze oder Inder nie gekonnt hätten. Von weitem erblickte Ray seinen Vater allein an einem Tischchen sitzen und an seiner Zigarre ziehen. Zum ersten Mal wirkte er dunkel und auffällig. Obwohl der elegante graue Anzug nichts von seinem Körper freigab, erschien er Ray in dieser Umgebung verlebt, ja alt.

Aber kaum hatte sich Ray gesetzt, wurde Bud wieder heller, mächtiger und unerbittlicher. Er neigte sich seinem Sohn über den furnierten Glastisch zu und flüsterte. Offensichtlich wollte er ebenso leise reden wie die Engänder. Aber bei ihm wurde ein Zischen daraus. Ein fast zwei Meter grosser Hüne, dachte Ray erschrocken, kann gar nicht flüstern.

»Kein Satz mehr über dieses weisse Flittchen, hörst du! Es kommen Leute in mein Büro, die behaupten, du seist in diese Hayworth verliebt. Ein sechsundzwanzigjähriger indischer Affe, der einen Weltstar mit seinem Liebesgestammel verfolgt. Dabei weiss die halbe Insel von deiner gescheiterten Ehe mit Helen. Und dass du Helen mitsamt dem Baby hast sitzenlassen.«

Budri machte eine komplizierte Bewegung, indem er den Unterarm in der Luft drehte. Einer der Papageien im schaukelnden Käfig krächzte erschrocken. Budris Verhalten konnte sehr erratisch sein. Sein Ruf in Juristenkreisen war der eines bösartigen und rücksichtslosen Mannes, der indessen die Fälle, die man ihm übergab, mit höchstem Können und Entschlossenheit vertrat. Gottlob, dachte Ray, fällt ihm die Zigarre nicht aus den Fingern.

»Von mir jedenfalls hast du dieses unmännliche Geschleime nicht geerbt. Ich weiss nicht warum, Ray, aber schon als Junge warst du eine Null.«

Nun war er wieder hinter ihm her! Wo auch immer er sich mit seiner Versagerangst versteckte, sein Feind spürte ihn auf, beschimpfte ihn und prügelte auf ihn ein. Keiner kannte ihn so gut wie sein Feind, keiner konnte ihm so zusetzen. Seit er auf der Welt war, hatte sein Vater alle seine Wünsche und Ängste studiert, um ihn jederzeit im Würgegriff zu halten. Wer war er denn? Was immer er hatte werden wollen, sein Vater hatte es vorausgesehen und verunmöglicht. Es gab nur eine einzige Möglichkeit, nämlich genauso zu werden wie Budri. Nur das wäre in Frage gekommen. Aber genau das hätte Budri nicht ertragen.

Budri war unangreifbar. Gerade jetzt, wo Ray zu einer öffentlich bekannten Person aufstieg, spürte er die Omnipräsenz seiner Vaters. Budri hatte überall seine Verbindungen geknüpft; seine Freundschaften reichten bis ins politische Lager zum Führer der indischen Opposition, Bhadase. Aber je mächtiger er gegen aussen auftrat, desto jämmerlicher waren seine Selbstinszenierungen in der Familie gewesen. Niemand durfte neben ihm bestehen, weder Olive noch Ray. Und selbst seine beiden Brüder Raoul und Clive deckte er mit abschätzigen Bemerkungen ein. Nie war es Ray gelungen, gegen seinen Vater zu kämpfen. Selbst noch die Ehe mit Helen, die man als Revolte gegen den Vater hätte auffassen können, war gescheitert.

»Du hast zuviel von diesen Sinanans abbekommen, diesen Nichtstuern«, sagte Budri aufgebracht. »Gerade hat mir einer von denen einen Klienten weggeschnappt. Einer aus dem Sinananclan, Junge, wirbt dem Staranwalt Randeen einen Klienten ab, indem er die unglaublichsten Dinge über mich verbreitet. Sie ertragen es nicht, dass Evril ein Star wird.«

Ein grossgewachsener Weisser mit Strohhütchen und schuppiger Haut trat heran und schüttelte Budri die Hand: »Ich bin ein Freund von Mister Maharaj, Bhadase Maharaj. Darf ich Sie kurz sprechen?«

Budri schnellte hoch, hakte sich gekonnt beim Reptil unter, und scherzend und flüsternd tanzten sie zu den Papageienkäfigen. Keinen Augenblick wäre es ihm eingefallen, Ray dem Engländer vorzustellen. Er hätte doch aufstehen können und sagen: Das ist mein Sohn Ray, Reporter des »Chronicle«, Sie haben sicher schon Artikel von ihm gelesen! Statt dessen behandelte er ihn wie Luft und demütigte ihn vor aller Augen.

Ray trank sein Glas leer und beobachtete eine attraktive weisse Frau, die ihm in einem knappen Kleid gegenübersass und die, als sie seine Blicke bemerkte, hastig ihre Beine übereinanderschlug, so dass der Saum des Kleides hochrutschte. Ein schwarzer Kellner zwinkerte ihm zu.

Draussen summte die Hitze eine Handbreit über der grünen Rasendecke. Ray lockerte sich. Er liebte kurzgeschnittenen Rasen. In seiner Sauberkeit lag der Rasen da wie ein sicheres, von jedem Unglück geläutertes Stück Zukunft. Ray liebte es, barfuss auf solchen Matten zu gehen. Hier drinnen aber war alles unecht, alles dröhnte und quakte wie die Imitation von feuchtem, tropischem Urwald. Kunstvoll zusammengesetzte Bambusmöbel, uralte, die Tischdecken verscheissende Papageien und kleine Leguane, die, als wären sie dem Delirium eines Alkoholikers entlaufen, trocken an den Wänden klebten. Von der Decke wirbelten massive Metallventilatoren kühle Luft auf die Haarscheitel. Sie waren so gross wie die Propeller an zweimotorigen Flugzeugen.

Auf einmal verspürte er wieder das Stechen im Kopf. Seine Zunge lag wie ein pelziges Tier im Mund, und er fragte sich, ob er nicht dabei war, sich unter diesen Ventilatoren zu erkälten. Hatte er nicht bereits leichtes Fieber?

»Bud, ich möchte, dass Helen mit dem Jungen zurückkehrt. Weisst du, wo sie sich befindet?«

Budri Randeen zupfte mit den Fingerspitzen eine Bügelfalte hoch, zog kurz und entschlossen Rotz durch die Nase und schwieg. Er fixierte mit zusammengekniffenen Augen das glosende Zigarrenende, und für einen Moment erschien es Ray fast, als würde er weinen. Der unermesslich grosse, breitflächige und klebrige Schatten eines verschwiegenen Gedankens tauchte kurz auf und wurde von Budri, dessen Räuspern missglückte, niedergehustet. Mitten im Husten sagte er etwas, was Ray nicht verstand.

»Hör auf, weiter solchen Mist zu schreiben«, hatte Budri gesagt.

Ray verliess die Lounge so unauffällig wie möglich und kehrte in die Redaktion zurück. Dort las er sich weiter in seine Unterlagen ein: Nach der Scheidung von Aly Kahn stand Rita erstmals ohne ausreichende finanzielle Mittel da. Harry Cohn, der Chef von Columbia, nützte ihre Schwäche aus und zwang ihr einen neuen Vertrag auf, der ihre Mitbestimmung bei der Wahl des Regisseurs und ihr Mitspracherecht bei Filmskripten aufhob. – Ray blätterte die Seite der Illustrierten weiter und sah Rita im Jahre 1951 auf dem Luxusdampfer »De Grasse«, weder stolz noch triumphal, sondern müde und vom Alkohol gezeichnet, an der Reeling stehen. Sie hatte gerade ihren Mann Aly verlassen und war auf dem Weg nach New York, um ihre Karriere neu zu starten.

Plötzlich in Panik, griff Ray zum schweren Bakelithörer des Telefons und wählte die Nummer der »Trinidad Shipping Tours«. Das schwarze Telefon gab ihm ein Besetztzeichen ins Ohr, so dass er aufsprang und sich in den Wagen setzte. Noch nie war ihm der Hafen so verlassen und heruntergekommen erschienen wie an diesem Tag; statt des Dampfers, auf den sich Helen hätte begeben können, dümpelten nur teerklebrige Fischerboote im brackigen Wasser.

Wieder schlich sich Helen in sein Bewusstsein: Er sieht sie nach Hause kommen, während er durch den Schlitz der Lamelle des Eckhauses späht. Da steht er schon über eine

Stunde und wartet. Er sieht einen mausgrauen Austin halten; ein junger, bebrillter Inder sitzt am Steuer des Kleinbürgerwagens, Helen auf dem Nebensitz. An ihrem Arbeitsplatz gibt es viele Inder, auch Chinesen, Schwarze und Engländer. Er sieht sie im Kreis ihrer Arbeitskollegen lachen. Aber er ist nicht dabei, er ist immer in einem anderen Film. Zur Zeit steckt er hinter der Jalousie des Eckhauses, die ihm den Blick auf Helen zerschneidet. Der junge Student rennt schwungvoll um den Wagen herum, um Helen die Türe aufzureissen. Er sieht ihre weisse Bluse, die ohne Makel ist, wie frisch gebügelt. Es geht ihr verflixt gut.

Dann spitzt der Junge seine Lippen und küsst sie auf die Wange, auf die rechte, dann auf die linke. Ist da nicht noch mehr? Warum hält sie sich nicht etwas deutlicher zurück? Weiss sie denn nicht, dass es hierzulande ein Nationalsport ist, eine Weisse aufs Kreuz zu legen? Die Jalousie zerschneidet dem Kerl Kopf und Beine.

Ray spürte eine gelbe Bitterkeit in seinem Mund. Er überflog die Zeilen und war zufrieden, dass sein Stil hochnäsig, sozusagen britisch genug war.

Was hat Trinidad vom neuen Film »Fire Down Below« zu erwarten? »Mit einer gewissen Skepsis blicken wir auf »Affair in Trinidad« zurück, war da doch unsere Insel nicht mehr als »just a place to relax«. Ein sparsames Lob. Das Skript zu »Affair in Trinidad« war nicht gerade berauschend. Man rechnete damit, dass ein schlechter Film auch dann noch die Kassen klingeln lässt, wenn nur jemand wie Rita Hayworth darin auftritt.

Abgesehen davon, dass niemand gerne in so einem Film auftreten würde, stellte der Streifen für jeden Trinidader eine Ohrfeige dar. Denn der überwiegende Teil davon wurde in den Columbia-Studios in London abgedreht. Statt unsere Insel zu zeigen, wurden Archivaufnahmen irgendeiner spanischen Stadt eingesetzt. Offenbar gingen die Filmbosse davon aus, dass die Insel Trinidad und ihre Hauptstadt Port of Spain in einem lateinamerikanischen Land lägen. Trinidad ist also sowenig »Trinidad« wie Casablanca »Casablanca« war. – Im übrigen kriegt man im ganzen Film kaum einen Einheimischen zu Gesicht.

Der »Trinidad Chronicle« fragt Sie, liebe Leserinnen und Leser: Wäre diese Art Missachtung auch dann noch erlaubt, wenn Trinidad unabhängig wäre und eine eigene Regierung besässe?

(Ray Randeen für den »Chronicle«, 7. März 1957)

Maxi strich den letzten Satz weg und lobte den Rest. »In wenigen Jahren wird Trinidad unabhängig sein, da kannst du sicher sein. Aber mach dir deswegen nicht den Hals krumm, Ray. Auch dann werden die Leute ins Kino gehen und bei den dümmsten Klischees klatschen, sich wie die harten Hollywoodhelden in dicke Wintermäntel wickeln und alles nachahmen, was ihnen an diesen Filmen gefällt. Ein Land ändert sich nicht über Nacht. Die Trinidader sind ein filmverrücktes Volk, aber ohne jeden Geschmack. Neulich war ich in ›To Have and have not‹, wo Lauren Bacall gefragt wird, woher sie komme. Als sie entgegnet: ›Aus Port of Spain‹, fuhr das ganze Kino aus seinem Sitz auf, und alle schrien wie ein Mann: ›Nein!‹ – Immerhin ein Fünkchen Hoffnung.«

Maxi brachte ihm eine Tasse Nescafé, und sie setzten sich ans Fenster und rauchten. Auf der Strasse gegenüber stand ein Zeitungsverkäufer und rief den »Chronicle« aus.

Ray stellte sich vor, wie die Leute morgen über ihn reden würden. In den Rumshops, an den Tankstelle, am Küchentisch würden sie seinen Artikel durchgehen.

Ob Helen die Zeitung auch las?

ZWEI BRÄUTE

»Wo kommen Sie her?« wurde Lauren Bacall gefragt. Sie tat einen Augenblick lang, als würde sie nachdenken.

»Port of Spain, Trinidad«, sagte sie dann, und das Publikum im Kinosaal erhob sich wie auf ein Kommando und brüllte begeistert: »Du lügst, du lügst!« –

Seit Neil seine Stelle als Platzanweiser im Kino »Globe« angetreten hatte, erlebte er solche Tumulte Tag für Tag. Das Publikum durchlitt jeden Film mit ungebremster Leidenschaft. Beleibte Schwarze stellten sich nach »Casablanca« ungeachtet der sengenden Sonne in schweren Regenmänteln vor dem Kino auf und spuckten verächtlich auf den Gehsteig. Gab es auf der Leinwand eine Prügelei, schlugen sich einige Kerle im Parkett vergnügt die Köpfe ein. Und wurde im Film eine Frau angemacht, wollten die begeisterten Pfeifkonzerte kein Ende mehr nehmen.

Neil hatte gelernt, dass das Kino ein Ort der Verführung, der Gewalt und der Tränen war, eine heilige Stätte also. Viel zuwenig der Erbauung, und deshalb widerten ihn die Sex- und Gewaltszenen an, wie sie in amerikanischen Filmen gezeigt wurden. Die Trinidader verloren im Kino samt und sonders ihren Kopf. Wie Marionetten reagierten sie auf jedes Stereotyp. Neil hätte es vorgezogen, wenn mehr indische Filme gezeigt worden wären. In den indischen Filmen ging es um Verlobungen und Hochzeiten, um Tränen und Gefühle, und die Handlung wurde durch Gesangseinlagen aufgelockert. Aber auch Neil spürte, dass die indischen Filme etwas Veraltetes hatten.

Kurz nach seinem Arbeitsantritt riss zum ersten Mal die Spule. Mitten in einem Film wie »Batman« oder »Spycatcher«. Je länger sich die unfreiwillige Pause hinzog, desto enthemmter schmissen die Leute mit Gegenständen um sich. Zündhölzer flogen an Hüte, Schuhe klatschten an Köpfe, und schliesslich rannte eine Handvoll Schwarzer in den Vorführraum und verprügelte den Mann an der Projektionsmaschine. SCHWARZE VERPRÜGELN SCHWARZE hatte der »Bomb«, die grösste Boulevardzeitung des Landes, am nächsten Tag getitelt. Neil hatte die Polizei gerufen. Als seine Mutter die Schlagzeile las, verbot sie ihm die Arbeit als Platzanweiser. Aber Neil wollte Geld verdienen und las weiter nach den Vorführungen die Papiertüten und Zigarettenstummel zusammen. Schliesslich arbeitete er nicht zum Vergnügen.

»Rum oder Gin?« fragte Neil einige Stunden später an einem Fest, das ein Studienkollege gab. Er füllte zwei Gläser verschiedenen Inhalts, ohne die Antwort der blonden Frau abzuwarten. »Rum«, sagte sie mit Nachdruck und bekannte sich damit zur einheimischen Kultur, die durch dieses Getränk verkörpert wurde.

Neil glitt auf der Kante eines schmalen Hockers hin und her und schaute den Tanzenden zu. Der Studienkollege hatte den Raum verschwenderisch mit Papierschlangen ausgelegt, wie er es in amerikanischen Filmen gesehen hatte. Indische Snacks standen in kleinen Schüsseln bereit. Neil erhob sich und tanzte, obwohl er in seinen weiten Flanellhosen sofort zu schwitzen begann. Er bewegte sich ungeübt und unsicher vor der weissen Frau, die ihm besser als alle indischen Frauen gefiel. Er nahm eine Papierschlange und wickelte sie sich um Kopf und Brille. Hätte seine Mutter ihn so tanzen gesehen, hätte sie ihm eine Ohrfeige gegeben. Die strenge Noni hätte solch lockerem Treiben nie stattgegeben. Gegen sie hatte er nie eine Chance besessen. Auch seine vier Geschwister – zwei Brüder und zwei Schwestern – gehorchten ihr ohne Widerrede. Als Neil zwei Jahre alt war, starb sein Vater, und Nonie übernahm das Regime. Klein, drahtig und religiös, untersagte sie den Verzehr von Fleisch und den Genuss von Alkohol und investierte jeden Cent, den sie in ihrem improvisierten Getränkeladen verdiente, in die Ausbildung ihrer drei Söhne. Der Älteste aber betete und sang zu fleissig und erlag schon während des Jurastudiums den Befehlen einer ungeniessbaren und hageren Frau, die einen Adlerblick hatte. Obwohl er jeden Abend bei seiner Mutter vorbeifuhr, um eine halbe Stunde zu beten, ging er ihr auf die Nerven. Der jüngste der drei Söhne aber hatte noch zu viele Flausen im Kopf, so dass Nonie ihre grösste Hoffnung auf Neil setzte. Neil war ihr ein und alles. Sechs Monate lang hatte sie ihre Getränke und selbstgebackenen Kokosnusskekse jedem Schlawiner, der vor ihrem Haus vorbeiging, nachgetragen, um Neil eine gute Brille kaufen zu können. Dann waren sie zu einem Optiker nach Port of Spain gefahren, wo man sich für ein grosses Gestell mit scharfer Linse entschied; die Brille sollte auch dann noch zu gebrauchen sein, wenn Neil erwachsen war. Nun, da er erwachsen hinter der blonden Frau hertanzte, war sie noch immer um einiges zu gross. Aber ohne Brille sah er so gut wie nichts.

Man hockte sich wieder hin, plauderte, ass Nüsschen

und trank Bier. Die blonde Frau, deren Namen er nicht richtig verstanden hatte, wich seinen schüchternen Blicken aus. Seine Avancen schienen ihr peinlich zu sein. Trotzdem hätte er gerne weiter mit ihr getanzt, wusste aber nicht, wie er es anstellen sollte. Einen Korb hätte er nicht verkraftet. Mit der Frage, ob man sie nach Hause fahren könnte, wandte sie sich plötzlich an die Runde. Man machte ein grosses Hallo und protestierte.

Hätte er ein eigenes Auto besessen, wäre er jetzt mit einem Angebot vorgeprescht. Aber noch musste er zwei Monate im Kino jobben, bis er das Geld für eine Anzahlung beisammenhatte. Als sie ihm die Hand reichte, schaute sie über ihn hinweg. Lag es an seiner Brille?

Als er nach Hause kam, sass seine Mutter im Garten und wartete auf ihn.

»Was machst du um diese Zeit im Garten, Mutter?« fragte er verwirrt.

»Ich mache Puja. Morgen kommt der Pundit, um das Haus und den Garten zu reinigen und zu segnen.«

»Was hast du vor?«

»Das wirst du schon sehen, mein Sohn«, sagte sie lächelnd und küsste ihn, da er die Brille abgenommen hatte, auf die Stirn.

Zwei Tage später, als er von der Uni nach Hause kam, wartete eine unbekannte Braut, Nasrima Pruuna, in der Wohnstube. Sie hockte schüchtern wie ein Vögelchen in einem der speckigen Sessel und reichte ihm ihre zarte Hand. Er hatte das Gefühl, als müsste er nach einem Rinnsal Wasser fassen, so dünn waren die Finger. Und sie trug eine kleine, kugelrunde Brille. Aber Nasrima Pruuna war weder hässlich noch Moslem, weder arm noch störrisch, sie war keine schlechte Partie. Neil musste sich hinsetzen, um sich des Angriffs seiner Mutter, die sich von den beiden Töchtern unterstützen liess, zu erwehren. Nasrima Pruuna blickte starr, ertappt und mit aufgerissenen Augen hinter ihrer Brille hervor; er sah sie bereits hinter dem Herd Roti kochen. Gewiss, seine Brille oder ihre Brille wäre kein Problem. Und für die dreitägigen Heiratsfestivitäten, liess Noni näselnd wissen, sei genügend zurückgelegt.

Was war gegen Frau Pruuna, die vierhundert Meter Fluglinie von hier in Richtung Nordnordwest in St. Augustine wohnte, zu sagen? Stammten ihre Vorfahren nicht aus derselben Kaste wie die seinen, hatte er sich früher nicht immer im Schulbus hinter solche Mädchen gesetzt und an ihren Zöpfen gezupft?

Neil liess innert Kürze alle positiven Faktoren in sich verblassen und fragte sich, wie weit er es denn mit Nasrima an seiner Seite schaffen würde. Er sah sie beide als Paar und wurde mutlos: Auf den schlaglöcherdurchsetzten Strassen von Curepe und Port of Spain war nichts gegen sie auszusetzen. Aber dachte er an ein anderes Pflaster, wurde sie untauglich. Nasrima und Neil in London? Arm in Arm auf dem Broadway in New York? – Jetzt brachten ihn all die Hollywoodfilme, denen er sich widersetzt hatte, in Verlegenheit. Neil und Nasrima passten in keinen dieser Filme. Sie passten am besten in die indischen Filme. Aber Neil wusste, dass sein Fortschrittswille, ja, sein Ehrgeiz weit über indische Filme hinausging. Er würde früher oder später auswandern müssen, um es zu etwas zu bringen.

»Sag endlich was, du Kröte!« rief seine jüngere Schwester und hüpfte von einem Fuss auf den anderen. Und seine Mutter schaute ihn streng an.

»Ist dir nicht gut, mein Sohn?«

»Ich werde einen Spaziergang durchs Dorf machen, Mama.«

Als er gequält und schuldbeladen zurückkehrte, war Nasrima Pruuna verschwunden. Sie hatte von sich aus die Hochzeit ausgeschlagen, was immerhin nicht ganz dem üblichen indischen Schema von Hochzeitsanbahnungen entsprach. Seine Mutter redete drei Wochen lang kein Wort mehr mit ihm. Aber Neil traf wenig später wieder auf die blonde Frau. In der Kantine, wo man seine Zwischenprüfungsergebnisse gefeiert hatte, war sie plötzlich aufgetaucht. Er war der Viertbeste seines Jahrgangs. Und das hiess, dass er für das staatliche Auslandsstipendium, das alljährlich an die zwölf Besten der Insel vergeben wurde, in Frage kam. Wieder dachte er daran, dass er mit einer weissen Frau im Ausland besser bestehen konnte als mit einer indischen. So hatte er all seinen Mut zusammengenommen und sie wieder angesprochen. Ja, er hatte sich für die nächste Woche gar zu einem Treffen auf dem Tennisplatz des Campus verabredet.

Seine Mutter war sofort im Bilde: »Ich seh es dir an, dass du eine andere Frau als Nasrima im Kopf hast!«

Aber auf dem Tennisplatz flogen die Bälle wie Herzen hin und her. Er hatte die Brille abgelegt und spielte traumhaft sicher. Auch Helen verstand sich auf das Spiel; sie waren keine Gegner, sie spielten füreinander und liessen keinen Ball aus, damit der andere wieder zum Zug kam. Zwar waren die Zuschauerränge leer, aber er schlug den Ball mit einer Eleganz, dass er schnurstracks wie ein Kuss zu Helen flog. Und dabei stellte er sich vor, dass er nicht auf dem Campus in Trinidad, sondern in Wimbledon war.

Oder in der Schweiz. An einem frühsommerlichen Sonntagmorgen. In der Frische der sie umgebenden Sprinkleranlagen. In einer Welt, die strahlte vor Ordnung. In einem Klima, in dem die Dinge übersichtlich und klar wurden. Nach dem Match würden sie einen Martini dry trinken und dann zurückfahren ins Eigenheim, um mit den Kindern – vielen Kindern! – zu frühstücken. Ja, mit Helen zu leben konnte er sich vorstellen.

Aber dann erfuhr er, dass sie mit einem anderen verheiratet war und bereits ein Kind hatte.

KINDERVERS

Langsam fahre ich mit meinem Onkel durch die Strassen von Port of Spain, vorbei an einem gelben Gebäude, in dem früher einmal der »Chronicle« einquartiert war. Träge bewegen sich die schwarzen Beamten durch die Hitze, faul und zugleich lässig. Sie stehen am Strassenrand mit einer Gelassenheit, die aus einer anderen Epoche zu stammen scheint. Aus den Gettoblastern der schwarzen Jugendlichen wummert der Verschnitt aus Calypso, Hip-Hop und Reggae. Sie tanzen beim Gehen, sie wiegen den Körper von einer Energiezone in die nächste. In den Parks versammeln sich kleine Gruppen, um für den Karneval auf ihrer Steeldrum zu üben.

Dagegen wirken die Inder wie gelähmt. Wie in dicken Taucheranzügen bewegen sie sich langsam durch den Staub, und kein spontaner Laut, weder Freude noch Unmut, kommt über ihre Lippen. Ich sehe indische Grossfamilien bewegungslos in der Hitze des Mittags auf der Holzveranda sitzen. Geduldig und friedfertig warten sie auf den Einbruch der Dämmerung, auf das Ende des Jahrhunderts, und tragen noch immer ihre unabwendbare Last von Traditionen und Kastenzugehörigkeit.

»Verschlossen und weltstumpf sind die Inder«, klage ich zu meinem Onkel am Steuer, »überhaupt nicht neugierig und noch immer in den Gespinsten ihres Kastenwesens gefangen. Auch als ich das erste Mal Neils Familie in Trinidad kennenlernte, den singenden Onkel, die vegetarische Mutter, die ganze betende Sippe, da hatte ich den Eindruck, als lebten sie ausserhalb der Welt. Erstarrt in ihren Traditionen.«

»Dein Stiefvater Neil war ja nicht so«, sagt mein Onkel. »Und meine verstorbene Frau auch nicht. Du denkst nur an Ray und deine Sippe. Neil war ein weltoffener Wissenschaftler. Klar, seine Mutter Noni war erzkonservativ. Aber vergiss nicht, dass sie arme Leute waren. Die Frau musste fünf Kinder allein durchbringen. Gott, ist es heiss heute. Hol mir doch schnell ein eiskaltes Carib Lager, Junge, dann reden wir weiter.«

Ich steige aus dem Wagen und schleppe mich in der Bruthitze zum nächsten Rumshop.

»Kannst du dich erinnern, was damals geschah, als Helen in Neils Familie kam?«

»Ich weiss nur, dass Noni sie nie akzeptiert hat. Nicht allein deshalb, weil sie eine Europäerin war. Helen brachte ja dich mit, sie besass also in den Augen einer traditionellen indischen Mutter einen erheblichen Makel. Aber was ich damals hörte, waren nicht mehr als Gerüchte. Ich war ja noch nicht mit Neils Schwester verheiratet, hörte also auch nicht genau hin, wenn es um diese Familie ging. Aber man erzählte sich viel über Helen. Auf jeden Fall hat deine Mutter dann schnell mit Neil das Weite gesucht.«

Zwei Stunden lang fahren wir durch den Süden, dann biegen wir nach Waterloo ab. Waterloo? – Ich will unbedingt den Ort sehen, der diesen Namen trägt. Ich bin neugierig auf alle Kuriositäten, Abartigkeiten und Rätsel dieses Landes. Basdeo führt mich auf eine schmale, mit Stein aufgeschüttete Landzunge, die ins Meer hinausführt und bei einem blauweissen, achteckigen Hindutempel endet. Waterloo ist eine ins brackige Meerwasser gestellte Gedenkstätte.

»Warum baut sich einer zielstrebig einen Tempel in den Sumpf?« frage ich.

»Ein reicher indischer Kaufmann zu Beginn dieses Jahrhunderts träumte von einem weissen Haus mit Spiegeln, eine oktogonale Architektur, die er den Göttern zum Dank bauen wollte. Er gehörte zur ersten Generation der indischen Einwanderer, war ein Freund deines Urgrossvaters Ramhit und wollte ein Opfer bringen, da ihn die Götter so gut in diesem Land aufgenommen hatten. Aber aus irgendeinem Grund, den nur die Engländer kennen, kriegte er hier keine Bauerlaubnis. So verlegte er sein architektonisches Gebet fünfzig Meter ins Meer hinaus. Denn das Meer kann man bekanntlich nicht kaufen.«

»Wieder eine verdrehte und falsch endende Geschichte«, sage ich. »Nichts auf dieser Insel ist gradlinig und fest, wo immer man hintritt, ist Sumpf.«

Wir stellen Basdeos Wagen in den Schatten eines Grenzhäuschens, hinter dem sich die unermesslichen Felder der Trinidad Oil Company erstrecken. Sanfte Hügel, weibliche Formen, Mulden wie schöpfende Hände, denn das Gebiet ist gleichzeitig ein riesiger Golfplatz. Ich warte auf den Mann, den mir Hanna Boopsingh angegeben hat und der angeblich mein Cousin sein soll.

Als sich die Absperrung öffnet, surrt ein silbergrauer BMW heran, dem ein Mann in meinem Alter entsteigt. Sonnenbrille, Baseballmütze, elegante Shorts. Lächelnd eilt er mir entgegen, mein Cousin Ashford. Auf der Rückfahrt zu seinem Anwesen, mitten in der Wüste der unermesslichen Golfplätze der Trinidad Oil Company, unterhält er mich geschmeidig mit Witzen. Ashford trägt eine Goldkette um den Hals und erscheint mir wie der perfekte trinidadische Playboy. Er nimmt seine Sonnenbrille ab, und ich sehe sein verquollenes Auge. Eine Party am Vorabend, kommentiert er. Ein schwarzer Diener bringt ein Glas mit Alkaseltzer. Ashford ist nicht übertrieben gerührt, dass ich hier bin. Oder aber er kämpft so mit seiner körperlichen Verfassung, dass er seiner Rührung nicht Ausdruck geben kann. Von Tante Hanna hat er bereits mitgeteilt bekommen, dass ich ihn besuchen werde.

»Schade, dass du erst jetzt kommst«, formuliert seine Zunge schwerfällig. »Letzte Weihnacht gab es ein Zusammentreffen von zweihundert Sinanans auf der Insel.«

Nun sind es bereits zweihundert Verwandte! Ich stelle mir zweihundert Leute auf einer riesigen Wiese vor. Einige haben dieselbe Nase wie ich, andere tragen meine Ohren, es wird mindestens zwei Dutzend geben, denen der kleine Finger von der Hand absteht, ich rechne mit ungefähr zwanzig Hypochondern, und vielleicht ist sogar noch ein Dramaturg darunter. – Ich bitte Cousin Ashford um ein eisgekühltes Bier. Onkel Basdeo lässt mich mit dem Cousin allein und geht über die Golfplätze spazieren.

»Wir haben doch zusammen gespielt, erinnerst du dich? Du warst drei oder vier Jahre alt.«

Ich kann mich an nichts erinnern.

»Vielleicht erinnerst du dich, wenn ich dir dieses Lied vorsinge: ›Robert, Robert is going to Diego Martin eating some plantin and come home farthing‹ –«

Ashford bricht in Lachen aus und singt das Lied erneut.

Ich mag das Lied, ehrlich gesagt, nicht.

»Und mein Vater?« frage ich in die Pause von Ashfords Gelächter, als er sich einen Eisbeutel auf die Stirn legt.

»Ich habe mit deinem Vater Fussball gespielt. Er hatte einen zarten Charakter, war etwas wehleidig. Insgesamt eine bizarre Persönlichkeit.«

Ich würde gerne, über den albernen Kindervers hinaus, mehr Einzelheiten erfahren. Was ist mit der Geschichte Hannas vom Einfall des Bösen in die Familie? Das verseuchte Blut Martha Bardeos?

Cousin Ashford kann sich vor Lachen kaum halten. – »Alles Quatsch!« ruft er. »Typisch Tante Hanna. Sie ist ein wandelndes Gruselkabinett. Aber Martha Bardeo, im Ernst, war nun wirklich kein Scheusal. Im Gegenteil –« Cousin Ashford nimmt den Eisbeutel aus dem Gesicht und lässt ihn zu Boden plumpsen. »Martha ist für mich eine der eindrucksvollsten Frauen in unserer Familie.«

Ashford lacht weiter.

»Neben diesem Moloch von Ramhit hat sie immerhin elf Kinder grossgezogen. Darunter unsere Grossväter und Mütter.«

Und dann kommt Ashford auf Olive zu sprechen. Die Legende der heiligen Olive Sinanan. Fein, durchgeistigt und gebildet sei sie gewesen.

»Wenn ich sie als Junge im Baroudahaus besuchte,

Robert, ahnte ich, dass es zwischen Himmel und Erde eine Luftschicht gibt, in der nur ganz wenige leben können: die Engel. Deine Grossmutter war so ein Engel. Sass sie am Klavier, dann war mir, als würde sie sich Ton um Ton von der Welt verabschieden. Von all den plumpen, widerlichen und falschen Dingen auf unserer Erde« – Ashford macht ein verzweifeltes Gesicht – »von all den Sinanans, einschliesslich meiner Mutter, war Olive zweifellos die edelste. Deswegen hat man dem armen Budri nie verziehen, dass er sie geheiratet hat. Er hat einen Engel auf die Erde heruntergezerrt, das war sein Verbrechen. Nun ja –«

Ashford bricht mitten im Satz ab und verschwindet im Hausinnern. Ein neuer Eisbeutel muss her, unwillkürlich stelle ich mir die Alkoholmengen vor, die er letzte Nacht getrunken haben muss. Er bleibt sehr lange im Haus. Seine Frau und seine Kinder sind für eine Woche auf Barbados. Schliesslich kommt er triumphierend auf mich zugetrabt.

»Dies ist die einzige Aufnahme, die es von Olive gibt.«

Ich bin in heller Aufregung. Vor einem brokatgewirkten Tuch mit gelbem Stich, auch der danebenstehende Flügel geht ins Gelblichbraune, erblicke ich eine junge Frau, deren Gesicht mich entfernt an das meiner Tochter Jennifer erinnert. Olive!

Da ist das Unfassliche, verbürgt durch ein Foto. Alles, was ich an diesem Gesicht erkennen kann, stimmt mit dem überein, was Cousin Ashford erzählt hat. Ich denke, was ich immer von Fotos denke: sie können nicht lügen – obwohl das Gegenteil längst bewiesen ist. Das Foto zeigt eine unverwechselbare Ähnlichkeit über die Generationen hinweg. Die Gene fliegen durch die Zeiten, sie kehren die Zeit um. Im unaufhaltsamen Strom der Zeit bilden sich

Falten, Stockungen, Kristalle von ähnlichem Aussehen. Genetisch programmierte Überraschungen.

Aber welche Macht bin ich bereit, dem Faktischen zu geben? Je länger ich darüber nachdenke, desto schwerer fallen mir irgendwelche Schlüsse. Wie jedermann würde ich behaupten: Meine Tochter hat mit ihrer Urgrossmutter Olive wenig gemein. Trotzdem vibriert eine seltsame Erregung weiter in mir. Die Tatsache, dass es zwischen einer indischen Frau aus dem 19. Jahrhundert und meiner Jennifer aus dem 21. mehr als nur eine Ähnlichkeit geben kann, beschäftigt mich unablässig.

Was würde mir fehlen, wenn es dieses Foto nicht gäbe?

Ist mein Bedürfnis nach Geschichten – nach meiner eigenen Geschichte – so überwältigend? Wird meine Tochter dereinst überhaupt wissen wollen, woher sie kommt? Oder wird es ihr schnurzegal sein?

Oder schreibe ich einfach einige Fussnoten zu jener Geschichte der grossen indischen Auswanderung, deren Produkt meine Tochter und ich sind?

Ich frage Ashford, ob ich den Abzug behalten dürfe. Er zögert. Wir einigen uns darauf, dass ich mir eine Kopie anfertigen lasse, denn auch mein Cousin möchte das Foto seiner »heiligen« Tante Olive nicht aus der Hand geben. In einem Hinterhof, der von einer chaotischen Strasse Port of Spains abzweigt, finde ich einen Fotoshop. Die erste Kopie, die mir das uralte indische Männchen aushändigt, ist deutlich blasser als das Original. Ich bitte nochmals um einen Versuch. Aber jedes weitere Foto wird noch bleicher. Ganz offensichtlich verfügt der Mann nicht über die notwendigen technischen Einrichtungen. Auf der letzten der acht Abzüge ist meine Grossmutter Olive nicht mehr als ein Schatten vor einem schneeweissen Hintergrund.

Lange vor Olives Auszug aus dem Baroudahaus hatte ihr Leiden zugenommen und ihre Einsamkeit sich verstärkt. Es gab keinen Verwandten, der Budris Tyrannei auch nur für einen Tag unterbrach. Niemand, der einen festen Platz im Baroudahaus gehabt hätte. Kein Stuhl, der Onkel August gehörte, und keine Fensteraussicht, die von Tante Pearl oder Tante Phyllis bevorzugt wurde. Die versnobte Sinanansippe liess sich kaum je im Haus blicken. Zu kränkend war der Umstand, dass das Stammhaus der Familie nun in Händen des kulturlosen Emporkömmlings mit seinen Angebermanieren lag. Durch testamentarische Verfügung hatte Ramhit das Haus seiner ältesten Tochter Ena und, nach deren Verscheiden, Olive vermacht. Die Tanten Tolly, Molly und die Onkel Mitra, Esmond und August aber wollten das Haus nach Olives Heirat nicht mehr betreten.

Von den Randeens kam ebenfalls kaum jemand. Lediglich Onkel Raoul, der nach Kanada ausgewandert war und dort Bernice geheiratet hatte, weilte gelegentlich zu Besuch. Raoul war ein Kind, das in einem Erwachsenenkörper steckte. Er trug weite, farbige Hosen wie ein Derwisch und einen merkwürdig geschnittenen Backenbart. Von Beruf gab er an, Privatgelehrter und Erzieher zu sein. Er ging zu Ray aufs Zimmer und verwickelte ihn in spannende Spiele. Raoul war Rays Lieblingsonkel. Er brachte ihm einen weissen Jaguar, einen silbernen Mercedes oder einen kleinen, grüngesprenkelten Kampfflieger der Royal Air Force mit. Und während Raoul breithüftig durch Rays Kinderzimmer robbte oder mit dem Jungen die Flugzeugtypen der Engländer und Kanadier durchging, sass Bernice mit übergeschlagenen Beinen im Salon und soff mit Budri einen Cocktail nach dem anderen. Die aparte Bernice war Rays erster, kindlicher Schwarm gewesen. Zwischen ihren langen, auf Stöckelschuhen stolzierenden Beinen war er herumgekrochen. Welcher Herkunft Bernice genau war, ob die Tochter eines kanadischen Holzfabrikanten oder eines dünnlippigen, frankophonen Vorschullehrers, erfuhr man nie. Sie sprach Englisch ebenso fliessend wie Französisch, und ihre Frisuren entsprachen immer der neuesten Mode. Bernice war einfach die »Kanadierin«. Im übrigen hielt sie es nie sehr lange in Trinidad aus. Die bei jeder Party hemmungslos herumgereichten Frauenwitze sowie die nicht weniger primitiven sanitären Verhältnisse – Bernice liebte gekachelte Badezimmer – entsprachen nicht ihrem Gusto.

Sass Bernice mit Budri im Salon, scheute Olive die Begegnung. Sie tauchte statt dessen in Rays Zimmer auf, um mit Raoul ein paar Worte zu wechseln. Raoul hingegen ging Budri aus dem Weg, so dass an den Tagen, an denen die Raouls kamen, aus dem geräumigen Baroudahaus ein Konglomerat von mehreren, in sich geschlossenen Zellen wurde, in denen sich die einen oder die anderen aufhielten. Gingen Budri und Bernice Arm in Arm im Garten spazieren, verpflegten sich Ray und Raoul schnell in der Küche. Neben Raoul wirkte Budri wie ein speckiger Provinzpolitiker, der mit aufschneiderischen Parolen für seine Wiederwahl kämpfte. Ray hätte seine Stimme auf jeden Fall Raoul und nicht Budri gegeben.

Weniger Freude dagegen hatte Ray bei Besuchen von Budris Schwester Millie und ihrem Gatten. Millie war eisern und kalt, grossgewachsen und dunkel wie ihr Bruder;

aber alles Hysterische und Grossmäulige ging ihr ab. Als sei sie in ihrer Jugend dauerhaft durch die Faxen ihres Bruders geschädigt worden, erstickte sie jede Spontaneität mit einem frostigen Dauerlächeln. Dafür beeindruckte ihr Gatte durch viel Expressivität: Der Deutsche Gerold war breitstirnig und fischlippig, hatte schwere Knochen und einen hängenden Bauch und war ein leidenschaftlicher Quassler. Beide schwammen sie im Geld, das sie als Immobilienmakler eingenommen hatten. Gerolds Spitzname war »Mister Moneylender«. Seine Darlehenstätigkeit bescherte ihm zahlreiche Beziehungen, die von neureichen Schwarzen bis ins altkoloniale britische Lager reichten. Am liebsten aber lieh er sein teures Geld den Indern. Keine andere Rasse, pflegte er zu sagen, hat das Geld so sehr im Blut wie die Inder.

Gerold war längst zum Trinidader geworden, ein Weisser, wie es ihn auf jeder Upperclass-Party gab. Stets etwas hemmungsloser, etwas lauter, etwas unbekümmerter als die anderen, stets ein Cocktailglas zwischen den Fingern, in einem zerrupften Anzug, bequasselte er die Leute mit seinem betont kreolischen Slang. War Mister Moneylender gross in Fahrt, nannte er sich »den Sprengmeister der schlechten Laune«. Die Eisige und der Sprengmeister scheffelten Geld wie andere Muscheln am Strand von Maracas.

Meist endeten die Besuche damit, dass Millie mit gestrecktem Rückgrat auf dem Sofa einnickte, Olive mit Ray spielte und Budri mit Gerold im Garten Geschäftliches verhandelte. Von dort platzten die Lachsalven des Rechtsanwalts und des Häusermaklers in befremdlichem Einklang in die Stille des Baroudahauses.

An den Abenden, wenn Olive mit dem kleinen Ray allein war, erzählte sie ihm öfter von Ramhit und Martha Bardeo, vom Schotten und den Geschwistern Mitra, Esmond, August, Phyllis und Ashram. Die Vorfahren und Verwandten irrten nun in der Dämmerung durch die Zimmerfluchten des Baroudahauses, während Olives Augen sich wegen der beginnenden Diabetes zu trüben begannen. Der kleine Ray merkte es daran, dass Olive auch dann, wenn die Dunkelheit die Dinge zu verschlucken begann, kein Licht mehr anzündete.

Bis eines Abends Budri eintrat und schimpfend nach dem Lichtschalter suchte. Er entdeckte seine Frau mit dem Jungen in der dunklen Ecke auf dem Sofa sitzen. Olive weinte.

»Was macht ihr da?« rief er wütend.

»Mam hat mir von Esmond und Ramhit erzählt. Von Martha Bardeo«, rief der kleine Ray.

»Weisst du, wer dich gezeugt hat, wessen Nachkomme du bist, Junge? Nicht Esmond und auch nicht Ramhit Alexander, sondern Budri ist dein Erzeuger!«

Olive seufzte, suchte ihren Stock und tastete sich ins Schlafzimmer vor. Dabei murmelte sie: »Nie soll der Junge so werden wie du. Verseucht ist sein Blut von den Randeens.«

Budri öffnete den Mund, aber die Wut schnappte ihm die Wörter weg. Er packte den kleinen Ray, hob ihn hoch und warf ihn mit unerwartetem Schwung aus dem Fenster ins Gemüsebeet. Ray flog. Spürte den Wind an seinen Ohren, vielleicht musste er sogar lächeln. Das Licht knisterte in seinen Haaren, der Berg Bud wurde kleiner und kleiner, aus dem Garten, dem er entgegensauste, vernahm er Musik. Dann schlug er mit dem Körper auf die harte Erde und schrammte sich Arme und Beine auf. Die

Erde war unerbittlich, und der Schmerz nahm ihm das Bewusstsein.

»Stammbaum, du Affe!« schrie Budri wie ein Irrer. »Wir sind keine Sinanans!«

In dem Jahr, als Helen von Ray geflohen war, begann Olive ihr Augenlicht ganz zu verlieren. Sie lebte zurückgezogen in einem kleinen Haus in Tunapuna, in dem sie noch einmal all die Gegenstände, die sie ein Leben lang begleitet hatten, um sich versammelte. Aber sie wurde zusehends verwirrter. Sie hängte den Kristallüster an die Wand, stellte die Teetasse auf die vergoldete Standuhr und wickelte sich beim Schlafen in seidene Vorhänge. Das Bild von ihren Eltern Ramhit und Martha hängte sie im Holzrahmen zwischen Küchenkelle und Gemüsesack. Die wachsende Dämmerung trübte die Konturen des Mobiliars. Olive zündete Kerzen an, um Strom zu sparen. Aber die Kerzen gaben kein Licht mehr, sondern zogen nur die Moskitos an. Und die goldene Standuhr wurde von der Finsternis verschluckt, der Kristallüster zerfiel in Tautropfen, und die Gesichter von Ramhit Alexander und Martha verschwanden für immer.

Sie lernte den Weg zwischen Schlafzimmer und Klavier auswendig. Sie ging ihn Dutzende Male am Tag und in der Nacht. Sie berührte die Tasten mit höchster Genauigkeit. Und glitt mit den Klängen zurück in die glückshelle Kindheit im Baroudahaus. Sie spielte sich ihr Leben vor, Spiele mit den elf Schwestern und Brüdern, mit dem Lieblingshund Baff und den Geschichten, die Martha ihr erzählte. Und während die Welt sich weiter von ihr zurückzog, ihr einziger Sohn sich nicht mehr blicken liess, kroch ihr die Dunkelheit ins Herz. Sie begann zu singen. Sie sang sich die Finsternis aus dem Herzen. Am Arm einer Bediensteten irrte sie durch die Städte San Fernando und Port of Spain und suchte ihre halbschottische Mutter. Dann stürzte sie in ihrem Haus die Treppe hinunter. Tot war sie schon lange, gestorben am Leid der Sippe, dem Zerfall der Familie, gebrochen von Budri. Nun versiegte ihr Atem.

MEISSNER BABY

Soeben erfuhr der »Chronicle« aus gutinformierten Kreisen, dass Miss Hayworth mit ihrem vierten Ehemann, Dick Haymes, überkreuz ist. Bevor sie nach Trinidad kam, soll sie sich bereits mit Haymes überworfen und eine Scheidung gegen ihn angestrengt haben. Haymes soll Rita öffentlich mit der Faust ins Gesicht geschlagen haben, nachdem sie ihn bei seinen Auftritten rund um Los Angeles, wo sie im Coconut Grove abgestiegen waren, begleitet hatte. Der Schlag und das sich daraus ergebende blaue Auge waren für jeden sichtbar und zeigten, in welch schiefem Verhältnis die Eheleute zueinander standen. Wegen Haymes hatte sie monatelang ihre beiden Kinder vernachlässigt, um ihn in jene Lokale begleiten zu können, wo er als Sänger auftrat. Ohne sie war ihm offensichtlich kein Publikum beschieden.

Nachdem er sie in aller Öffentlichkeit geschlagen hatte, verliess Miss Hayworth zusammen mit ihren beiden Kindern fluchtartig das Strandhaus in Malibu und setzte sich nach New York ab.

Wenn sie »I've been kissed before ...« sang, schlug er sie. Er schlug sie zu Hause, wenn sie zusammen tranken, und schliesslich offenbarte er seine Gewaltsamkeit auch vor Reportern.

Haymes litt an Paranoia und zog Rita ganz in seine verrückte, schizophrene Welt.

Laut lese ich Ray seinen alten Zeitungsartikel vor. Jene Zeilen, die er einmal mit leiser Stimme vor sich hin gesprochen und in die Maschine getippt hat.

»Underwood«, notiert er auf einen Block. Ich frage weiter nach seinem Verhältnis zu Helen. Unwillig schüttelt er den Kopf. Ich verstehe, dass mein Alter Herr keine Auskunft darüber geben will. Wider Erwarten aber ergreift er dann doch den Schreibblock und hält einige Stichwörter fest. Aus den Stichwörtern wachsen schliesslich ganze Abschnitte in krakeliger Schrift, die er mit Zeichnungen und Ornamenten versieht. Sein Hang zum Ornamentalen hat in der letzten Zeit auffallend zugenommen. Gerade so, als suchte das Wirrwarr in seinem Kopf nach einer Verdoppelung auf dem Papier. Spiralen, Blumen, Strudel.

So verbringen wir den ganzen Nachmittag auf der heissen Veranda. Rauchen Zigaretten und trinken Bier, während uns der Schweiss den Rücken herabläuft. Gelbe Schmetterlinge kreuzen unsere Blicke, um vier Uhr nachmittags ist die Hitze so brutal, dass das Eckhaus wie hinter einem schwarzen Schleier verschwindet.

Immer wieder schläft mein Vater ein. Sein Kinn sinkt aufs Brustbein, und die Knochen unter der olivfarbenen Haut drücken hervor. Er ist glücklich, aber vollkommen entkräftet. Werde ich mit ihm überhaupt noch nach London zurückkehren können?

Mit der üblichen abrupten Verfinsterung fällt die tropische Nacht ein. Eine Nacht voll gleissender Lichter. Musik, Hundegebell und Reifenquietschen heben an. Stets habe ich die Nacht hier als fiebrig und voller Phantasmen erlebt. Ununterscheidbar fliessen die Träume, Vorstellungen und Einbildungen mit der Wirklichkeit ineinander. Die Nacht macht die Körper ruhelos.

Während Basdeo bei Freunden zu Besuch ist, bringe ich Ray zu Bett. Bleibe noch geraume Zeit neben ihm sitzen, in der wir beide wortlos an die Decke starren. Ich ziehe ihm das Leintuch über die mageren Schultern, damit er vor den Moskitos geschützt ist. Dann schweigen wir. Beide haben wir uns ans Schweigen gewöhnt; es ist nun ein freundschaftliches, fast zärtliches Schweigen geworden, das uns beide umfängt. Als würden wir uns umarmen.

Später sitze ich erneut auf der Veranda und starre auf das Eckhaus hinüber. Vor knapp einem halben Jahrhundert war Ray ins Eckhaus geschlichen. Die Haustüre war offengestanden. Er hatte Schritte gehört und sich versteckt. Aber plötzlich war Helen vor ihm gestanden.

»Was tust du hier?« hatte er sie gefragt.

Seine Frage erübrigte sich, als er ihre gefüllte Tasche sah. Sie war bleich, ihre Lippen dünn, die Augen kampfbereit.

»Geh mir aus dem Weg, Ray.«

»Wo hast du den Jungen?«

»Lass mich, Ray.«

»Sag mir, wohin du gehst. Ich will nur den Jungen sehen. Ich werde dich nicht mehr behelligen.«

Sie ergriff eine herumliegende Eisenstange und ging auf ihn zu.

»Du kannst doch nicht einfach so weggehen, Helen. Das kann niemand in diesem Land. Wir sind verheiratet.«

»Seit wann fragst du nach dem Jungen? Es ist das erste Mal, seit er auf der Welt ist, dass du nach ihm fragst.«

Er setzte sich erschöpft auf den Boden und rauchte.

»Was muss ich tun, damit du zurückkommst, Helen?«

»Du bist wie dein Vater«, gab sie zur Antwort. »Etwas in dir will alles kaputtmachen. Etwas, das dich so weit treibt, dass du mich wie einen Hund behandelst. Du bist labil und unselbständig. Ein verwöhntes, verzogenes Kind. Du hast keinen Respekt vor anderen Menschen. Du verachtest im Grunde genommen alle. Die Prügel deines Vaters haben dich geprägt. Immer wenn du mich geprügelt hast, habe ich durch all die Prügel hindurch die Hand deines Vaters gespürt.«

Sie hielt inne, bewegte sich an ihm vorbei, ging langsam aus dem Haus.

»Ich werde dafür sorgen, dass Robert anders wird als du. Ich kann Robert erziehen. Auf jeden Fall wird er nicht geschlagen werden, nie!«

Aber Ray hatte ihr den Weg versperrt. Sie war zurückgewichen und hatte einen harten, spitzen Gegenstand ergriffen. Sie war mit dem Gegenstand auf ihn zugegangen. Da hatte er sie am Arm in ein Zimmer gezerrt und abgeschlossen. Danach stand er im Babyzimmer. Sein Schatten fiel über das Gesicht des Kindes. Er nahm das Kissen und presste es auf den Kopf des Kindes, dessen Weinen sofort in Röcheln überging. So verharrte er lange Zeit. Erst das Schlagen an die Türe weckte ihn aus der Trance. Er rannte aus dem Zimmer, vorbei an der hysterischen Frau.

Mitten in der Nacht fuhr er in die Redaktion und spannte ein Blatt in die Underwood. Er musste etwas schreiben, woran sich Helen und sein restliches Publikum noch in Wochen, ja, Monaten erinnern würden. Nur so konnte er seinen Job behalten. Er trank, um sich zu beruhigen. Als die Flasche leer war, begann er zu heulen. Erst danach konnte er schreiben.

In einem Exklusivinterview, das Rita Hayworth dem Reporter des »Chronicle« in ihrem Hotel in Scarborough/Tobago gewährt hat, äusserte sie sich über die Scheidung von Haymes folgendermassen:

»Ich spürte, wenn ich die Ehe mit ihm weitergeführt hätte, hätte meine Gesundheit auf dem Spiel gestanden. My husband used vile and abusive language to me and called me a ›goddamned motion-picture star.‹ Als ich im November 55 durch meinen Rechtsanwalt die Scheidung in Reno einreichen liess, war klar, dass ich auch meinen Namen zurückhaben wollte.

Daraufhin gab Miss Hayworth dem Reporter zu verstehen, dass sie ihre Ehe mit Haymes als grossen Irrtum empfinde. Beim Abschied lächelte sie, verscheuchte die Schatten auf ihrer Seele und sagte wunderbar vieldeutig: aber welche Ehe ist nicht ein Irrtum? – Als sie auf den Balkon hinaustrat, fielen ihre rotblonden Haare leuchtend über ihre nackten Schultern und wetteiferten mit der Sonne Tobagos.

»Sind Sie verheiratet?« fragte sie den Reporter.

»Ich bin glücklich mit einer jungen blonden Europäerin verheiratet, die zur Zeit im Urlaub weilt. Ich wünsche nichts sehnlicher, als dass sie bald wieder zurück ist.«

Rita Hayworth lächelte. Sie ist mit jedem Zoll ihres Wesens ein grosser Star, auf der Leinwand wie in der Wirklichkeit. Privat wirkt sie eher schüchtern und bescheiden, aber nach zwei, drei Drinks kann ihre Stimme plötzlich umschlagen in jenen Ton, den wir von »Gilda«

kennen. Dann zieht an jedem Mann der Piratenschweif der grossen Liebessehnsucht vorbei.

Der Reporter des »Chronicle« schlägt vor, dass die PNM Miss Hayworth zu ihrem »Ehrenvorsitzenden« wählt. Nur Ritas Sex-Appeal kann Trinidad wirklich befreien!

(Ray Randeen für den »Trinidad Chronicle«, 3. April 1957)

Vor allem der Vorschlag im letzten Abschnitt brachte ihm die grimmige Feindschaft der indischen Gemeinde ein, für die die Partei der Schwarzen, die PNM, ein rotes Tuch war. Am nächsten Morgen stand sein Plymouth mit aufgeschlitzten Reifen vor der Redaktion, und als er ihn später in der Garage abholte, starrte ihm auf einem Plakat eine nackte Rita entgegen, deren Sprechblase einen obszönen Spruch enthielt. Am Rumshop, wo er wie üblich seine Dobbles verzehrte, tänzelte ein schwarzes Mitglied der PNM, spöttisch mit der Zunge schnalzend, vor ihm herum: Er war der Kuli, der sich in ein weisses Hollywoodflittchen verknallt hatte und dem die Frau davongelaufen war. Er war das nächste Karnevalssubjekt. Und das Boulevardblatt »Bomb« brachte zu allem Überfluss eine Karikatur von ihm, wie er die beiden Pobacken der Hayworth tätschelte. Auf der linken Backe standen die Buchstanden PNM, auf der rechten USA. Dass er so missverstanden worden war, schmerzte ihn.

Aber der Verkauf des »Chronicle« stieg steil an. Und am nächsten Tag lagen eine Menge Leserbriefe auf seinem Schreibtisch. Er aber starrte nur weiter auf das schwarze Bakelittelefon. Er hob den Hörer ab, um den Summton zu vernehmen. Er kontrollierte, ob das Kabel fest in der Wand verankert war. Wie ein totes Tier lag das Ding vor ihm. Er ging sogar soweit, sich von einem Kollegen aus einem anderen Redaktionszimmer aus anrufen zu lassen. Aber als er den Hörer abhob, war es nicht Helens Stimme, die er vernahm.

Schliesslich fuhr er wieder nach Curepe zum Eckhaus. Noch immer besass er einen Schlüssel, mit dem er hineingelangen konnte. Das Haus war leer, die Gänge waren freigeräumt, die Blumen verschwunden. In all den Monaten, in denen Helen verschollen blieb, hatte er begonnen, unnütze Gegenstände zu verkaufen. Er hatte den Eindruck, dass es immer noch zu viele Sachen im Haus gab, die ihm den Durchgang verstellten. Je mehr wegkam, desto besser. Zuerst hatte er den himmelblauen Kinderwagen, den Helen aus der Schweiz mitgebracht hatte, einer zahnlosen Alten in Arima angedreht. Die führte darin ihre Hühner spazieren. Dann hatte er mit dem Glastischchen, das so penetrant ihrem europäischen Geschmack entsprach, einen Trödelhändler in St. Joseph aufgesucht. Jeden Tag hatte er einen Gegenstand mehr entfernt. Stolperte er über etwas, bedeutete das für den Gegenstand die sofortige Verurteilung zum Verkauf. Er schuf sich alle Splitter aus dem Auge. Auch die Gegenstände seines Sohnes Robert entsorgte er ohne weitere Überlegung. Zuletzt war da, wo die Wiege gestanden hatte, noch eine Kiste Meissner Porzellan, die Helen aus der Schweiz mitgebracht hatte. Ihr Vater hatte einem Knecht aus dem Luzernischen seinen besten Anzug verkauft, um seiner Tochter das Porzellan mitgeben zu können. Wenn Helen einen dieser Teller zur Hand nahm, zerflossen ihre Finger vor Zärtlichkeit mit dem weissen Porzellan. Diese Teller und Tassen konnte er gar nicht ausstehen, mein Gott, es ging ihm schlecht, wenn er sie nur sah. Er würde dieses Porzellan nicht anfassen können, ohne es zu zerschlagen. So trug er es mit wahnwitziger Sorgfalt in seinen Wagen, bettete es in eine Decke und befestigte die Kiste mit einem Seil auf seinem Rücksitz. Das Meissner Baby. Leise fuhr er davon, redete sanft mit dem Meissner Baby, bis das Eckhaus ausser Sicht war. Er sang, um das Geklapper zu übertönen. Er sang für das Meissner Baby, aber es hörte nicht zu. In einem Rumshop tauschte er es gegen eine Flasche Vat 69. Der Besitzer, ein stämmiger Schwarzer, warf begeistert Teller um Teller an die Holzwand.

DULCIFERUM

Gegen den Willen meines Onkel fahre ich heute allein in die Stadt. Bevor ich mich verabschieden kann, deckt er mich mit einer endlosen Liste von guten Ratschlägen ein. »Warum willst du überhaupt in diese von Kakerlaken zugeschissene Stadt? Du wirst nichts als einen Haufen Irre treffen und darunter mit Sicherheit einen, der bereit ist, dir für deine Schnürsenkel das Messer in den Leib zu rammen. Port of Spain ist voll von Halunken. Kaufe nichts, red mit niemandem und iss nichts, sonst verbringst du die nächsten zwei Wochen auf dem Klo.«

Auf dem Busbahnhof lungert eine Handvoll Schwarzer herum, die sich gegenseitig ihre Stellmesser vorführen. Also nehme ich ein Maxitaxi, in dem ein Joint rastlos die Runde macht. Auch der dreadlockige Fahrer nimmt einige tiefe Züge und schliesst genüsslich die Augen. Ich komme nicht umhin, die Virtuosität zu bewundern, mit der er den zahllosen Schlaglöchern ausweicht. Höchste Fahrkunst beflügelt ihn, wenn es darum geht, so nah an den anderen Wagen heranzufahren, dass man dem Fahrer die Popel aus der Nase ziehen könnte. Als wir in Port of Spain einfahren, ist mir übel.

Ich steige am Hafen aus, und sofort wird mir klar, dass ich am falschen Ort aussteige. Es ist kein Mensch da, ausser wiederum einigen Dutzend Schwarzer, die sich offenbar nie waschen, nie die Kleider wechseln – und die mich deswegen in meiner sauberen Wäsche unfreundlich anschauen. Dabei bin ich mir immer sicher gewesen, genügend indisch, also eindeutig indisch auszusehen. Warum sie den Anblick eines Halbinders wie mich nicht ertragen, weiss ich nicht. Auf jeden Fall laufe ich sechsmal die gleiche Strecke auf und ab, weil immer dann, wenn ich eine neue Richtung einschlagen möchte, ein ungewaschener Schwarzer einen Schritt auf mich zumacht. Ich werde also wie ein Blatt Papier von denen hin- und hergeblasen. Schliesslich gerate ich in eine Häuserschlucht, eine Passage voller Gewürze und Gerüche, die mich in Atemnot versetzt. Ein Händler will mir einheimisches Schnitzwerk verkaufen. Als ich ablehne, ist er entrüstet und starrt gebannt auf meine Hosentasche, in der das Portemonnaie steckt. Zwei junge Inder halten mich für einen Heiligen und wollen mir Ganja verkaufen, zehn Dollar der Joint. Mittlerweile steht die Hitze wie eine Wand zwischen den Häusern. Ich trinke hastig ein Bier, denke an meinen Onkel, der jetzt mit Ray zu Hause auf der Veranda sitzt, und verfluche meine Idee, mich allein in diesem Inferno bewegen zu wollen. Hastig wechsle ich im Halbminutentakt vom Spielbein aufs Standbein, als ich bemerke, dass mich alle in der Kneipe anstarren. Als sie nach zehn Minuten immer noch starren, verlasse ich fluchtartig das Lokal und bin schnell in jenes Gebiet am Fusse des Hügels eingedrungen, das man, laut Onkel, nur als Toter wieder verlassen kann. Steeldrums tönen hell aus allen Ecken. Eine Handvoll Jungs, beileibe nicht immer dieselben, spielen mit einer Blechbüchse vor meinen Füssen Fussball. Gesichter wie aus dunklem Holz. Ich summe eine Melodie und schleiche wieder bergabwärts, wobei ich die ganze Zeit ein Messer in meinem Rücken spüre. Kaum bin ich wieder in der Strasse der Händler, heftet sich mir ein Bettler an die Fersen, den ich nur mit einem grosszügigen Geldgeschenk wieder loswerde.

Schliesslich betrete ich einen McDonald's-Imbiss, setze mich in die Ecke und schaue meinem Gesicht im Spiegel zu. Ich schneide Grimassen. Ja, es ist unerträglich, aber ich schneide Grimassen wie ein fünfjähriger Junge. Als würde es mich unter der Gesichtshaut jucken. Eine Angestellte in einem rotweissen Kostüm fragt mich, ob ich krank sei. Ob ich zuviel Sonne abgekriegt hätte, fragt sie. Erschöpft umklammere ich meinen Pappbecher und versuche, aus einer Grimasse ein Lächeln zu machen. Aber offenbar verfehlt das Lächeln seine Wirkung, so dass die Angestellte weiter insistiert. Ich versuche etwas vorzubringen, aber plötzlich ist mein Englisch weg. Die Sprache, die ich leidlich und zuweilen mit einem Anflug lokaler Intonation beherrsche, ist mir entglitten. Zurückgeblieben sind nur diese Grimassen.

Ich rette mich in den Botanischen Garten, der den Wohnsitz des Regierungschefs umgibt und als einer der ruhigsten Orte der Stadt gepriesen wird. Durchatmend spreche ich einige englische Sätze in die Luft. Dabei stehe ich mitten in einer Ansammlung von riesigen Bäumen, die die Sonne zudecken und deren Äste von vielfarbigen Vögeln besetzt sind. Kaum lasse ich mich auf eine Bank nieder, steht schon ein Mann neben mir. Seitwärts hat er sich herangeschlichen, ein langbärtiger, stockdürrer alter Schwarzer, der anstelle von Hosen ein Tuch um seine Lenden geschlagen hat. Er steht eine Weile aufrecht neben mir und schweigt Löcher in die Luft. Dabei schaut er immer in dieselbe Richtung, in die ich schaue. Blicke ich zum roten Flamboyant zu meiner Linken, dreht er sich interessiert in meine Richtung. Gucke ich in den Himmel und atme durch, höre ich ihn wie mein Echo ebenfalls durchatmen. Als mir die Sache zu dumm wird, stehe ich auf und verlasse den Ort, aber er begleitet mich auf Schritt und Tritt. Leise spreche ich zu mir selber, während er ebenso leise in seinen Bart nuschelt. Aber er spricht nicht dieselben Worte wie ich. Beim Hinhören merke ich, dass er mir die Bäume des Gartens erklärt. Als er merkt, dass ich ihm zuhöre, gibt er seine mimische Choreographie auf, bückt sich und liest bällchenartige, behaarte Früchte auf. »Das ist der Kanonenkugelbaum, Mister. Schauen Sie sich diese Früchte genau an, dann wissen Sie, warum er so heisst.« – Ich bin verblüfft. Bereits bewegen wir uns unter dem ungeheuren Geäst eines anderen Baumes weiter, der Samaan, wie mein Schatten sagt, der einen derart ausladenden Schirm hat, dass sich ganze Völker darunter versammeln könnten. Gemeinsam riechen wir am süssen Holz des Zimtbaums, umfassen mit bebendem Griff die dicken und trotzdem biegsamen Halme eines chinesischen Bambus, Halme, aus denen sich Stöcke schneiden liessen, mit denen man Kinder züchtigen könnte. Mit gleicher Ergriffenheit – die seine ist so routiniert wie gespielt – stehen wir vor einem zweihundert Jahre alten, mythisch aus der Erdmitte geschossenen Feigenbaum. Das Männchen zeigt mir die gelbleuchtenden Pouisbäume, die wie alle anderen Gewächse hier von einer Sucht zur Verschwendung und Übertreibung gezeichnet sind oder, wie der Baum, dessen Früchte dreieckig sind, die Ahnung einer alle menschlichen Gesetze negierenden Natur ausströmen. »Das ist der Napoleonsbaum«, sagt mein Reiseführer, »und das hier der Hutständerbaum«, der tatsächlich einem mitteleuropäischen Hutständer ähnlich sieht. Schliesslich weiss ich nicht, ob mein Verstand nicht schon ein Opfer der Hitze geworden ist, als er den nächsten Baum mit der Bezeichnung »Rohes Rindfleisch« anpreist. Es fliesst aber, als er die Rinde des Stammes mit einer mitgeführten Glasscherbe ritzt, ein zäher roter Saft ab, der wie Rinderblut aussieht. Zuletzt bückt er sich nach einer unauffälligen roten Frucht am Boden, die ein mickriges Bäumchen verloren hat. Er steckt sich die Kapsel kennerisch zwischen die Lippen, kaut sie sozusagen mit dem letzten verbliebenen Zahn. »Dulciferum«, mümmelt er, »was immer Sie nach dieser Frucht in den Mund nehmen, erhält einen süssen Geschmack. Salz oder Pfeffer, Zitrone oder Zimt – es wird in Ihrem Mund in Süsses verwandelt.«

Dulciferum! Zu welcher Laune haben sich hier die Pflanzen verstiegen! Wie sind doch alle bekannten Ordnungen durcheinandergewirbelt, alle Unterscheidungen unmöglich gemacht. Ist das ein verhexter Inselgarten oder die Ausgeburt eines närrischen Spinners? Wieviel von diesen Exaltationen und Aberrationen stecken in mir selber drin? Blüten wie obszöne Witze, dieselbe Heftigkeit und Deftigkeit auch in den himmelsstürmenden Bäumen. Das schlägt hier aus, wuchert ins Masslose, frisst sich in den Himmel.

Ich gebe dem Alten fünfzig TT-Dollar. Höflich verneigt er sich und ist auf der Stelle verschwunden.

Dann rufe ich Maxi Coffee an und treffe ihn in der Kneipe, wo einem das Bier weggetrunken wird. Ich frage ihn weiter nach Ray aus. Maxi erzählt mir von einer Begegnung mit Ray, kurz bevor dieser die Insel verliess. Er sei auf einer Holzkiste am Rand der Savannah gesessen, als Ray vorbeigekommen ist:

»Da der ›Chronicle‹ sein Erscheinen eingestellt hatte, habe ich einem Freund ausgeholfen. Da kam, gross und elegant wie immer, gerade Ray um die Ecke gegangen. Setzte sich neben mich und schaute mir eine Weile zu, wie ich an der Kalebasse herummachte. Die Ränder abfeilen und mit einer Aale Löcher bohren. Um ihn zu provozieren, fragte ich ihn, was er jetzt, da er nicht mehr über die Hayworth schreibe, denn so treibe. Ray sagte, dass er an einem längeren Aufsatz über das Leben von Präsident Williams schreibe, den er der grössten Zeitung des Landes, dem ›Trinidad Guardian‹, anbieten werde. ›Also machst du auf Freelancer‹, sagte ich.

Dem ›Guardian‹, stell dir vor, Junge, ausgerechnet dem Leibblatt seines Vaters. Der Zeitung der gehobenen und gescheitelten indischen Klientel.«

»Aber warum hätte es Ray denn nicht als Freelancer probieren sollen?« frage ich.

»Komisch war ja nicht, dass er weiterschrieb, sondern dass er nun den Schwarzen in den Hintern kriechen wollte. In Trinidad ist jeder Satz, den du sagst oder schreibst, eine rassische Aussage. Ich weiss nicht mehr, wie ich reagierte. Ich glaube, ich sagte ihm etwas über die trinidadische Verfassung. Nein, wart mal, es war anders: Ich versuchte ihm klarzumachen, dass er als Inder nicht einen Artikel über den schwarzen Williams schreiben könne. Das würde ihn in Schwierigkeiten bringen. So brachte ich ihn in Verlegenheit. Er zeigte auf meine Arbeit und fragte mich, ob ich aufgehört hätte zu schreiben. Ich arbeitete ja an diesen Kalebassen, die man den weissen Touristinnen als Handtaschen verkauft. Kalebassen mit wunderbaren Rundungen, wie nackte Weiber. Die habe ich gern in meinen Händen gehabt, eine tolle Arbeit.«

Maxi schwitzt und kommt wieder vom Thema ab. »Wer ist man schon, wenn man maximaler Kaffee heisst? Heute bin ich über siebzig und habe mich an den Namen gewöhnt, aber damals. Damals hätte ich auch gerne mal weisses Fleisch in meinen Händen geknetet.« – Ich schaue auf Maxis grosse, flache Hände.

»Du heiratest eine Weisse, die dir davonläuft, kriegst eine Tracht Prügel von deinem Vater, schreibst über einen Filmstar und machst dich lächerlich. Und zuletzt wirst du als Inder Fan vom schwarzen Doktor und willst allen Leuten klarmachen, dass du schwärzer als jeder Schwarze bist.«

Maxi fährt sich mit den Fingern durch den grauen Bart. »Ich weiss nicht mehr, ob ich ihm genau das gesagt habe, ist ja auch lange her.«

»Noch 'n Bier, Maxi?«

»Lass mich nachdenken, Junge. Er sass neben mir und behauptete, sein Name sei nicht Randeen, sondern – wie sagte er doch? – Sivapan –«

»Sinanan?«

»Richtig. Aber er war kein Sinanan. Deshalb tat er mir leid. Er war nicht mehr als ich. Ich bin der Sohn eines verschleppten Sklaven und er der Nachkomme eines eingeschleppten Kulis. Ich glaube, ich rief ihm etwas aus Trinidads Verfassung in Erinnerung: ›Here ev'ry creed and race find an equal place.‹ Die Indianer waren nur Tiere in diesem Land, als Kolumbus sie fand. Meine Vorfahren waren Sklaven, die man wie in einem deutschen KZ behandelte. Du weißt, was ich meine, Junge. Untermenschen, Chinesen, Inder, Schwarze. Was ist das für ein Land, in dem jeder jeden runtermacht. Damals nach der Unabhängigkeit 63 glaubten wir alle, der schwarze Doktor würde uns zu mehr Recht und Respekt verhelfen. Ein Teufel tat der, schrieb nur immer seine Bücher, um im Ausland als grosser Schriftsteller auftreten zu können. Weißt du, was Governor Harris einmal sagte: ›Eine Rasse wurde befreit, aber keine Gesellschaft wurde geformt.‹ Das schrieb der Governor nach der Aufhebung der Sklaverei im letzten Jahrhundert. Ich hab's so in Erinnerung.«

»Und was sagte Ray dazu?«

»Weiss ich nicht mehr so genau. Ich machte ihm aber klar, dass er als Inder, der für die Schwarzen eintritt, einfach eine Schiessbudenfigur abgibt.«

»Und wie hat er darauf reagiert?«

»Weiss ich ehrlich gesagt auch nicht mehr. Auf jeden Fall hat er die Sache über Williams dann nicht weiterverfolgt, glaube ich. Ich habe jedenfalls nie etwas von ihm in diese Richtung gelesen. Der Mann tat mir leid. Vor allem wegen seines Vaters.«

»Noch 'n Bier?«

Maxi leert die halbe Flasche in einem Zug.

»Sein Vater hat ja damals immer wieder heimlich in der Redaktion angerufen und mir Geld angeboten, damit ich seinen Sohn unmöglich machen würde, so dass man ihn entlassen musste. Der wollte einfach nicht, dass sein Sohn über die Hayworth schreibt. Der wollte, dass er über ihn schreibt, das war das Absurde. Als er dann merkte, dass Ray sich für die Geschichte der Schwarzen interessierte, brannte bei dem der Dachstock. – Wenn ich nur wüsste, was ich an jenem Tag noch gesagt habe.«

»Noch 'n Bier, Maxi?«

»No, Boy, du füllst mich ab. Ich bin schon tonnenschwer, vertrage nicht mehr soviel wie früher. Muss nach Hause, meine Katzen füttern, die stellen sonst irgendeinen Mist an, wenn sie zu lange allein sind. Katzen sind wie Menschen. Ich schau mal bei Ray vorbei, okay?«

»Was hast du zu Ray gesagt, Maxi?«

»Ich glaube, ich sagte ihm, er solle weggehen, die Insel verlassen. In Trinidad würde er ja nur immer Budris Sohn bleiben. Ich sagte ihm das, weil ich ihn mochte. Er ging dann nach London, wenn ich nicht irre, und trat in die Armee ein. Ich sagte mir, wenn er eines Tages zurückkommmen würde, dann würde ich ihm alles über seinen Vater erzählen. Aber dann kam schliesslich alles anders. – Aber lass mich jetzt gehen, Junge, ich will meine Katzen nicht verhungern lassen.«

Beschwipst torkle ich auf die heisse, nächtliche Strasse. Maxi schüttelt mir lange die Hand, als wollte er mich nicht mehr loslassen. Ich habe das Gefühl, einen Freund gewonnen zu haben. Er lacht und formt mit seinen Händen den Bauch einer Kalebasse. Dann verliere ich ihn im Gewusel der Leute. Menschen in Unterleibchen sitzen noch immer schwitzend in offenen Häusern. Das Dröhnen von Musik lädt die Luft auf. Die Holzhäuser ragen dunkel in den glühenden Himmel. Ganz in der Nähe klatschen Wellen an die Hafenmole. Ich denke an meine Väter in der Hitze der Nächte, an ihre Aufregung, an ihre jugendliche, wütende Entschlossenheit.

»Stellen Sie sich Indien vor. Machen Sie es nicht zu klein, sondern lassen Sie es in Ihrem Kopf wachsen. Es muss riesengross werden, wie das reale Indien, ein Kontinent aus Dschungeln, weissen Schneegipfeln, Wüsten und Palmenstränden. Wenn Sie das in Ihrem Kopf haben, dann geben Sie Flüsse dazu. Und Städte, Millionenstädte, Paläste von unerhörter Grosszügigkeit und Verschwendungssucht, und daneben setzen Sie die unerträglichste Armut.«

Shamsuu Dahan legt eine Pause ein und tupft sich mit dem Taschentuch den Schweiss aus der flüchtenden Stirn. Leise ruft er nach dem Dienstmädchen, das sich ihm ebenso leise durch die Zimmer nähert.

In einem Maxitaxi war ich über die halbe Insel gefahren, um den Genealogen Shamsuu Dahan zu treffen. Vor seinem Haus bellten grosse und gefährliche Hunde, so dass ich an der Bedeutung des Professors keinen Zweifel mehr hegte.

Jetzt sitzen wir beim Tee. Der Professor ist über sechzig; er ist schlank, pedantisch, und seine Fingerbewegungen zeugen von höchster indischer Vergeistigung.

Dahan ist vom neuen Regierungschef Basdeo Panday dazu angestellt worden, die Spuren der indischen Einwohner Trinidads zurück nach Indien zu verfolgen. Nach der endlosen Ära des legendären Dr. Eric Williams hatten schwarze Nachfolger dessen Erbe in den Sumpf geritten, und die ehemals blühende Wirtschaft, als britische Kronkolonie hochgezüchtet, sank darnieder. Milliarden von Petrodollars verschwanden in den Taschen der korrupten schwarzen Präsidenten. Aber nun war mit Panday erstmals ein Inder am Ruder.

Als eines der ersten Projekte hat Dahan die Familie des Premiers in Indien ausfindig gemacht. Basdeo Panday reiste sodann mit Gefolge und Journalistentross in das Dorf, wo seine Vorfahren wohnten. Er küsste die Lehmerde und palaverte mit den Ältesten. Seine Reise, wird er später verkünden, habe ihn emotional überwältigt. Und auf den ersten schwarzen Präsidenten, Dr. Eric Williams, anspielend, sagte er: Ein früherer Premier sagte, es gäbe für Trinidader keine Mutter Indien, keine Mutter Afrika und keine Mutter China; es gäbe nur Trinidad & Tobago. Nun, wie kann man die Grossmütter Indien, Afrika und China denn nur vergessen?

Gelungene Werbung zu Hause in Trinidad. Die Beliebtheitskurve des Premiers rast, wie mir Basdeo versicherte, in die Höhe. Die indische Ahnensuche hat begonnen. Der genealogische Hintergrund des Premiers wird gesichert, seine Abkunft bietet Gewähr für Qualität und Kaste. Man weiss, wer er ist, weil man weiss, woher er kommt.

Darauf angesprochen, wird Shamsuu schnell gesprächig:

»Ja«, sagt er, »das ist etwas, das die Schwarzen nicht können« – Shamsuu lächelt betont indisch –, »als ehemalige Sklaven haben die Schwarzen ihre Namen nicht retten können; die Familien wurden auseinandergerissen, was eine genealogische Suche fast unmöglich macht.«

»Aber wie ist es mit Dr. Eric Williams?« frage ich, um den Professor in seinem raschen Triumph zu verunsichern.

»Sie scheinen sich als Europäer in der Geschichte Trinidads recht gut auszukennen. Williams stammte aus einer Familie von Intellektuellen, das war schon mal die Ausnahme. Sein Grossvater, Dr. Jean Valeton de Boissière, wurde 1733 im französischen Bergerac geboren. Jean Valeton hatte sechs Kinder, darunter auch Jean Louis, genannt John de Boissière –«

»Ein Glücksfall«, falle ich Shamsuu sanft ins Wort, »wenn man seine Herkunft so weit zurückverfolgen kann. Am Telefon sagten Sie mir, Sie hätten etwas über meine Familie herausgefunden.«

»Nun unterbrechen Sie mich mitten im Stammbaum unseres Gründervaters. Ungeduld, sagt ein indisches Sprichwort, verdirbt die Früchte.«

Mir wird langsam klar, dass Professor Shamsuu Dahan vielleicht gar keine speziellen Nachrichten für mich hat. Vielleicht ist ihm nur irgendein falsches Gerücht über mich untergejubelt worden. Vielleicht glaubt er, ich sei Journalist und bequatscht mich deshalb in der Hoffnung, dass sein Foto in irgendeiner Zeitung erscheint. So darf ich mich nicht wundern, dass er nun breit mit der Geschichte von Eric Williams fortfährt. Eine Geschichte, die in Trinidad wohl jedes Schulkind auswendig kann.

»Das Interessante an Williams Geschichte ist, dass erst zwei Generationen später, mit John Nicholas de Boissière, der wiederum ein Sohn von William Henry und ein Enkel des obengenannten John de Boissière ist, das Element der schwarzen Hautfarbe auftritt. Denn John Nicolas de Boissière – ich hoffe, Sie haben den Überblick noch nicht verloren«, flicht er ein, »zeugt mit einer Schwarzen das Kind Jules Arnold de Boissière. Jules Arnold, um die Kurzform zu gebrauchen, obwohl wir Genealogen nur ungern die zu Missverständnissen einladenden Kurzformen nehmen, hatte wiederum zehn Kinder, darunter Eric Williams Mutter Eliza. Sie heiratete, wann, ja wo sind wir denn nun, was denken Sie?«

»So um Ende des neunzehnten Jahrhunderts herum.«

»Nicht schlecht. Sie heiratete also 1888 Thomas Henry Williams – Sie bemerken die Unsitte der Leute, den Kindern und vor allem den Enkeln die Namen der Grossväter zu geben. Als könnten Sie damit die Geschichte sich wiederholen lassen. Wobei doch klar ist, gerade mir durch all die Studien klargeworden ist, dass die Geschichte eine unablässige Abfolge ist, bei der sich nichts wirklich Identisches wiederholt. Nun ja, wenn wir all das in Rechnung stellen – und Williams hat natürlich als Machtpolitiker immer alles genau kalkuliert –, dann sehen wir, dass der erste schwarze Präsident von Trinidad gar nicht so schwarz war. Persönlich gesprochen, ich habe Williams als Kind noch erlebt und habe ihn als Intellektuellen und als Schriftsteller stets geschätzt. Eigentlich schade, dass er kein Inder war.«

Ich treffe diskrete Anstalten aufzubrechen. Der Tee war ausgezeichnet, die Hunde haben mich verschont, über meine Familie habe ich keine Silbe erfahren. Allerdings kann ich nun die breite Bewegung der indischen Vorfahrensuche in Trinidad besser einordnen. Im Gefolge von Shamsuu haben sich Hunderte von Familien auf die Suche nach ihrer Scholle in Indien gemacht. Dies wohl nicht zuletzt, um den Schwarzen ihre Überlegenheit zu demonstrieren. Denen war zu beweisen, dass Inder eine Herkunft haben, ein tradiertes, jahrtausendealtes Wissen, kurz: eine Kultur. Indischer Genealogismus als rassische Waffe gegen die wurzellosen Schwarzen. Die im geschichtslosen Sumpf von Trinidad stecken. Die den Sumpf selber geschaffen haben. Und die ein Leben lang mit so unglücklichen Namen wie Sokrates, Hannibal oder eben Maxi Coffee herumlaufen müssen. Während die indischen Genealogien sich im Nebel von Kaschmir oder Kandahar verlieren und, wenn Shamsuu will, sich mit den Sippen der Urgötter vermählen.

Mit diesen Informationen aus einem von Shamsuu herausgegebenen, von Präsident Panday persönlich mit einem Vorwort versehenen Buch, das in mir Erwartungen geweckt hat, bin ich hierhergekommen. Nun versuche ich mich mit einer höflichen Floskel dünnzumachen und stehe auf.

»Setzen Sie sich, junger Mann«, beharrt Shamsuu leise. »Wir sind ja noch gar nicht zu Ihnen und Ihrer Familie vorgedrungen.«

»Gibt es denn noch etwas, das für mich von Belang wäre?« frage ich und beginne, noch stärker an meinem Unternehmen zu zweifeln.

»Nun, wir waren ja gerade noch in Indien. Wenn Sie sich die immense Grösse des Subkontinents vorgestellt haben, dann setzen Sie einen kleinen Punkt im Norden Ihrer mentalen Karte hinzu. Klitzeklein, nicht grösser als einen Fliegendreck.«

Shamsuu spickt mit dem Finger einen Brotkrümel weg.

»Gehen Sie nun etwas näher ran, dann sehen Sie halbnackte indische Bauern in einem Reisfeld, Frauen in gelben und braunen Tüchern, Sie betreten das Dorf Mojowah im Bezirk Sultapore, welches selber im Distrikt Faizabad liegt. Heilige Kühe verscheissen die Hauseingänge, Ziegen blöken vor einem kleinen Tempel. Affen rennen herum. Es ist trocken und staubig, so dass Ihre Zunge wie ein abgeschnittener Affenschwanz im Gaumen klebt. Nordindien im Staate Uttar Pradesh. Kurz bevor der Monsun hereinbricht, verlässt ein Mann aus der Kaste der Brahmanen, der Uppadiah, namens Se Ondon dieses Dorf, nachdem er sich von seinem Vater Ramsaruup und seinem Bruder Gokool verabschiedet hat. In wochenlangem Marsch erreicht er den Seehafen von Kalkutta, wo er sich am 21. Juli 1867 auf dem englischen Schiff ›The Foyle‹ einschifft. Unter dem Volk, das sich im Hafen versammelt hat, befinden sich arme Schlucker, aber auch Neugierige aus der Oberschicht, wie Se Ondon. Sie alle haben Zehnjahresverträge abgeschlossen, um ihr Glück in der Neuen Welt zu versuchen. Die ›Foyle‹ macht sich also auf zur zweiten von insgesamt sechs Fahrten nach Trinidad. Am 3. November erreicht sie die Insel. Unter den 531 Einwanderern befindet sich der Priester Se Ondon, Ihr Ururgrossvater, der von den englischen Einwanderungsbehörden kurzerhand zu Sewnondon umbenannt wird. Als Priester mit einem Privatsekretär beginnt er seine Karriere im Distrikt Plein Palais in Trinidad.«

»Woher wissen Sie das mit dem Privatsekretär?« antworte ich, aus meiner völligen Verblüffung und Verwirrung heraus eine Frage stellend.

Shamsuu schnieft durch die Nase.

»Soll man als Inder an den Zufall oder ans Schicksal glauben? Sie mögen als Europäer zu ersterem neigen. Tatsache aber ist, dass ich letztes Jahr, als die grosse Sinananversammlung stattfand, von Ihrer Familie mit den Recherchen beauftragt wurde. In der Zwischenzeit, wie Sie merken, war ich in Indien. – Der erste Sinanan, der trinidadischen Boden betrat, wurde der Einfachheit halber Baap genannt, also Vater. Allein schon die Tatsache, dass er die mehrwöchige Fahrt auf der ›Foyle‹ überlebt hat, weist ihn als einen robusten, willensstarken und fähigen Mann aus. Die Umstände auf diesen Schiffen waren zwar nicht ganz so bestialisch wie auf den Sklavenschiffen der

Afrikaner, aber es wurde von den Engländern wenig Rücksicht auf Kastenzugehörigkeit, Religion oder Herkunft genommen. Ja, es gab nicht einmal spezielle Räume für Frauen. Ich habe nicht herausfinden können, ob Baap seine Frau Gangalie Gosine bereits auf dem Schiff kennenlernte oder ob er ihr erst in Trinidad begegnete. Laut den Unterlagen der Einwanderungsbehörden kam 1880 das erste Kind der beiden, Jonathan Ramrattan genannt, zur Welt. Kurz darauf Ihr Urgrossvater Ramhit Alexander Sinanan, der dann eine Martha Bardeo heiratete.«

»All das klingt so phantastisch, dass ich es nicht glauben kann. Ich schulde Ihnen in jedem Fall mehr als nur Dank. Aber könnten Sie mir bitte eines der Dokumente der Einwanderungsbehörde zeigen? Allein, um meinem unanständigen Skeptizismus beizukommen.«

Shamsuu lächelt milde und verständnisvoll, er nickt sogar. Der Mann beginnt mich für sich einzunehmen.

»Ich verstehe Ihre Skepsis«, sagt er. »Wir beide wissen, dass jeder Hundeschwanz in Trinidad behauptet, aus Kaschmir oder Uttar Pradesh zu stammen. Noch dazu aus einer Priesterkaste. Aber ich habe bessere Beweise als dürre Dokumente.«

»Es mag sich ja alles so zugetragen haben, Herr Professor. Aber wer verbürgt mir, dass Sie die Geschichte nicht schönreden?«

Das ist nun eine starke Unterstellung, und ich bin neugierig, wie der höfliche Dahan damit zurechtkommt. Liegt es nicht auf der Hand, dass das Geld eine Rolle spielt? Wer investiert schon Tausende von Dollars, um dann einen unvorteilhaften Stammbaum zu kriegen?

Shamsuu pokert gut.

»Sie haben recht, auch wenn all dies dem hohen Ethos

der Genealogie widersprechen würde, gäbe es immer noch genug Gründe, eine Ahnenreihe etwas zurechtzustutzen. Aber wie gesagt, ich habe Beweise.«

»Sie bluffen«, sage ich.

Aber er ist nicht aus der Ruhe zu bringen, erhebt sich und verschwindet auf leisen Sohlen in sein Büro. Über eine Viertelstunde sitze ich im nervösen Gekläffe seiner Hundemeute.

Als er zurückkehrt, legt er ein Schwarzweissfoto vor mich hin. Darauf sind sechs Männer abgebildet. Ein alter, drei junge Männer und zwei Knaben stehen in weissen Gewändern in einem tropischen Hinterhof vor einem abgerissenen Wellblechzaun neben einer Palme. In der Bildmitte sitzt der älteste, eben Baap. Er trägt eine flache Mütze, eine dreifach um den Hals gewundene Kette, und in der Hand hält er einen Stock. Nicht ohne Selbstvertrauen bohrt er seinen Blick in die Kamera. Ein Augenblick, so fern und irreal ins Tuch der Vergangenheit gefaltet, dass ich tief berührt bin. Shamsuu schiebt mir das Foto über den Tisch. Zitternd halte ich es zwischen meinen Fingerspitzen. Ich studiere, nein, buchstabiere dieses Foto, als wär's ein heiliges Dokument. In meinem Kopf entsteht ein Tableau, das von den heiligen Kühen in Uttar Pradesh, den stoisch verkniffenen Gesichtern bis zu den zarten Mädchenwangen meiner Tochter reicht.

Einer der Knaben trägt einen schwarzen, englischen Schirm. Alle tragen sie Stiefeletten, was für das tropisch heisse Klima auffallend ist. Die Stiefel haben sie wohl für die Reise gebraucht; später haben sie sie gegen Sandalen getauscht.

»Die Ankunft der kleinen Auswanderergesellschaft in Trinidad«, sagt Shamsuu. »Das ist Ihr Ururgrossvater

Sinanan Maraj Baap, die zwei anderen Männer und die zwei Knaben sind seine Söhne.«

»Und der Schüchterne mit dem grossen Buch auf den Knien?«

»Neben dem Patriarchen Baap? Das ist sein Privatsekretär und rechts von ihm das Söhnchen, das Baap mit der Frau des Sekretärs gezeugt hat.«

»Baap durfte auch die Frau seines Sekretärs benutzen?«

»Baap Maraj war Priester der obersten Garde. – Sie sehen hier links oben Ihren Urgrossvater Ramhit Alexander, daneben seinen Bruder Jonathan Ramrattan. Der kleine neben Baap ist der Jüngste, Ramdral Sinanan. Später wird noch Ramdath geboren werden. Aber verraten Sie mir, warum Ihnen Ihre Vorfahren so am Herzen liegen?«

»Ich habe das Gefühl, ich hätte einen geheimnisvollen Nukleus, eine goldene Nussschale und nicht ein Foto in den Händen. Ich kann Ihnen das auch nicht näher erklären. Vielleicht liegt es daran, dass mir nie gestattet war, mich für meine Vorfahren zu interessieren.«

»Und Sie glauben an diese Geschichten?« fragt Dahan herausfordernd.

»Vielleicht sind es diese Geschichten, die uns davor bewahren, auf diesem Planeten vollends fremd zu werden.«

Mit einem maliziösen Lächeln faltet Shamsuu nun ein grossformatiges Blatt vor mir auf.

»Der komplette Stammbaum Ihrer Familie grossmütterlicherseits.«

Da liegen sie nun – tatsächlich – alle noch einmal vor mir. Die Onkel und Tanten, Ena und Mitra aus Trinidad, Esmond und August aus Kanada, Phyllis und Pearl, Ashram und Ashford auf dem dicken, nächstliegenden Ast. Weiter entfernt die Toolsies in Schweden, die Andrews,

Dalachants, die Eireens und Alvis und Sitas in Südafrika, Gary Sinanan, genannt Siva, und wie sie alle heissen. Aber nun verbindet sie eine schöne Ordnung. Verwandtschaft und Nähe, Ähnlichkeit und Vergleichbarkeit erscheinen im Bilde des gewachsenen Baumes, des Stammbaumes. Und Bäume waren es seit jeher, die die Erde mit dem Himmel verbanden. Selbst wenn ich ganz aussen auf einem dünnen Zweiglein zu sitzen komme – ich gehöre von nun an dazu.

DAMENSTRÜMPFE

Neil stand vor dem Eckhaus. Seit er wusste, wem der blaue Plymouth gehörte, der öfter in der Nacht hier stand, konnte er an diesem leeren Haus nicht mehr sorglos vorbeispazieren. Sein Herz begann zu pochen, sobald er in diese Strasse einbog. Das Eckhaus war Helens Haus gewesen. Seit er mit Helen Tennis gespielt hatte, wich sie nicht mehr aus seinen Gedanken. Seine exzellenten Leistungen als Student gehörten leider im Augenblick der Vergangenheit an. Aber dieser Leistungseinbruch war nur eine Anfangsschwäche. Lerne denken, sagte er sich, und beherrsche deine Gefühle. Bald einmal würde er wieder den alten Stand seiner Leistungen erreichen. Nur dass er jetzt nicht mehr für seine Mutter, sondern für Helen büffelte. In zwei Jahren würde er Agrochemiker sein.

Ein blauer Wagen fuhr vor, und Neil zuckte zusammen. Er hatte eine Überempfindlichkeit für ein bestimmtes Blau entwickelt. Überall sah er blaue Autos, die hinter Hausecken, aus Einfahrten und Kreuzungen auf ihn losschossen. Aber es war kein Plymouth, es war ein Chevy.

Dann sah er Helen kommen. Sie bog eine Kreuzung weiter vorne in jene Strasse ab, in der er wohnte. Offensichtlich wollte sie nicht am Eckhaus vorbei. Neil beeilte sich, sie noch vor der Haustüre abzufangen. Denn seine Mutter wusste nicht, dass er Helen zu Besuch eingeladen hatte. Eine verheiratete Frau einzuladen entsprach keineswegs indischer Sitte. Aber Noni musste sich mit seiner Entscheidung abfinden, er würde ihr keine andere Wahl mehr lassen.

»Mama, darf ich dir meine Arbeitskollegin vorstellen?«

Noni wich überrascht zurück. Sie fasste sich schnell und wies Helen höflich ins Wohnzimmer. Bald sass Helen aufrecht und etwas steif in dem viel zu weichen Sessel, stellte interessierte Fragen und lächelte Neil zu.

Neil spürte, wie seine Mutter langsam zu Eis gefror. Misstrauisch verfolgte sie die Blicke, die Helen ihm zuwarf. Helen erschien ihm sehr weiss und fremd, ihre Aussprache hatte einen irritierenden Akzent. Gleichzeitig sah er zum ersten Mal alles Indische in seinem Haushalt. Die mit Plastik überzogenen Sessel, den talmiblinkenden Shivagott, den billigen, geschmacklosen und glitzernden Tand, der über Kommoden gelegt war und aus den Schubladen quoll. Und all dieser Schnickschnack war in einer übertriebenen Ordnung ausgestellt. Man zeigte seine Armut und dekorierte sich gar noch damit. Er sah seine Mutter am Ventilator hantieren und er sah die fingerdicke Staubschicht, die ihm bis jetzt nie aufgefallen war. Verstört hockte er zwischen den beiden Frauen und sagte kein Wort mehr. Die Atmosphäre zwischen den beiden wurde immer gespannter, so dass er froh war, als Helen aufstand, um sich zu verabschieden. An der Tür drückte sie ihm die Hand und flüsterte: »Du hast eine nette, eindrucksvolle Mutter, Neil.«

Das war so ehrlich gesagt, dass Neil die Welt nicht mehr verstand.

Als er ins Haus zurückkehrte, stand seine Mutter breitbeinig, klein und eigensinnig vor ihm:

»Sohn, ich will diese Frau nie mehr sehen! Diese weisse Frau ist nichts für dich.«

Die Worte waren wie Schläge. Wie früher, als sie ihren Stock aus dem Schrank hervornahm, um ihn und seinen älteren Bruder für irgendeine Dummheit zu züchtigen, duckte er sich auch jetzt.

Am nächsten Morgen trat er aus einer düsteren Autogarage ans Licht. Schwang den Schlüssel eines mausgrauen Austins, der hinter der Garage auf einem Rasenfeld in der brüllenden Sonne auf ihn wartete. Er umkreiste den Gebrauchtwagen zweimal und strich zärtlich über das Blech.

An diesem Tag, einem Samstag, wollte er mit dem neuen Wagen zu Helen fahren, um ihn ihr vorzuführen. Er hatte den Wagen für sie gekauft. Und weil er den blauen Plymouth aus seinem Gedächtnis verbannen wollte. Der Austin zog wie am Schnürchen durch die Hügelstrassen in Richtung Blanchisseuse. Wenn ihn nichts aufhalten würde, wäre er zum Vieruhrtee dort. Energisch jagte er den Motor auf Hochtouren. Er hatte bewiesen, dass er es zu etwas bringen konnte. Allein seiner Selbstdisziplin verdankte sich der Kauf dieses Wagens. Im Laufe der nächsten Jahre würde er seine Selbstdisziplin verstärken, die Ziele höher stecken und noch effizienter sein. Seine Verliebtheit, auch das hatte er bewiesen, tat dem keinen Abbruch; im Gegenteil, sie steigerte seinen Eifer. Auch Helen wusste, was sie wollte. Sie hatte Mut bewiesen, als sie Randeen hatte sitzenlassen. Er war nichts als ein verwirrter, aristokratischer Säufer, ein Versager. Aber die Randeens waren auch ein mächtiger Clan, er musste ihnen aus dem Weg gehen.

Helen kam aus einem sympathischen Land, dessen Tugenden, wie Fleiss, Sauberkeit und Strebsamkeit, ihm zusagten. Eigentlich war er bereits auf dem Weg in die Schweiz.

Vorerst aber setzte ein Regenschauer seinem Tempo Grenzen, er hatte die Wolken nicht beachtet. Er drosselte nur widerwillig die Geschwindigkeit, denn er fürchtete, den Vieruhrtee zu verpassen. Es goss so heftig, dass er Musse hatte, seine Umgebung gründlich zu studieren. Der Urwald dampfte und schnaufte. Wie immer herrschte das Bild einer unerträglichen Unordnung. Man hätte mal aufräumen müssen, wenigstens die in die Strasse hineinhängenden Äste entfernen. Aber dazu war die schwarze Regierung nicht imstande. Je chaotischer es auf der Insel zuging, desto sicherer wusste sie sich am Ruder. Doch eigentlich interessierte er sich weder für die Natur noch für die Politik. Auch die Poesie und die Literatur waren überflüssig. Der Mensch, dessen war er sich sicher, lebt für die Wissenschaft und arbeitet, um neue Erkenntnisse zu gewinnen.

Rasant fuhr er wieder an, gerade als er auf einen Schwarzen aufmerksam wurde, der ihm heftig zuwinkte. Was wollte der? – Nein, er konnte jetzt keinen Schwarzen mitnehmen. Die Gefahr, dass dieser ihm an einer stillen Biegung einen Knüppel über den Kopf zog und ihn ausraubte, war zu gross. Hätten die Schwarzen nur etwas mehr für den Fortschritt in der Welt getan! Aber sie waren faul, vegetierten in unhygienischen Behausungen und besassen keinerlei Sinn für die Zukunft.

Eine Viertelstunde später dachte er erneut an den Schwarzen am Strassenrand. Als nämlich der herunterhängende Auspuff, auf den ihn der Schwarze hatte aufmerksam machen wollen, beim Aufprall mit einem Schlagloch entzweibrach und den Austin in eine röhrende Schnecke verwandelte. Neil schwitzte, das Knattergeräusch des Wagens war nicht die Art Musik, mit der er Helen zum Tanzen brachte. Seine grosse Brille beschlug sich, der Dschungel krächzte und grölte wie eine Affenhorde.

Was hätte seine Mutter an seiner Stelle getan? – Er griff ins Handschuhfach und suchte eine Schnur. Statt dessen fand er ein Paar Damenstrümpfe, die sein Vorgänger vergessen hatte. Mit den Strümpfen verband er die Bruchstelle und verstärkte die Aufhängung. Sein Sinn fürs Praktische half ihm wie immer aus der Patsche. Mit Hilfe der fremden Nylonstrümpfe erreichte er das Estate eine Dreiviertelstunde zu spät.

Die Tabakfelder leuchteten hell und freundlich. Doch der Angestellte empfing ihn kühl. Ihm folgte eine grossgewachsene und magere Dame. Die Besitzerin des Estate, die Dänin Ose Wright, trug den Knüppel bei sich, mit dem sie sich gegen Überfälle von Marodeuren zu wehren pflegte. Schon zweimal, hatte Helen erzählt, hatte er ihr gute Dienste geleistet.

»Sie mögen sich bitte einen Augenblick gedulden«, sagte sie. »Nehmen Sie einen Drink?«

Neil lehnte ab und zog eine Schnute: Er trank keinen Alkohol! Ose erzählte ihm, dass der kleine Robert seit letzter Woche an Fieber erkrankt war. Er sei in den Tabakfeldern herumgekrochen, als er plötzlich erbrach und Fieber bekam. Während drei Tagen sei das Fieber unaufhörlich gestiegen.

Neil spürte die Herausforderung. Er wollte den Jungen sofort sehen.

»Doktor Ramchand«, sagte Ose, »hat alle möglichen Abklärungen gemacht, aber nichts herausgefunden.«

Sie lächelte, was Neil irritierte. Warum liess man ihn nicht zum Jungen? Obwohl er selber kein Mediziner war, würde er schnell herausfinden, ob der Junge ernsthaft erkrankt war.

»Der Junge ist jetzt wieder auf den Beinen«, sagte sie boshaft. »Irene hat ihn geheilt.«

»Irene«, staunte Neil, »ist sie hier?« – Eine böse Ahnung beschlich ihn. Wenn die Bedienstete Irene, die lange Jahre bei den Randeens gearbeitet hatte, hiergewesen war, wusste dann nicht auch der Vater des Kindes, wo sich Helen aufhielt? Neil entschloss sich, mehr über Helens Verhältnisse und Roberts Vater in Erfahrung zu bringen.

»Helen hat sie aus dem Dorf geholt, wo sie seit Olives Tod lebt. Irene hat ein Feuer gemacht und während Stunden alle möglichen Kräuter hineingeworfen. Dann hat sie Robert an den Füssen gepackt und durch den Rauch geschwenkt. Danach war Robert so gut wie fieberfrei.«

Neil machte ein verzweifeltes Gesicht, obwohl er erleichtert war, dass Irenes Anwesenheit keine weiteren Folgen hatte.

»Zauberei, Hokuspokus. In Trinidad ist solches Zeug an der Tagesordnung.« – Fast wäre er unhöflich geworden.

»Das ist keine Zauberei, das ist Shango«, erwiderte Ose triumphierend.

Neil unterdrückte seine Wut. Da erschien Helen in der Türe. Ihr Blick fiel auf den Wagen, und sie lächelte, nicht ahnend, dass sie einige Jahrzehnte später in einen Jaguar steigen würde, den Neil gekauft hatte. Der kleine, mausgraue Austin war aber so etwas wie eine Investition. Er gab ihr Vertrauen in Neils Kraft und Zähigkeit, mit der es ihm gelingen würde, seiner Kaste und Klasse zu entkommen.

MEER

Budri Randeen der Korruption überführt! *– Gegen den Rechtsanwalt und Richter des Distrikts Chaguanas, Budri Randeen, ist Anklage wegen Korruption erhoben worden. Randeen wird vorgeworfen, zusammen mit seinem Schwager, dem Deutschtrinidaden Gerold, Klienten eingeschüchtert, Urkunden gefälscht und Zeugen beeinflusst zu haben. Richter Randeen ist bis auf weiteres von seinem Amt suspendiert, seine Anwaltstätigkeit wird er bis zu einem rechtskräftigen Urteil weiterbetreiben können.*

(»The Bomb« vom 10. Mai 1957)

Ray sass neben Budri, der das Auto gelassen durch den Ausfallverkehr von Port of Spain führte. In einer grossen Schlaufe nahm er den Aufgang zur Lady Young Road, die quer durch die Northern Range ans Meer führte.

»Nichts daran ist wahr, Junge«, sagte Bud sonor. »Eine Verleumdungskampagne ist gegen mich im Gang.«

Die Morgenkühle liess nach, und Hitzewellen überzogen die Stadt. Erste Kumuluswolken krochen den Hügelhängen entlang. Auf der anderen Fahrbahn stauten sich die Autos der Angestellten, die zur Arbeit in die Downtown fuhren. Inder, Schwarze und wenige Weisse. Ein Zeitungsverkäufer schrie seine Meldungen aus.

»Aber wenn der ›Bomb‹ das schreibt, Bud, muss es doch stimmen«, beharrte Ray.

»Und warum berichten die anderen Zeitungen nicht darüber? – Meinst du, ich könnte drei, vier grosse Zeitungen einfach bestechen?«

Ray schaute auf die Kinder, die nackt am Strassenrand sassen. Diese starrten ihrerseits auf das cremefarbene Auto. Es war gefährlich, durch dieses Viertel zu fahren. Aber Bud wollte zeigen, dass er vor nichts Angst hatte.

»Man erzählt sich, dass du mit Bhadase zusammenarbeitest.«

»Bhadase? – Bhadase ist einer der mächtigsten Männer in diesem Land und der einzige, der den schwarzen Doktor Williams und seine marxistische Liga noch aufhalten kann.«

»Aber Bhadase ist doch ein Gauner, Bud!«

»Bhadase Sagan Maharaj, mein Junge, ist der Führer der mächtigen Hinduvereinigung Maha Saba und gleichzeitig Präsident der indischen Zuckerrohrgewerkschaft. Ohne Bhadase kann der schwarze Doktor gar nicht regieren. Das wissen alle in diesem Land.«

»Aber Bhadase hat als Gewerkschaftsboss seine eigenen Leute verkauft. Er steckt mit den schwarzen Bossen der Ölgewerkschaft wie mit den Regierungsmitgliedern unter einer Decke. Er vertritt doch die indischen Interessen gar nicht.«

Bud hupte energisch. Sein weisses Hemd klebte an seinem Rücken und an seinen Oberarmmuskeln, seine Beine steckten in bunten Bermudashorts. Bud war für sein Alter gut trainiert. Ray fiel auf, dass Budri Bhadase sogar ähnlich sah. Beide hatten denselben vierschrötigen, behaarten

Körper. Ganz abgesehen von den inneren Werten. Ray hätte ihn gerne angefasst, hätte ihm gerne die Hand auf den Arm gelegt.

»Bhadase mag grausam und verschlagen sein«, knurrte Budri, »aber er ist schlauer als alle anderen. Der Mann hat noch indisches Pionierblut in seinen Adern.«

»Ich interessiere mich nicht für Politik«, wandte sich Ray ab.

»Das ist es ja«, sagte Budri und bog in eine schmale Bergstrasse ein, die sie zur Bucht von Maracas führen würde. »Selbst Williams verhandelt über Mittelsmänner mit Bhadase.«

Plötzlich preschte ihnen mitten auf der Fahrbahn ein mausgrauer Austin entgegen. Budri bremste, der andere Fahrer versuchte auszuweichen, der Austin torkelte an ihnen vorbei und knallte an einen Randstein.

»Schläfst du, Mann!« rief Budri dem Fahrer zu, der totenbleich im Wagen sass und den Motor abzustellen versuchte. »Ich werde dich ins Meer schmeissen, Mann, den Haien zum Frass.«

Ray lachte in sich hinein: Budri verschonte niemanden mit seiner grossen Klappe. Zwar lag das Meer blau und schäumend unten in der Bucht. Aber Haie gab es nur in der Bucht von Togo, an der Nordostspitze der Insel.

Neil suchte seine Brille, die ihm beim Aufprall heruntergefallen war. Er stieg aus dem Wagen und umkreiste ihn. Ein Scheinwerfer war demoliert.

»Sorry, ich war in Gedanken. Ich habe zuwenig Übung mit dem Wagen. Hab ihn eben erst gekauft.«

Budri entblösste seine Zähne und bot dem Mann eine Zigarette an.

Neil schlotterte. Falls ihm das passierte, wenn Helen im

Wagen war, dann würde er sich gewaltig blamieren. Er musste dringend einige Übungsstunden fahren, bevor er sie ausführte.

Budri nötigte ihn auf den Parkplatz und bot ihm einen Becher Rum an. Neil lehnte ab. »Ins Meer schmeissen, ins Meeerrhh müsste man dich schmeissen, ungezogener Junge«, grinste Bud.

»Ich kann nicht schwimmen, Sir«, lächelte Neil. Budri wieherte. Doch dann legte er ihm väterlich die Hand auf die Schulter und sagte: »Ein guter Inder muss auch nicht schwimmen können, nicht wahr.« – Neils Scheitel, seine Bügelfalten und vor allem seine Brille gefielen Budri. Neil war einer dieser traditionellen Inder, die religiös erzogen waren und den Geist des alten Indien noch in sich trugen.

»Weisst du, wer ich bin? – Randeen, der Richter. Und das ist mein Sohn Ray, der berühmte Reporter. Der Mann, der in Rita Hayworth verliebt ist, haha.«

»Du bist betrunken, Bud«, sagte Ray, ohne weiter auf Neil zu achten.

»Halt die Klappe! – Also, du kannst dir ausrechnen, wie teuer dich der Zusammenstoss käme, wenn ich jetzt wütend wäre.«

Neils Mundhöhle trocknete in Sekunden aus. Entsetzt blickte er zu Budri und Ray und wusste nicht, ob er sogleich die Flucht ergreifen sollte. Vor einer halben Stunde noch war er auf dem Estate mit Rays Frau zusammengesessen und hatte mit Rays Sohn gespielt. Und jetzt stand er wie ein Verbrecher vor diesen beiden. Mit dem Zeigefinger schabte er sich die tote Haut vom Daumen.

Budri aber deutete sein Erbleichen und Zurückweichen anders: »Keine Angst, Junge, ich werde dich nicht belangen. Schliesslich hast du ja nur deinen eigenen Wagen beschädigt, nicht wahr. Du triffst Budri Randeen in bester Laune. Noch ’n Rum?«

»Wo wohnst du?« fragte Ray, um von seinem Vater abzulenken.

»In Arima«, log Neil.

Ray starrte ihn unentwegt an, als hätte er eine Riesenwarze im Gesicht. Irgendwoher kannte er den Kerl!

Jetzt will er gleich wissen, wie ich heisse, dachte Neil. Irgend jemand wird ihm erzählt haben, dass ich mit Helen ausgegangen bin. Und dann hat dieser jemand sicher noch einiges dazugedichtet. Natürlich kann ich einen falschen Namen angeben, aber wenn er nach meinen Ausweispapieren fragt, steh ich dumm da. Nun ja, früher oder später wird es ohnehin ans Licht kommen. Vielleicht ist es besser, ihm alles zu sagen. Aber was soll ich ihm sagen? Ich habe ja noch nicht mit Helen gesprochen.

»Falls du mal in Schwierigkeiten bist, ruf mich einfach an. Verlange Budri Randeen, oder besser: verlang einfach Bud, dann wirst du von der Sekretärin sofort durchgestellt. Noch ’nen Schluck?«

Mechanisch hielt Neil den Becher hin und liess sich nachschenken. Der Rum entfachte einen Wüstenbrand in seinen Gliedern.

»Solider Wagen«, sagte Ray, dessen Erinnerung langsam zurückkehrte. »Ich fahre einen Plymouth. Hast du den Austin schon lange?«

»Letzte Woche habe ich ihn bei Ramdath’s in San Juan gekauft. Er hat vierzigtausend Meilen. Aber diese englischen Motoren sind nicht unterzukriegen.«

»Und du bist diesen Wagen nie vorher gefahren?«

»Zuweilen habe ich ihn ausgeliehen, wenn ich etwas

Wichtiges zu besorgen hatte«, sagte Neil und ahnte nicht, worauf Ray anspielte.

Plötzlich wusste Ray, wer sein Gegenüber war: der Mann, der Helen nach Hause gefahren hatte, als er hinter der Jalousie stand. Das also, staunte er, ist das Gespenst, vor dem ich mich die ganze Zeit gefürchtet habe. Dieser mickrige Pennäler mit der grossen Ich-staune-über-die-Welt-Brille, der nicht mal einen Kleinwagen um die Kurve kriegt, scharwenzelt jetzt um Helen herum. Ob er wusste, wo sich Helen befand?

»Vielleicht hat mein Sohn recht, Junge. Vielleicht sollte ich doch in die Politik gehen«, rief Budri fröhlich.

Was für ein eingebildeter Pinsel, dachte Neil. Ein Gesicht wie ein Ziegenbock, wie unangenehm. Und der Sohn schaut in seinem dreiteiligen Anzug aus wie ein öliger Geck aus einem amerikanischen Drittklassfilm. Was hat sich Helen wohl dabei gedacht? Dem sieht man den Versager doch an.

Wie der die Kühlerhaube tätschelt, dachte Ray. Der stinkt auf zehn Meilen nach gekochten Kichererbsen und Fladenbrot.

»Was machst du denn so?« säuselte Ray.

»Ich bin in der Agrochemie«, entgegnete Neil und schaute zur Seite. Er fühlte, wie ihn der andere musterte. Wenn er mich anfasst, dachte er, dann brech ich ihm die Handgelenke.

»Ich habe gerade meinen Onkel besucht, der auf einem Estate hinter Las Cuevas etwas Zuckerrohr anbaut. Hab ihm einige Tips gegeben.«

Neil log. Ihm war, als könnte Ray direkt in seine Seele schauen. Als könne er dort lesen, dass er gerade von Helen kam, dass er sie morgen abend zur Pressevorführung von

»Fire Down Below« ins Kino »Globe« eingeladen hatte. Dass er vorhatte, ihn endgültig aus dem Feld zu schlagen, ja, dass er keine Gelegenheit ausliess, Helen von ihm wegzuwünschen. Wieviel wusste er denn sonst noch über ihn? War bekannt, dass er die bestellte Braut Nasrima Pruuna stehengelassen hatte? Wusste man, dass seine Mutter wochenlang kein Wort mehr mit ihm gewechselt hatte, nachdem Helen zu Besuch gewesen war? Dass sie sich eine weisse Schwiegertochter rundweg verbat und ihm das Leben sauer machte, ihm den Ausgang verbot und ihm eine Zusatzarbeit nach der anderen aufbürdete?

»Was machen wir mit deinem Scheinwerfer?« fragte Ray scheinheilig und entnahm Budris Wagen einen Schraubenzieher, mit dem er das Scheinwerfergehäuse abtrennte.

»Bist du Mechaniker?« fragte Neil misstrauisch.

»Gewissermassen«, sagte Ray und zerquetschte die Glühbirne. Neil war, als würde er ihm das linke Auge zerdrücken. Er fasste instinktiv nach seiner Brille. Wieder zerbarst etwas unter Rays Schraubenzieher.

Es muss diese Selbstsicherheit sein, die für sie attraktiv ist, überlegte Neil. Der Kerl sieht gut aus und platzt vor Selbstvertrauen, auch wenn er strohdumm ist. Wie er mit meinem Wagen umgeht; man kann sich vorstellen, wie er ist, wenn er sie schlägt. Wegen seines Jungen hätte ich ihm einiges zu sagen. Aber es ist besser, ich halte den Mund. – Ist es nicht so, Randeen, dass du immer zu weit gehst? Ist das nicht dein Problem? Neil probte einige Sätze, die er aber wohlweislich nicht aussprach. Er wollte keine Schwierigkeiten mit diesem Choleriker. Er wollte sich nicht provozieren lassen.

Ray stürzte einen Rumbecher runter und sagte: »Ich werde dir beim Reparieren des Wagens helfen.« – Er stemmte seinen Fuss gegen das Chassis und riss ein Stück vom Radblech ab.

»Was machst du da eigentlich, mein Sohn?« fragte Budri.

»Hast du dir überlegt, dass die Farbe dieses Wagens nicht sehr vorteilhaft ist?« sagte Ray.

Er ist ebenso betrunken wie sein Vater, dachte Neil.

Friedfertig, aber mit einem Triumphgefühl, schaute Neil Rays Treiben zu. Er ahnte, wie stark er ihn gekränkt hatte. Und genoss Rays Verzweiflung.

Neil setzte sich auf einen Felsblock und rauchte eine Zigarette mit Budri, der ihn unentwegt umarmte. Er sog den Rauch in die Lungen, hustete, trank und rauchte weiter. Er hatte noch nicht sehr oft geraucht. Budri lag im Gras und sang, während sein Sohn weiter den grauen Austin beschädigte.

Nach einer Stunde fuhren die Randeens davon. Neil sammelte die Einzelteile, die Ray abgetrennt hatte, und fuhr zu Ramdaths Garage, um alles wieder zusammensetzen zu lassen. Er musste sich übergeben, weil ihm das Rauchen und Trinken schlecht bekommen war.

Der ahnungslose Budri aber schwärmte von Neil, dem vorbildlichen indischen Jungen. Und Ray brannte vor Wut.

»Warum hast du Olive sitzenlassen, Bud? Sie war doch krank.«

Statt einer Antwort sog Bud Luft durch die Zähne und lenkte den Wagen auf einen palmengesäumten Parkplatz, drei Schritte vom Meeresufer entfernt. Mit brennender Kehle rannte er zum Getränkestand und kehrte mit einem Armvoll Bierflaschen zurück. Umständlich legte er das Badetuch aus, schlüpfte aus den Bermudas, zupfte wieder schimpfend am Badetuch, während Ray danebenstand und seinen immer nackter werdenden Vater anschaute.

Aber sie waren nicht um des Badens willen hierhergefahren. Sie waren auch nicht hier, um ein früheres Familienritual wiederzubeleben. Olive war tot.

Nun lag Ray neben dem beinahe nackten Budri. Schon lange war er ihm nicht mehr so nahe gekommen. Budris Körper war älter und faltiger geworden und wirkte verletzlicher. Wenn er gewollt hätte, hätte er jetzt seinen Vater besiegen können. Seine Muskeln an den Beinen waren nicht mehr so satt an die Knochen gewachsen. Die Haut etwas gelb, wie es bei fünfzigjährigen indischen Männern üblich war. Und mit diesem Körper beschläft er noch immer junge, gutaussehende Frauen wie Evril, dachte Ray.

Budri atmete ruhig, begann sogar leise zu schnarchen. So wird er liegen, wenn er eines Tages stirbt. Eines Tages wird er so schwach sein, dass ich ihn mit einem Kissen ersticken kann. Aber ich werde es nie schaffen, ihn zu töten. Er wird sterben, ohne mich je zu verlassen.

Ray legte seinen Kopf auf den Boden. Der Wind pfiff über den Sand. Wie gerne hätte er seine Hand auf Budris Bauch gelegt. Ein kleines Gewicht, wie er es als Kind oft getan hatte, um seines Vaters Atem zu spüren. Nun schaute er ihm beim Schlafen zu.

Wehrlos drehte sich Budri auf den Rücken. Sein Glied in der Badehose war klein, nicht mehr mächtig. Mittels dieses Gliedes war Ray einst gezeugt worden. Eine Missgeburt, nicht in realem, aber in übertragenem Sinne. Wärme hatte er nur bei der Mutter gespürt, während ihm der Körper des Vaters schnell abkühlte, von Winden und fremden Gerüchen umweht. Zum Berg wurde, der ihm im Licht stand, unbeweglich, bis er sich den Kopf an ihm einschlug.

Nachdem Budri erwacht war, warf er sich in die Fluten. Wie ein Möbelschrank stand er furchtlos vor der Wellenwand, die auf ihn zurollte. Er hatte keine Angst vor Hauswänden, die über ihm zusammenkrachten. Wie ein Pfeil schoss er durch die Mauer und verschwand. Die Mauer rollte ohne ihn weiter, wie auf Stelzen getragen. Brach dann ein. Ihr Kragen überschlug sich in eine gischtende, tosende Lawine und endete sanft im glitzernden Sand. Augenblicklang wurde es still. Schwärendes Dunkelgrün des Urwalds. Darunter das aufgebrachte Meer, eine japanische Tuschzeichnung, in den Nachmittagsdunst gemalt. Am Horizont die Hügel Venezuelas. Und erneut tauchte Bud auf, erhob sich und wartete auf die nächste Wand.

Würde er danach mit ihm über Helen reden? Würde er ihm sagen, wo sie sich befand? Oder sollte er ihm eröffnen, wer der junge Inder von vorhin war?

Beide schauten sie aufs Meer hinaus, über dessen Fläche unentwegt die schwarzen Hobos kreisten.

»Das Meer ist wie das Leben, Ray«, sagte Budri gesprächsbereit. »Mal ist es wild und bricht dir die Knochen. Dann wieder zahm und zärtlich wie eine Frau.«

Ray hasste solche Vergleiche.

Ein Fisch, der am Morgen aus den Netzen geschlüpft und im Sand verendet war, blinkte in der Sonne.

»Ich habe deine Artikel gelesen. Und ich fürchte, dass du nicht zum Reporter geschaffen bist.«

»Natürlich, Bud.«

»Es ist mir unverständlich, dass du über eine weisse

Frau schreibst und eine weisse Frau geheiratet hast. Stets habe ich versucht, dir unsere indischen Bräuche und Sitten näherzubringen. Als du ein Junge warst, habe ich dir die religiösen Bücher gezeigt –«

»Sicher, hast du.«

»Vielleicht denkst du, dass auf Trinidad das Indische nichts mehr gilt. Du denkst, wir sind wie alle Einwanderer entwurzelt und ohne Geschichte. Aber es war stets die Welt meiner Väter, das alte Indien, das mir Halt, Charakter und Festigkeit gab. Das will ich dir sagen: wir sind Auswanderer, in eine neue Welt verpflanzt, aber unsere Wurzeln liegen in unserem Glauben, unseren Sitten und unserer Geschichte.«

Ray fand diesen Sonntagssermon unerträglich. Ein Pelikan zog knapp über dem Rand des Horizontes und öffnete gierig seinen Schnabel.

»Ich habe mir Mühe gegeben, aber es scheint nichts Rechtes aus dir zu werden. Gewiss, ich habe dich geschlagen, aber doch nur, um aus dir hartes, widerstandsfähiges Holz zu machen. Ich habe dir jede Unterstützung angeboten, habe dich Jurisprudenz studieren lassen. Aber du beschäftigst dich lieber mit nutzlosem Zeug. Weiber, Ray, sind die Butter aufs Brot; das Brot aber musst du dir selber erarbeiten.

Du bist das einzige Kind, und du wurdest von deiner Mutter verwöhnt, während ich bemüht war, aus dir einen Mann zu machen. Aber du bist zu stark vom Schlag der Sinanans. Ein arroganter Nichtsnutz, ein Verlierer. Mich hat man schikaniert, weil ich kein Sinanan war; was ich tat, musste ich doppelt gut tun, sonst wurde mir am Zeug geflickt. Aber ich hab's geschafft.

Deswegen habe ich dir einen Vorschlag zu machen, Ray.

Kündige die Stelle beim ›Chronicle‹ und geh für einige Jahre nach Indien. Ich habe einen Freund in Madras, dem ich schreiben kann.«

»Wo ist Helen?«

Budri verstummte so jäh, dass das Meeresrauschen näher kam. Die Rufe der badenden Kinder gellten in Rays Ohr. Er erschrak und begriff intuitiv, dass Budri wusste, wo Helen war. Und Budri würde es nun sagen. Ein Satz wie ein Beilhieb auf seinen Schädel. Er spürte das Zittern im Körper seines Vaters, als dieser sagte: »Mein Gott, was für ein Tag.« Und danach mit seinem Verstummen wieder zurücktastete zu Rays Frage. Zur einzigen Frage, die Ray bewegte.

»Sie arbeitet bei einer Ausländerin. Ich schicke ihr monatlich Geld, auch für den Jungen. Vergiss sie, sie wird nicht zurückkommen.«

Ray liess Budri allein und stürzte sich in die Fluten. Auf einmal stand die Wand auch vor ihm, er warf sich ungeschickt dagegen, so dass ihn die Wucht der Welle landeinwärts riss. Salz in den Augen, stemmte er sich gegen das Gewicht, das ihn niederdrückte. Vergeblich setzte er einen Fuss nach dem anderen in den Sand, der Boden floh unter seinen Sohlen. Wo immer er hintrat, entstand ein Loch. Schliesslich liess er sich hinaustreiben, über ihm die Kojoten der Lüfte. Die Sonne hämmerte an seinen Kopf. Vor seinen Augen sah er Neils Bügelfalten, Helens Hand darauf. Helens blonde Haare waren wie Gold, das aus der schwarzen Masse herausleuchtete. Er würde sie nicht weggehen lassen.

Ray verschläft seine Tage mit einem milden Glücksschimmer auf den Wangen. Nun sind wir seit drei Wochen in Trinidad, und nichts scheint ihn mehr ganz zu erreichen, nicht einmal meine ewige, lästige Fragerei. Er schreibt nur noch spärlich, schüttelt die Fragen von sich ab und besänftigt mich mit einem Nicken. Das Glück der Heimkehr hat seine Mitteilsamkeit noch mehr verkleinert. Seine leichten, der zunehmenden Schwächlichkeit abgerungenen Gesten, dieses fortwährende Verdämmern der Tage und Wegsinken, stört mich nicht mehr. Sehr oft fahren wir mit ihm durch den Urwald, machen an einer Biegung halt und lauschen dem Vogelgezwitscher. Ray ist ganz vernarrt ins Vogelgezwitscher; er scheint sein Ohr immer weiter für die Vielfalt des Tschilpens und Singens zu öffnen.

An einem Morgen fahren wir wieder mit Basdeo nach Port of Spain. Auf dem Beetham Highway mit den bekifften Taxifahrern und den indischen Früchte- und Gemüsehändlern tuckern wir gemütlich stadteinwärts. Rechter Hand, erklärt mir Basdeo, lägen die Armenviertel, Shantytown, seit Jahrzehnten die Schande Trinidads, fast ausschliesslich von verarmten Schwarzen bewohnt. Die Karnevalsbands rekrutierten sich hauptsächlich aus diesem Viertel. Ray nickt schläfrig zu Basdeos Ausführungen. Wir fahren an den Twin Towers am Stadteingang vorbei, biegen dann rechts zum Independent Square ab. Einige zähe Fahrminuten weiter sind wir am Woodford Square. Hier schreibt Ray das Wort »University« auf. Nein, die Universität, so Basdeo, liege doch in St. Augustin. Das hier sei nur der von Pennern, Fixern und Pushern allseits beliebte Stadtpark. Ray irrt sich, auf seinem Gang durch die Trümmer seiner Erinnerungen ist er wieder am falschen Ort gelandet. »Woodford«, beharrt Ray.

»Ahaaa«, ruft da Basdeo, wobei er wie üblich bei einem Gedankenblitz das »a« in die Länge zieht. »Er meint sicher die ›University of Woodford‹. Am Woodford Square hat Williams in den fünfziger Jahren Vorlesungen gehalten und damit das Volk auf seine Seite geredet. Damit hat er die Engländer ausgetrickst und konnte sich später zum ersten Präsidenten der Republik wählen lassen.«

»Hast du Williams gemocht?« frage ich Ray, und der nickt. Er streckt seinen Arm aus und zeigt mit dem Finger auf eine bestimmte Stelle am Zaun des Parks. Dann schreibt er »People Parliament« auf.

»People Parliament«, klärt mich mein Onkel auf, »das war die rebellische Bewegung in den siebziger Jahren, die an den Volksaufstand in den Fünfzigern anknüpfte. 1970 revoltierten die Schwarzen gegen den schwarzen Präsidenten Williams, den sie ein paar Jahre vorher noch an die Macht gewünscht hatten. Im Namen der Black Power gründeten sie am Woodford Square das Parlament des Volkes.«

Rechts nun das General Hospital, ein langgestrecktes Gebäude, dessen schöne, ausgewogene Architektur und teilweise noch gut erhaltene Fassade an den Segen der britischen Kolonialzeit erinnert. Ich zeige auf das Gebäude, aber Ray schläft.

»Du hast einen schlechten Tag erwischt«, sagt Basdeo trocken.

»Findest du es nicht auch verrückt, zwei so verschiedene Väter zu haben?«

»Ja, die sind wirklich sehr verschieden. Schön, dass du

die Dinge etwas realistischer zu sehen beginnst. Du suchst ja immer nach Ähnlichkeiten.«

»Ähnlichkeit ist wie eine Spiegelscherbe, die einem zu erkennen hilft.«

»Hast du etwa Ähnlichkeit mit Ray? Doch nur äusserlich gesehen. Oder mit dieser stumpenrauchenden Schreckschraube – wie hiess die schon wieder?«

»Du meinst die liebenswerte Hanna Boopsingh.«

»Oder mit dem Playboy-Cousin? Und dann glaubst du noch, mit jedem einzelnen aus der zweihundertköpfigen Sippe, die plötzlich wie ein Wald aus dem Nebel auftaucht, Gemeinsamkeiten entdecken zu können.«

Ich schüttle den Kopf, weil ich weiss, dass Basdeo meine Leidenschaft für Verwandtschaften nie teilen wird.

»Du hast dich ganz schön in deine Genealogie verrannt!«

»Ich sag doch, Ähnlichkeit ist wie eine Spiegelscherbe. Kein ganzer Spiegel, in dessen Glanz man sich bücken und Grimassen schneiden kann. Vielleicht gibt es im ganzen Universum keine zwei identischen Eier; aber es wimmelt von Ähnlichkeiten, Bas. Und Ähnlichkeiten sind das, was einem die Fremdheit nimmt. Zwei Liebende lieben sich deshalb, weil sie sich ähnlich fühlen.«

»Sind wir zwei uns denn ähnlich, Darling?« lacht Basdeo. »Auch der Mungo und die Schlange sind ein unzertrennliches Paar.«

»Auch Gegner können sich gleichen; schon eine Feindschaft stiftet etwas Gemeinsames, das die Gegner einander ähnlich macht.«

»Du verdrehst mir alles«, beschwert sich Bas.

»Ohne die Spiegelscherbe der Ähnlichkeit gäbe es kaum friedliche Begegnungen. Ähnlichkeit stiftet doch Verwandtschaft, also stiftet Verwandtschaft vielleicht auch Ähnlichkeiten. Ähnlichkeit ist etwas Magisches.«

»Du machst mich durstig, Robert.«

Plötzlich klopft Ray mit dem Stock ans Wagenfenster und zeigt auf die weite, staubige Grasfläche des Queens Park Savannah. Wir steigen aus und gehen einige Schritte in der Hitze. Schwarzgrün stehen die Hügel unter einer sattweissen Wand von Kumuluswolken.

»Fünf Tage, dann beginnt Trinidads grösstes Ereignis, der Karneval. Du solltest ihn nicht verpassen, Robert. Etwas Entspannung und Ablenkung täte dir gut. Demnächst schnappst du über.«

»Ich denke immer noch an meinen Ururgrossvater Baap, der 1867 hier auf der Nelson-Insel ankam.«

»Was hängst du diesem armen Schlucker nach«, nölt Basdeo.

»Dir macht also keinen Eindruck, dass auf dem Stammbaum von Dahan ›Brahmane, aus dem Zweig der Uppadiah‹ stand?«

»Was sollte dir der schwiemelige Professor schon anderes erzählen? Ich kenne Dahan, mit solchen Stammbäumen macht er sich beliebt bei unserem indischen Premier. Glaubst du, er würde es dir unter die Nase binden, wenn deine Vorfahren aus der Kaste der Unberührbaren kämen?«

»Du meinst, der hat mich einfach hinters Licht geführt?«

»Ausgerechnet in einem Land wie Trinidad willst du die Wahrheit finden. In dem Augenblick, wo die halbverhungerten, halbkranken Inder den hiesigen Boden betraten, war doch jeder ein Brahmane. Niemand kann das wirklich überprüfen.«

»Du bist also auch ein Brahmane«, sage ich frustriert.

»Mein Name ist Maharaj. Willst du etwa daran zweifeln, dass ich aus einer Königsfamilie stamme?«

Ray ist erwacht und gibt ein Zeichen, dass ich ihn in die Mitte des Parks spazierenführen soll, während Basdeo seinen Wagen in der Garage tanken und überprüfen lässt. »Go ahead!« ruft Bas und ist verschwunden.

In seinem Rollstuhl fahre ich Ray weit hinaus ins Grasmeer des Queens Park Savannah. Nach einer halben Stunde sind wir in der Mitte, und Ray beginnt zu röcheln.

»Du wirst an einem Hitzschlag sterben«, sage ich. »Ray, ich habe die Wasserflasche vergessen.«

In Panik schiebe ich ihn über den holprigen Rasen voran, bis er mir aus dem Rollstuhl kippt. Seine Zunge hängt weiss im Mundwinkel und seine Gesichtshaut ist fahl. – Wird ihn meine Unachtsamkeit nun das Leben kosten? Oder hat er mich absichtlich hierhergelotst, um uns in eine ausweglose Lage zu bringen? Warum eigentlich rennt mein Onkel einfach davon, ohne mich darauf hinzuweisen, dass ich etwas zu trinken kaufen müsste?

Da lösen sich zwei Schwarze aus dem Schatten eines Ginkgobaumes und kommen auf uns zu.

»Dem Bruder geht's übel«, sagt einer der Schwarzen. »Du musst ihm etwas zu trinken geben, sonst weicht der Geist aus ihm.«

Ich gebe den beiden Dreadlocks zehn Dollar, damit sie mir am Rand des Parks eine Flasche kaufen. Als sie gegangen sind, merke ich, dass ich wahrscheinlich wieder einen Fehler gemacht habe. Vielleicht behalten sie das Geld und kehren nicht mehr zurück. Wieder bringen wir eine weitere halbe Stunde unter einem Baum zu, bis die beiden schliesslich doch mit Colabüchsen zurückkehren.

Den entkräfteten Ray auf dem Rücksitz, fahren wir nun heimwärts. Es ist kurz vor Einbruch der Dämmerung, die Hitze staut sich über den Strassen, Ray atmet schwer. Als wir am Kino »Globe« vorbeifahren, flüstert er mehrmals »dead, dead«. Ich habe Angst, dass er jetzt den letzten Atemzug tut, und bitte ihn, sich nicht weiter anzustrengen.

»Er weiss doch, dass Neil in diesem Kino als Platzanweiser gearbeitet hat. Hei, Ray«, ruft Basdeo in den Fond, »vergiss Neil, er ist gestorben. Du wirst ihm nicht mehr begegnen.«

Mich fröstelt. Es ist, wie wenn ich wieder in den Spiegel schauen würde – und darin ist nichts.

SOMETIMES YOU WIN, SOMETIMES YOU LOSE

Um neun Uhr, nach vier Stunden Schlaf, wurde Ray vom Eilboten geweckt, der ihm einen eingeschriebenen Brief aushändigte. Er setzte sich vor Müdigkeit schlotternd auf die Treppe und trank seinen Tee. Über dem Meer hing ein Silberstreif Licht, trügerisch, wie alles in diesem Land. Aus dem Silberstreifen würde im Laufe des Tages ein Hitzefeld werden, das die Stadt versengte.

Langsam brach er den Umschlag auf und las von der Vorladung zur Scheidung. Er zerriss den Brief, duschte kalt und machte sich auf den Weg ins Büro, wo er um elf Uhr einen Termin mit dem neuen Redakteur hatte.

Zur selben Zeit reinigte Neil mit dem Hirschlederlappen seinen Wagen. Der Chromstahl glänzte wunderbar in der Sonne, alles war wieder an seinem Platz. Er fuhr zur Uni, frühstückte in der Kantine und machte sich dann in der Mittagshitze auf den Weg nach Blanchisseuse, um Helen abzuholen.

Als Ray im Büro des »Chronicle« eintraf, war der neue Mitarbeiter schon an seinem Schreibtisch. Maxi sah ihn kommen und nahm ihn beiseite, um ihn über die Kündigung zu trösten. Auf die Fensterbrüstung gelehnt, rauchten sie wie üblich eine Zigarette. Wehmütig nahm Ray Abschied von seiner Wirkungsstätte.

»Heute abend«, sagte Maxi feierlich, »findet eine Pressevorführung des Films ›Fire Down Below‹ im Kino ›Globe‹ statt. Der Chef möchte, dass du für uns noch dahingehst.«

»Soll ich versuchen, Frau Hayworth zu interviewen?« fragte Ray ironisch.

»Nun«, sagte Maxi und hustete, als kitzelte ihn jemand mit der Feder im Hals, »Miss Hayworth ist bereits wieder nach Amerika abgereist.«

Als er hinausging, streckte ihm Maxi die Hand entgegen und sagte strahlend: »Geniess den Abend, auch wenn Rita nicht leibhaftig anwesend sein wird.«

Schweissgebadet fuhr Neil im grauen Austin erneut durch den Dschungel. Diesmal machte er an einem Fluss halt und nahm ein Bad. Das Wasser war grün und sauber, was er aber nicht sah, da er seine Brille am Ufer abgelegt hatte. Er stand eine Viertelstunde bewegungslos im hüfthohen Fluss und überlegte, was er tun würde, wenn Helen ihn bäte, mit ihr in die Schweiz zu gehen. Er würde in Europa Medizin studieren und danach mit Helen und dem Jungen nach Trinidad zurückkommen, um seiner Mutter weiter beizustehen.

Ray verbrachte den ganzen Nachmittag mit einem Hangover beim Kricketspiel im Queens Park Savannah. Als er im »Globe« eintraf, waren die besten Plätze schon vergeben. Bereits lief einer der neuen Commercials, das Publikum grölte. Ray hatte anlässlich einer Pressevorführung eine illustre Gesellschaft erwartet, aber wie immer in Trinidad hatte sich Krethi und Plethi mit kleinen Geschenken bei den massgeblichen Leuten Einlass verschafft. Ray stand hinter einer Wand von stämmigen schwarzen Kerlen, die immerfort begeistert klatschten, wenn sich auf der Leinwand eine Brutalität abzeichnete. Sie klatschten auch, als ein weisser Mister Rivers hereinspazierte, seines Zeichens vierter Sekretär der Columbia-Filmgesellschaft. Rivers begrüsste das Publikum, Kaugummis flogen über seinen Kopf, und er dankte Trinidad für seine Gastfreundschaft, was keinen Hund interessierte.

Dann ging endlich das Licht aus. Unter den ächzenden Kuppeln des ehrwürdigen Kinos »Globe« und mitten in Port of Spain zog eine fremde Welt ein. Während draussen die Palmenhaine verblassten, die Samaanbäume im Abendwind stöhnten und die ersten Säufer auf die Gasse torkelten, quasselten Jack Lemmon als Toni und Robert Mitchum als Felix an einer Bar über das Allerweltsthema Frauen. Natürlich über eine bestimmte Frau namens Irena, deren Gesicht müde und abgezehrt im Hintergrund lauerte. Rita Hayworth war Irena mit einer unglaublichen Geschichte: Sie hatte gerade eine Affäre mit einem deutschen Agenten hinter sich und befand sich auf der Flucht. Jetzt wollte sie sich auf Felix' Schiff in Sicherheit bringen. Eine Frau alleine, pfiffen die schwarzen Kerle, eine einsame, einsame weisse Lady auf einem Boot.

Ray gingen die Schwarzen auf den Geist, aber er

zwängte seinen Kopf zwischen ihnen hindurch, um weiter vorne eine blonde Haarsträhne zu erspähen. Eine blonde Haarsträhne? Bestimmt war das eine der Einbildungen, unter denen er in der letzten Zeit immer häufiger litt. Auf der Leinwand tanzte Julia Edwards Limbo. Ray war enttäuscht, dass man es nicht für nötig befunden hatte, den Namen von Julia Edwards im Vorspann aufzuführen. »Kolonialisten«, zischte er, und der Schwarze, der das unverständliche Wort auf sich bezog, wandte sich um und drohte ihm mit der Faust. Wie um die Bedeutungslosigkeit Trinidads weiter zu betonen, folgten nun Aussenaufnahmen von einem Land, das unschwer als Hollywoodkulisse zu erkennen war. Im nächsten Schnitt sass Rita an Bord des kleinen Schiffes, die einzige einsame weisse Lady, um die die beiden Männer Toni und Felix rivalisierten. Ray fiel auf, dass der Einheimische an Bord, ein kräftiger Schwarzer, als Rivale gar nie in Betracht kam.

Während Mitchum lallend seine Zunge im Mund suchte, zwängte sich Ray durch die Reihen nach vorne. Der einzig klarsichtige Mann an Bord war der Schwarze, den man aber wie einen Teil der Schiffsausrüstung behandelte. Als Rita, sich knapp bekleidet auf Deck räkelte, musste er sich empfindungslos stellen, als wäre er aus Holz.

Plötzlich war Ray sicher, dass die blonde Haarsträhne in der vorderen Reihe Helen gehörte. Er fror. »Manchmal frage ich mich, ob Gott Verstand gehabt hat, als er die Männer erfand«, sagte Rita, und Ray sah, wie Neil nickte. Er drängte leise vorwärts und nahm eine Sitzreihe hinter den beiden Platz.

Zu dritt verfolgten sie den unglaublichsten Karneval, den Trinidad je gesehen hatte. Schwarze in gestreiften

Phantasiegewändern rannten wie windgebauschte Segel über die Leinwand, in exotische Tücher gewickelte Weisse wühlten sich stampfend durch eine tobende Menge. Die Weissen trugen ausladende Sombreros und bewegten sich verkrampft ekstatisch, als befänden sie sich in einem Londoner Nightclub. Rita hob barfuss und aufgeregt beim Tanzen ihren Rock. Abseits des Trubels schwor Jack Lemmon einer halbleeren Flasche Rum unverbrüchliche Treue. –

Zwei Säufer, ein ausgeschlossener Schwarzer und Lovely Rita fanden schliesslich zurück aufs Boot, da riss der Film, und die Zuschauer tobten.

Leise sang Rita in der Dunkelheit »Fasten your seatbelts« und »Trinidad Lady«, als Helen ihren Arm um Neil legte und er erschauerte. Entschlossen wandte sich Neil Helen zu, um ihr – endlich! – den ersehnten Kuss zu geben. Er spürte eine Hand, die ihm die Brille abnahm, und neigte seinen Kopf, als die streichelnde Hand seinen Hals mit zärtlichem Griff umfasste. Der erste Kuss im Kino – Tausende von Trinidader küssten ihre Braut zum ersten Mal im Kino. Kinos waren dazu da, um die Braut zum ersten Mal zu küssen. Dazu war es notwendig, dass der Film riss und Dunkelheit eintrat.

Die Filme rissen häufiger, je mehr Paare sich im Kino befanden. Helen wusste von diesem Umstand, als sie die Einladung angenommen hatte. Sie willigte in den Kinobesuch ein und sah voraus, dass Neil sie beim Filmriss küssen würde. So hatte sie nichts dagegen, dass der Film riss, Hauptsache, Neil würde ihr endlich seine Liebe erklären. Dass er ausgerechnet diesen Film ausgesucht hatte, war ihr allerdings peinlich. Zwei Versager und eine Gestrandete, mit einer solchen Handlung wollte sie sich nicht identifizieren. Und noch dazu musste es die Hayworth sein, von der Ray die ganze Zeit öffentlich schwärmte. Liest er denn keine Zeitungen? fragte sie sich. Ein wenig realitätsblind war er ja schon. Von mir aus, dachte sie, dann sitzen wir halt alle drei im selben Boot. Aber da der Steuermann fehlt, werde ich diesen Posten übernehmen müssen.

Ich werde ihn erwürgen, dachte Ray hinter ihnen. Nie mehr in seinem Leben wird er ein Mädchen anfassen, das einem anderen gehört. Dieser Streberling. Ray fühlte sich so stark wie Mitchum. Obwohl zuletzt Lemmon einen prächtigen Dialog mit einer Rumflasche geführt hatte, war doch eher Mitchum sein Mann.

Endlich ging der Film weiter. Helen liess Neil los, der wieder seine Brille aufsetzte.

In der Pause strömten die Leute auf die Treppe hinaus, um zu rauchen. Neil war auf dem Weg zur Toilette, als er plötzlich Rays Gesicht vor sich hatte. Ray war auf dem Weg zur Treppe, als er im Gewühl der Menge Neils Gesicht erblickte. Keiner sagte ein Wort. Die Zeit zog sich hin, Auge in Auge standen sie einander gegenüber, während der Abgrund zwischen ihnen sich immer weiter auftat. Langsam hob Neil seinen Arm. Ray spürte die Hitze, zog seinen Hals ein und versteifte sich. Locker klebte ihm die Zigarette im Mundwinkel, wie Mitchum. Neils Hand war nun auf der Höhe von Rays Gesicht, er lehnte sich leicht zurück, um dem Schlag besser ausweichen zu können.

Dann nahm Neil seine Brille ab und lächelte. Und Ray nahm die Zigarette aus dem Mund und lächelte zurück.

Es war das erste und das letzte Mal, dass sie einander zulächelten. Für den Rest ihres Lebens würde dieses

Lächeln nie mehr auftauchen, wenn der eine an den anderen dachte.

Lächelnd schritt Ray die Treppe hinab, schnippte seine Zigarette funkensprühend in die Nacht hinaus und verliess das Kino. In seinem Rücken sagte Lemmon zu Rita: »Sometimes you win, sometimes you lose.«

PHANTOMSCHMERZ

Die Sonne brennt auf meine Haut. Erinnerungen entzünden sich, und die verschollene Zeit meiner frühesten Kindheit taucht vage in mir auf. Es sind weder Stimmen noch Gesichter, nur das Flackern von heissem Sonnenlicht, das trockene Rascheln von Schatten und einer Melancholie, die mich wie ein warmer Wind streift. Die Erinnerungskerne sind gelöscht; es bleibt jenes glückliche Raunen am Rand des Gedächtnisses, das meinen Körper für immer mit jenen zwei, drei Jahren verbindet, in denen ich dem Licht Trinidads ausgesetzt war.

Ich betrachte Rays Hände, die traummüde über die Liegestuhlkante auf der Veranda hängen. Ich könnte mir eine Reihe von leichten Gegenständen denken, die diese Hände umfassen würden. Aber keinen Hammer, kein Werkzeug, kein grobes Seil.

Zuweilen sitzt er da und umfasst beidhändig das Knie seines gelähmten Beines, hebt es hoch und stellt es vom Rollstuhl auf den Boden. Mir ist, als könnten seine Hände nicht viel mehr, als dieses Knie halten.

Gestern habe ich mit Leonie telefoniert. Ohne mein Resümee abzuwarten, riet sie mir, mich nun endlich von den Gespenstern der Vergangenheit zu lösen und mich auf etwas anderes zu konzentrieren. Heute morgen hat sie nachgesetzt, indem sie einem befreundeten Redakteur einen exklusiven Karnevalsbericht von mir versprach. Sie versucht mich mit allen Mitteln von meiner Obsession abzubringen.

Am Nachmittag fahre ich mit meinem Onkel in die Stadt. Überall schwirren farbschwitzende Karnevalsgestalten herum; auf einer Magerwiese hinter St. Juan begegnen wir der legendären Steelband »T&Tec«. Fünfzig Männer mit finsteren Gesichtern traktieren ihre Fässer, so dass jeder Gegenstand in der Umgebung mitschwingt und zittert. Wir nehmen die Lady Young Road über die hügelige Bergstrasse, rauchen auf dem Aussichtspunkt eine Zigarette und blicken voller Erwartung auf den Moloch Port of Spain hinab. Von hier aus sieht man gut, wie die Sambatrommler und Steelbands aus allen Richtungen wie Ameisenkolonien in den Queens Park Savannah einmarschieren. Aus einem Hinterhof im Nobelviertel St. James ziehen gerade die »Invadors« los, eine Band aus dem Armenviertel Laventille.

Je näher der Karneval rückt, desto ausgelassener werden die Leute. Das Fieber verbrennt jede Vernunft. Der Karneval drängt wie eine Seuche in alle Lebensbereiche vor, er besetzt die täglichen Gespräche, die Werbespots und die Schlagzeilen der Zeitungen. Die Aussenhandelsbeziehungen der CARICOM werden zu einem Karnevalsthema, der Besuch des benachbarten Inselhäuptlings musste gestern wegen eines Karnevalstermins von Premier Pandey verschoben werden. Und die Morde und Raubüberfälle erreichen erstmals eine statistisch relevante Grösse.

Mein Onkel zieht seinen schwarzen Toyota gefühlvoll in eine Kurve, als der Motor zu husten beginnt. Tack, tack, tack, dann stehen wir mitten im Elendsquartier. »Whats up, my dear Robert«, ruft mein Onkel in die offene Kühlerhaube. Das Innere des Wagens, sein heissdampfender Motor, röchelt uns hilflos entgegen. Eine Stunde später schleppt uns ein Jeep mit drei Schwarzen ab. »Sind die gefährlich?« frage ich Bas. – »Im Prinzip ja. Zwei Tage vor Karneval ist jeder Schwarze so gefährlich wie eine Handgranate, bei der man den Auslöser gezündet hat.«

In »Winstons Garage« mitten in Port of Spain gibt Basdeo jedem der Jungs ein grosszügiges Handgeld, und wir verabschieden uns fröhlich.

Ratlos stehen wir nun neben dem Wagen, der mit seinem toten Motor einen friedfertigen Eindruck macht, als ein hünenhafter Schwarzer im blauverschmierten Overall auf uns zueilt.

»Wins!« ruft Basdeo zuckersüss. »Wins, Darling, wir stecken fest. Dabei wollte ich den Jungen zu den Vorkarnevalsveranstaltungen mitnehmen. Aber meine alte Karre sträubt sich.«

»Bas, du Nigger«, ruft der schwarze Winston, »du kommst hierher, um mir die Zeit zu stehlen. Wie lange haben wir uns nicht gesehen!«

»Jahrhunderte, Mann«, strahlt Bas und streichelt liebevoll seinen Wagen.

»Winston, just Wins«, sagt der Garagist und streckt mir seine ölige Hand entgegen.«Ich habe noch einen anderen Patienten, den ich zuerst verarzten muss. Kommt mit und trinkt ein Bier.«

Winston eilt voran in den hinteren, düsteren Teil der Garage. Als meine Augen sich eingewöhnt haben, erkenne ich neben den unentbehrlichen blonden Pin-ups an der Wand einen gutgekleideten, graumelierten Mann. Er bückt sich über die offene Kühlerhaube seines beschädigten Jaguars. Dann richtet er sich auf, erblickt uns und will sich zuerst wieder abwenden. Schliesslich kommt er zögernd und mit einem gewinnenden Lächeln auf uns zu.

»Wenn das nicht Basdeo ist«, sagt er und streckt meinem Onkel kraftvoll seine Hand hin.

»Lenny Lennox, der ewige Diplomat«, sagt Bas freundlich.

Der Graumelierte streckt auch mir eine Hand entgegen und sagt: »Nice to see you!«

»Dieser nette Junge hier ist Robert. Lenny war lange im diplomatischen Dienst. Jetzt lebt er im Ruhestand und ist nach Trinidad zurückgekehrt.«

»Wir kennen uns«, sagt der Mann, der Lennox heisst: »Wir haben uns vor nicht allzu langer Zeit in London über Ihren Vater unterhalten.«

»Das müssen Sie wegbeissen«, sage ich gedankenlos.

»Das müssen wir begiessen«, sagt Lennox und reisst mit steifer Gebärde den Kühlschrank auf, in dem eine Phalanx eisgekühlter Carib wartet.

»Sie sind mir ausgewichen«, sage ich zu Lennox und fasse energisch nach dem Bier. »Ich wollte etwas über meinen Vater in Erfahrung bringen, aber Sie waren nicht sehr gesprächig. Ich hatte den Eindruck, als wären Sie auf Schlittschuhen, ich meine, als würden Sie eine Pirouette nach der anderen drehen, anstatt geradeheraus zu reden.«

»Was hast du ihm erzählt?« fragt Bas beunruhigt und entdeckelt eine Flasche.

»Sie haben ja sicher Ihren Vater getroffen und können sich vorstellen, dass ich damals befangen war. Randeen was in a miserable shape!«

»Randeen, von was für einem Randeen redet ihr?« brummelt Winston aus dem Bauch des Jaguars heraus.

»Wie lange kriechst du hier noch in dieser Edelnutte rum, Wins?« fragt Bas und setzt sich auf eine Werkzeugkiste.

»Hast du's eilig, Bas? Kaum dass du mein Gesicht siehst, willst du schon wieder davonrennen«, sagt Wins beleidigt.

»Ich hole uns einige Dobbles.« – Bas streichelt seinen Wagen und verschwindet draussen im Gewühl des Karnevals.

»Wie geht es Ray denn heute?« fragt Lennox salbungsvoll.

Eigentlich habe ich gar keine Lust, diesem Wichtigtuer Auskunft zu geben. Schon wieder tut Lennox so, als wäre er ganz dick mit meinem Vater befreundet. Führt wieder sein diplomatisches Faxentheater auf, wie ein Schauspieler, der im Ruhestand jeden Abend vor einem leeren Sofa den King Lear gibt.

»Sein Vater ist Trinidader«, sagt Lennox zu Wins, »der in London in der R.A.F. den Piloten gemacht hat.«

»Wir hatten einen Ray Randeen bei den Truppen in Teteron. Anno siebzig.«

»Das ist mein Vater!« rufe ich erfreut, weil endlich jemand diese wichtige Zeit erwähnt.

»Du warst auf der Armybasis Sandhurst in Teteron, Wins?« fällt Lennox erstaunt ein.

»Klar doch, zusammen mit diesem Ray Randeen. Randeen war der, der –«

Der Hüne dreht sich mir ganz zu und mustert mich eindringlich. Seine Augen fixieren mich so lange, dass ich wegschauen muss, dass ich seinem Blick innerlich enteile, obwohl sich sein Gesicht immer mehr aufhellt. Dann schnellt mir seine Hand entgegen. Er schlägt mich auf die Schulter und ruft:

»Alle Achtung, Mann, das ist Randeens Sohn. Mein Gott, das sind Sie wirklich! Das ist nicht etwa ein Traum von mir – he, ich habe kein Ganja geraucht, ich kann ihn anfassen.«

Und er tastet mir über die Schulter, als wäre er blind.

»Der Sohn des grossen Randeen!«

»Was hat mein Vater denn auf dieser Armeebasis gewollt?« frage ich, werde aber vom hereinkommenden Basdeo unterbrochen. Mit einem Blick auf Lennox ruft er plötzlich wie in Panik: »Nun greift mal zu, Jungs!« und breitet seine Fresstasche mit scharf gewürzten Hühnern, gegrilltem Agoti, Dobbles und Roti vor uns aus. »Klar doch war unser Wins an der Front. Damals, als die Black-Power-Jungs unsern halbtauben Dr. Williams fortjagen wollten, war der lange schwarze Affe Wins an der Front. Aber jetzt lasst uns von was anderem reden. Lenni, was macht der Golfclub? Lenni ist Präsident des ›First International Gulf Club of Trinidad‹!«

»Der Sohn von dem Randeen, den ich so bewundere«, sagt Wins beharrlich und lässt sich nicht von seinem Theater abbringen. Breitbeinig steht er nun vor mir, hebt langsam seine Arme und sagt gepresst: »Mein Gott, hätte er nicht seinen Vater umgebracht, wäre er vielleicht Premier geworden. Ein Held –«, und Wins baut mit seinen schwarzen Schaufelhänden einen Sockel, auf dem ich Ray vermuten muss. »Ein Denkmal aus purem –«

»Shit!« schreit Bas. »Was redest du da für einen Quatsch. Halt doch endlich dein Maul!«

Wins' Pose bröckelt unter dem Sturm seiner einfallenden Gedanken langsam ab. Zuletzt steht er nur noch wie eine geknickte Vogelscheuche vor mir.

Aber ich schaue ohnehin nicht mehr auf ihn.

»Was war mit meinem Vater?« rufe ich entsetzt, als müsse ich mich verhört haben.

»Er wollte bei unserer Revolution mitmachen. Unter der Führung der Black-Power-Bewegung haben wir –«, sagt Wins kleinlaut.

Mit sonorer, geradezu schneidender Stimme sagt Lennox: »Wenn du nicht ruhig bist, Winston Dukakil, dann ziehe ich dir den Schraubenschlüssel über den Schädel.«

»Mein Vater Ray hat seinen Vater erschlagen?« wiederhole ich ungläubig. Winston kaut auf seiner Lippe. Dann wendet er sich von uns ab und bringt sich unter der Kühlerhaube des Jaguars zum Verschwinden.

Ich schaue hilflos von Lennox zu Bas. Mir ist nicht nach Schreien zumute. Langsam erzeugt das Gesagte eine Wirklichkeit in meinem Kopf. In mir steigt ein Gefühl der Ohnmacht hoch, als müsste ich demnächst weinen.

»Mein Vater hat seinen Vater Budri getötet?«

Bas macht einen Schritt auf mich zu, will mir ein Bier anbieten, das ich aber bereits in der Hand halte.

»Es war ein Unfall«, sagt er. Alle Zeitungen haben ja darüber berichtet, und da stand immer ›tragischer Unfall‹.«

Ich bin erleichtert. Allein die Idee, Ray hätte so etwas vorsätzlich gemacht, würde ich nicht ertragen.

»Wins redet von einem anderen Randeen, Robert«, sagt Lennox und reibt die Kanten seiner Hände aneinander. Eine Geste, die er bereits in London mehrmals gemacht hat. »Schlagen Sie das Telefonbuch auf, und Sie werden sehen, dass es in Trinidad so viele Randeens wie Sandkörner am Strand von Maracas gibt.«

Basdeo zündet sich eine Zigarette an und wirft diejenige, die er am Rauchen ist, achtlos zu Boden: »Es war ein Unfall, gewiss. Trotzdem sollten wir Robert jetzt die ganze Sache erzählen, findet ihr nicht? – Lenni, he, Wins, da du schon mal angefangen hast.«

»Wie ist das passiert?« frage ich und lehne mich an den kaputten Toyota, um Halt zu finden.

»Budri wurde von einem Stein, einem Pflasterstein getroffen«, sagt Lennox, »als er das Parlamentsgebäude verliess. Ray war unter den Demonstranten, die vor dem Parlamentsgebäude auf den Präsidenten warteten. Budri wurde schwer am Kopf verletzt. Ray war also mitschuldig, er stand auf der falschen Seite.«

»Himmelherrgott«, braust Wins auf und kommt zu uns. »Es war nicht das Parlamentsgebäude, sondern das Kino ›Globe‹ –«

»Spielt das eine Rolle, Wins?«

»Und Ray hat tatsächlich den Stein geworfen, weil er für unsere Sache, die Revolution der Black Power war.«

»Ich würde jetzt gern alles erfahren, bitte. Der eigene Vater, der seinen Vater, also meinen Grossvater, umbringt«, sage ich. »Wieso erfahre ich das erst jetzt«, schreie ich plötzlich ohne Kontrolle heraus. Ich springe auf, muss mir Luft verschaffen, renne blind vor Bestürzung aus der Garage und wieder zurück.

Basdeo schnauzt mich an: »Setz dich mal hin, Junge, und hör zu. Dein Vater hat sich 1970 der Revolution der Black Power angeschlossen.«

»Als die Nachricht von der Revolution in Trinidad in der ganzen Welt bekannt wurde«, sagt Wins, »kam Ray aus London.«

»Er lief weg, das stimmt. Er hat mich auf der Botschaft angerufen, und ich sagte ihm, er solle in London bleiben. Eine Beförderung in der R.A.F. war damals nicht auszuschliessen, aber Ray rannte weg.«

»Klar doch, er war auf der Militärschule bei London schikaniert worden und wollte als Pilot unserer Sache dienen, aber leider hatten wir bei unseren Truppen in Teteron gar keine Flugzeuge.«

»Er redet von den meuternden Truppen von Raffique Shah und Lieutenant Lasalle. Die hatten sich von den Regierungstruppen abgesetzt, um mit den Black-Power-Leuten die Regierung zu stürzen. Schwarz stand gegen Schwarz.« – Lennox wischt sich mit einem Taschentuch den Schweiss aus der Stirn.

»Wobei«, bringt sich Bas ein, »Shah einer der wenigen Inder war, der mit den Schwarzen mitgemacht hat. Vierundzwanzig Jahre alt und mit einem grossen Charisma. Er handelte nie unüberlegt. Trotzdem war's im grossen und ganzen ein Bruderkrieg. Als ich miterlebte, wie die Rebellen Schaufenster einschlugen und Molotowcocktails warfen, kriegte ich es mit der Angst. Wann, fragte ich mich, würde sich der Zorn der Schwarzen auch gegen uns Inder richten. Und offen gesagt: Wo wären wir heute, wenn die Black Power damals wirklich die Macht übernommen hätte.«

»Warum hat sich mein Vater auf die Seite der schwarzen Rebellen gestellt? Was hat er sich davon erhofft?« frage ich.

»Er hatte eben diesen Idealismus«, krächzt Wins. »Der Mann glaubte an die Überwindung der Rassenschranken.«

Lennox geht in der Garage auf und ab. Er spricht, theatralisch wie immer, leise mit sich selber, sagt dann ohne Überleitung: »Es gibt noch eine andere Antwort. Rays Vater, Budri, war als eine Art Regierungsberater für Eric Williams tätig. Ray hat sehr schwer an seinem Vater gelitten. Meine Vermutung ist, dass er deswegen zu den Rebellen ging, um gegen seinen Vater anzutreten.«

»Furchtbar, einfach unerträglich, Lenni, was du da faselst. Ich war mit Randeen zwei Wochen auf Teteron. Wir haben zusammen geübt, zusammen gegessen, zusammen geschlafen. Der Mann hatte gar nie etwas anderes im Kopf als den Rassenkampf. Der wollte dabeisein, denn auf der ganzen Welt hatten sich die Jungen gegen die Alten erhoben. There was just something in the air.«

Wins beginnt zu singen, und ich stelle mir den jungen Abgeordneten Lennox und den Garagisten Wins als Freaks im Jimi-Hendrix-Look vor.

»Kommen wir doch zur Sache jetzt, bitte«, sage ich mit brüchiger Stimme. Mein Mund ist trocken vor Aufregung. »Was wollte Ray denn? Hat er von meiner Mutter geredet?«

»Wir redeten nicht über Frauen. Ray sprach ausschliesslich von seinem Dienst in London. Man liess ihn tagelang Stiefel putzen. Er wollte Gerechtigkeit.«

»Unsinn, Wins, der Mann wusste überhaupt nicht, was er wollte. He was gambler, he always got lost. Das habe ich jedenfalls gehört.«

»Ja«, mischt sich Lennox ein, »Ray war schon ein Gescheiterter, als er den Boden dieser Insel betrat.«

»Ich verstehe nicht, warum ihr alle Rebellen zu Verlierern machen müsst«, brummt Wins. »Die Demonstrationen waren mehr als nur beeindruckend. Als unser Führer Geddis Granger am 4. März in einem gewaltigen Aufmarsch Zehntausende über den Beetham Highway nach Laventille führte, stand auch den Indern der Mund offen. Schaut euch mal an, rief er zu den Leuten in den Baracken, Ihr in den armseligen Behausungen und mit all den nackten Kindern am Strassenrand. Unter solchen Umständen müsst ihr hier leben. – Und sie sassen da, wie sie seit Jahrzehnten dasitzen in ihrem Schmutz, mit Hungerbäuchen und grauer Aschehaut, und schauten ihn an, als wäre er der Erlöser. Versteht ihr, welche Hoffnung er ihnen gegeben hat? Wie ein Engel schritt er den Hügel hinauf, gefolgt von Zehntausenden seiner Soldaten. Wir gehen nach Shantytown, rief er, denn jeder Schwarze in diesem Land ist Shantytown. Und damit hatte Granger gottverdammt recht!«

»Und Ray ist in diesem Zug mitgelaufen?« frage ich ungläubig. »Er, der aus einem begüterten Haus stammte, hat sich diesen Leuten angeschlossen? War er wirklich bei den Revolutionären?« – Mir erscheint auf einmal ein ganz anderer Ray. Eine Gestalt, wie ich sie aus meinen nachachtundsechziger Träumen kenne. Auch auf unseren Gymnasien wurden die Revolutionshelden abgefeiert. Aber Ray als Che Guevara?

»Ray war die ganze Zeit in Teteron, Junge«, sagt Wins. »Ich raste nach Port of Spain, weil ich ahnte, was da losgehen würde. Die Luft war geladen. Dann sah ich die ersten Karnevalbands; sie trugen grosse Porträts von Elridge Cleaver, Stokely Carmichael und anderen mit sich.«

»Cleaver? Sag doch einfach Malcolm X«, sagt Bas.

»Malcolm X, der Führer der Black Power, Mann. Und die ›King Sugar Band‹ hatte auf ihrem Banner den wunderschönen Spruch: ›Black blood, black sweat, black tears – white profit‹. Weiter hinten im Zug tauchte dann Eric Williams auf, karikiert als Schwein.«

»Die Regierung hat den Fehler gemacht, gleich am Anfang alle Führer der Black Power einzubuchten«, sagt Basdeo. »Das hat Zehntausende auf die Strasse gespült. Und dann kam diese idiotische Rede von Williams im Rundfunk, in der er die Demonstranten ›Hooligans‹ nannte.

Darauf schrien die Leute zu Recht: WIR WOLLEN KEINE KRUMEN, WIR WOLLEN DAS GANZE BROT. Das hab selbst ich als Inder verstanden. Trotzdem wäre ich da nicht mitgegangen.«

»Aber was um Himmels willen hat denn dieser ganze Auflauf mit dem Zusammenstoss zwischen meinem Vater und Grossvater zu tun?« rufe ich verzweifelt.

»Budri war ja nicht der einzige Tote«, meldet sich Winston im Tonfall eines Pastors. »Wir sollten schon deswegen hier und jetzt der Revolution gedenken. Es war Karneval, wie jetzt. Ich will Gerechtigkeit, auch für die Toten, auch für Roberts Vater, der damals an unserer Seite gekämpft hat. Das muss man dem Jungen doch sagen dürfen.«

»Schweig, Wins. Deine Heldenverehrung geht einem auf den Geist«, schnarrt Bas.

»Aber Ray ist ein Inder, Bas. Bist du nicht stolz auf ihn? Was haben wir nicht alles gemacht, um die Inder als Freunde zu gewinnen. Der Marsch nach Caroni, erinnert ihr euch? Mit diesem Marsch wollten wir den Indern zeigen, dass wir am gleichen Strick ziehen wie sie. Wir wollten sie endlich davon überzeugen, dass sie Teil der farbigen Welt sind. Und nicht nur ein pseudoweisses Anhängsel des britischen Arsches. So verliessen wir Port of Spain um sieben Uhr morgens am Woodford Square. Und Granger wiederholte unermüdlich: Inder sind Brüder.«

»Bis vor wenigen Wochen«, schimpft Bas, »ist er nicht müde geworden zu sagen: ›Nur ein toter Inder ist ein guter Inder.‹«

»Das war vorbei, als wir nach Caroni marschierten.«

»Wo ist Caroni?« frage ich.

»Richtung Süden, es ist die Hochburg des Zuckerabbaus, der Zuckergürtel, der seit Jahrhunderten fast nur von Indern bewohnt wird. Das Reich des mächtigen Bosses der Zuckerrohrgewerkschaft, Bhadase Sagan Maharaj«, erklärt mir Bas.

»Genau dieser haarige Affe Bhadase hetzte schon seit Wochen die Inder gegen die Black-Power-Bewegung auf.«

»Könnt ihr nicht einmal ordentlich erzählen«, rufe ich wütend. »Dauernd mäandert ihr rum. Wann und wo und warum sind mein Vater und Budri zusammengestossen?«

»Das ›Warum‹ ist eben nicht so einfach zu erklären, Robert. Das hatte schon sehr stark mit den damaligen Umständen zu tun«, gibt Lennox zu bedenken.

Ich habe das Gefühl, in einem weitverzweigten Labyrinth zu stecken, wo ich der einzige bin, der den Ausgang nicht kennt. Was ist zwischen den beiden so ungleichen Männern passiert? Ich erinnere mich an Baragan, der mir von jenem Mann erzählt hatte, der nach der Revolution sein Gedächtnis verloren hatte. Der zum Symbol für das Vergessen wurde. Eine Art Volksheld, hatte Baragan gesagt. – Da unterbricht Lennox meine Gedanken.

»In der Nacht auf den 21. April fielen die Würfel, Wins. Williams gab die Anweisung, die Führer des Aufstandes festzunehmen. Dave Darbeau, Georges Weekes und all die anderen wanderten hinter Gitter. Ich war immer gegen eine Festnahme, glaub mir. Eine Zeitlang war ich zusammen mit Minister A. N. R. Robinson der einzige im Kabinett, der sich gegen eine harte Linie aussprach. Dann hat Robinson demissioniert, nicht ohne Williams noch einmal die Gründe für den Aufstand in Erinnerung zu rufen. Aber Williams war gefangen in seiner Rolle des Übervaters. Und er hatte Angst, die Macht zu verlieren.«

»Im Grunde genommen habt ihr die Sache schon richtig eingeschätzt, Lenni«, lenkt Wins ein. »Als sich im Morgengrauen von Süden her die indischen Zuckerrohrarbeiter auf den Weg nach Port of Spain machten und wir gleichzeitig von unseren Baracken in Teteron losmarschierten, stand das Schicksal des Landes auf Messers Schneide. Würden wir der erste Staat sein, in dem die Black Power unumschränkt regierte?«

»Am Vorabend des 21. April musste ich Williams sagen, dass er den Ausnahmezustand verhängen müsse, falls er den nächsten Tag überleben wollte. Öffentliche Versammlungen müssten verhindert werden, bewaffnete Einheiten hätten Stellung rund um die Hauptstadt zu beziehen.«

»Wie war Rays Haltung?« frage ich.

»Ray hatte sich bereits in der Nacht über die Hügel auf den Weg nach Port of Spain abgesetzt. Er sagte, er hätte eine wichtige Sache zu erledigen. Er wollte seinen Vater davon überzeugen, bei Bhadase seinen Einfluss für uns geltend zu machen. Wenn mein Vater mit Bhadase diese Revolution verhindert, sagte er, dann weiss ich nicht mehr was. Ray wollte auf Teufel komm raus Vergeltung, es ging da auch um eine persönliche Abrechnung mit seinem Alten.«

»Das kann doch nicht sein«, wehrt sich Basdeo. »Das sieht Ray gar nicht ähnlich. Der ist doch einfach davongelaufen und hat euch wer weiss was erzählt. Ray hatte immer tausend Geschichten auf Lager. Aber was ihn im Grunde angetrieben hat, fand man nie heraus. Ich denke, er ist da ohne viel Überlegung reingeschlittert.«

Aber Winston scheint gar nicht einverstanden zu sein. Er beugt sich demonstrativ mit seinem langen Oberkörper über den Wagen, das Licht an der Decke wirft seinen zuckenden Schatten überall in die Werkstatt: »Da kehrt einer zurück, weil er etwas begriffen hat. Weil er weiss, er muss für sein Land einstehen. Weil er spürt, das ist mein

Weg. Himmelarsch, warum macht ihr den Mann und die Sache so klein? Wegen Robert? Ich sag euch mal, wie's war: Auf dem Weg in die Hauptstadt werden wir voll Rohr von der Küstenwache beschossen. Zwei Schiffe, die ›Trinity‹ und die ›Courland Bay‹ ballern mit 400-Millimeter-Bofor-Geschützen auf uns los. Aber unser Motorrad-Konvoi fährt gefechtstüchtig weiter über Chagaramas Richtung Long Circular Road.«

»Williams gab die Anweisung zum Feuern. Aber es sollte niemand ernstlich verletzt werden«, beruhigt Lennox.

»Solche Geschütze töten, und wie, Lenni! Wir versuchten mit den Schiffen Kontakt aufzunehmen, damit sie das Feuer einstellten. Sollten wir mit unseren GPMGs zurückfeuern oder nicht? – Auf den Schiffen befanden sich Unschuldige. Lieutenant Lasalle und Shah beschlossen, kein Bruderblut zu vergiessen. Als wir uns in die Kasernen von Teteron zurückzogen, sahen wir die ersten Kriegsschiffe der venezolanischen Armee und der US-Marines in unsere Hoheitsgewässer einlaufen. Williams hatte uns verraten, Lennox! Von da an war sein Ruf erledigt, auch wenn er noch weitere zehn Jahre regiert hat.«

»Aber was war mit meinem Vater?« schreie ich verzweifelt zu Lennox. Der zuckt zusammen und fällt einen Augenblick aus der Überlegenheitspose.

Schliesslich findet er doch zur Sprache zurück, mühsam, er holt seine Worte wie aus einem Schacht herauf. Seine Stimme schwankt zwischen routiniertem Pathos und einer Unentschlossenheit, die ihn stocken lässt. So redet man, denke ich, wenn man eigentlich nicht reden will. Basdeo wirft ungeduldig die glühende Zigarette weg und zündet sich eine neue an.

»An jenem schicksalhaften Morgen des 21. April 1970 war ich mit Bhadase und Budri Randeen im Kino ›Globe‹. Es gab keinen anderen Ort, alle öffentlichen Gebäude waren geschlossen. Für Bhadase war es zu riskant, ins Regierungsgebäude zu kommen. So trafen wir uns an einem geheimen Ort zu Verhandlungen, wobei ich Williams zu vertreten hatte. Wenn die Inder aus dem Zuckerrohrgürtel mit den aufständischen Truppen von Shah und Lasalle zusammenkommen würden, wäre das Ende der Regierung Williams besiegelt. Ich hatte eine direkte Leitung, mit der ich mit Williams telefonieren konnte. Aber was niemand ausser mir wusste: Williams war längst nicht mehr im Regierungsgebäude. Er befand sich mit einer Handvoll Minister bereits auf dem Flughafen Piarco. Auf der Piste stand die Maschine, mit der sich die gesamte Regierung im Falle ihres Sturzes nach Venezuela absetzen konnte. Williams sagte zu mir: ›Tell Bhadase he shouldn't join the niggers.‹ Bhadase entgegnete ihm, dass er die Inder nicht länger kontrollieren könne. Bhadase hatte nämlich grundlos einige Arbeiter gefeuert und damit die ganze Arbeiterschaft gegen sich aufgebracht. Sein Freund Budri versuchte ihn zu beruhigen. Ja, Budri und ich spannten zusammen, denn Bhadase tobte und wollte alle Inder an die Wand stellen, während Williams seinerseits die Amerikaner zu Hilfe geholt hatte. Budri und ich versuchten die beiden Politiker zu beruhigen. Mitte des Morgens, nach stundenlangen Diskussionen im Kino ›Globe‹, gab Williams dann den Schiessbefehl an seine Truppen. Falls die Truppen das Feuer der Küstenwache erwiderten, würden Williams' Spezialeinheiten zum Zuge komme. Das Land schwebte über dem Abgrund. Es waren furchtbare Stunden.«

Lennox schweigt. Winston fährt sich mit der öligen

Hand übers Gesicht und wispert: »Davon wusste ich nichts, Len. Das war ja grauenhaft. Hättest du nicht eingreifen können?«

»Wie denn, Wins, ich ging mit Budri nach draussen, da traf ihn ein Stein am Kopf. Budri, gross wie ein Berg, fällt sofort auf der Treppe hin. Neben mir rennt Bhadase mit seinen Leibwächtern davon. Ich sitze hilflos neben dem halbtoten Budri. Dabei drängt die Zeit, ich muss zum Flughafen hinausfahren, um dort Williams zu treffen und ihn von diesem verhängnisvollen Schiessbefehl abzubringen. Da kommt plötzlich Budris Sohn Ray in Begleitung einiger Black-Power-Leute dahergelaufen. Sie haben vom Treffen Wind bekommen. Alle haben sie Pflastersteine in der Hand. Und als Ray auf das Kino zugelaufen kommt, um darin seinen Vater zu treffen, sieht er diesen mit dem verhassten Bhadase herauskommen.«

»Hat Ray den Stein geworfen, Mister Lennox?« frage ich.

»Hat er den Stein nach seinem Vater geworfen, Lenni?« flüstert Winston. Es ist unheimlich still jetzt. Basdeo kratzt einen Fliegendreck von seinem Rückspiegel.

»Ich weiss es nicht«, sagt Lennox' ruhige Botschafterstimme, »es könnte Ray gewesen sein, aber auch jemand anderes. Aber das ist doch nicht mehr wichtig. Klar ist, dass es ein Zusammentreffen unglücklicher Umstände war. Selbst wenn Ray den Stein geworfen haben sollte – was ich persönlich nicht glaube –, so hat er doch seinen Vater nie und nimmer töten wollen. Es war ein Unfall, der im Affekt geschah.«

Schweigen, Wind fegt Papier über den verschmutzten Boden. Hundegebell. Lennox fährt fort:

»Wir fuhren mit Budri ins nächstgelegene Spital. Und

da ist es dann passiert. Ich werde diesen Augenblick nie vergessen: Ray steht neben seinem Vater, beide blicken sich mit offenem Hass an. Ich habe das noch nie erlebt, einen solchen Hass zwischen Vater und Sohn. Wie zwischen zwei Gegnern. Die sie ja wohl auch waren. Zwei Clans, zwei Sippen, zwei Kasten. Budri flüstert: »Sinanan, shit, Sinanan came back.« Und Ray hebt leise seine Stimme und flüstert: »Die, murderer.« – Ich kann das nicht weiter beschreiben. Budri stirbt kurz darauf. Ray beginnt auf eine unheimliche Art zu tänzeln. Dann bricht er zusammen.«

Lennox senkt seinen Kopf.

»Ray wurde in einer Nervenheilanstalt interniert, weil er nicht mehr wusste, wer er war. An diesem Tag hat er alles verloren, was er je besessen hat. Dieser Tag, der ihn immer wieder eingeholt hat, war der Tag seines Verlustes. Er verlor seinen Vater, seinen Job, sein Gedächtnis und seine Sprache. Und später auch noch seine zweite Frau.«

»Er verlor seinen Sohn«, fügt Bas leise an, »das hast du vergessen zu sagen.«

Ein Schmerz, der Phantomschmerz zieht durch mich hindurch. Einen Augenblick lang fällt mir Leonies Warnung ein, mich nicht auf meine Vatergeschichte einzulassen. Zu spät! Plötzlich fällt mir wieder ein, was ich die ganze Zeit gewusst und dennoch hartnäckig verdrängt habe: Der Mann, der damals sein Gedächtnis verlor und deswegen in allen Zeitungen erschien, war Ray. Alle Kollegen haben ihn gekannt, alle haben sich an seine komische, imaginäre Romanze mit Rita Hayworth erinnert. Und nun verliert er – buchstäblich – den Kopf.

»Wer erklärt mir, welche Rolle ein Mann namens Selwin Baragan im Ganzen gespielt hat?« sage ich gepresst.

Lennox starrt mich an, als würde ich eine Ungeheuerlichkeit fordern. Seine Augen sind gelb, seine Hände zucken.

Eine Bierflasche knallt zu Boden.

»Bas, bist du betrunken?« –

»Baragan war ein Freund meines Vaters«, sage ich. »Wer war er in diesem Spiel?«

»Lennox, sag dem Jungen jetzt die Wahrheit, die ganze Wahrheit«, sagt mein Onkel.

Entschlossen tritt Basdeo auf Lennox zu und versperrt diesem den Weg.

»Okay, Bas.«

Noch einmal beginnt der Botschafter zu sprechen: »Bei der ganzen Tragödie, Robert, war tatsächlich noch ein anderer Mann im Spiel.«

»Selwin Baragan, der Autohändler«, sagt Basdeo.

»Du meinst den Regierungsberater Baragan«, sagt Lennox. »Der war 1970 in Port of Spain. Ich habe ihn kennengelernt. Ein schlüpfriger Kerl. Er war im Hilton abgestiegen und muss da die zur Miss Trinidad gekrönte Evril kennengelernt haben. Evril war eigentlich Budris zweite Frau, nach Olive, ging aber gleichzeitig noch ein Verhältnis mit diesem Mann ein, wohl weil er ihr versprochen hatte, sie mit nach England zu nehmen. Was ihr alle nicht wissen könnt: Baragan ist an jenem Morgen des 21. April 1970 als einer von Dr. Williams' Berater mit im Kino anwesend. Er steht hinter Budri, als dieser, vom Steinwurf seines Sohnes getroffen, zu Boden sinkt. Ray aber wird niemals verhaftet, sondern in eine Anstalt eingeliefert, und Baragan hält dicht. Er bezeugt, dass es ein Unfall war. Nachdem Ray sprachlos und in geistig verwirrtem Zustand die Anstalt verlässt, nimmt sich Baragan seiner an. Mit

Baragans Hilfe gelingt es Ray, wieder einigermassen auf die Beine zu kommen. Gleichzeitig lebt Baragan mit Evril zusammen, die das gesamte Vermögen von Budri geerbt hat. Ray geht zurück nach England. Dort heiratet er zum zweiten Mal. Aber als seine Frau sich von ihm trennt, erleidet er einen schweren Rückfall. Er hat einen Schlaganfall und endet in dem Zustand, in dem Robert ihn kennengelernt hat. Evril kommt unter nie geklärten Umständen ums Leben, und Baragan verschwindet mit dem gesamten Vermögen. Ray ist um sein Erbe betrogen.«

Lennox hebt beide Arme, zum Zeichen, dass er nun nichts mehr sagen will.

»Stimmt ja nicht ganz. Ray wurde von britischen Skinheads zusammengeschlagen. Da verlor er seine Sprache. Bloss um genau zu sein«, fügt Bas an.

»Gerüchte, die schwer zu belegen sind«, entgegnet Lennox. »Die Sache ist damals sehr schnell unter den Teppich gekehrt worden. Trinidad hatte anderes zu tun. Und die Familie Randeen wollte auch nicht weiter ins Gerede kommen. Schliesslich wurde die Sache vergessen, als Ray zurück nach London fuhr.«

»Anyway«, sagt Bas. »Du hast diese Geschichte die ganze Zeit gekannt und hast sie Robert verschwiegen. Du bist der einzige Zeuge. Wo ist dieser Baragan heute, Lenni? Rück mit der Wahrheit raus. Vielleicht hat Baragan Botschafter Lennox geschmiert, damit der schweigt.«

»Ihr irrt euch«, mischt sich nun Wins ein. »Soviel ich weiss, hinterliess der Rechtsanwalt Budri Randeen nur Schulden. So war's jedenfalls in den Zeitungen zu lesen gewesen.«

»Ich habe die Adresse des Optikers Baragan, wir werden die Sache doch noch klären können«, rufe ich.

»Baragan ist kein Optiker«, sagt Lennox. »Er ist auch kein Autohändler. Soviel ich weiss, stand er eine Zeitlang auf der internationalen Fahndungsliste. Dann ist er abgetaucht.«

»Ich glaube, Evril war ein Biest, sie hatte es aufs Erbe abgesehen und hat sogar Baragan reingelegt. Wie sie auch Budri hereingelegt hätte«, sagt Bas.

»Warum werde ich immerzu in die Irre geführt?« frage ich.

»Seien Sie froh, dass sich Baragan damals um Ihren Vater gekümmert hat. Immerhin hat Baragan ihm so weit geholfen, dass er überhaupt nach England zurückkehren konnte.«

»Evril ist gar nicht gestorben, Lenni, die lebt seit Jahrzehnten in St. James mit dem Juwelier Shakran zusammen«, behauptet nun Wins.

»Wo ist das Geld?« fragt Bas.

Alle schweigen, alle reden weiter, alles scheint wahr, ist vollkommen wirr und könnte genausogut erfunden sein. Ich werde nie erfahren, wer Selwin Baragan ist, sage ich am Telefon zu Leonie, nachdem ich taumelnd die Garage verlassen habe. Ich werde ebensowenig mit letzter Sicherheit wissen, ob Ray ein Mörder ist. Was tut man mit einer Wahrheit, die man nicht glauben kann? frage ich Leonie. Es geht nicht darum, ob ich etwas glaube oder nicht, sagt sie, sondern darum, dass dies der Schlüssel ist, nach dem ich so lange gesucht habe. Egal ob wahr oder falsch, sagt sie, und ich merke, wie ich tief in mir die Hoffnung nicht aufgegeben habe, es könnte alles nur erfunden sein. Wahrscheinlich handelt es sich zuletzt doch nur um eine typisch trinidadische Geschichte, sage ich, halb wahr und zur anderen Hälfte übertrieben, also unwahr. Alles, was auf dieser Insel gesagt wird, rufe ich ins Telefon und quetsche mich in die Ecke der lärmigen Rumkneipe, ist übertrieben. Die Leute leben von Schauergeschichten, sie atmen täglich Tod und Verbrechen und nähren sich von skurrilen Begebenheiten, die ausserhalb der Insel, zumal in Europa, als schlichter Unsinn abgetan würden. Was ist das für ein Land, rufe ich in zunehmender Erregung, ja in wachsender Wut, in die sich meine Depression verkehrt hat, in dem man dem Freund nach einem Streit den Kopf abschlägt und die Gefangenen auf der Gefangeneninsel täglich mit Stöcken auspeitscht. Nicht mal die Pflanzen, sage ich zu Leonie, die längstens verstummt ist, können hier normal wachsen, sondern müssen auswuchern, treiben Blätter wie Segeltücher, Wurzeln wie Elefantenbeine. Wurzeln, Wurzeln, echot Leonie und fragt mich, ob es nicht genau an der Wurzellosigkeit dieser Gesellschaft liege, der keine Tradition und kein fester Platz gegeben sei. Natürlich, schreie ich, wegen des höllischen Lärms oder meiner masslos gewordenen Wut, natürlich ist dieses Land meiner Väter nichts anderes als ein Sumpf, in dem jeder jedem an den Kragen geht. In dem kein Gesetz die Umgangsformen regelt, kein Verbot das Schlimme und Schlimmste verhütet.

Darauf schweige ich, weil meine Kehle verstopft ist. Leonie weiss, dass dieser Wutausbruch mein hilfloser Versuch ist, mit der Geschichte fertig zu werden. Als ich mich erholt habe, bekräftigt sie noch einmal ihren Rat, ich solle mich nun auf etwas anderes konzentrieren, solle den Bericht über den Karneval verfassen und danach endlich nach Hause kommen. Ich entgegne, dass ich lieber heute als morgen nach Hause kommen würde, denn ohne sie, Leonie, sage ich, würde auch ich haltlos werden und begänne zu übertreiben. Nun übertreib mal nicht, sagt sie noch, und ich halte den Telefonhörer einige Minuten fest in meiner Hand, als sie bereits aufgehängt hat.

DER ENGEL VON LAVENTILLE

Am späten Samstag nachmittag treffe ich im Trinidad Hilton ein, wo ich mich mit David, einem amerikanischen Fotografen, verabredet habe. Der mit Leonie befreundete Redakteur des Schweizer Magazins hatte den Fotografen über eine Agentur nach Trinidad bestellt, um meinen Artikel mit dem nötigen Bildmaterial zu versehen. Nun erwartet mich der grossgewachsene, magere David mit einem herzlichen Handschlag. Er redet eine Zeitlang in einer gelassenen, ironischen Art auf mich ein. Zusammen begutachten wir die wunderbaren Sukkulenten im Hotelgarten. Bei einem Bier erzählt er mir von Vietnam, wo er soeben einen längeren Auftrag ausgeführt hat. »Ein unverdorbenes Land«, sagt er, »erst Jahrzehnte nach den Kriegen zeigt es sein wahres Gesicht.« – David besitzt den Körper eines Nomaden, eine unaufdringliche Präsenz. Sein Körper ist wie die Verlängerung seines Mediums, ein Aufnahmegefäss mit Hohlräumen, in dem sich die Realität einnistet. Seine Art wirkt so selbstverständlich, dass er weder in Trinidad noch in Vietnam auffällt. Sein Körper eckt nirgends an, und Kontakte herzustellen fällt ihm äusserst leicht, Kontakte, die er für seine Arbeit benötigt und die ebenso flüchtig sind wie der Flash seines Kamerablitzes. An keinem Ort verweilt er länger als zwei Monate, sagt er, in dieser Zeit hat er jeden noch so interessanten Ort leergeknipst.

Ich bitte ihn, mir einige Arbeiten zu zeigen. Sie gehen, wie mir scheint, ganz von der Flüchtigkeit des Augenblicks aus, sind gutgestellte »Schnappschüsse«. Eine Gruppe junger Schwarzer, die elastisch – und zugleich bedeutungsvoll gefasst – beim Tanzen in die Kamera schaut. Wie ich erwartet habe, geht David stets von Menschen aus, nicht von Landschaften, Strukturen, Gleichgewichten oder Spiegelungen. Er ist kein Künstler. Sein Blick auf die Leute ist schnell und genau, aber nie hinterfragend. Zuweilen humorvoll. Ich kenne diese Art von Fotografie aus dem »National Geographic«, für das er zuweilen arbeitet.

David lädt mich ein, am nächsten Tag, einem Sonntag, mit ihm im Jeep über Land zu fahren. Es ist ihm gelungen, einen Termin bei dem gefeierten Kostümdesigner, beim alten Peter Minshall zu ergattern. Minshall ist Brite, aber die Trinidader haben ihn längst ins Herz geschlossen. Er ist mehr Trinidader als jeder noch so eingewurzelte Bewohner von Laventille. Seit Jahrzehnten prägt er das Gesicht des Karnevals. Er gilt als Königsmacher, da kaum ein Jahr vergeht, an dem er nicht seinen »King« oder seine »Queen of Karneval« krönen lassen kann. Sportlich reibt sich David die Handknöchel, ich bestelle noch ein Bier und einen Hot dog dazu. Am Abend, sagt er, würden wir in den Süden fahren. Dort finden noch immer die aus dem letzten Jahrhundert stammenden Stickfights statt, die, obwohl sie verboten sind, jedem Karneval die Würze geben. Der Süden ist Ray und Olives Land, eine lange Nacht steht mir bevor.

Ich lege mich in meinem Zimmer aufs Bett, um mich zu erholen, gehe zwischendurch aufs Klo und stelle mit

Schrecken fest, dass ich Durchfall habe. Mitten im Halbschlaf kneift mich eine heisse Zange in den Darm, ich schleppe mich erneut ins Bad und erbreche den Hot dog. Gegen Abend, als David anruft, liege ich mit Fieber im Bett. Mürrisch sage ich David ab. Am späten Abend steigt meine Temperatur an, ich renne alle halbe Stunde aufs Klo.

Mit dem Einbruch der Dunkelheit ist das Trommeln und Fässerschlagen lauter geworden. Ich stehe am Fenster und sehe in den hellerleuchteten Himmel über dem Queens Park Savannah, in dem die besten Steelbands des Landes zum Wettbewerb antreten. Vor dreissig Jahren nahm von hier aus das Verhängnis seinen Anfang. Ich heule vor Wut: Einmal mehr hat mich mein Körper zu Fall gebracht. Noch dazu habe ich mich bei allen bis nach dem Karneval abgemeldet.

Als David am anderen Morgen wieder anruft, würge ich gerade an einem neuen Anfall und kann nicht reden. Ich habe das Gefühl, bis zum Kragen mit dem mehligen Hot dog vollgestopft zu sein, der auf der Speisekarte des Hilton, exotisch und niedlich, als »bayrisches Wurstl« auftrat. Den ganzen Tag über wechsle ich vom Bett aufs Klo, während die Karnevalbands immer näher kommen und lauter werden.

In einem klapprigen Krankenwagen werde ich kurz vor Mitternacht ins St. Claire Medical Center im Westen von Port of Spain eingeliefert. Als man mir aus dem Wagen hilft, trifft mich die mitternächtliche Hitze mit unerwarteter Wucht, so dass ich mich gleich auf den Boden setze. In der Empfangshalle des Spitals strahlt blaues Licht. Es riecht nach Gas. Eine Reihe von Betten ist durch einen losen Vorhang voneinander getrennt. Ich werde auf einen dieser Schragen gelegt und betrachte meine im Blaulicht grünlich gefärbte Haut an Armen und Beinen. Über die Vorhänge huschen Schatten, draussen toben die Betrunkenen. Ich fürchte, weiter erbrechen zu müssen. Neben mir trällert einer besinnungslos Calypsolieder. Ich drehe mich weg und erblicke auf der anderen Seite ein paar schwarze Füsse, deren Haut am Übergang zur Sohle schorfig ist und gelb leuchtet. Es sind die Füsse von jemandem, der nie Schuhe trägt. Ich fühle mich elend.

In dieser Nacht werden immerzu weitere Opfer eingeliefert. Anders als in Europa sind die meisten durch die Einwirkung von Gewalt so zugerichtet, dass ihr Leben an einem Faden zu hängen scheint. Ein hünenhafter Schwarzer wird hereingetragen: Er hat eine tiefe Wunde am Hals. Ich sehe den klaffenden Spalt, weil das blutgetränkte Tuch, das er sich darüber gebunden hat, verrutscht ist. Ich sehe das Buschmesser, das einer wütend in seinen Hals geschlagen hat. Wie in Holz. Einem anderen ist das Fleisch von der Wade bis zum Oberschenkel aufgerissen worden. Ich frage mich, mit welchem Instrument so etwas zu bewerkstelligen ist. So muss es während der Revolution gewesen sein, als die Truppen von Williams in die Menge der Demonstranten schoss.

In diesem Zwischenlager schläft keiner. Es herrscht der gleiche Betrieb wie draussen in den heissen Strassen.

Auf Wunsch bringt man mich in ein Einzelzimmer. Ein unerhörter Komfort, auch wenn das Einzelzimmer kaum grösser ist als eine Besenkammer. Eine Besenkammer in Trinidad. Vor meinen Füssen bringen sich die Kakerlaken in Sicherheit. An der Decke über meinem Bett surrt der rechteckige Kasten einer altmodischen Klimaanlage. Das vibrierende Metallgitter erinnert mich an die Tragflächen der veralteten Tristar der British Westindian Airlines. Massives, unverwüstlich schepperndes Metall aus den Rolls-Royce-Werken.

Noch immer habe ich keine Ahnung, was genau mit mir los ist. Habe ich mich mit einer Tropenkrankheit angesteckt? Oder war der Hot dog verdorben? Man fesselt mich an einen Tropf, aber meine Übelkeit verschwindet nicht. Im Stundentakt krallt sich mein Darm zur Schmerzfaust zusammen, mit dem Infusionsständer und der Flasche krieche ich zum Klo. Sobald ich mich auf die Schüssel setze, reisst mir die Infusionsnadel die Haut auf, der Schlauch ist zu kurz.

Stunden später – ich weiss nicht, wieviel Zeit vergangen ist – hat sich die Flasche geleert, und es gibt keine Klingel. Aus unerfindlichen Gründen hat man mich vergessen und mir nichts zu trinken gegeben. Ich starre auf den tropfenden Wasserhahn, dem ich mich nicht zu nähern wage. Vielleicht ist ja auch das Trinkwasser verseucht. Zuletzt stecke ich mir die Metallschnalle des Hosengurts in den Mund und lutsche daran.

Punkt sechs Uhr in der Frühe explodieren draussen die Geräusche: es ist Jouvé. Jetzt tanzen die bemalten Massen durch die Strassen. Meine Schwäche und Bettlägerigkeit kommt mich wie eine Niederlage an, meine Not nach einem Schluck frischen Wassers ist unabweisbar. Ray marschiert auf die Hauptstadt zu, um seinen Vater zu treffen. Immer wieder erscheinen diese unwirklichen Bilder vor meinen Augen, als hätte ich sie in einem Film gesehen. In Wirklichkeit liegt dieser Ray nur eine Fahrstunde entfernt in einem Liegestuhl auf der Veranda und döst.

Irgendwann gegen Mittag erscheint ein Arzt in meinem Gesichtsfeld. Er gleicht meinem Stiefvater Neil, aber er stinkt nach Alkohol, was dieser nie getan hätte. Ich hätte mir einen abstinenten, hinduistischen und vegetarischen Inder gewünscht. Aber dieser Neil murmelt alkoholbenebelt ein Wort, das nach Salmonellenvergiftung klingt. Und das, näselt er weiter, könne sich hinziehen. Mit Sicherheit bis zum Abschluss des Karnevals, denn den Mann drängt es offensichtlich dahin zurück. Im Kreis von Rechtsanwälten, Industriellen und Abgeordneten feiert er bestimmt delikate Ess- und Trinkgelage. Beliebt für solche Zusammenkünfte sind die Strandhäuser, wo man zu dieser Zeit keinem Schwarzen begegnen muss.

Später schlüpft eine junge schwarze Schwester ins Zimmer. Sie bringt mir eine Kanne Tee und erneuert die Infusionsflasche. Und sie faltet das über den Stuhl geworfene Hemd mit einer Sorgfalt, die mich beglückt. Sie ist Mitte Zwanzig und so schüchtern, dass ihr Blick mich kaum streift. Nach langem, von Geschäftigkeit begleitetem Schweigen versuche ich, sie nach dem Karneval zu fragen. Zuerst blinzelt sie verlegen, dann lacht sie spöttisch. Eine vorwitzige Neugier huscht über ihr Gesicht, sie öffnet das Fenster, und von draussen dringt ein Song herein: »Hurry hurry, come for curry«.

»Do you like it?«

Ich nicke und frage sie, woher sie komme. »From Laventille«, sagt sie. Sie sagt »Laventille«, und in ihrem hübschen Gesicht beginnen die Augen zu leuchten. Damit hat sie mich überrumpelt. Setzt sie denn voraus, dass ich weiss, wo oder was »Laventille« ist? Eine der verruchtesten Gegenden der Welt, die Bronx oder Black Harlem von Trinidad – also das völlige Gegenteil der Schweiz, die ich ihr als meinen Herkunftsort nenne. Sie hält mit dem Falten der Decke inne und will mehr über die Schweiz wissen. Über den Schnee und die Berge, es ist ihr anzumerken, dass sie nichts Fremderes kennt.

Ich frage sie nach ihrer Familie und ihren Freunden. Spöttisch und fast etwas verstockt sagt sie, ihr kleiner Bruder spiele bei den »Renegades«. Die »Renegades« ist die härteste Laventille-Gang. Er sitze oben auf dem Hügel von Laventille und trommle seit Wochen auf sein Fass ein. Er sei fast besinnungslos vor Nervosität, denn heute abend entscheide es sich, ob er endgültig in die Band aufgenommen werde. Flink und mit Händen, deren Bewegungen ich als melodiös empfinde, schüttelt sie meine Kissen.

Wann immer sie das Zimmer betritt, begrüsse ich sie als Engel von Laventille. Was immer ich von diesem rohen und gefährlichsten aller Hügel vor Port of Spain weiss oder mir vorstelle, er hat ihr die Sanftheit ihrer Bewegungen und die Schüchternheit ihrer Augen gelassen. Nie werde ich mich dahin wagen, nie werde ich ihr da begegnen. Gerade letzte Woche habe ich der Zeitung entnommen, dass in Laventille ein weisser Tourist überfallen worden ist. Ein Schwarzer hat ihm die Geldbörse abgenommen und ihm mit einem Messer den Hals aufgeschlitzt. Auf dem Land hinter Tunapuna, irgendwo tief im Busch, hängt eine ganze indische Familie kopfunter im eigenen Haus. Schwarze Marodeure haben sie aufgeknüpft und ihnen die Eingeweide herausgeschnitten.

Da erscheint Onkel Basdeo mit Freunden an meinem Bett. Ein fröhlicher Begrüssungschor in Karnevalsstimmung. Fünf unrasierte Männer in kurzen Hosen und Turnschuhen, alle über sechzig, mit stattlichen Bäuchen. Mein Onkel schwenkt die Whiskeyflasche und empfiehlt mir, den Stinkkäfer in meinen Gedärmen damit rauszuspülen. Er verkündet es mit der nötigen väterlichen Emphase, und zwei seiner Kumpane reissen Flaschen wie Flaggen hoch. Ein dritter, etwas heruntergekommener Curryfabrikant, reicht mir eine Flasche Cola, die ich in einem Zug leere, nicht ohne danach sofort aufs Klo zu rennen. Mit keinem Wort erwähnt Basdeo Ray und jene Vorgänge vor dreissig Jahren. Nein, alle fünf lächeln und danken den Göttern, dass ich noch am Leben bin. Ich versuche, einen Witz zu machen, der gründlich danebengeht. Die Curryfreunde treten verlegen von einem Bein aufs andere, als sähen sie ein Gespenst im Nachthemd herumflattern. Alles, was das Land an Schönem und Ausserordentlichem zu bieten hat, geht einfach durch mich hindurch, es ist eine Schande, eine Verschwendung. Ich bin nur ein Gefäss, durch das die gute Luft – good vibrations –, die weissen Strände und die köstlichen Speisen hindurch- und verlorengehen. Als Freunde der Insel, als wackere Vertreter des Karnevals sind sie gekommen, um mich ins Leben zurückzuholen, aber mein dauerndes Kotzen ist beleidigend. Ich brauche gar keine Witze zu machen, ich bin selber ein Witz. Und nicht als Einheimischer zu gebrauchen.

Einmal mehr ist meine Landung auf der Insel missglückt. Wie oft bin ich hier schon eingetroffen, ohne anzukommen, und hat mich der Wunsch, ein Trinidader unter Trinidadern zu sein, in die verheerendsten Situationen gebracht. Wie oft schon hat mich die Insel wie einen Fremdkörper ausgespuckt.

Und trotzdem ahne ich, dass ich diesem Land noch nie so nahe gekommen bin wie jetzt. Durch den Engel von Laventille, der mir behilflich ist, den unbiegbaren Infusionsschlauch durch den zerfransten Pyjamaärmel zu ziehen, der mir frischen Tee hinstellt und mich mit seinen sanften Handbewegungen aufmuntert. Auch wenn weiterhin alles einfach durch mich hindurchgeht: die Namenlose schenkt mir Gegenwart und Zuversicht. Sie zeigt ihre Stimmungen oder Gefühle nicht direkt, sondern mehr in der Art des Kissenklopfens oder Fensteröffnens. Wann immer ich aufs Klo haste, verschwindet sie diskret aus dem Zimmer. Das ist ihr vollendeter Takt gegenüber einem Ausländer, den sie skurril und bedauernswert finden muss. Sie macht auch keine Witze, wofür ich ihr dankbar bin. Aber immer wieder überrascht sie mich mit der Frage, wie es denn in der Schweiz sei. Ich beschreibe ihr noch einmal den Schnee, die Berge und die Kühe. Ich erkläre ihr, dass eine Kuh in der Schweiz anders taxiert wird als zum Beispiel in Indien. Sie lacht vergnügt, und von da an rede ich mir ein, dass sie mich aus irgendeinem Grund mag.

Der Trommelrhythmus schwillt ab und steigt dann wieder an. Ich würde gern wissen, was sich draussen in den Gängen abspielt. Das mürrische Doppel von Neil kehrt wieder, verkaterter als das erste Mal. Es sei, näselt er, dem Befund nach zu schliessen, doch keine Salmonellenvergiftung. Möglicherweise etwas Gravierenderes. Eine robuste Schwester löst sich aus seinem Schatten und spritzt mir eine Ladung Bactrim in die Hinterbacken. Dabei lacht sie und sagt »All right darling for Karneval« und versichert mir, dass draussen eine Menge netter Girls auf mich warten.

Heute nacht, ich glaube, es ist die zweite oder dritte, zeigen sich plötzlich blaue Flecken auf meiner Haut. Sie tauchen am ganzen Körper auf und jucken. Auch mein Gesicht ist geschwollen und zeigt Anzeichen von Verformung. Bald erkenne ich mich nicht mehr, bald sehe ich aus wie ein Boxer. Die Stationsschwester, die mir den Bactrimstich gegeben hat, ist auch nicht mehr zurückgekehrt.

Ich bleibe weiter im ungewissen. Neben den blauen Flecken, der Übelkeit und dem Brechreiz könnten sich neue Symptome einstellen, nahende Zeichen eines endgültigen Zerfalls. Ich sitze auf dem Klo, das Gesicht von juckenden Flecken zugeschwollen, und spüre, wie ich immer schwächer werde. Ich bin sicher, dass das alles nun schnurstracks zu meinem Tod führt. Ich werde hinsterben, mit nichts als einer scheppernden Klimaanlage im Blick.

In diesen Augenblicken lasse ich alles los. Vergesse Rays furchtbare Geschichte, an die ich immer noch nicht glauben kann. Im Neonschein greller Todesangst verblassen die Gespenster. Ich bin ich und will mich um niemand anderen mehr kümmern. All meine Konzentration gilt dem surrenden Klimakasten über mir, Sinnbild der ruinösen Technik eines ruinösen Landes, das sich anschickt, mich auszulöschen. Zugleich weiss ich, dass es nichts Falscheres gibt, als auf dieser Insel abzukratzen.

Stimmengemurmel von den Gängen dringt an mein Ohr. Hinter der Wand herrscht lebendiges Treiben. In meinem Fieberwahn sehe ich, wie sich eine Tür öffnet und eine weisse Gestalt eintritt. Es ist der Arzt, niemand anderes als der Arzt, der gekommen ist, mich zu retten. Neil steht in der Türe. Nein, Neil steht an meinem Bett und nimmt mir den Puls. Der rast in einem mortalen Tempo. Immer bin ich krank geworden, um einen Arzt zu rufen. Unzählige Male kam er, wenn's mich ins Bett geworfen hatte. Immer habe ich ihn durch meine Krankheiten an mich gefesselt. Habe seinen Worten gelauscht und mir gewünscht, dass allein seine Worte eine Heilung bewirken würden.

Je weiter ich mich von ihm entfernte, desto schneller wurde ich krank.

Ich muss mich aufsetzen, weil mein Herz unter Todesangst hämmert. Ich begebe mich in den Korridor hinaus, schleppe den scheppernden Tross von Metallständer mit Infusionflasche hinter mir her und gehe durch die Zimmer. Gebrüll, das das Karnevalstamtam überhöht. Ich reisse die Pferdedecke von einem Schwarzen, dessen Unterleib wegamputiert wurde. Aus einem anderen Zimmer winkt mir eine alte Frau mit gelbem Schaum vor dem Mund. Sie möchte, dass ich mich zu ihr auf den Bettrand setze, damit sie mir von den Toten während des Aufstandes erzählen kann.

Gleichzeitig höre ich meinem verrückten Herzklopfen zu und frage mich, was Neil wohl zur Hysterie meines Herzens gesagt hätte. Was zu meinem Körper, der nichts mehr bei sich behalten will? Da ist er wieder neben mir, ich höre ihn routinierte Arztfragen stellen und höre mich antworten wie einen Patient, nicht wie einen Sohn.

Im Gang stehen Karnevalfreaks, Masken und gepuderte Gesichter. Es riecht nach Chloroform und Javelwasser. Rauch von brennendem Gummi dringt von draussen herein.

Neil hat wohl immer gewusst, welcher Phantomschmerz mich aufs Krankenlager warf. Den Verdacht, man würde an meinem siechen Leib eines Tages doch eine Todesursache diagnostizieren, nahm er gelassen. Er stellte nie in Abrede, dass ich wirklich Schmerzen hatte. Der Nierenstein war schliesslich real, so real wie meine Bauch-, Blasen-, und Halsentzündungen.

Immer hat's mich aufs Siechenlager geworfen, wenn ich nach Trinidad kam. Das Fieber kam aus heiterem Himmel und glich meine Körpertemperatur der tropischen Umwelt an. Es war mein Tropenfieber, ein fernes Echo jenes frühen Fieberanfalls im Alter von drei Jahren in den Kakao- und Tabakfeldern der Ose Wright, das nur durch den Shangoozauber der schwarzen Gouvernante Irene zu heilen gewesen war. Die hatte mich an den Füssen über dem Feuer geschwenkt und mich den kräutergeschwängerten Rauch einatmen lassen, während Neil meine Mutter im mausgrauen Austin spazierenfuhr und Ray hinter Rita Hayworth herrannte.

Ich setze mich in die Empfangshalle, ohne dass mich jemand bemerkt. Neben mir sitzen Neil und Ray, blau beschienen von den Lampen. Vielleicht haben sie sich versöhnt, nachdem Budri gestorben ist. Vielleicht hat der Tote sie zur Räson gebracht. Sie spielen Karten und rauchen. Der eine hat lange, schlanke Hände, der andere kräftige und muskulöse. Die letzteren, Neils Hände, sind mir näher, sie fassen mich an, umfassen meine Knie, und ich weiss, das sind die Hände, von denen ich gerettet werden möchte. Im Hintergrund lauert der weisse Baragan.

Als Jugendlicher am Mittagstisch meiner Eltern habe ich Neils Hände beim Zertrennen von Geflügelknochen immer vor Augen gehabt. Beim Mittagessen erzählte er die Geschichten von kranken Patientenkörpern. Da tanzten die Krebskranken, die Nierengeschädigten, die Hypertoniker und Herzinfarktler über den Tisch. Oft hat es mir über der wissenschaftlich genauen Schilderung von gebrochenen Därmen, entzündeten Geschlechtsteilen und eiternden Furunkeln den Appetit verschlagen. Aber mein heranwachsender Körper hat stets an diesen imaginären

Körpern teilgehabt. Die Pathographien gingen in mich ein und konnten, als Versuchsanordnungen, nötigenfalls an mir selber ausprobiert werden. Wann immer mein Körper gegen mich rebellierte, fielen ihm diese Leidensmuster ein und er ahmte sie nach. Als Einbildungen und böser Verdacht gegen mich selber lebte Neils Patientenstamm in mir fort.

Mindestens ein Drittel meiner wachen Lebenszeit habe ich mit der Belauschung meines Körpers verbracht. Wie fühlst du dich, fragte ich mich, hast du nicht bereits latente Symptome einer nahenden Krankheit? Ist nicht das Halsweh das Präludium zum Lymphknotenkrebs, spricht das Bauchgrimmen nicht die typische Sprache des Darmkarzinoms? Immerzu übte ich das Leben als milde Form des Leidens ein, bis man mich einen Hypochonder nannte, einen, der seine Migränen, Grippeanfälle und Entzündungen durch gesteigerte Selbstbeobachtung, ja Selbstüberwachung hervorruft. Der Hypochonder ist ja ein Selbstverliebter, der seine gesamte Aufmerksamkeit rigide auf sich selber richtet, weil er zuviel vernachlässigt wurde. Allein gelassen von Vätern, von denen jeder auf seine kapriziöse Art davontanzte.

Ein Körper geht verloren, wenn er nicht mehr besprochen wird, sage ich zum Kühlschrank, der gross, offen und leer in der Ecke des Dormitoriums steht, in das ich mich verirrt habe. Wo ist er denn nun, der mich stets besprochen und versorgt hat? Um gesund zu sein, muss der Körper doch im Echoraum zärtlicher Worte schwingen. Mutterworte, sage ich in den Bauch des Kühlschranks, die einen Körper um den Körper legen. Später sind es Vater- oder Arztworte. Denn der Leib des einen ist das Ohr, das sich dem Mund des anderen zuneigt. Arztworte, wer hätte es besser gewusst als Neil, brauchen und verbrauchen Patientenkörper, um diese Ursymbiose zwischen Sprechen und Singen und Besprochen- und Beflüstertwerden herzustellen.

Ich werfe die Kühlschranktüre ins Schloss und humple im Schlepptau meiner Schläuche und Gestänge weiter durch die endlos sich verwirrenden, nirgendwohin, schon gar nicht nach draussen führenden Korridore. Führe meinen Körper entlang der gelben Wände, setze mich auf eine Wartebank und warte in einem leeren Raum auf das Verschwinden der Dunkelheit. Vielleicht war hier das Zusammentreffen der zwei gewesen, vielleicht ist Budri in einem dieser Zimmer gestorben. Ich werde Ray fragen. Aber plötzlich sitzt Neil wieder neben mir, er trägt keinen Arztkittel, er nimmt seine Brille ab und reinigt sie. Wir schweigen, ganz einfach deswegen, weil wir einander nichts zu sagen haben. Nie hatten wir uns etwas zu sagen. Ich empfinde es aber nicht als eine Strafe von ihm, nein, unser Schweigen trifft ihn ebenso. Er würde gerne etwas mit mir besprechen, aber es gibt kein Thema, das über zwei Sätze hinausführt. Trüge Neil jetzt seinen weissen Arztkittel und sähe, wie schlecht es seinem Patienten geht, hätten wir natürlich genug Gesprächsstoff. Wir würden zuerst über meinen Körper reden, dann über die Heilungsmöglichkeiten und schliesslich über die Gewissheiten und Ungewissheiten, die die Medizin im allgemeinen mit sich bringt. Aber ohne Arztkittel sind wir zum Schweigen verurteilt. »Wie gefällt dir der Karneval?« frage ich ihn, und er setzt entschlossen seine Brille auf, lächelt mir zu, und in demselben Augenblick weiss ich, dass er mit der Frage gar nichts anzufangen weiss. Jetzt müsste beispielsweise die Türe aufgehen und Katarina oder Helen hereinkommen, und sofort ginge eine Erlösung durch unsere steifen Glieder, wir würden sichtlich mit Sauerstoff aufgepumpt und hätten Lust, dieses oder jenes Wort an uns zu richten. Wobei er sich weiter der zwischen uns üblichen indirekten Redeweise bedienen würde, so dass letztlich Helen die Worte zu mir tragen müsste. So, wie es ihrer Stellung in unserem Dreieck entsprach. Stets existierte Neil für mich nur durch sie, und ich war für ihn nur durch sie erfahrbar. Wenn es zu Konflikten kam, verschanzte er sich hinter Helen – und ich wandte meine Spiesse gegen sie. Dabei war es auch sonst undenkbar, ihn überhaupt anzugreifen. Neil war unfehlbar; er arbeitete mit höchstem Können, hatte geschickte Hände und einen agilen Verstand. Aber seine beste Waffe war seine Freundlichkeit und das Vermögen, sich selber zurückzunehmen. Er war eine Art Gandhi.

Im Augenblick, wo er sich gar nicht mehr rührt, frage ich mich, ob es in seiner Macht steht, mich totzuschweigen. Wenn er so schweigt wie jetzt, den Kopf leicht nach hinten geneigt, um sich von der Arbeit zu entspannen, die gelbe Tapete nach Fliegendreck absuchend, dann schweigt er mich aus der Welt.

Eine Schwester schiebt einen Patienten auf einem Bettgestell in den kahlen Raum. Er sieht aus wie der sommersprossige Selwin Baragan. Neil steht sofort auf, wechselt einige Worte mit der Schwester, während er gleichzeitig den Patienten zu untersuchen beginnt. Dieser streckt seine Zunge heraus, ich sehe nur das Stethoskop und die grüne Patientenzunge und kein Gesicht. Neil bückt sich über den Leib und beginnt ihn nach allen Regeln der Kunst mit dem Stethoskop abzuhören. Mein Fieber steigt, ich bin eifersüchtig auf den Hypochonder, der ihm da zu Diensten liegt. Ich stehe auf und halte meinen heissen Kopf unter das fliessende Wasser, wobei ich torkle und umzufallen drohe. Statt sich auf mich zu konzentrieren, verarztet Neil immer neue Bettlägrige, die ins Zimmer geschoben werden.

Ich flüchte weiter durch die gelbgestrichenen Gänge, um die nächste Ecke, wo wieder meine beiden Väter hokken. Sie spielen Karten. Zwei Gestalten, zwischen denen ich jahrelang Spiegel aufstellte, die mich zuletzt ganz verwirrten. Welchem Vater war ich ähnlicher, welchen habe ich mehr abgelehnt, welchen wollte ich zum Vorbild nehmen? Ich gehe auf beide zu, schlage zuerst Ray die Karten aus der Hand. Es ist wie ein Schlag in den Wind, Ray verweigert sich der Wirklichkeit und lächelt sich weg ins Reich der Möglichkeiten. Dann schlage ich Neil die Karten aus der Hand, wie ich es zuvor bei Ray getan habe. Aber Neil weicht nicht zurück, seine Wirklichkeitssättigung ist vollkommen. Er richtet nur seinen Oberkörper auf und schaut mich milde an. Er zeigt jene grenzenlose Toleranz, jene entwaffnende Sachlichkeit, die ihn immer als Opfer meiner Aggressivität erscheinen liess. In sachlichem Ton fragt er mich, ob ich mitspielen wolle. Er bedeutet mir, dass er zuhören will, dass er alle meine Argumente – Argumente, nicht Gefühle! – zu akzeptieren bereit ist.

Ein kühler Wind trocknet meine Stirn, ich werde klarer. Was setzt man an die Stelle des fehlenden Vaters, habe ich mich ein Leben lang gefragt. Und nun, da ich weiss, was Ray getan hat, frage ich mich noch dringlicher: Womit füllt man, wenn nicht mit Drogen und Allmachtsphantasien, die Vatervakanz? Immer habe ich diese Lücke zu füllen versucht. Nun sehe ich ein, dass es zu gefährlich ist, die blutende Vaterstelle noch länger mit mir herumzuschleppen.

Ich lege mich auf den Schragen im OP und gebe der anwesenden Ärzte- und Schwesternschaft den Auftrag, mir die Vaterstelle operativ zu entfernen. Die Stelle, wo meine beiden Väter liegen, muss raus. Entfernen Sie bitte meine Vaterstelle, sage ich und schliesse die Augen, während mir die Messer mit unendlicher Sanftheit den Leib öffnen. Ich darf reden, immerzu reden, das hat man mir nicht verboten.

Natürlich kann man die Auswirkungen dieser Leerstelle mildern, indem man sie nicht zur Kenntnis nimmt, sage ich zu den Ärzten. Wissen Sie, man kann wie Sartre den grössenwahnsinnigen Phantasien der Selbsterschaffung nachhängen. »Da ich niemandes Sohn war, wurde ich meine eigene Ursache«, schrieb der Philosoph und begann sich in seinen Büchern noch einmal selber zu gebären. Und Bach, meine Herren, hat seinen fehlenden Vater als Tonfolge in seine Musik gesetzt und ihn schliesslich durch seine Musik ersetzt. Kafka, der grausamste, hat seinen Vater zum lebenslänglichen Text gemacht. Und der Philosoph Althusser hat zuletzt, wie Sie vielleicht wissen, selber den Vater gegeben und hat diesen in Gestalt seiner eigenen Frau erwürgt.

Ich aber, meine Herren, habe mir die Rollen von Vätern gesucht, in die ich schlüpfen kann. Ich habe gelernt, meine eigene mangelhafte Rolle vorübergehend zu vergessen. Vielleicht hätte auch Neil gerne seine Rolle verlassen. Ich weiss nicht, ob er anders mit mir hätte umgehen können. Mit meinen Geschwistern war er strenger. Ihnen liess er weniger durchgehen. Es ist wahrscheinlich, dass er seinerseits von mir enttäuscht war. Ich konnte kein Blut sehen und war von allem Anfang an für die Medizinerlaufbahn untauglich. Aber meine heftigste Ablehnung gegen den

Arztberuf bestand darin, dass ich das wurde, was ich jetzt unter Ihren professionellen Händen bin: ein Patient. Im übrigen hatte ich nie ein besonderes Faible für das Wissenschaftliche, das Neils Denken und Handeln ja restlos prägte. Er hatte mir wenig auf den Lebensweg mitzugeben, und das hat ihn sicher gekränkt. Was, meine Herren, hätte ich denn sonst von ihm übernehmen können? Weder sein Arzttum noch seine fraglose Eingliederung in eine fremde Umwelt haben mich interessiert. Er war mir darin stets wie ein Ausgelöschter, während ich um meine Deutlichkeit rang.

Ich bewundere die Magie Ihrer weissen Arztkittel, die jetzt leider mit meinem Blut verdorben wird. Diese Kittel sind Verwandlungskleidungsstücke. Neils Kittel, mit dem ich aufgewachsen bin, verlieh ihm Würde, Respekt und Unantastbarkeit im Dorf. Der Kittel bleichte seine Haut besser als jedes heute bei Farbigen in Mode gekommene Bleichungsmittel. Der Kittel machte ihn zum Weisen und Weissen, an dem jeder Angriff abprallte.

Nun singen die Ärzte, statt mich weiter zu operieren. Sie stimmen Choräle an, Totenchoräle zu Ehren von Budri dem Mächtigen, Budri dem Berg, die das ganze Tropenspital durchdringen. Einer stampft mit dem Fuss Caissorhythmen und singt dazu »Calaloo, Calaloo«. Die Operation ist misslungen. Ich stehe auf und verlasse den Operationssaal. Blase zum Rückzug in meine Besenkammer, meine Welt. Richte mich wieder unter dem summenden Klimakasten ein. Nein, Neil war, trotz seiner Herkunft, kein Weg hinaus in die Welt. Er baute mir keine zuverlässige Brücke auf die Insel, auf der ich jetzt halbtot liege. Im Gegenteil, er hat sich in der Wynentaler Betonburg gegen alle Zumutungen verschanzt. Und jedesmal, wenn wir zusammen in

Trinidad waren, tauchte der Schatten des unbekannten Ray neben uns auf. Heimlich suchte ich in den Telefonbüchern nach Rays Eintrag, während Neil sich ausgiebigen Besuchen seiner Verwandtschaft widmete, die mich nichts anging. Gerade in Trinidad lebten wir enger zusammen und doch wie in getrennten Räumen.

Ich hätte mir mehr Trinidad von ihm gewünscht. Andrerseits war der Umstand, dass er kein strenger Schweizer Vater war, äusserst wohltuend. Es gab bei Neil kein Moralisieren, kein kleinliches Rechthaben und keinen Geiz. Im Gegenteil, seine Grosszügigkeit war derart masslos, dass das halbe Dorf davon wusste und immer wieder Leute bei uns klingelten, um sich zum Kaffee einzuladen. Weder mir noch meinen Geschwistern hat er je etwas abgeschlagen.

Meine allerfrühesten Erinnerungen an Neil, die mir meine lächerliche Todesangst wie zur Obduktion im Morgengrauen vorlegt, sind undeutlich. Langsam war er aus den Nebeln meines frühkindlichen, noch weichen Bewusstsein aufgetaucht und hatte den ersten, halbvergessenen Vater abgelöst. Allein meine vage Erinnerung an diesen ersten Vater aber genügte, dass ich Neil nie ganz akzeptierte. Beispielsweise spielten wir gern zusammen Fussball, später Federball und Pingpong. Nie aber haben wir uns Wange an Wange über ein Scrabble, über Kreuzworträtsel oder gemeinsam kolorierte Kinderzeichnungen gebeugt. Es ging uns gut, wenn wir diese Distanz beibehielten. Als er mich aus Versehen im Alter von vier Jahren in seine Arme nahm, schlug ich ihm sofort die Brille aus dem Gesicht. Wann immer wir spielten, traten wir als echte Konkurrenten auf. Ich war gekränkt, wenn ich merkte, dass er mich gewinnen liess.

Vielleicht aber habe ich gar nie den Arzt gerufen, sondern die Person, die hinter ihm stand: die Mutter. Kränkelte ich als Junge, wurde ich vom Dreigestirn meiner Mutter, ihrer Schwester und meiner Grossmutter umsorgt. Durch diesen fürsorglichen Gestirnsnebel hindurch verschwamm mir Neils Gesicht fast vollkommen. Ich brauchte ihn nicht, ich konnte den Mann im weissen Kittel fortschicken. Die Frauen nahmen mein Kranksein an. Sie kochten mir meine Lieblingsspeisen und pflegten mich gesund. Später, als mein Phantomschmerz grösser wurde, erfand ich mir schwierigere Krankheiten, um den Arzt zu mir zu bestellen. Immer aber tauchte in meinem Leben zuletzt das rettende Dreigestirn auf.

Meine Wunde wird nie ganz zuwachsen. Immer werden die beiden Männer in mir weiterrumoren. Ich bin die Baustelle, in die sie ihre flüchtige Präsenz graben. Mal geht da ein Loch auf, wird dort ein Graben in mir aufgerissen. Erinnerungen kehren zurück und hinterlassen eine schmerzhafte Leere. Mein Phantomschmerz zeigte schon immer auf meine unablässige Baustelle. Welchen Mann ich mir auch immer zur Bewunderung aussuchte, stets stand er im Verdacht, eine blosse Vaterpuppe zu sein. Diese Puppen umstellten meine Jugend; sie waren Fussballer, Filmstars und später die Romanhelden meiner Lektüre. So war ich immer auf meiner Baustelle tätig.

Am Morgen kommt wieder der Neil-Arzt, um meine Hautflecken zu zählen. Er setzt mich vom Bactrim ab und verabreicht mir ein anderes Antibiotikum. Der Karneval ist vorbei, die Toten und Verstümmelten verwandeln sich in statistische Zahlen, und der Arzt kommt langsam wieder zu Verstand. »Shigellavergiftung«, sagt er und fragt mich nach meinen Angehörigen. Ich gebe ihm die Nummer meines Onkels, der sich seltsamerweise nach dem

Auftritt mit den Curryfreunden nicht mehr hat blicken lassen. Er werde den Onkel anrufen, verspricht der Arzt und bittet mich, mir keine Sorgen mehr zu machen. In drei bis vier Tagen könne ich aus dem Spital entlassen werden. »Essen Sie keine Hot dogs mehr und gehen Sie für ein paar Tage ans Meer, um sich zu erholen.«

Erst jetzt wird mir klar, dass unter dem Tamtam des Karnevals die blutigen Revolutionsrufe lauerten. Dass ich auf der Suche nach diesem furchtbaren Ereignis wie ein unerlöster Geist durch die Spitalräume gesegelt bin. Dass ich jetzt, wo die Aussicht auf Entlassung besteht, auch auf eine Entlastung hoffen kann. Ich brenne darauf, Ray zu sprechen.

URNE

Drei Tage später holt mich Basdeo ab.

»How are you?« fragt er und wirft einen vorsichtigen Blick auf mein abgemagertes Ziegengesicht. Im Wagen hupt er energisch, als könnte er so seine Müdigkeit verscheuchen. Dann reicht er mir die Whiskeyflasche. Ich wehre entschlossen ab.

Basdeos Haus ist hell erleuchtet, und durch die offenen Fenster dringt Musik. Die Currybrüder tanzen mit hochgerissenen Armen und wirren Frisuren Cha-Cha-Cha, sie schwenken Gläser und Flaschen.

»Chip und Siva und Mike und Sonny feiern den Kehraus des Karnevals. Und deine Wiederauferstehung, Robert.«

Und alle rufen sie im Chor: »Welcome!«

Im fahlen Licht der Strassenlampe, sirrende Wolken von Moskitos verscheuchend, tappe ich auf die Veranda. Wo ist Ray?

Auf dem Geflecht des Stuhles liegt sein Block voller Gekritzel. Der Kugelschreiber am Boden, die Miene abgetreten. Ich ahne nichts Gutes. Stürze in Rays Schlafzimmer, reisse das Laken vom Bett – und entdecke nur seinen langen, gestreiften Pyjama.

Hat man ihn in ein Spital gebracht? Oder weilt er bei einem Bekannten aus alten Tagen zu Besuch? Vielleicht hat sich während meiner Abwesenheit endlich jemand bei ihm gemeldet, und nun sitzt Ray in einer Runde mit ehemaligen Kumpels.

»Wo ist Ray?« frage ich.

»Eine Superblondine hat ihn entführt!« ruft Sonny heiser und wippt weich mit den Hüften.

»Quatsch«, sagt Basdeo.

»Wo ist Ray?« wiederhole ich meine Frage, nun langsam in Panik.

»In den acht Tagen, in denen du im St. Claire Hospital mit deinem Tod gekämpft hast, ist Ray gegangen.«

Chip hat mir ein Glas Weisswein bis an den Rand gefüllt. Shiva legt den Ohrwurm des Karnevals auf und tänzelt mit mir bis auf die Veranda. Eine Weile tanze ich mit ihm und wundere mich, wie leicht der Körperkontakt zwischen Mann und Mann hier ist. Aber dann muss ich ihn immer fester halten, weil er so betrunken ist, dass ihm die Beine nicht mehr gehorchen. Schliesslich setzen wir uns wieder. Das Lied, das ich mir Dutzende Male am Tag anhören musste, weckt Erinnerungen, und ich rieche den Chloroformgeruch des Spitals. Wohin ist Ray gegangen? Wie geht einer allein an Krücken einfach fort?

»Was meinst du mit ›gegangen‹?« schreie ich Basdeo an.

»Zur nächsten Party«, faucht Chip.

Basdeo nimmt mich mit auf die Veranda: »Er ist gestorben, Robert. Schlaganfall. Hier, in diesem Stuhl, mit Blick aufs Eckhaus.«

Basdeo zeigt auf den Stuhl, auf dem der Block liegt. Ich setze mich hin. Dann versuche ich auf dem Block zu lesen. Aber Ray hat auch jetzt nichts Leserliches hinterlassen.

»Gegangen?« sage ich. »Er ist einfach abgehauen, ohne adieu zu sagen. Er hat mich im Stich gelassen. Kein Wort, kein brauchbarer Satz auf seinem Block.«

»Wir haben alle gewusst, dass er nicht mehr ewig lebt«, meint Onkel Basdeo.

Ich hebe den zerbrochenen Kugelschreiber auf. Wie lange trage ich den Gedanken an Rays Tod schon mit mir herum? Ich bin weniger überrascht als enttäuscht, dass er mich nun zum letzten Mal im Stich gelassen hat. Und dass ich nicht mehr mit ihm über diesen Tag des Jahres 1970 sprechen kann. Vielleicht wäre es für ihn eine Erlösung gewesen, wenn ich ihm gesagt hätte, dass ich nun alles weiss.

»Und wo ist er jetzt?«

»Wir mussten ihn kremieren. Wegen der Hitze«, sagt Basdeo traurig, zündet sich eine Zigarette an und öffnet geistesabwesend die breite Türe des Küchenschranks. Die Zigarette erlischt, und Bas vergisst, was er dem Küchenschrank entnehmen wollte.

»Let's have a drink! And dont look backward!« ruft er plötzlich. »Die Urne steht übrigens da drin auf dem Fernseher. Nimm sie. Er hatte ja niemanden ausser dir.«

Ich gehe zum Fernseher und nehme die Urne an mich,

bevor einer der Currybrüder auf die Idee kommt, mit ihr herumzutanzen.

Am nächsten Morgen fahre ich mit einem Mietauto und der Urne auf dem Nebensitz los.

Plötzlich höre ich in mir den Satz: »Der Tod hat ihn mir weggebissen.« – Naviras Satz, den sie damals im Thomas More Asylum zu mir gesagt hat. Nirgendwo ist dieser Satz gültiger als in Trinidad. In Trinidad stirbt sich's leichter und schneller als anderswo. Eine falsche Bewegung im Karnevalsgetümmel, und schon zückt jemand den Cutlas und kürzt dich um Haupteslänge. Ein falscher Blick aus dem Wagenfenster, und schon rast ein Wahnsinniger mit seinem Landrover frontal auf dich zu. Je grösser das Staatsdefizit, je unsicherer die Gesetze, desto rasanter schlägt der Tod eine Kerbe in die Reihe der Lebenden.

Aber »weggebissen« wurden schliesslich beide, Ray wie Neil. Und keinem war der Trost langsamen Sterbens gewährt worden, keinem der Zweikampf mit dem ewigen Widersacher gegönnt. Keiner konnte seine Geschichte des Todes aufzeichnen lassen – solche Geschichten gibt es nur in der Ersten Welt. Ich frage mich, ob die Tatsache, dass Menschen hier keine Wurzeln haben, zum schnellen Tod beiträgt. Ob die Widerstandskraft gegen den Tod sich von jahrhundertealten Mauern, Sitten und Gebräuchen stärken lässt? Oder ob es das tägliche, rauschhafte Feiern ist, das das Leben schneller verbraucht, so dass der Tod leichtes Spiel hat?

Trotzdem hat Naviras Satz auch etwas Tröstliches, erinnert er mich doch daran, dass Ray bereits im Altersheim hätte »weggebissen« werden können. Die Zeit, die er noch hatte, ermöglichte ihm die Heimkehr. Diese Zeit war auch ein Geschenk an mich. Ein Aufschub, der uns das Zusammensein mit Gomez gegeben hat, die Spaziergänge in Sils und die stumme und glückliche Übereinstimmung auf den Fahrten durch Trinidad.

Wohin nun mit Rays Asche? Gäbe es irgendeinen Ort auf der Welt, wo sich ein Wind der Aschenteile erbarmt hätte, um sie ins Unendliche zu tragen, ich wäre dahin gefahren. Aber es gibt für Ray nur Trinidad, wo nicht ein einziger Quadratmeter Boden sein eigen ist. Zuerst wollte ich seine Asche im Queens Park Savannah ausstreuen. Aber die Vorstellung einiger tausend nackter Füsse, die das aschegetränkte Gras niedertrampeln, liess mich davon abkommen. Auch die Friedhöfe kommen nicht in Frage, da sich dort nur kopulierende Hunde treffen. Und der Fluss Caroni, wohin jeder rechtschaffene Hindu, nachdem er eingeschmiert mit Kuhbutter und ertränkt in Blumengirlanden, nach seiner Verbrennung gestreut wird, kommt mir zu unhygienisch, zu trübe und schmutzig für seine Asche vor.

Ich fahre zur West Mall, um Leonie anzurufen und ihr zu sagen, dass Ray gestorben ist. Nach einer langen Pause fragt sie mich, ob dies schlimm für mich sei. Bei ihrer Frage habe ich plötzlich nur noch den Wunsch, von ihr umarmt zu werden. Der tote Budri, der tote Ray, sie zerren an mir, ihre Rufe durchlöchern mich, ich habe Sehnsucht nach Leonie. Nach meiner Tochter Jennifer. Und nach einer Wirklichkeit, die mir in klaren, kantigen Konturen begegnet, nach Menschen, die berechenbar, verständlich, eigensinnig, komplex und mir näher sind. Näher als meine fernen Verwandten. Freunde, mit denen ich über Bücher und Filme reden kann, durch Museen streifen oder in Konzerte gehen. Mit denen ich eine Nacht an einer Bar stehen und über das Leben, das richtige, das verpasste, das erwünschte, das verbotene, das vergessene Leben reden kann. Ja, nach einem Monat tropischer Hitze beginne ich auch, mich nach den Jahreszeiten zu sehnen. Nach dem Herbstblätterrost in den Strassen, den Wollschals und dem Schneetau auf den Dächern.

Ich sage Leonie, dass ich bald nach Hause kommen werde. Zu Hause, das sei mir zur Zeit der sehnsüchtigste Ort. Ich brauche Nähe ohne trügerische Verwandtschaft. Da kommt mir eine Idee, und ich frage sie, ob ich Rays Urne nicht in die Schweiz mitbringen könne.

Leonie ist davon nicht sehr angetan. Eine Urne, sagt sie, ist kein Möbelstück. Und die Vorstellung, von nun an mit dem Gespenst meines Vaters zusammenleben zu müssen, reizt sie keineswegs. Warum ich denn die Asche meines Vaters nicht ins Meer streue?

Also das Meer, das letzte grosse Versprechen? Rays Zerstreuung ins Endlose, seine Rückkehr ins Rauschen? Das Meer, das den Migranten wie den Exilanten, den Yachtbesitzern wie den Flüchtlingen, den Schwarzen wie den Gelben und Weissen gehört? Das Salzwasser, das aus dem gleichen Stoff ist wie Tränen?

Aus Angst vor einem Diebstahl wandere ich mit der Urne unter dem Arm über den weichen Asphalt, als ich ein Grabschmuck- und Blumengeschäft entdecke. Warum nicht eine kleine Tafel kaufen, um die Stelle am Strand, an dem ich die Asche ausstreuen werde, zu markieren? Eine Inderin führt mich zu den Verkaufsregalen, wo gleich alle Religionen vertreten sind. Sie zeigt mir einen Kachelstein mit einem vielrüssligen Shivagöttlein und ein elektrisches Bild mit einer blinkenden Maria Mutter Gottes. Ich stelle für einen Moment meine Vaterurne auf das Regal und frage mich, für welche Religion ich mich entscheiden soll. In meiner Erinnerung gehe ich noch einmal die Schubladen und Wände seines Zimmers im Thomas More Asylum durch. Da waren keine Spuren eines Verehrungskultes zu finden gewesen. Schliesslich frage ich die Frau, ob sie etwas »Presbyterianisches« auf Lager hat, da ich mich schwach daran zu erinnern meine, dass Hanna diese Religion erwähnte.

»Presley«, sagt die Frau und schüttelt verzweifelt den Kopf. Ich lasse die Sache auf sich beruhen. Als ich mich umdrehe, ist die Vaterurne weg.

Der Sohn der Verkäuferin, ein kleingewachsener, sechzehnjähriger indischer Gauner, hat sie doch nicht etwa gestohlen? Oder hat er sie, was genauso schlimm wäre, in eine Reihe gleich aussehender Urnen gestellt? Natürlich ist meine Urne verschlossen, aber die anderen sind es auch. »For safety reasons«, sagt die Verkäuferin, denn es gäbe immer wieder Leute, die ihren Kot hineinmachen würden.

Wir wiegen und wägen nun zu dritt alle Urnen durch, bis ich mit der schwersten, die meine Vaterurne sein muss, den Laden wieder verlasse.

Auf der Bergstrasse fahre ich in Richtung Meer. Von hier aus nimmt mich eine wunderbare Aussicht auf Buchten und weisse Sandstrände gefangen. Wie gerne wäre ich mit Leonie hier. Alles wäre anders, wenn sie jetzt neben mir sitzen würde, die Landschaft wäre verlockender, das Grün noch satter, und vor allem der Himmel, der Himmel wäre mit Leonie noch weiter.

Ich parke den Wagen am belebten Strand von Maracas. Es tummeln sich bereits einige Dutzend erholungsbedürftiger Karnevalisten im Palmenschatten. Selbst hier noch setzen sie ihr Tamtam und Getöse fort, als würde in einem

Moment der Stille ihre Welt endgültig zusammensacken. Einige Schwarze führen im Dauerlauf ihre trainingssüchtigen Körper am Wassersaum entlang, lachende Inder spielen Frisbee. »Life must go on«, sage ich zu Rays Urne, »das ist wohl einer der beliebtesten Sätze in Trinidad.«

Ich lege mich auf den Rücken und döse ein. Im Schlaf drehe ich die Urne wie einen Armeemörser in den Sand, damit sie mir nicht wegrollt. Ich hätte gerne mit Ray geplaudert. Vielleicht gibt es Mikrozellen, winzige Organisationsformen seines verbrannten Körpers, die meine Worte noch aufnehmen könnten. Heute ist klarer denn je, dass wir nichts wissen und über den Tod, das heißt über die Verwandlungsformen von Materie letztlich nicht im Bild sind. Warum also sollte ich nicht mit ihm sprechen können – eine Antwort von ihm war ja nie zu erwarten.

Eingehüllt in die wummernde Klangwolke eines Gettoblasters, lässt sich eine Gruppe Jugendlicher neben mich nieder. Weisse, Inder, Schwarze und einige Mischlinge. Kaum installiert, beginnen sie jene ausgelassene Stimmung zu verbreiten, für die farblose europäische Touristen Zehntausende von Kilometern in einem engen Flugzeug zurücklegen.

»Es ist nicht so einfach, wie du dir das denkst«, sage ich zu Ray. »Ich muss einen würdigen Ort für dich finden. Aber eigentlich weiss ich gar nicht, ob du Trinidad wirklich noch als deine Heimat betrachtest. Ich meine, du warst so lange weg, dass du eigentlich zu einem Londoner geworden bist. Aber dich irgendwo in London auszusetzen, fände ich ziemlich abwegig.«

Also rase ich weiter durch den Dschungel in Richtung Las Cuevas Bay. Die Strasse schlängelt sich auf lebensgefährlichem Schotter durch den Dschungel.

Auf dem Nebensitz, auf dem sonst immer Leonie sitzt, liegt die festgezurrte Urne. Irgendwie ist das Prinzip Leonie das Gegenteil vom Prinzip Ray. Oder ich empfinde einen Gegensatz zwischen der weiblichen und der väterlichen Welt. Und ganz offenbar hat sich Leonie mit all ihren Äusserungen auch gegen Ray und meine neue Vaterwelt gestellt. Ist sie deswegen nicht nach Trinidad mitgekommen?

»Wenn ich jetzt wie ein Engel über den Ozean fliegen könnte, würde ich dich sofort heimholen«, hatte sie mir am Telefon noch gesagt.

Mir ist übel, so dass ich haltmachen muss, um eine Zigarette zu rauchen. Eine kaputte Brücke unterbricht meinen Gedankenfluss und stellt mich vor unlösbare Probleme. Ich frage einen der indischen Bauern, die hilfsbereit mit Ziegen aus dem Dschungel auftauchen. Er erklärt mir den Weg und sagt: »Take care brother.«

Nach aufreibender Fahrt über Schotter und Kies in dem Land, das den grössten natürlichen Asphaltsee sein eigen nennt, sitze ich schliesslich in der Nachmittagshitze am Strand von Las Cuevas. Die Fischer haben ihre Netze von den zuckenden Sichelleibern gereinigt und hocken schnarchend im Schatten. Touristen gibt es hier keine. Die Urne liegt schweigsam neben mir. »Ich mag mich noch nicht ganz von dir trennen, Ray. Ich bin müde und muss mich zuerst erholen, bevor wir diese Sache in Angriff nehmen können. Und eigentlich sehne ich mich nach Leonie und meiner Tochter, deiner Grosstochter, das kannst du sicher nachvollziehen, obwohl ich nicht weiss, ob du jemals Sehnsucht hattest nach deinen Kindern. Ja, mir ist, als würde ich langsam aus einem Traum erwachen. Auf deinen Spuren habe ich meine Familie fast vergessen. Habe mich von ihnen entfernt, wie du dich immer von deinen Familien entfernt hast. Dein Schatten verfolgte mich immerzu. Aber ich bin nicht wie du. Ich sehne mich nach den Zahnlücken meiner Tochter.

Wüsstest du, welche Rollen ich in Zukunft bearbeiten soll? Sicher keine Vaterrollen mehr, sondern Rollen von Söhnen, die selber Väter geworden sind?«

Durch meine Überlegungen wieder in Schwung gekommen, setze ich mich auf: »Vielleicht sollte ich noch ein Bad nehmen, bevor ich deine Asche ausstreue, was meinst du? Doch aus irgendeinem Grund kommt mir dieser Strand sehr bekannt vor. Bin ich hier nicht öfter mit Neil und der Familie gewesen? Ich will dich nicht ärgern, aber an diesem Strand schwamm ich oft mit Neil, während Onkel Basdeo mit Helen und meinen Geschwistern Hühnerbeine aus dem Picknickkorb zupfte. Und Neil ohne Brille ins Salzwasser tauchte. Oder einem Jungen kundig die Seeigelstacheln aus dem Fuss zog. Hier kann ich deine Asche doch unmöglich verstreuen!«

Also steige ich erneut in den brüllendheissen Wagen und fahre weiter. Ich fahre durch immer dichter werdendes grünes Gestrüpp, mein Wagen wird von gierigen Babyblätterpatschhänden gestreichelt. Kein Himmel ist mehr zu sehen. Nach einer weiteren Stunde sehe ich einen weissen, makellosen Sandstrand vor mir: Blanchisseuse, der Lieblingsstrand von Helen. Ich packe mein Kühltasche aus: drei Carib, eine Badehose, zwei fetttriefende Dobbles, eine Tüte pampige Chips, eine Mango und ein Taschenmesser. Pedantisch ordne ich die Mahlzeit, meine letzte Mahlzeit mit Ray, hübsch um die Urne. Dann warte ich, bis der richtige Moment kommt.

Aber da setzt sich schon ein Schwarzer neben mich. Er

trägt eine rotweissblaue Badehose, eine Art Union Jack, die sich nass an seine Genitalien schmiegt. Ich finde diese Badehose empörend. Man sollte keine Flaggen über Genitalien legen, schon gar nicht den Union Jack. Der Schwarze, ein Dreadlock, grinst, als er meine Blicke bemerkt. Er missdeutet sie und legt mir seinen Arm um die Schultern.

»Da sitze ich hier am Ende der Welt mit deiner Asche, Ray, und werde von diesem netten, schwulen Jungen angemacht. Was hältst du davon?«

»No love?« fragt der Rasta.

»No Babylon«, sage ich fest. »White city bad city«, setze ich hinzu, was mir einen Sympathievorschuss einträgt.

»Die Welt der Weissen ist die Welt der Weissen und eine sündige Welt.«

»Die Welt ist eine Welt ist eine Welt.«

»Eine sündige Welt bleibt die Welt der Weissen, aber nur –«

»Aber nur –?«

»Bis unser aller Haile Selassie kommt und den Mist mal wegputzt.«

»Good man«, sagt der Rasta und umarmt mich. Ich biete ein Bier an, aber er will die Dobbles und die Mango. Wir unterhalten uns eine Weile in diesem avantgardistischen Ton, bis er aufsteht, mit der Hand einen Bogen in die Luft zeichnet und dann geht. Ich bleibe zurück, dem Halbkreis über dem Meer nachsinnend, bis ich merke, dass der Rasta meine Urne mitgenommen hat. In Panik renne ich dorthin, wo er verschwunden ist. Möglicherweise hat er mich täuschen wollen, hat einen Haken geschlagen, so dass ich nun in die andere Richtung rase. Nach einer Weile setze ich mich erschöpft in den Sand.

Eine Viertelstunde später schlagen die Wellen mit unverminderter Heftigkeit ans Ufer. Die Sonne klebt im Scheitel, ein schwarzer Geier rutscht vom Palmenast mit einem lauten, trockenen Geräusch in den Sand. Ich gehe an der Hand meiner Mutter über den kurzgeschnittenen Rasen. Das grelle Morgenlicht schneidet die riesigen Saumonbäume wie Schattenrisse aus der Luft; es ist Sonntag morgen, und Dutzende von Sprinkleranlagen verteilen die Wassertropfen auf die Rasenfläche. Ich fühle mich geborgen, die Hand meiner Mutter ist weich und warm. Sie trägt ein helles Kleid, das wie eine knisternde Wolke neben mir schwebt. Der Tag ist wie ein weit geöffneter Palast, den wir mit heiterem Lachen betreten. Zuweilen rascheln die Blätter in den Schauern eines kühlen Windes, der den Rock meiner Mutter bläht. Weit entfernt, am Ufer des Rasens, kommt uns Ray entgegen. Er trägt die dunkelblaue Pilotenuniform. Sein Gesicht verschwindet unter der Mütze. Er winkt uns zu und lacht, und ich renne los. Ich renne auf ihn zu, ohne ihm näher zu kommen. Die Rasenfläche ist ein unendlich weit sich erstreckendes Bett. Ray macht grosse, kräftige Schritte. Ich bin stolz, dass er endlich da ist. Bald wird er meine Mutter umarmen und mich auf seine Schultern heben. Ich werde wie ein Reiter auf dem Ross, wie ein Kapitän auf der Kommandobrücke eines imposanten Ozeanriesen thronen. Ich renne auf Ray zu, der seine Arme ausstreckt und meiner Mutter zulacht. So ist der Anfang dieses Sonntags, der in meinem Kopf immer bestehenbleiben wird. Ein festlicher Sonntag, an dem die Welt vor Aufgeräumtheit strahlt. An dem, unter prallen Kumuluswolken, alles seinen vorherbestimmten Lauf geht. Einige Stunden vor der grossen, schwarzen Hitze, die uns alle ein wenig lähmen wird. Dann werden wir im

Schatten unter den Bäumen sitzen, der Rock meiner Mutter wird wie ein dünne Schneedecke auf dem Rasen glitzern, Rays Uniformjacke wie eine Fahne am Baum hängen. Ich dazwischen.

ENDE

FIGUREN

Robert – Dramaturg
Leonie – Roberts Frau, Architektin
Jennifer – Tochter von Leonie und Robert
Ray – Roberts leiblicher Vater
Neil – Roberts Stiefvater
Basdeo – Neils Schwager
Helen – Roberts Mutter
Katarina, Melinda, Sorin – Roberts Halbgeschwister
Wilderer – Roberts Schwager
Navira – Studentin und Pflegerin indischer Abstammung
Budri – Rays Vater
Olive – Rays Mutter
Evril – Budris Geliebte
Noni – Neils Mutter
Luna – Roberts Tante
Sita, Tara, Merlin – Rays Onkel und Tanten
Selwin Baragan – britischer Optiker
Lenox – Hochkommissar von Trinidad & Tobago in London
Gina – Rays zweite Frau, Filmschauspielerin
Rita Hayworth – amerikanische Filmschauspielerin spanischer Herkunft
Dr. Eric Williams – ehemaliger schwarzer Premier von Trinidad (1961–1981)
Bhadase Maraj – indisch-trinidadischer Gewerkschaftsführer
Julia Edwards – Limbotänzerin

Der Autor dankt folgenden Personen und Institutionen für ihre Unterstützung bei der Arbeit an diesem Buch:

Silvia Henke, Basdeo Maharaj, Sabine Süss, Hugo Caviola, Therese Steffen, Tom Fellner.

Der Pro Helvetia, der Literaturförderung beider Basel, dem Aargauer Kuratorium, dem Hotel Waldhaus in Sils-Maria.

INHALT